IWAN
SCHMELJOW
DER
MENSCH
AUS DEM
RESTAURANT

Die Andere Bibliothek

Begründet von
Hans Magnus Enzensberger

IWAN SCHMELJOW
DER MENSCH AUS DEM RESTAURANT

Aus dem Russischen übersetzt von
Georg Schwarz,
mit Anmerkungen und
einem Nachwort versehen von
Wolfgang Schriek

für Olga Schmeljowa

1

Ich bin meinem Temperament nach ein friedfertiger und beherrschter Mensch – habe ich doch gewissermaßen achtunddreißig Jahre im eigenen Saft geschmort, aber das Gerede war mir einfach zuviel. Unter vier Augen hätte ich's diesem Menschen vielleicht auch nachgesehen ... was kann man von einem Kerl wie diesem schon verlangen! Aber solche Worte in Koljuschkas Gegenwart!

»Sie haben kein Recht, in einer fremden Behausung zu schnüffeln! Ich habe Ihnen vertraut und mein Zimmer nicht abgeschlossen, und Sie stöbern mit unbefugten Personen darin herum ... Sind es vom Restaurant her gewöhnt, in fremden Taschen zu wühlen, und glauben wohl, ich lasse mir das auch in bezug auf meinen heimischen Herd gefallen!«

Und so fort ... Und war nicht mal betrunken. Als hätte er Gold im Zimmer ... Er wollte sich eben an uns rächen, weil wir ihm gekündigt hatten und verlangten, er solle das Zimmer räumen. Wir hatten genug mit ihm ausgestanden. Er arbeitete als Schreiber auf dem Polizeirevier, war aber äußerst stolz und mißtrauisch. Ich bat ihn in allen Ehren, auszuziehen, wir könnten bei seinem stolzen Wesen und seiner ständigen Trunkenheit unmöglich in einer Wohnung mit ihm leben, und brachte am Haustor einen Zettel an. Und nun ärgerte er sich darüber, daß ich sein Zimmer gezeigt hatte, und fiel über mich her.

Sie behandeln mich nicht als anständigen Menschen und so weiter und so fort! Dabei gingen wir im Gegenteil immer sehr vorsichtig mit ihm um und waren vor ihm sogar auf der Hut, weil Koljuschka uns warnte, er könne uns bei dem Dienst, den er versah, sehr schaden. Koljuschka und ich unterhielten uns damals oft über meinen Beruf. Als er heranwuchs und ein gebildeter Mensch wurde, paßte es ihm ganz und gar nicht mehr, daß ich Kellner war. Und in dieselbe Kerbe hieb nun Kriwoi, der Einäugige, unser Untermieter – eigentlich hieß er Jeshow, Kriwoi nannten wir ihn nur unter uns. Ich – und in fremden Taschen wühlen! Für diese Worte hätte ich ihn bald umgebracht, aber er ist sehr schlau und schloß sich augenblicklich in seinem Zimmer ein. Dann schrieb er einen Zettel und schickte ihn mir durch Luscha, meine Gattin. Er habe das nur aus Gekränktheit, in der Verwirrung gesagt und lege fünfzig Kopeken für das Zimmer zu. Ich wies diese Redensarten zurück, zumal er ja auch früher immer nur fünfzigkopekenweise gezahlt hatte. Hauptsache, er räumte das Zimmer, denn sein Benehmen hatte geradezu etwas Unheimliches ... Immer scheute er sich, uns vor die Augen zu kommen, ständig versuchte er, vorbeizuschlüpfen. Mit Koljuschka aber hatte ich eine sehr hitzige Unterhaltung. Ich gab ihm damals für ein gewisses Wort sogar eine Ohrfeige ... Er kam mir dann aber noch oft mit allerlei Bemerkungen.

»Da haben Sie's, Papa ... Jeder Halunke kann mit dem Finger auf Sie zeigen!«

Ich jedoch schwieg dazu und dachte mir: Er ist noch jung und versteht das Leben eben noch nicht so ganz; wenn er sich erst die Hörner abgestoßen und die Menschen näher angesehen hat, wird er ganz anders reden.

Und dennoch fand ich es kränkend, solche Worte von meinem eigenen Sohn zu hören, sehr kränkend! Nun ja, ein Kellner, ein Lakai ... Was ist denn schon dabei, daß mir vom Schicksal bestimmt war, Lakai zu werden! Außerdem bin ich keineswegs irgendwer, sondern Kellner in einem erstklassigen Restaurant, in dem nur das erlesenste, vornehmste Publikum verkehrt. Bei uns läßt man Kroppzeug gar nicht erst ein, unsere Portiers haben strengen Befehl, bei uns verkehren vor allem Leute, die was darstellen, Generale und Kapitalisten, und äußerst gebildete Menschen wie, sagen wir, Professoren, überhaupt lauter Geschäftsleute und Aristokraten ... Das allerfeinste und beste Publikum. Bei solchen Gästen muß man sehr künstlich bedienen und obendrein wissen, wie man sein Äußeres in Ordnung hält, damit man kein Mißfallen erregt. Man wird bei uns auch nicht unbesehen eingestellt, sondern muß gewissermaßen erst durch ein Fegefeuer hindurch, fast wie an einer Universität. Damit man sowohl der Statur als auch dem Gesicht nach in Ordnung ist und keine besonderen Merkmale aufweist, ja selbst der Blick muß streng und würdevoll sein. Bei uns ist nichts zu machen mit »So bin ich nun mal, und damit hat sich's«, bei uns wird alles mit Köpfchen gemacht. Selbst stehen muß man mit Verstand und so blicken, als wäre man gar nicht da, dabei aber alles beachten und immer im Bilde sein. Man ist, genaugenommen, gar kein Kellner mehr, sondern eher eine Art Maître d'hôtel in einem zweitklassigen Restaurant.

»Du«, sagt Koljuschka, »gehst einer nutzlosen und niederen Beschäftigung nach! Dienerst vor jedem Spitzbuben und Flegel ... Leckst ihm für fünfzig Kopeken die Stiefel ab!«

Ha! Er warf mir die Fünfzigkopekenstücke vor! Dabei war er mit Hilfe dieser Fünfzigkopekenstücke aufgewachsen, die ich für alles bekam – für die Bücklinge, für die Bedienung von allerlei Herrschaften, betrunkenen oder gesitteten, und für anderes mehr! Sowohl die Hosen, die er trug, als auch die Jacken waren für diese Fünfzigkopekenstücke gekauft, die Bücher, nach denen er lernte, die Schuhe und alles übrige! Das meine ich, wenn ich sage, daß er vom Leben nichts verstand! Er hätte sich mal ansehen sollen, wie mancher liebedienert und anderen die Stiefel leckt, und das nicht mal für einen Fünfziger, sondern in Anbetracht höherer Überlegungen! Ich habe in meinem Leben genug gesehen.

Als eines Tages im runden Salon anläßlich des Empfangs für einen Herrn Minister ein festliches Diner serviert wurde und ich mit anderen Kellnern der Bedienung zugeteilt war, sah ich mit eigenen Augen, wie ein vornehmer Herr mit ordenübersäter Brust eiligst unter dem Tisch verschwand und das Taschentuch auflas, das der Herr Minister zu verlieren beliebte. Er war dabei rascher als ich und stieß sogar unter dem Tisch meine Hand zurück. Obwohl es doch gar nicht ihre Sache ist, auf dem Fußboden herumzukriechen und nach Taschentüchern zu suchen ... Das hätte mein Koljuschka sehen sollen, er, der von mir sagte – ein Lakai! Ich für meinen Teil komme meinen Pflichten natürlich nach, und wenn ich jemand ein Zündholz reiche, so tue ich es, weil es die Dienstvorschrift verlangt, aber nicht über das Reglement hinaus ...

Ich bin, nachdem ich schon als Junge in meinem Fach begonnen habe, auch immer geblieben, was ich war, nicht wie gewisse, sehr bemerkenswerte Herrschaften. Da blickt so einer heute, sieh mal an, wie ein Falke drein, hat an der Tafel den Vorsitz, schlürft einen Schloß-Johannisberger oder meinetwegen Champagner, spreizt den beringten kleinen Finger ab und macht damit ein Zeichen, daß er reden will, brabbelt aber ins Glas, daß man fast nichts versteht; und ein andermal erblickt man ihn in einer Gesellschaft, in der er mit dünnem, süßlichem Stimmchen spricht, bescheiden am Rande sitzt, den Kopf geneigt hält wie ein Reiher auf der Lauer und überhaupt mit seiner ganzen Gestalt in eine bestimmte Richtung drängt. Das kennt man doch ...

Auch dem Äußeren nach bin ich nicht übler als andere. Ich sehe sogar dem Rechtsanwalt Anton Stepanytsch Glotanow ähnlich – alle unsere Kellner lachen immer darüber. Beide tragen wir einen Frack, auch wenn seiner natürlich besser sitzt und aus besserem Stoff besteht. Sein Bauch ist freilich bedeutender, und eine dicke goldene Kette läuft über ihn hin. Aber auch er hat eine kleine Glatze und ist überhaupt vom gleichen Schlag. Nur trage ich einen Backenbart, während bei ihm das Kinn nicht ausrasiert ist. Würde man's aber ausrasieren und ihm ein Nummernschildchen an den Aufschlag heften – er könnte ohne weiteres mit mir verwechselt werden. Auch ich hab eine Brieftasche wie er, der Unterschied ist mehr innerlich. Seine ist natürlich sehr dick, und Päckchen in den verschiedensten Farben schauen aus ihr hervor, dazu allerlei Wechsel, während meine recht dünn ist und keinerlei farbige Päckchen enthält; anstelle der Wechsel liegen nun schon seit drei Wochen zwei Visitenkarten darin – eine Visitenkarte des Gerichtsreferendars Perekrylow mit einer Schuldverschreibung über zwölf Rubel, die er zu Hause vergessen hatte, und eine vom Opernsänger Sazepski, mit Krone und Schuldverschreibung über neun Rubel, aus dem gleichen Anlaß. Beide lassen sich nun schon seit drei Wochen nicht mehr blicken und denken gar nicht daran, zu bezahlen, aber warten wir ab, Madam! Solche Herrschaften gibt es auch bei uns genug, und wenn man für alle bezahlen müßte, die ihr Geld vergessen, käme wohl nicht mal die Staatsbank zurecht, so meine ich jedenfalls.

Es gibt aber auch welche, die nicht die Mittel besitzen, aber den Leuten gern Sand in die Augen streuen und mit einem erstrangigen Restaurant renommieren möchten, besonders wenn sie mit großen Tieren beisammen sind. Es schmeichelt ihnen eben, über unsere Teppiche zu wandeln und in den weißen Spiegelsälen zu Abend zu speisen, zumal in Anbetracht verwöhnter

Personen weiblichen Geschlechts ... Nun ja, und da verschätzen sie sich eben betreffs der Kosten. Geradezu peinlich, mit anzusehen, wie sie verlegen werden, erregt die Rechnung durchgehen und unsereinen auf den Korridor bitten, gleichsam um abzurechnen. Sogar mit zitternder Stimme. Weil sie sich vor den erwähnten Personen genieren. Da nimmt man eben auf Treu und Glauben Visitenkarten in Zahlung. Kann manchmal sogar ganz vorteilhaft sein, wenn man zum Dank zwei Rubel zugelegt bekommt. Das schadet niemand, ist im Gegenteil sogar nützlich und fördert den Umlauf des Lebens. So daß nichts Tadelnswertes daran ist. Weiß doch Anton Stepanytsch höchstselber, wenn er mit seinen Geschäftsfreunden frühstückt, äußerst eindrucksvoll vom Umlauf des Kapitals zu reden; er nennt nunmehr zwei Häuser in vorteilhafter Lage sein eigen, und erst vor kurzem wurde er zu einem dritten beglückwünscht.

Außerdem ist er mit Wassil Wassilitsch Kascherotow befreundet, der »Ersten Hilfe«, wie man ihn bei uns nennt. Er führt stets Wechselformulare bei sich, um jungen Leuten aus gutem Hause aus der Verlegenheit zu helfen und einen Nutzen daraus zu ziehen. Und ist dabei erst vor meinen Augen etwas geworden und unterhält Bekanntschaften mit Leuten, daß einem schwindelt ... Er ist sogar Kurator von einem Nonnenkloster und sozusagen Liebhaber davon, zumal in Hinsicht der Novizinnen, zu denen er dank seinem Einfluß und seinen Spenden Zutritt hat. Er soll sogar im Zusammenhang mit seinen Wechselmanipulationen Bekanntschaften mit einigen sehr schicken Damen aus gutem Hause unterhalten. Nun ja ... was doch Geld alles ausmacht! Dabei ist er selber ziemlich verschrumpelt und riecht infolge Zahnfäule meilenweit aus dem Mund.

Natürlich ist das Leben nicht spurlos an mir vorübergegangen, ich bin ein wenig kahl geworden, doch keineswegs vertrocknet und stelle etwas dar; ich trage sogar – entgegen den Bestimmungen – einen Backenbart. Unser Restaurant gibt sich französisch, und alle Kellner sind infolgedessen rasiert, als aber unser Direktor Stroß – er hat vortreffliche Rennpferde und zwei Geliebte – mich in Augenschein zu nehmen beliebte, während ich ihm servierte, ließ er den Maître d'hôtel kommen und ordnete an: »Er soll den Backenbart behalten.«

Ignati Jelissejitsch zog respektvoll den Bauch ein und verbeugte sich.

»Zu Diensten! Manche mögen es – wegen der Vornehmheit ...«

»Eben. Soll er den Backenbart behalten – als Offerte.«

So wurde eigens für mich entschieden. Und Ignati Jelissejitsch gab mir sogar die strenge Weisung: »Untersteh dich ja nicht, ihn zu rasieren! Er ist geradezu dein Glück.«

Nun, Glück! ... Gewiß, man sieht nach etwas aus, und manche Leute genieren sich, nicht mehr als einen Fünfziger zu geben, es stört jedoch bei der Arbeit.

Mein Äußeres ist überhaupt recht ordentlich und sogar diplomatisch – so drückte sich gelegentlich im Scherz Kirill Sawerjanytsch aus. Kirill Sawerjanytsch ... Ach, wie hoch habe ich ihn eingeschätzt und wie sehr hat er in meinen Augen verloren! Was war das aber auch für ein Mann! Wäre nicht die einfache Herkunft, er hätte bei seinem Verstand und bei guter Protektion gewiß im Staatsdienst gestanden. Was hätte er da nicht alles zuwege gebracht! Aber nun hat er so einen Frisiersalon und handelt mit Parfüms. Ist ein Mann mit Kopf und schreibt sogar in einem Heft Gedanken über das Leben nieder.

Er hat mich oft über die Kümmernisse des Lebens getröstet und mit Koljuschka gestritten und ihm mit klugen Worten die Wahrheit auseinanderzusetzen gesucht.

»Du, Jakow Sofronytsch, hilfst den Menschen bei der Aufnahme der Nahrung, während ich ihre Gesichter in Ordnung bringe, und alles das haben nicht wir erfunden, sondern das Leben hat es so gewollt …«

War Gold wert, der Mann!

Wenn ich in vollem Staat vor der Spiegelwand stehe, dann kann ich einfach nicht glauben, daß ich es bin, derselbe, den man gelegentlich in betrunkenem Zustand im Séparée anschnauzt und eines Tages sogar … Und ich bin doch immerhin nicht irgendwer, ich bin kein Obdachloser, sondern habe meine Wohnung und verdiene schließlich keine Groschen, sondern siebzig, manchmal auch achtzig Rubel im Monat; ich verstehe mich auf die Feinheiten des Anstands und den Umgang selbst mit den höchsten Personen. Außerdem hat mein Sohn die Realschule besucht und meine Tochter Natascha das Gymnasium absolviert … Trotz all dieser Umstände kommt es vor, daß gewisse sehr vornehme Herrschaften, die doch wahrhaftig Bescheid wissen sollten … Wo sie so zartfühlend im Umgang und im Betragen sind und mehrere Sprachen sprechen! … Und so wohlerzogen essen und selbst mit einem Knöchelchen behutsam umgehen und sich entschuldigen, wenn sie einen Stuhl umwerfen. Und doch kommt es gelegentlich vor …

Da bediente ich eines Tages einen solchen höflichen Herrn in Uniform, mit einer Medaille auf der Brust, der neben einer Dame mit riesigem Federhut saß – die Dame kannte ich nämlich, ich wußte, welcher Herkunft sie war –, und streifte, weil sie so eng beieinandersaßen, mit dem Rande der Fischschüssel eine Feder an ihrem Hut; und er nannte mich einen Tölpel. Ich sagte natürlich: Verzeihung, was konnte ich anderes tun? Es war aber doch sehr kränkend für mich. Gewiß, er gab mir einen Rubel Trinkgeld, aber nicht etwa zur Entschuldigung, sondern aus

Angabe, um der Dame zu imponieren und seinen Edelmut zu beweisen, keineswegs, um mich zu entschädigen. Kirill Sawerjanytsch natürlich bei seinem raschen und wendigen Verstand machte ein bloßes Mißverständnis daraus, das selbst den renommiertesten Leuten unterlaufen könne, und trotzdem war es nicht schön. Er erzählte sogar von einem Buch, in dem ein Gelehrter schreibt, alle Arbeit sei ehrlich und edel und ein Mensch könne durch Worte nicht beschmutzt werden; nun ja, das weiß ich auch ohne Buch, trotzdem war es nicht schön. Man hat gut reden, wenn man es nicht selber erfahren hat. Er hat es gut, er besitzt einen Frisiersalon, und wenn ihn jemand einen Tölpel nennt, geht er sogleich zum Friedensrichter. Unsereins würde wegen des Skandals am nächsten Tage auf die Straße fliegen und in einem erstrangigen Restaurant nicht wieder unterkommen, weil man sofort überall anrufen würde. Ein Gelehrter aber kann in seinem Buch schreiben, was er will, ihn wird niemand einen Dummkopf nennen. Könnte dieser Gelehrte einmal in unsere Haut schlüpfen und sich ansehen, wie jeder für seinen Rubel, und manchmal auch für einen fremden, den Herrn über uns spielt, dann würde er anders reden. In den Büchern freilich erscheint alles glatt und geordnet, packt aber Agafja Markowna über ihren Ingenieur aus, dann muß man, wie sich herausstellt, daran zweifeln.

Da feierten einmal bei uns solche gelehrten Leute. Man beglückwünschte einen kleinen Glatzkopf zu seinem Buch und zertöpperte für zehn Rubel Geschirr. Sie überlegen nicht, wem der Maître d'hôtel auf Anordnung der Administration die zerschlagenen Gläser in Rechnung stellt. Man dürfe das Publikum nicht mit solchen Lappalien behelligen, das könnte übelgenommen werden! Sie knallen mit hitziger Hand im Eifer der Unterhaltung die Gläser aneinander und ziehen unsereinem einen

Rubel aus der Tasche. Das läßt sich mit keiner Wissenschaft in Einklang bringen.

Wenn man sieht, wie Anton Stepanytsch allerlei Delikatessen auswählt und Wein von der besten Marke nachtrinkt, fragt man sich unwillkürlich, für welche Heldentat ihm all das zugefallen ist, die Häuser, die Kapitalien und alles andere. Und weiß keine Antwort. Selbst seine Freunde nennen ihn geradeheraus einen Spitzbuben. Ich sage die reine Wahrheit.

Als das Jahresdiner vom Vorstand der Herren Fabrikbesitzer stattfand, für die Anton Stepanytsch die gerichtlichen Interessen wahrnimmt und die Prozesse führt, waren alle Kapitalisten zugegen, selbst der allgewaltige Millionär Gustschin. Und während des fröhlichen Essens klatschte dieser Herr Gustschin Anton Stepanytsch auf den Schenkel und sagte gedehnt – ich habe es selber gehört: »Bist eben ein Spitzbube, ein heller Kopf!«

Und alle lachten sehr, Anton Stepanytsch aber zwinkerte ihnen zu und prahlte sogar – der krumme Weg sei eben kürzer als der gerade. Als aber dann zum Dessert die Französinnen kamen, versuchte eine von ihnen, Herrn Gustschin für sich einzunehmen, und nannte Anton Stepanytsch ebenfalls einen Spitzbuben – was es da für einen Krach gab! Herr Glotanow geriet außer Rand und Band und rief, natürlich in betrunkenem Zustand: »So eine … die auch noch!«

Er hatte ein äußerst hartes Wort gebraucht und mit der entsprechenden Gebärde begleitet. Es gab einen solchen Krach, daß man es nur dem Ruf unseres Restaurants verdankte, wenn Folgen ausblieben. Dabei beschmutzten sie der Jungfer das Kleid von oben bis unten mit Kaviar … Sie rissen ein ganzes Fäßchen mit körnigem Kaviar um! Ja, es ist mancherlei vorgekommen.

Man sieht sich all das an und denkt sich seinen Teil … Ach … all diese unglückseligen Geschöpfe Gottes des Herrn!

Wie viele habe ich schon gesehen! Dabei sind sie einmal rein und unschuldig gewesen, dann aber hat man sie verleitet, und sie sind der Straße zum Opfer gefallen. Und niemand beachtet es ... Da kommt man manchmal nach Hause, betet zu Gott und geht ins Bett ... Und hinter der Wand Natascha ... Wie leise sie atmet ... Und man wird nachdenklich ... Was erwartet sie vom Leben? Wir werden ihr keine Kupons und keine Gewinnanleihen oder andere Scheine hinterlassen, auch keine mehrstöckigen Häuser, wie sie die Fräulein Pupajew, in deren Hause ich damals wohnte, geerbt hatten.

2

Wir lebten still und unbemerkt dahin, und plötzlich fing es an ... und nahm einen so schrecklichen Verlauf, daß alles durcheinanderkam.

Es war gerade Sonntag, ich hatte, obwohl sich Koljuschka über jede Äußerung meines religiösen Eifers lustig machte, den Frühgottesdienst besucht und trank, da unser Restaurant erst um zwölf Uhr mittags geöffnet wurde, in Seelenruhe meinen Tee. Es gab bei uns Piroggen mit Weißkohl, und auch mein Freund Kirill Sawerjanytsch, der Friseur, saß bei uns und war bester Laune – er hatte in der Liturgie wunderbar deutlich aus der Apostelgeschichte gelesen. Und eben aus diesem Grunde erging er sich über die Natur des Lebens und über die Politik. Solche Reden führte er aber nur feiertags, weil ja die Werktage, wie er sehr richtig bemerkte, der unermüdlichen Arbeit, die Feiertage dagegen nützlichen Unterhaltungen vorbehalten seien.

Als er dann aber auf die Religion und auf den Glauben an Gott den Herrn zu sprechen kam, begehrte ich, wie Kirill Sawerjanytsch es hinterher darstellte, in meiner Unkenntnis gegen die Gebildeten auf – sie verließen sich bei all ihrer Klugheit denn doch zu sehr auf die Wissenschaft und den Verstand und wollten Gott nicht anerkennen. Das sagte ich aber aus Seelenkummer, weil Koljuschka nie in die Kirche ging. Ich sagte auch, es käme einen bitter an, den Kindern eine Schulbildung zu geben, weil man sie dadurch ganz verderben könne. Da sagte mein Koljuschka: »Von den Wissenschaften, Vater, verstehen Sie nichts, und Sie befinden sich da im Irrtum.« Er hörte sogar auf, seine Pirogge zu essen. »Sie sind sich«, sagte er, »weder über die Wissenschaften noch über den Glauben und die Religion im klaren.«

Ich sollte mir über Glauben und Religion nicht im klaren sein! Und da wollte ich ihn eben seiner Worte wegen zur Vernunft bringen. Ich sagte: »Du hast kein Recht, auf diese Weise zu deinem Vater zu reden! Da irrst du dich! Ich bin in deine Wissenschaften natürlich nicht eingedrungen und habe auch keine Geographie gelernt, aber ich stelle dich auf die Beine und will dafür sorgen, daß dir das Los eines Menschen von besserem Stande zuteil wird, damit du nicht weniger bist als andere und kein Lakai wirst, wie du mich nennst ...« Hier ging geradezu ein Zucken über sein Gesicht. »Würde ich aber die Religion nicht anerkennen, dann wäre ich am Leben längst verzweifelt und hätte mich vielleicht sogar umgebracht! Da lernst du nun immerfort und hast dabei keinen wirklichen Herzensadel ... Das tut mir weh, sehr weh ...«

Kirill Sawerjanytsch teilte meine Meinung und senkte sogar den Kopf bis an den Tisch, aber Koljuschka widersprach: »Hören Sie auf mit Ihren Predigten! Würde man Ihnen«, sagte er, »alles klarmachen, dann würden Sie endlich verstehen, was Herzensadel ist. Aus Ihren Gebeten aber macht sich der Herrgott nichts, wenn es ihn überhaupt gibt!«

Das war nun tatsächlich allerhand! Ich spreche von Religion und Glauben zu ihm, und er kommt mir mit so was ... Ich verwünschte mich selbst, weil ich ihn auf die höhere Schule geschickt hatte. Bündelweise hatte er Bücher nach Hause geschleppt und nächtelang über ihnen gesessen, wieviel Petroleum er allein verbraucht hatte! Und dann saß auch noch dieser Wassikow von der Eisenbahnverwaltung bei ihm herum, der

Schwindsüchtige … Und böse war er geworden, geradezu als sei er übergeschnappt, und abgemagert …

Ich drohte ihm wegen der Worte über den Herrn mit dem Finger, und Kirill Sawerjanytsch sah ihn mit einem ganz bestimmten Ausdruck an – das konnte er sehr gut, ja, er verzog dabei auch noch den Mund. Wie Koljuschka da hochging! Und alle … selbst sehr bekannte Persönlichkeiten … beschimpfte und mit Ausdrücken bedachte, daß einem angst und bange wurde; Kirill Sawerjanytsch wurde ganz unruhig, hüstelte in einem fort und blickte zum Fenster.

»Vergebliche Liebesmüh!« schrie Koljuschka geradezu. »Ich weiß, welchen Herzensadel Sie von mir wollen! Daß hier etwas drin ist!« Und er tippte an seinen Rock. »Lieber klopfe ich auf der Straße Steine, als daß ich Ihnen dieses Vergnügen bereite!«

Buchstäblich wie ein Verrückter! Ja, was denn? Weshalb hatte ich mich bemüht? Weshalb den Herrn Schuldirektor gebeten, mich von der Zahlung der Schulgebühr zu befreien? Er war mir auch nur entgegengekommen, weil er gelegentlich im Restaurant bei uns aß und ich ihm gefällig war und unseren Koch Lexej Fomitsch bat, sich ganz besondere Mühe zu geben – der Herr Direktor ließ sich also nur meiner Dienstfertigkeit wegen dazu herab. Drei Bittschriften mit der Darlegung meiner Notlage habe ich eingereicht und oft genug meine Rechnungen heruntergedrückt – das geht, wenn man gute Beziehungen zum Bonkontrolleur in der Küche hat –, aber ich habe es schließlich geschafft. Und zum Dank für all das solche Reden!

Hier mischte sich Kirill Sawerjanytsch ein und setzte ihm auseinander: »Sie«, sagte er, »sind noch sehr jung und hitzig und in die Wissenschaften noch nicht tief genug eingedrungen. Die Wissenschaften bringen den Menschen dem wirklichen Herzensadel allmählich näher und geben ihm den Schlüssel zum ewigen Glück in die Hand!« Geradezu wunderbar, wie er sprach! »Der Glaube aber und die Religion dämpfen das Ungestüm. Und nun«, sagte er, »vergegenwärtigen Sie sich, wohin die Wissenschaften führen. Ich bin zur Zeit natürlich Friseur, und wäre nicht die wissenschaftliche Vervollkommnung der Maschinen, dann würde ich bei all meiner Kunst – und ich bin ein ausgezeichneter Meister – gut zehn Minuten brauchen, um jemand kahlzuscheren. Seitdem sie aber die Haarschneidemaschine erfunden haben, mache ich das in einer Minute. Und so ist es in allem. Schließlich kommt eine Zeit, da die Gelehrten Maschinen erfinden werden, die alles machen können. Schon heute gewinnt man dank den Maschinen vieles aus der Luft, sogar den Zucker. Und wenn es einmal so weit ist, werden sich alle ausruhen und die Natur erkennen. Und ebendies ist auch der Grund, weshalb man sich den Wissenschaften widmen sollte, was edelgesinnte und gebildete Menschen auch tun, während wir andern uns vorläufig gedulden und an die öffentliche Fürsorge Gottes glauben müssen. Das dürfen Sie nicht vergessen!«

Ich war mit diesen weisen Worten völlig einverstanden, doch Koljuschka gab sich nicht zufrieden und überschüttete Kirill Sawerjanytsch mit einem wahren Wortschwall: »Ich will Ihren Unsinn nicht hören! Haaa … Ihrer Meinung nach soll wohl das Pferdchen ruhig krepieren, während das Gras wächst? Sie haben es gut, Sie handeln mit Parfüms und rasieren allerlei Herrschaften die Visage – freilich nicht eigenhändig! Sie färben und lackieren und verdecken den Leuten die Glatzen, damit sie frischer aussehen!«

Kirill Sawerjanytsch, der äußerst empfindlich war, wurde böse und verschluckte sich sogar. »Dringen Sie erst mal in das Evangelium ein«, sagte er, »dann werde ich mit Ihnen reden!

Ich habe mich mit Philosophie befaßt! Lesen Sie erst mal so viel, wie ich gelesen habe ... Ich könnte Ihren Lehrern etwas beibringen, geschweige denn ...«

Und er tippte sich mit dem Finger an die Brust. Nun ja, aber auch mein Sohn blieb ihm nichts schuldig ... Jener gab's ihm mit fünf und meiner ihm mit fünfundzwanzig Worten! Auch er hatte viel gelesen.

»Haaa ... Sie verschanzen sich hinter dem Evangelium! Ich werde Ihnen Ihr Evangelium unter die Nase reiben! Ihren Glauben Punkt um Punkt zerpflücken und Ihnen vor Augen halten! Ich werde Ihnen Ihre Maschinen in Zahlen vorführen, die Straßen mit dem Lumpenzeug der Armen pflastern! Ist es das, was Sie unter Evangelium verstehen? Sie tragen«, sagte er, »Ihre Buchungen in ihm ein – für Haareschneiden und Rasieren!«

Geradezu ein tollwütiger Hund! Sehr hitzig und empfindlich ist er nun mal. Aber auch hier zeigte er, daß er es hinter den Ohren hatte. Er rannte im Zimmer umher, stieß den Finger in die Luft, drohte mit der Faust und erging sich über das Leben, über die Politik, über alles. Er warf nur so mit Namen um sich. Berühmten und berühmtesten ... Und gab es ihm. Auch die Geschichte kam dran ... Wo er das alles nur hernahm! Er hatte eben viele Bücher gelesen. Und so und nicht anders muß man es machen, und eben darin und in nichts anderem äußert sich der Herzensadel im Leben!

Kirill Sawerjanytsch war völlig hilflos geworden und verzog nur noch den Mund. Doch hilflos schien er bloß, er tat nur so und bereitete sich im stillen auf eine Entgegnung vor. Und er begann sehr höflich, sogar mit einer netten Handbewegung: »Das ist nur leeres Stroh von Ihrer Seite, Sie weichen mir aus. Das alles bedeutet Gewalttätigkeit, und so etwas gibt es im Leben nicht. Denken Sie gründlich nach, dann wird Ihnen alles klarwerden. Ich weiß mit der Politik sehr gut Bescheid und denke ...«

Koljuschka schlug mit der Faust auf den Tisch, daß das Geschirr klirrte. Er war breitknochig und stark, nur eben sehr hitzig.

»Das Denken überlassen Sie ruhig uns, rasieren Sie lieber die Visagen!«

Das war nun wirklich frech. Kirill Sawerjanytsch jedoch fuhr leise, aber deutlich fort: »Warten Sie ab, zerschlagen Sie kein Geschirr! Sie haben noch gar nicht getrunken und krächzen schon! Und dann – wer sind Sie denn? Sie absolvieren Ihr Studium, werden Ingenieur und bauen allerlei Straßen und kleine Brücken ... Wenn erst das Geld auf Sie zukommt, werden Sie Handschuhchen tragen und da und dort etwas liegen haben, das sich von selber vermehrt. Und eigene Häuschen und dekolletierte Damen ... Mit unsereinem, der anderen die Visage rasiert, werden Sie nicht zu reden wünschen ... Nein, warten Sie, verbieten Sie mir nicht den Mund! Das werden Sie später tun, wenn ich Sie erst rasiere ... Sie werden allerlei Bücher lesen und schöne Reden führen und gar nicht mehr wissen, wohin damit! Und mit den behandschuhten Händchen den einen in die Enge treiben, dem anderen an die Gurgel fahren ... Wir haben genug gesehen – wissen unsererseits nicht, wohin damit! Sie sagen – die Wahrheit! Die Wahrheit ist nämlich ... bei Peter und Paul!«

Er hatte alles zerredet, und Schluß! War schon ein ungewöhnlicher Kopf! Koljuschka kniff nur die Augen zusammen und sagte: »Das werden Sie wohl an sich selber erfahren haben! Aber gestatten Sie eine Frage: Was schlagen Sie aus Ihren Gesellen heraus?«

Kirill Sawerjanytsch wollte gerade den Mund auftun, als Luscha hereingestürzt kam, aufgeregt winkte und mit erschrockenem Gesicht über Koljuschka herfiel: »So hab doch wenigstens Mitleid mit deiner Mutter! Du richtest uns zugrunde! Kriwoi hat alles gehört!«

Ach du meine Güte! Den hatten wir ganz vergessen, ihn, den wir längst an die Luft setzen wollten. Er war in allen seinen Handlungen sehr undurchsichtig. Früher hatte er wohl in einer Gummiwarenhandlung gearbeitet, dann war ihm die Frau mit dem Reviervorsteher durchgegangen. Er hatte bei uns ein Zimmer mit dem Fenster zur Müllgrube gemietet, kam jeden Abend betrunken nach Haus und lärmte. Die Gitarre von der Wand und den Walzer »Die unwiederbringliche Zeit« gespielt – bis drei Uhr nachts. Ließ niemand schlafen, und wenn man etwas sagte, polterte er gleich los: »Sie werden noch merken, wer ich eigentlich bin! Sie glauben wohl, ein kleiner Schreiber bei der Polizei? Nein, nicht die Bohne! Ich habe besondere Vollmachten!«

Wir waren regelrecht eingeschüchtert. Den Mund so voll zu nehmen – geradezu erstaunlich! Und das in solchen Zeiten! Manchmal legte er die Gitarre auch beiseite und verstummte. Luscha hat alles durch eine Ritze gesehen. Er stand dann in der Mitte des Zimmers, zerwühlte das Haar und sah sich in einem fort um. Manchmal sengte er auch die Wanzen hinter den Tapeten mit einer Kerze – wie leicht hätte er einen Brand verursachen können! Und dabei klebte er an uns wie eine Klette.

Dieser Kriwoi also, dieser Einäugige – sein linkes Auge war immer zusammengekniffen –, tauchte plötzlich mit giftiger Miene in einer neuen Jacke hinter Luscha auf und zeigte mit zitterndem Finger auf uns. Auch an dem einzigen Auge sah man, daß er zu allem fähig war.

»Jetzt habe ich euch endlich! Wiiie bitte? Ihr haltet mich für einen Geheimpolizisten? Da unterschätzt ihr mich aber!

Diese politische Unterhaltung werde ich euch ankreiden! Wiiie bitte?«

Ich wußte, er war ein völlig verdrehter Bursche und obendrein betrunken, und ich schwieg. Koljuschka – er konnte ihn nicht leiden – wandte sich ab, während Kirill Sawerjanytsch ihn zu besänftigen suchte: »Es war ein Streitgespräch über die Wissenschaft und keineswegs von wegen und so ... Möchten Sie nicht ein Gläschen Tee?«

Er packte die Angelegenheit überhaupt sehr diplomatisch an.

»Wir sind doch selber Patrioten«, erklärte er, »und keineswegs von wegen und so ... Glauben Sie das bitte nicht! Ich zum Beispiel unterhalte sogar einen Frisiersalon ...«

Doch Kriwoi kniff vollends die Augen zusammen und wandte sich sogar halb von uns ab.

»Sparen Sie sich die Komplimente! Wie man sich mir gegenüber verhält, seh ich auch ohne Brille! Hab wohl auf euch Eindruck gemacht! Wiiie bitte? Vielleicht richte ich euch alle noch zugrunde, ihr tut mir bei meinen gebildeten Gefühlen sogar sehr leid, da ihr mich aber verschmäht und an die Luft setzt wie den letzten Dreck, kann ich mir das nicht gefallen lassen! Und da du ein Lakai bist«, jetzt wandte er sich an mich, »werde ich mich um niemand ...«

Das war nun wirklich sehr unschön von ihm. Und Koljuschka – das Glas ergreifen und nach ihm werfen war eins! Er bespritzte ihm das Gesicht und die neue Jacke ... Alle sprangen auf. Kirill Sawerjanytsch packte Koljuschka an den Handgelenken, und ich versperrte Kriwoi den Ausgang, damit er nicht auch noch auf der Straße randalierte; Luscha war nahe daran, vor ihm auf die Knie zu sinken, und flehte ihn an, sich in die Lage der Familie zu versetzen, und auch Natascha kam dazu; Kriwoi aber riß sein einziges Auge auf, durchbohrte alle mit dem Blick und stukte den Zeigefinger in sein Jackett. Das reinste Sodom und Gomorrha ... Am Ende tauchte auch noch der andere Untermieter von uns auf; er war Musiker und blies auf Hochzeiten die Posaune, hieß mit Familiennamen Tscherepachin, Polikarp Sidorytsch, und war von ausgesprochen physischem Körperbau ... Und sofort zu Nataschka.

»Hat er Sie etwa gekränkt? Bitte treten Sie von der unangenehmen Unterhaltung zurück ...« Und sogleich zu Kriwoi: »Ich drehe Ihnen den Hals um, wenn Sie noch einmal ... Miststück verdammtes! Ein Schweinehund sind Sie nach alledem! In Gegenwart dieses Fräuleins beleidigend zu werden!«

Ich flehte ihn an, nicht auch noch seinerseits zu randalieren, er war jedoch sehr hitzig und uns sehr zugetan. Am liebsten hätte er Kriwoi auf der Stelle eins in die Fresse gegeben.

»Lassen Sie mich, ich will ihm eine kleben! Ich mache ihm eine Sonnenfinsternis in seinem zweiten Auge! Dem tollwütigen Kater!«

Kriwoi aber brabbelte in einem fort wie ein Wasserfall und beachtete ihn nicht im geringsten. Und Kirill Sawerjanytsch redete Kriwoi gut zu: »Sie wollen den jungen Mann zugrunde richten, das ist gewissenlos! Das ist sogar gehässig von Ihnen! Es war nur von Maschinen und vom Sinn des Lebens die Rede, Sie aber schieben die Dinge auf das politische Gleis ...«

Der aber stukte mit dem Finger in seine Brust, und wieder: »Ich weiß, was das für Gleise sind! Er hat mir mein neues Jakkett beschmutzt! Ich bin nicht irgendwer! Ich habe intelligente Neigungen!«

Und Kirill Sawerjanytsch: »Das kriegen wir alles hin. Wir geben die Jacke in die Reinigung und lassen alles entfernen. Mein Vetter arbeitet nämlich bei Buckermann ...«

»Es dreht sich nicht um die Jacke!« schreit Kriwoi. »Tun Sie nicht so, als handelte es sich nur um die Jacke! Hier geht's um ganz anderen Stoff! Mein Blut ist von adliger Herkunft, und nichts kann mir Genugtuung verschaffen. Vielleicht überleg ich mir's noch, aber er soll sich sofort bei mir entschuldigen!«

Ich natürlich, um das Feuer nicht zu schüren, flüsterte Koljuschka zu:

»Entschuldige dich ... Lohnt es sich denn, mit jedem ...«

»Und ich verlange unbedingt eine neue Jacke!«

Koljuschka aber fällt über mich her:

»Ich mich bei diesem Parasiten entschuldigen?«

»Haaa ... Ich bin also ein Parasit? Na, jetzt werde ich's euch aber zeigen!«

Er greift in die Tasche und zieht ein Papier hervor. Wir waren alle sprachlos.

»Und was ist daaas hier? Ich ein Parasit? Ihr habt es selber gewollt, so schluckt jetzt dieses Zirkular! Auf Wiedersehen!«

Und er verließ das Zimmer. Kirill Sawerjanytsch ihm nach, während ich zu Koljuschka sage:

»Was machst du nur mit mir? Ich habe dich mit meinem Herzblut genährt, dich aufgezogen und durch mein eifriges Bemühen von der Schulgebühr freibekommen ... Stimmt's? Und das ist der Dank dafür! Was soll denn jetzt werden?«

»Sie haben sich umsonst bemüht«, entgegnet er, »umsonst vor jeder Kanaille geliebedienert! Nicht dieses Pack, das selber nur auf Raffen aus ist, hat für mich bezahlt ... Kriwoi aber ist vielleicht gar nicht einmal so schuldig ... Wo Aas ist, da sind eben auch Würmer.«

»Was denn für Würmer?«

»Solche grünen ...« Und er lacht sogar!

»Was soll das?« frage ich streng. »Was bildest du dir ein?«

»Nichts. Trinken wir lieber unseren Tee, Sie müssen doch bald in Ihr Restaurant...«

»Versuch mich nicht zu beschwatzen«, sage ich, »nimm dich in acht, du!«

»Sie sind ein komischer Kauz! Was regen Sie sich eigentlich auf? Ich wollte Sie doch nur vor der Beleidigung in Schutz nehmen...«

»Vor der Beleidigung in Schutz nehmen!« entgegne ich. »Er wird uns jetzt der Jacke wegen beim Friedensrichter verklagen und dich bei der Polizei denunzieren – was du für Reden führst... Du siehst doch selbst, was für ein tückischer Mensch das ist! Er kann dir jetzt auch in der Schule schaden...«

Hier kehrte Kirill Sawerjanytsch zurück; er war blaß, fuchtelte mit den Armen und zerrte verwirrt an seiner Krawatte.

»Er ist nun doch gegangen! Vermutlich zum Polizeirevier! Jetzt werde auch ich noch in diese Angelegenheit hineingezogen... Alle wissen, daß ich ein friedlicher Bürger bin, aber nein, dieses Bengels wegen wird man auch mich... Vergiß nicht«, sagte er zu mir, »ich habe nur von Maschinen, von der Wissenschaft, vom Glauben an Gott und von der Geduld gesprochen... Die Zeiten sind ernst, ich habe auch ohne Politik Sorgen genug... Der Umsatz geht zurück.«

Er griff nach seiner Mütze, und weg war er. Nicht mal seine Pirogge hatte er aufgegessen. Was konnte ich machen! Ich wollte ihn zurückholen und um Rat fragen, aber ich sah – es war zwanzig vor zwölf, ich mußte ins Restaurant. Und es war Feiertag, es würde heiß zugehen, man würde sich ranhalten müssen.

Da ging ich also und dachte: Was soll denn nur aus uns werden? Was wird jetzt aus uns?

3

Ausgerechnet an diesem Tag mußte es bei uns im Restaurant ein ziemliches Durcheinander geben! Ignati Jelissejitsch hatte eine neue Anordnung getroffen: »Von morgen an haben alle Kellner der Geräuschlosigkeit halber Gummisohlen zu tragen!«

Es wurde bei uns viel darüber gelacht, mir allerdings war nicht zum Lachen. Da hört man sich an, was à la carte bestellt wird und wie man Kapaun à la Richelieu serviert haben will, und muß in einem fort daran denken, welchen Verlauf die Sache mit Kriwoi wohl nehmen wird. Obendrein stellte sich auch noch der Herr Bankdirektor Filinow ein – er hatte einen riesigen Bauch, in dem ein hundert Arschin langer Bandwurm zu hausen schien; der Herr Bankdirektor war in Angelegenheiten des Essens ein großer Kenner und ließ den Deckel nie durch den Kellner von der Pfanne abheben, er tat es vielmehr selbst, sogar mit zitternder Hand; doch dieses Mal war er gekränkt. Dabei hatte er in Gegenwart der Nummer fünfzehn ein Chaudfroid von Wild mit Trüffeln bestellt, schickte es jetzt aber zurück.

»Ist mir gar nicht eingefallen, das zu bestellen«, sagte er, »das hab ich erst gestern gehabt, während ich heute ...« Er warf einen Blick auf die Karte und zeigte auf den Sterlet in Rheinwein. »Ich habe heute Sterlet bestellt.«

Mach was! Dabei wußte ich ganz genau, daß er ein Chaudfroid bestellt und auch noch mit dem Finger auf die Karte getippt hatte – es müßten unbedingt französische Trüffeln sein. Die Order an die Küche hatte der Maître d'hôtel ausgeschrieben. Friß meinetwegen selber! Doch was zum Teufel sollte ich mit dem Chaud-froid? Ich hatte andere Sorgen!

Wie war das alles nur mit Koljuschka gekommen, wo hatte er diese Reden her? Da war er herangewachsen, und ich hatte ihn kaum gesehen. Wann hätte ich ihn auch sehen sollen? Ich mußte früh zum Dienst, sah ihn vielleicht ein paar Minuten die Schulaufgaben machen und kam nach drei Uhr nachts zurück – dann schlief er. So hatte ich ihn eigentlich gar nicht heranwachsen sehen, und plötzlich war er groß. Ich kann mich gar nicht mehr erinnern, wie er als kleiner Junge gewesen ist ... Als wäre er unter Fremden aufgewachsen ... Ich habe ihm wohl nicht die richtige Wärme gegeben. Ich hatte ja keine Zeit dazu.

Und nun auf einmal paßte ihm meine Arbeit nicht. Während ich mir das so gedacht hatte: Er wird Ingenieur, ich gebe die Arbeit auf, schaffe mir Geschirr an und leihe es gegen Geld zu Abendgesellschaften, Bällen und Trauerfeiern aus. Dann kaufe ich mir ein Häuschen in möglichst ruhiger Lage und halte zu meinem Vergnügen Hühner ... Ich habe für eine kleine Hauswirtschaft sehr viel übrig. Auch Luscha war sehr dafür ... Versteh ich doch selber sehr gut, was für einen Beruf ich habe und wer ich eigentlich bin. Man sieht mir nicht einmal ins Gesicht, sondern immer nur in den Raum zwischen dem Tisch und meinen Beinen ... Es gab bei uns sogar einen Gast, einen Gestütsbesitzer, der Kenner in diesen Dingen war und jede Wette einging, er könne allein mit den Fingern ein ganzes Abendessen bestellen – ohne ein einziges Wort zu sagen ... Wenn aber etwas nicht stimmen würde – erbarmungslos zurück, und ohne Bezahlung. Und dem entsprechen auch die Gummisohlen. Ignati Jelissejitsch erklärte denn auch geradeheraus: »Ich habe da in Paris einen Direktor gekannt, bei dem ist das so eingeführt, und keiner von den garçons verursacht den geringsten Lärm. Die Gäste empfinden das als äußerst angenehm, und außerdem stört es nicht die Musik.«

Er entdeckte einen Fleck an meinem Frack und gab mir die strenge Weisung, ihn zu entfernen oder ein neues Seitenteil einzusetzen. Ein Gast, der mir erklären wollte, wie er das Rumpsteak auf Englisch wünsche, stieß mich aus Unachtsamkeit mit dem Löffel an und machte mir den Fleck. Die Gäste könnten Anstoß daran nehmen, meinte Ignati Jelissejitsch!

Warum eigentlich? Weil ich – bei meinem ständigen Herumhetzen – einen Fleck am Frack habe? Was ist schon ein Fleck? Der Makler Lissitschkin hat Flecken auf der Hose und auf der Hemdbrust ... Und erst Herr Kascherotow, wenn man näher hinsieht, geradezu überall, selbst hier, an dieser Stelle ... Sie nehmen Anstoß ... Und ich darf keinen Anstoß daran nehmen, wenn mir Herr Eiler, der Steuerinspektor, mit der Zigarre ein Loch in die Hose brennt? Ein anderer gebildeter Mann – Gymnasiallehrer und schreibt sogar in den Zeitungen, hat einen äußerst schwierigen Namen, den ich durchaus nicht behalten kann – betrank sich eines Tages anläßlich einer Auszeichnung, die er erhalten hatte, dermaßen, daß er und seine Kollegen bei dem Gelage das ganze Séparée beschmutzten; als ich ihn unterfaßte und zum WC führte, verlor er eine Scheibe Stör à la provençale aus der Manschette und bespie mir, da er sich auf dem Korridor erbrechen mußte und mir den Kopf an die Brust legte, das ganze Vorhemd und die Weste mit Alkohol oder sonst welcher Flüssigkeit aus seinem Magen. Widerlich, solche Ungezogenheiten mit anzusehen! Und wenn erst Namenstag all der Tatjanas ist ... da freilich gibt es Flecken, Flecken aller Art und überall ... Moralische, und nicht nur materielle, wie Koljuschka sagt! Flecken im höheren Sinn! Wo also ist das Recht? In Wirklichkeit gibt es das wohl gar nicht? Zu dieser Ansicht neige ich in letzter Zeit immer mehr.

Aber woher weiß Koljuschka alles so genau, als hätte er selber im Restaurant gearbeitet? Wer bekommt das alles heraus und klärt sogar die Jugend auf? Ich kenne solche Menschen nicht. Bei uns hat niemand darauf acht. Aber irgend jemanden gibt es bestimmt. Könnte man einem solchen Menschen doch begegnen und mit ihm reden! Das wäre ein großer Trost ... Von einem allerdings weiß ich, daß er sehr scharf in seinen Büchern darüber schreibt, und das mit Recht. Ein Mann von ungeheurem Verstand und mit strengem Blick – man sieht es auf den Porträts. Es ist der Graf Tolstoi! Und er heißt Lew, der Löwe! Was das allein schon für ein Name ist – Lew! Gott gebe ihm Gesundheit! Bei uns verkehrt er natürlich nicht, und er weiß auch nicht, daß ich seine Werke gelesen habe, soweit es meine knappe Zeit erlaubte und Koljuschka mir welche mitbrachte. Sehr bemerkenswert geschrieben! Wenn er doch mal bei uns vorbeikäme und sich alles mit eigenen Augen ansehen wollte! Ich könnte ihm vieles erzählen, ihn auf vieles aufmerksam machen. Wir sind ja keine Schenke, sondern eine Gaststätte für die Gebildeten ... Und wenn man mit Verstand in alles eindringt, dann zieht das Leben an einem vorüber, ein äußerst mannigfaltiges Leben. Manchmal tut sich der Mensch mit seinem ganzen Inneren vor uns auf, und dann sieht man erst, was sich unter seinem gestärkten Hemd für ein Gekröse verbirgt ... Wie viele Menschen ziehen an uns vorbei, die uns Dummköpfe gewissermaßen anleiten und belehren sollten ... Aber was für ein Beispiel geben sie uns!

Und ebenda, an diesem Sonntag, spielte sich so eine Geschichte vor meinen Augen ab. Und wer war ihr Held? Ein sehr gebildeter Mann, er hatte sogar eine Lehranstalt absolviert, in der man das praktische Leben lehrt und die aus diesem Grund Akademie der praktischen Wissenschaften heißt. Mit einem Wort – alles durch die Praxis. Das ganze Leben soll am praktischen Beispiel gezeigt werden. Er war dabei auch noch aus gutem Hause und führte den Titel Kommerzienrat, Iwan Nikolajewitsch Karassew. Wie war es möglich, daß man ihm in der Akademie nicht beigebracht hatte, wie man einen armen Menschen behandelt, der seinen Unterhalt mit Hilfe seiner musikalischen Fähigkeiten und der Musik bestreitet!

Was habe ich nicht alles bei meiner Arbeit in den Restaurants gesehen, am liebsten würde ich gar nicht davon sprechen! Und dennoch halte ich das alles nicht für so furchtbar wie die Verhöhnung der Seele, die doch der Spiegel des ganzen Wesens ist.

Dieser Herr Karassew ist häufiger Gast bei uns, und man zollt ihm seines Reichtums wegen viel Respekt, sogar außerordentlich viel. Direktor Stroß sitzt manchmal bei ihm am Tisch und empfiehlt ihm eigenhändig Speisen und Getränke, und die Portionen für ihn richtet der Küchenchef selber an, Herr Ferdinand, ein Franzose aus einem erstrangigen Pariser Restaurant mit achttausend Rubel Gehalt im Jahr; er kostet bei uns auch die Weine und kann einen Wein selbst durch das Glas beurteilen. Und er nimmt sogar Geld von den Köchen für ihre Arbeitsstellen. Er ist äußerst habgierig. Ignati Jelissejitsch aber läßt kein Auge von Karassew und zieht mich meiner Dienstfertigkeit und meines Verständnisses wegen zu seiner Bedienung heran, nimmt mir aber die Schüsseln aus der Hand und bietet sie ihm persönlich an – mit geneigtem Kopf und in besonderem Tonfall, denn er hat die hohe Schule des Restaurantwesens durchlaufen.

Herr Karassew kommt in einem prächtigen Automobil mit Musik vorgefahren, und man hört schon von weitem, wie der

Chauffeur zur Warnung des Publikums und der Equipagen laut hupt. Man benachrichtigt Stroß, während der Maître d'hôtel zur zweiten Plattform hinuntereilt und ihn begrüßt.

Er ist wohl der reichste von allen unseren Gästen, denn als sein Vater starb, hinterließ er ihm zehn Millionen und viele Fabriken und Güter. Das ist ein solches Vermögen, daß man es auf keine Weise verleben kann, denn in jeder Minute vermehrt sich – Ignati Jelissejitsch hat es ausgerechnet – sein Kapital um fünf Rubel. Wenn er drei Stunden bei uns sitzt, sind es schon tausend Rubel. Und gekleidet ist er jedesmal nach der letzten Mode. Er hat eine Uhr, die mit Brillanten übersät ist und jede Stunde eine Musik spielt, soll zehntausend gekostet haben und vom französischen Kaiser stammen, ist angeblich im Ausland auf einer Auktion erworben worden. Am kleinen Finger trägt er einen nußgroßen Brillanten, und von der Krawattennadel geht ein solches Funkeln aus, daß das Gesicht sogar in bläulichem Licht erscheint. Er ist von angenehmem Äußeren, hat ein schwarzes Schnurrbärtchen, doch er ist klein von Wuchs, obwohl er hohe Absätze trägt. Außerdem hat er einen sehr großen Kopf. Nur ist er immer irgendwie trübselig, und sein Gesicht wirkt in Anbetracht einer solchen Lebensführung schlaff und zerquält. Er soll, wie man hört, schon auf der Akademie von einer gewissen Krankheit befallen gewesen sein, daher auch die Schwermut oder Trübsal auf seinem Gesicht.

Bei uns verkehrte er der Damenkapelle wegen; sie ist bemerkenswert für ganz Rußland und steht unter Leitung des Herrn Capuladi aus Wien.

Unsere Kapelle ist sehr bekannt, weil es keine gewöhnliche Kapelle ist, sondern eine mit besonderem Programm. Es spielt nur weibliches Personal von spezieller Zusammensetzung in ihr. Alles bescheidene, feinfühlige, gebildete Fräulein, viele haben sogar ein Konservatorium für Musik absolviert, und alle sind sehr hübsch und von strengem Benehmen, so daß man sagen kann, sie werden nie auf etwas eingehen und halten sich sehr zurück. Natürlich gibt es welche, die ihrer Schönheit und musikalischen Fähigkeiten wegen von irgendeinem reichen Fabrikbesitzer oder gar Grafen ausgehalten werden, aber die sind dann ausgeschieden. Alles in allem sind die Fräulein streng, und ebendas zieht die Blicke an. Da bemühen sich denn manche, sie herumzukriegen. Die Fräulein aber spielen und lassen sich nicht stören, und die Leute blicken sie an und möchten sie herumkriegen.

Und eines Tages trat eine wirkliche Schönheit unserer Kapelle bei, schlank und zart wie ein kleines Mädchen. Mit blassem Gesicht und brünett. Sie hatte Hände wie ein Kind, geradezu erstaunlich. Eine einzige Freude, sie anzusehen. Vermutlich war sie keine Russin, denn mit Familiennamen hieß sie Guttelet. Sie hatte ungewöhnlich große Augen, die immer traurig blickten.

Ich hatte ja nun wirklich genug Frauen und Mädchen in den verschiedenen Restaurants gesehen – Schauspielerinnen, Balletteusen und Sängerinnen, überhaupt sowohl legitime Ehefrauen aus den höchsten Kreisen und mit den feinsten Manieren als auch Mätressen, auch ausländische, auch von der edelsten Sorte wie die Cavalieri, die Anerkennung in der ganzen Welt genoß – bei uns im Goldenen Salon hing sogar ihr Porträt, von einem Pariser Maler gemalt, es hatte siebentausend Rubel gekostet. Als sie eines Abends bei uns im Goldenen Salon mit allerlei hochgestellten Persönlichkeiten soupierte, gehörte ich zu der ausgesuchten Garnitur, die dort bediente, und habe sie ganz aus der Nähe gesehen ... Sie da, und ich so wie hier ... Ich muß allerdings sagen, einen besonderen Eindruck hat sie auf mich nicht erzeugt. Natürlich war alles an ihr sehr fein und ungewöhnlich, wenn man auch sah, daß sie geschminkt war und die Augen mit einer Flüssigkeit betropfte, die ihnen Glanz verlieh, das kennt man ja ... aber das Fräulein Guttelet war ihr doch überlegen. Auch die Cavalieri hatte hervorragende Augen, in denen aber Mißtrauen und Berechnung waren, während die Augen jener das ganze Gesicht erhellten. Wie Sterne. Auf welche Weise sie zu uns gekommen war, wußte niemand. Nur wurde bei uns viel darüber gelacht, daß sie sich jeden Abend von ihrer alten Mutter abholen ließ, um nicht in später Nacht allein nach Hause zu gehen.

Und nun also fand sich dieser Iwan Nikolajewitsch Karassew jeden Abend bei uns ein und bevorzugte ein Tischchen gleich neben der Kapelle, dabei hatte er sich früher, wenn nicht im Séparée, so gewöhnlich gegenüber dem großen Spiegel gesetzt. Er kam, wenn die Musik begann, und blieb, bis das Programm beendet war. Und starrte immerfort in eine Richtung. Mir war natürlich klar, wohin er starrte, weil unsereins sich in Blicken auskennt und selbst die Augenbrauen verfolgt. Zumal bei einem solchen Gast ... Da schlug er mit Vorbedacht die Augen zu ihr auf, oder er zog die Uhr hervor, um sie mit einem Brillantenstrahl zu blenden. Aber alles ohne Erfolg. Sie strich die Geige, verrenkte fast das Händchen und blickte immerfort zu dem Kronleuchter, ins Funkeln der Kristalle. Mit einem Wort – eine Himmelsbewohnerin, und Herrn Karassew schenkt sie nicht die geringste Beachtung. Der aber will es nicht wahrhaben, schlürft einen Schloß-Johannisberger – die Flasche sechsundfünfzigeinhalb bis fünfundsiebzig Rubel – und seufzt gefühlvoll, aber es kommt nichts dabei heraus.

So saß er denn auch an diesem Sonntag da – neben ihm, um ihn abzulenken, Direktor Stroß, während ich irgendwo in der

Ecke bereitstand. Und Karassew sagte: »Versteh ich nicht!« Es klang recht heftig. »Ich habe sowohl in Paris als auch in London ... Ich kann mich nur wundern ...«

Es klang wirklich recht heftig. Sobald aber ein Gast heftig wird – sei auf der Hut! Selbst unser Stroß, der immer sehr gelassen und etwas langsam ist, geriet in Bewegung; wurde unruhig und legte die Zigarre hin. Er hat so ein fleischiges Kinn, und das wabbelte. Er berührte Herrn Karassews Hand und sagte – seine Stimme ist laut und knarrend, so daß man alles hörte: »Das ... Hochverehrter ... hat es bei uns noch nicht gegeben ... wenn Sie aber wünschen ... der Musik zuliebe ...«

Und er zog wieder an der Zigarre. Karassew aber zu ihm, und ziemlich hitzig: »Na also! Das ist bei mir so die Regel! Ich wünsche, wenn ich etwas zu schätzen weiß, es auch zu zeigen ... Und ich bin immer ...«

Stroß jedoch blieb bei seiner Meinung.

»Sie haben«, sagte er, »einen feinen Geschmack, ich kann mich aber nicht verbürgen ...«

Und flüsterte ihm etwas zu. Er war infolge seiner Beleibtheit zwar schwerfällig, aber verdammt schlau. Man erzählte sich, er habe das Fräulein schon auf dem Gang angesprochen, sei aber sehr gleichgültig von ihr behandelt worden. Karassew zuckte nur die Schultern und winkte mich mit dem Finger heran. Er holte eine Visitenkarte hervor und gab sie mir.

»Fahr sofort zu Duferle, ich brauche einen Strauß weißer Rosen mit einer schwarzen Nelke in der Mitte! Und daß mir Ljubotschka ihn bindet! Sie kennt meinen Geschmack. Beeil dich!«

Ich sah, was hier gespielt wurde. Aber hol's der Teufel! Ich fuhr also los, um den Strauß zu holen, und fragte mich unterwegs, was er mir für die Mühe wohl zustecken werde. Ich würde gleich die Sache mit Kriwoi in Ordnung bringen und ihm drei Rubel für die Jacke geben können … Als mir dann aber einfiel, was der gesagt hatte, wär ich am liebsten gleich nach Hause gestürzt. In mir sah es aus …

Als ich am Laden vorfuhr, wollten sie gerade schließen. Kaum aber zeigte ich die Visitenkarte vor, überlegte man sich's. Der Eigentümer, ein Deutscher, geriet ganz aus dem Häuschen. Er rieb sich die Hände, hastete hin und her und scheuchte die Mädchen auf.

»Gleich, gleich … Wo ist das Messer? Rasch den Draht!«

Er stieß den Laufjungen beiseite, ergriff ein krummes Messer – und ab in die Büsche.

Ich sagte ihm, der Kunde habe befohlen, Fräulein Ljubotschka solle es machen, er kam jedoch nicht zum Vorschein. Ich sagte es noch einmal, nun schon lauter. Da schoß er aus den Blumenbüschen hervor, nahm ein Fünfzigkopekenstück aus der Westentasche und steckte es mir zu.

»Sagen Sie ihm, sie hat es gemacht … Sie ist im Augenblick nicht da, aber sagen Sie nur, sie hat es gemacht … Ich weiß schon, wie er es haben will, ich kenne seinen Geschmack … Soll der Strauß für ein junges Mädchen sein oder für wen?«

Und er sagte etwas auf Französisch zu den Fräulein, und sie lachten. Ich erklärte ihm, für wen er sei.

»Aha … im Restaurant? Gut!«

Und plötzlich schneidet er eine rote Rose ab – zack!

»Er hat einen aus weißen befohlen«, sage ich, »in der Mitte mit einer schwarzen Nelke.«

»Ich weiß, ich weiß!« Und wieder sagt er etwas zu den Fräulein; sie lächeln. »Auch die Nelke kommt noch.«

Und er pfeift vor sich hin. Sie stellten einen prächtigen Strauß zusammen, verstärkten die Stiele mit Draht und bogen sie schön auseinander, die rote aber zerrupften sie und verstreuten die Blütenblätter über das Ganze. Der Strauß war weiß, wie sich herausstellte. Die schwarze Nelke aber blickte aus seiner Mitte gleich einem Auge hervor. Er schlang ein silbernes Band darum und knüpfte es zu einer Schleife. Dann hielt er ein Lämpchen an der Schnur vor einen Glasschrank und rief:

»Nadenka, suchen Sie etwas nach Ihrem Geschmack heraus … Njutotschka!«

Sie stritten sich. Die eine zeigte auf ein Füllhorn mit einer kleinen silbernen Schlange, die andere war dagegen.

»Für ihn lieber die Phryne«, meinte sie. »Ich kenne seinen Geschmack.«

Der Deutsche war sogleich einverstanden.

»Die Schlange ist etwas für eine Schauspielerin, hier, wo es sich um jemand vom Restaurant handelt, paßt die Phryne besser …«

Und er holte die Phryne aus dem Schrank. Warum sie Phryne hieß, weiß ich nicht – es war eine kleine weibliche Figur, ungefähr acht Werschok hoch, die Arme hinter dem Kopf verschränkt und einfach so, ohne was an. Er gab ihr den Strauß in die Hände und befestigte ihn im Halter, so daß man das Ganze bequem an den Beinen halten konnte. Dann besprühte er das Band mit Parfüm und schob den Strauß in einen Karton mit einer besonderen Haltevorrichtung.

»Bitte recht vorsichtig … Und sagen Sie, Ljubotschka hat es gemacht. Aber vergessen Sie's nicht!«

Er öffnete mir sogar persönlich die Tür.

Kaum war ich oben angelangt, als Ignati Jelissejitsch auf mich zustürzte, den Strauß aus dem Karton nahm und ihn auf Armeslänge von sich forthielt. Als er die Figur erblickte, schnalzte er mit der Zunge.

»Das lasse ich mir gefallen«, sagte er und kitzelte sie mit dem Finger.

Alle bestaunten sie und lachten. Dann trug er den Strauß zwecks Erregung der allgemeinen Aufmerksamkeit durch den ganzen Weißen Saal. Er blieb vor Iwan Nikolajewitsch stehen, den Strauß in der ausgestreckten Hand. Das machte sich außerordentlich wirkungsvoll. Und der zu ihm: »Geben Sie her, auf den Tisch!« Er sagte es sogar ein wenig streng und wischte sich mit dem Taschentuch über das Gesicht.

Der Strauß gefiel ihm sehr gut, auch Direktor Stroß war des Lobes voll. Und Karassew immerzu:

»Sehen Sie – das ist nach meinem Geschmack! Ist er nicht prächtig?«

»Sehr, sehr schön«, entgegnete Stroß, »nur weiß ich nicht, wie sie das alles finden wird … Sie will nämlich von hier fort, zum Theater …«

»Dummes Zeug …« Und er schnippte mit den Fingern.

Hier kam ein Offizier herein, setzte sich an den Tisch nebenan und klirrte mit dem Säbel. Die Kapelle spielte ein Stück, aber die Fräulein hatten den Strauß natürlich schon bemerkt und schielten zu ihm hinüber. Das hatte es bei uns noch nicht gegeben. Nun ja, in den Séparées schon, aber hier – es war ja geradezu wie im Theater! Capuladi allerdings kümmerte sich um nichts und schwang seinen Stab wie im Schlaf. Er wollte natürlich möglichst rasch das Programm beenden und etwas Vernünftiges essen. Auch Fräulein Guttelet strich blaß und müde ihre Geige, als schlafe sie dabei. Der Offizier aber zog ein Monokel hinter dem Aufschlag hervor, warf es kurz hoch und klemmte es ins Auge. Er lehnte sich auf seinem Stuhl zurück und wandte den Blick dorthin, wo sie saß – in einem schwarzen spitzenbesetzten Kleid, mit nackten Armen.

Man sah natürlich, was ihn anzog. Da, dachte ich mir, ein Liebhaber mehr! Es gab bei uns genug. Fast alle waren Liebhaber. Er blitzte mich plötzlich durch das Monokel an.

»Sagen Sie ... hm ...«

Ich merkte, daß ihm nicht allzuwohl zumute war, weil ich ihm in die Augen sah und mir meine Gedanken über ihn machte. Es war, als schauten wir uns bis auf den Grund des Herzens.

»Dingsda ...«, sagte er, »spielt diese Kapelle hier schon lange?« Und er wandte den Blick von mir ab.

Ich verstand natürlich, daß er etwas ganz anderes wissen wollte. Kannte ich mich doch gut in ihnen aus — immer versuchten sie es erst einmal hintenherum.

»Jawohl«, entgegnete ich. »Das dritte Jahr ...«

Als ob er es nicht wüßte ... Er war schon öfter bei uns gewesen. Er wußte es, wußte es ganz genau.

»Ach sooo ...« Und plötzlich kam er zur Sache: »Wer ist denn die da auf der rechten Seite, die Magere, Brünette?«

Aha, dachte ich mir, jetzt hast du endlich vernünftig gefragt.

»Das kann ich Ihnen nicht sagen ... Sie ist noch nicht lange bei uns ...«

Hier wurde die Kapelle immer schneller, es ging also dem Ende zu. Und Karassew befahl dem Maître d'hôtel: »Überreichen Sie ihn der Mademoiselle Guttelet!«

Ignati Jelissejitsch hob den Strauß hoch, streckte ihn wieder auf Armeslänge vor sich aus, hielt ihn so, daß alle ihn sehen konnten, und wartete. Und alle sahen hin, nur der Direktor erhob sich und ging hinaus. Die Fräulein aber wurden immer schneller und hasteten immer mehr, sie verstanden, daß eine ungewöhnliche Aktion bevorstand, und interessierten sich natürlich dafür, so daß Herr Capuladi mit dem Stab klopfen und das Tempo verlangsamen mußte. Die aber, der alles das galt, wandte den Blick vom Kronleuchter ab, bemerkte den Strauß und schien ein wenig verwirrt. Nur Capuladi war alles einerlei. Er schwang, ohne sich stören zu lassen, seinen Stab – er tat es wie im Schlaf. Dann zog er ihn plötzlich von links nach rechts durch, als wenn er etwas zerrisse, und das Musikstück war zu Ende.

Der Maître d'hôtel beugte sich vor, daß ihm die Frackschöße auseinanderflogen und selbst der Hosenbundriegel zum Vorschein kam – er war mächtig beleibt –, und streckte beide Arme mit dem Strauß über die Notenpulte zu ihr aus. Es wirkte sehr feierlich und erregte die allgemeine Aufmerksamkeit. Das Fräulein aber warf sich gegen die Stuhllehne zurück und ließ sogar die Arme hängen. Ignati Jelissejitsch geriet geradezu ins Schwitzen. Noch immer streckte er ihr den Strauß in dieser äußerst schwierigen Körperhaltung entgegen, und sein Nacken färbte sich wie eine rote Rübe! Obendrein neigte er sich auch noch zur Seite, um das Fräulein nicht vor dem Publikum zu verdecken. Iwan Nikolajewitsch schalt ihn später dafür aus. Doch während der Maître d'hôtel ihr den Strauß hinhielt, neigte sich auch Iwan Nikolajewitsch in Richtung des Straußes vor, führte sein Glas Lafite an die Lippen und trank ihr gleichsam zu.

Der Maître d'hôtel aber hatte eine klangvolle Stimme und rief, daß es im ganzen Saal zu hören war: »Für Sie, wenn Sie gestatten … von Iwan Nikolajewitsch Karassew, für Sie!«

Damit aber hatte alles auch schon ein Ende. Capuladi sah, wie erstaunt sie war, nahm den Strauß statt ihrer in Empfang und stellte ihn auf den Fußboden neben ihr Notenpult. Dann klopfte er plötzlich mit seinem Stab, und ein Walzer erklang. Herr Karassew aber befahl mir, den Direktor zu rufen.

Natürlich war allen klar, was dieser Strauß zu bedeuten

hatte. Alle äugten zu dem Fräulein hin. Und ein Gast, der mir seit langem bekannt war, der Bierbrauer Herr Arnikow, ein altes Männlein, das in dergleichen Dingen immer aufs Ganze ging, rief mich und erkundigte sich: »Diese da, die vom Karassew, ist wohl … hihi … noch neu? Gar keine üble Ware …«

Da hatten wir's! Als wäre sie abgestempelt! So etwas merkt auch unsereins. Bei den Schauspielerinnen ist es schließlich was anderes, aber hier, wo man sie nicht einmal heraushört … Das heißt doch ganz einfach – ich bewerbe mich um dich und will dich herumkriegen!

An alles das erinnere ich mich so deutlich, weil ich mit diesem Karassew auch später noch viel Mühe hatte, als die Lage bei mir zu Hause so beunruhigend wurde. Die ganze Geschichte begann mit Kriwoi … Und gerade an jenem Abend, während es in meinem Kopf rumorte, hatte ich allerlei Sorgen mit einer großen Feier … Da blickte ich manchmal zum Fenster und dachte mir: Und was ist jetzt zu Hause? Wie weh war mir ums Herz! Alles um mich herum erschien mir wie Hohn. Die Lichter, die Musik, all dieser Glanz … Sah ich aber zum Fenster hinaus – wie kalt und dunkel es dort war! Da stand gleich hinter der nächsten Ecke, nur einen Katzensprung entfernt, das Haus der Fräulein Pupajew, und im Hinterhof, in einem Seitenflügel – der Seitenflügel war reichlich alt und stank – nähte Luscha Krankenhauskittel mit der Maschine … Und unwillkürlich fragte ich mich: Was wird morgen?

Herr Karassew aber und der Direktor immer dasselbe: »Sie hat natürlich schon von mir gehört? Ich kann sie an einem guten Theater unterbringen … In diesem Zusammenhang kommt mir ein Gedanke – sollten wir nicht zu dritt essen? …«

Stroß wendet, wenn auch höflich, ein: »Wir nehmen ihnen eine Unterschrift ab … der Ton bei uns soll aristokratisch und gleichzeitig familiär sein ... Nichts für ungut, Hochverehrter ...«

Herr Karassew jedoch ist es natürlich gewohnt, all seine Wünsche erfüllt zu sehen, und widerspricht: »Versteeehe ich nicht ... ich meine es doch nicht irgendwie so ... sondern von wegen der Musik ...«

Und der Direktor erklärt: »Sie können ganz beruhigt sein, ich tuuue, was ich kann, glaube aber nicht ...«

Der Offizier erhob sich plötzlich und – ab zu Capuladi. Die Kapelle hatte gerade aufgehört zu spielen. Er schüttelte Capuladi die Hand und zeigte auf die Notenblätter ... Auch vor den Fräulein verneigte er sich und fing von den Noten an. Er nahm die Blätter in die Hand und schüttelte, als sei er erstaunt, den Kopf. Capuladis Gesicht heiterte sich auf, er lächelte, und seine Schnurrbartenden gingen hoch; die Fräulein aber reckten die Hälse und lauschten, was ihnen der Offizier über die Noten zu sagen habe. Er stukte mit dem Finger auf die Notenblätter und zuckte die Schultern. Dann stützte er den Ellenbogen auf den Notenständer und streifte den Strauß mit seinem Säbel. Die Phryne fiel um. Er hob sie jedoch gleich auf, entschuldigte sich bei Fräulein Guttelet und sah sich unschlüssig um, wo er den Strauß wohl hinstellen könne. Schließlich fragte er sie. Sie wurde feuerrot und machte ein Zeichen mit dem Kopf. Da winkte er mich heran.

»Nehmen Sie das fort! Mademoiselle bittet, es fortzuräumen!«

Forträumen? Wohin? Ich war verwirrt, doch er befahl mir streng: »Schaffen Sie es fort! Was stehen Sie da? Mademoiselle wünscht, daß es fortgeschafft wird!«

Hier kam der Maître d'hôtel auf mich zugeeilt und fuhr mich an: »In den Toilettenraum damit!«

Und ich trug den Strauß an Herrn Karassew vorbei. Ich komme zurück – der Offizier unterhält sich mit den Fräulein über das Spiel und macht so ein gescheites Gesicht.

»Ich musiziere selber«, sagt er. »Ich höre jede Note heraus. Es ist erstaunlich ... aber Damenkapellen spielen viel besser ...«

Und zu Capuladi etwas auf Französisch. Der blinzelt wie ein Kater und wiegt den Kopf: »Ja, ja ... ein Kenner ... angenehme Gefühl ... o ja ... Ich spielen noch mehr.«

Er war plötzlich hellwach, ergriff seinen Stab und begann mit einer sehr feinen Musik.

Herr Karassew aber fühlte sich gekränkt und sagte zu Stroß:

»Wer ist denn der mit dem Fuchsgesicht?«

»Fürst Schuchanski, dient bei den Husaren ...«

»Aha ... so 'n Abgebrannter ...« Und er ließ die Edelsteine an seinen Fingern spielen.

Dann plötzlich ganz vergnügt: »Da kommt mir eben ein Einfall! Wie wäre es mit einem Abendessen für die ganze Kapelle? Das ist doch wohl noch erlaubt? Oder nicht? Ich bin förderndes Mitglied des Konservatoriums ... Sagen Sie es ihnen ...«

Dagegen konnte Stroß nichts mehr einwenden und entgegnete:

»Ja, natürlich, sie bekommen immer ein Abendessen bei uns ... Wenn sie die Einladung also annehmen ...«

»Das hängt von Ihnen ab! Ihre Hand darauf!«

Ich stehe hinter ihm und habe seinen Hinterkopf gerade vor mir. Der ist sehr breit, mit seitlichem Scheitel und wie geleckt. Da stehe ich also hinter ihm und denke ... Hach, was für eine Unzahl solcher Spitzbuben wie du es doch heute gibt! Da hat man euch allerlei Wissenschaften gelehrt, nur eine, die einfachste, nicht – wie man mit Menschen umgeht ... Eure Väter haben das Geld gerafft, haben Kohlsuppe und Graupen gefressen und den Leuten das Fell über die Ohren gezogen, und ihr macht solchen Gebrauch davon! Alles geht vor die Hunde! Ich blicke ihm auf den Nacken und erkenne seinen wirklichen Wert!

Direktor Stroß besprach die Angelegenheit mit Capuladi und den Fräulein und berichtete:

»Sie sind durchaus nicht abgeneigt, im Gegenteil …«

»Da sehen Sie, was ich für gute Einfälle habe! Und nun, bitte, denken wir nach, damit auch alles ist, wie sich's gehört, und auch sehr kunstgerecht und fein serviert wird …«

Der Direktor aber sagte zu ihm, und nun schon in bester Laune: »Ich würde vorschlagen – im Granatsalon. Ihr Gedanke war wirklich gut …«

Man beriet über die Einzelheiten. Und ob der Gedanke gut war! Ein Souper für vierzig Personen, mit allem Drum und Dran!

Nun ja, es kam denn auch so, daß das Büro bestimmt eine Weile damit zu tun hatte, die Rechnung auszuschreiben und die Bilanz zu ziehen. Er bestellt fünf Flaschen von einem Wein, der bei uns sehr selten ist und sozusagen in natürlichem Zustand auf den Tisch kommt – in einem Körbchen, die Flaschen von einer Art Schimmel bedeckt. Zwei Kellner trugen ihn herbei, auf silbernem Tablett und mit größter Vorsicht, denn der Wein war von sehr alter Herkunft, und eine einzige Flasche kostete über hundert Rubel. Wir hatten diesen Wein, so hieß es, einem Polen abgekauft, in dessen Keller er seit uralten Zeiten gelegen hatte – der Pole hatte Bankrott gemacht. Der Wein war über hundert Jahre alt! Und ungewöhnlich stark und blumig.

Hundertfünfundzwanzig Rubel die Flasche! Ich hätte für dieses Geld zwei Monate mit meiner Familie leben können! Auch zwei Fläschchen von einem teuren Parfüm, jedes zu sieben

Rubel, ließ man in einem kleinen Becken verdampfen – wegen der guten Luft. Die Atmosphäre war denn auch äußerst fein, man war sogar benommen und wurde schläfrig. Schweres Silber, feinstes geschliffenes Glas und serbisches Porzellan wurden aus einem Paradeschrank hervorgeholt. Allein ein kleiner Dessertteller zwölf Rubel! Das alles entnahm man atlasbeschlagenen Kästen, und das kam nicht oft vor. Ein solches Abendessen – für die Kapelle! Das mußte man gesehen haben! Der Tisch – man war geradezu geblendet. So etwas hatte es nicht mal gegeben, als die Cavaleri da war!

Der körnige Kaviar stand in fünf silbernen Eimerchen oder Fäßchen auf dem Tisch, vier Pfund in jedem. Es gab Schnitten mit heißem Knochenmark – das zarteste Gericht, das man Damen anbieten kann! Bei uns kostete eine solche Schnitte einen Rubel und sechzig! Französische Birnen, fünf Rubel das Stück … Ein solcher Überfluß an allem, ein solches Meer von Delikatessen, und alles entsprechend aufgemacht! Und als surprise zu jedem Gedeck ein Gutschein über eine Schachtel Pralinen von Filé.

Die Kapelle spielte bis zur festgesetzten Stunde, dann packten die Fräulein ihre Geigen ein und versammelten sich im Granatsalon. Hier machte sich schon der Gastgeber, Herr Karassew, am Imbißtischchen zu schaffen und drechselte Komplimente: »Sehr angenehm, bin Ihnen sehr verbunden … Nehmen Sie bitte fürlieb mit dem, was Gott uns beschert hat …«

Alle standen ein wenig verlegen herum, nur Herr Stroß mit seiner Zigarre zog wie ein Dampfer dahin, gab sich sehr gnädig und scherzte mit den Fräulein. Plötzlich fährt Herr Karassew so mit dem Finger durch die Luft und wendet den Kopf nach allen Seiten.

»Es scheint, wir sind noch nicht ganz vollzählig …«

Capuladi aber hatte bereits ein großes Glas Wodka hinuntergekippt und aß eine Röstschnitte mit Kaviar nach; sein Mund war vollgestopft, er riß die Augen auf und kaute.

»Oooh ... Mademoiselle Guttelet nicht da ... sie Kopfschmerzen ... und Mutter abgeholt ...«

»Oooh ... Bitte ... greifen Sie zu ...«

Das war alles, was Herr Karassew sagte. Es wurde sehr still, und die Fräulein sahen sich an ... Und was er für ein Gesicht machte ... Man wußte nicht, ob man lachen oder weinen sollte. Wir servierten das Souper. Und Capuladi stieß in einem fort mit allen an und verschlang Unmengen. Auch Stroß stieß an, auch Herr Karassew tat es ... und dankte. Und sein Gesicht ... sein Ausdruck, meine ich ... einfach unwahrscheinlich! Dort aber, im Büro, schrieb Agafon Mitritsch bereits erbarmungslos die Rechnung aus und addierte. Und auch noch mit Aufschlägen, alles nach dem Tarif, dem gepfeffertsten Tarif ... Für das Kristall, das Tafelgeschirr, das Parfüm, für alles ...

Ich trete auf den Gang hinaus und sehe – da kommt gerade der Offizier.

»Nanu, hier wird wohl eine Hochzeit gefeiert?« erkundigt er sich nach dem Gelage im Granatsalon.

»Das nicht«, entgegne ich, »Herr Karassew bewirtet nur die Musik, die ganze Kapelle mit einem Abendessen.«

Er zog die Stirn kraus und ging weiter.

Ich hätte ihm gern gesagt, was für ein angenehmes Souper dem Herrn Karassew gelungen war, aber das ging natürlich nicht an. Wir haben nur zu antworten, wenn man uns fragt. Dabei hätte ich es ihm zu gern gesagt.

4

Ich kehrte nach drei Uhr morgens aus dem Restaurant zurück. Luscha öffnete mir die Tür. Das tat sie immer, sie unterbrach eben ihren Schlaf. Ich fragte sie nach Kriwoi. Er war, wie sich herausstellte, noch nicht zu Hause. Sie hatte den ganzen Abend Karten gelegt, und immer waren tückische Pläne und Piques herausgekommen. Natürlich alles dummes Zeug, aber manchmal stimmt es doch genau. Und immer wieder eine Behörde – schien also zu bedeuten, er hatte uns auf dem Polizeirevier was eingerührt. Die tückischen Pläne ...

»Mir ahnt nichts Gutes«, sagte Luscha. »Sie haben Gaikins Sohn verhaftet. Ob nicht er es war? Gaikin hat dir doch immerfort in den Ohren gelegen, Kriwoi wolle Geld von ihm, um eine Gummiwarenhandlung zu eröffnen ...«

Ihre Worte versetzten mich in eine solche Unruhe, daß ich nicht einschlafen konnte. Der Sohn des Ladenbesitzers Gaikin war in der Tat verhaftet worden. Man hatte eine Haussuchung bei ihm vorgenommen und verbotene Bücher gefunden. Er war Student, und mein Koljuschka hatte früher Bücher von ihm entliehen, ich nahm ihm dann aber zwei davon fort und brachte sie dem alten Gaikin zurück. Kriwoi aber ging in ihrem Laden ein und aus, angeblich, um Zigaretten zu holen, und setzte dem Alten immerfort zu, gemeinsam mit ihm eine Gummiwarenhandlung zu eröffnen.

Mir war auf einmal ganz klar – dahinter steckte nur Kriwoi! Hatte er sich doch am Morgen in seiner Trunkenheit selber verraten ... Auch daß es überall von Polizeispitzeln wimmelte, wußte ich, nur waren sie schwer zu erkennen. Und Kirill Sawerjanytsch billigte das sogar, im Interesse von Ruhe und Ordnung. Ich allerdings weiß, daß sie mitunter auch sehr schaden können. Agafja Markowna, die Heiratsvermittlerin, hat mir davon erzählt; sie war als Brautwerberin für einen solchen Spitzel aufgetreten, und der hatte ihr verraten, wie sie die Leute vor dem Ruin bewahren. Und als man mich einmal bestahl und eine Uhr entwendete, klärte so ein Geheimpolizist alles auf; ich gab ihm einen Zehnrubelschein dafür; wenn es sich aber um Menschen handelt, dann kann so einer auch sehr schädlich sein. Ich fragte Luscha, ob Koljuschka nicht irgendwelche Bücher verwahre, doch sie beruhigte mich. Sie habe Koljuschka den ganzen Abend zugesetzt – er habe geschworen, daß er nichts besitze.

»Er hat am Abend einen großen Packen zu Wassikow geschafft«, erzählte sie. »Sag du diesem Wassikow, er soll sich vorerst lieber nicht bei uns sehen lassen. Er macht unseren Koljuschka nur irre ...«

Und das beschlossen wir auch. Ich wollte Kirill Sawerjanytsch sogar bitten, ihm gute, richtige Bücher zu bringen. Er hatte zum Beispiel Geschichtsbücher, durch die er so klug geworden war. Und plötzlich klingelte es.

Ich sprang barfuß aus dem Bett und machte auf. Es war Kriwoi, und in reichlich verwahrlostem Zustand, wie sich herausstellte. Er hatte statt des neuen Jacketts irgendein Jäckchen an, und sein Gesicht war geradezu vernichtend. Alles in mir sträubte sich, ich wollte ihn nicht hereinlassen. Ich fand jedoch nicht die Worte, es ihm zu sagen, und vertrat ihm nur den Weg. Er schwieg. Dann flüsterte er plötzlich leise, aber entschieden:

»Da bin ich! Nun, was ist? Kann ich in mein Zimmer oder nicht?«

Klang alles recht stolz, doch seine Stimme war ganz verändert. Er kam auch nicht herein, sondern wartete sozusagen auf Einlaß. Und wenn er auch nur ein Jäckchen anhatte, er tat, als trüge er einen Frack; man hörte an seinem Ton, er könne ohne weiteres zu randalieren anfangen. Aber er fürchtete sich wohl. Die Stimme zitterte ein wenig. Also gut, sagte ich mir, die eine Nacht magst du noch bei uns schlafen, aber morgen, Freundchen, werfe ich dich erbarmungslos hinaus. Und ich bemerkte in strengem Ton, es sei längst Schlafenszeit und warum er so ohrenbetäubend klingele. Da schlüpft er plötzlich unter meinem Arm hindurch und sagt: »Waaas?« Und das mir unmittelbar ins Gesicht, und stinkt nach Alkohol. Seine Stimme wurde zum Zischen. »Klingeln sind dazu da, damit man klingelt! Schaffen Sie sich ein Sicherheitsschloß an!«

Er verschwand in seinem Zimmer. Ich überhörte diese frechen Worte. Doch Luscha ließ mir keine Ruhe.

»Mir ist so schwer ums Herz! Versuch doch mal, im guten mit ihm zu reden! Betrunken, wie er ist, verrät er dir vielleicht, ob er uns angezeigt hat oder nicht. Sonst finde ich bestimmt keinen Schlaf ... Es quält mich so ...«

Doch ich kann betrunkene Menschen nicht ausstehen und sagte, ich wolle keinen Skandal. Ich war schon am Einschlafen, als Luscha mich anstieß.

»Hör zu, Jakow Sofronytsch ... Was brummt er da vor sich hin? Man bekommt geradezu Angst, aber du liegst da wie bewußtlos. So wirf ihn doch schon raus, oder was ist?«

Wir lauschten. Ich spähte durch die Bretterwand, wo die Tapete einen Riß hatte – kein Licht, aber man hörte, wie seine Bettstelle knarrte, und allerlei unangenehme Laute dazu. Er stöhnte dumpf. Es griff mir richtig ans Herz, so peinlich war es mir. Es schien aus tiefster Seele zu kommen. Ich klopfte an –

keine Antwort. Luscha aber verlangte: Beruhige ihn schon, beruhige ihn!

»Vielleicht verrät er etwas in seiner Bedrängnis ... Geh schon zu ihm hinein!«

Ich steckte die Kerze an und ging zu ihm hinüber. Kriwoi lag angezogen auf dem Bett, hatte den Kopf im Baumwollkissen vergraben und stöhnte.

»Prochor Andrijanytsch, was ist das wieder für eine Komödie?« fragte ich. »Wir möchten endlich schlafen ... Sie führen sich unverzeihlich auf und lassen uns nachts nicht schlafen ...«

Er wandte den Kopf zu mir um und starrte mich mit seinem einen Auge verständnislos an. Das Gesicht zerfloß in Tränen, der Blick war furchterregend.

»Es geht ... es geht schon vorüber ... Ich habe hier ...« Und er zeigte auf seine Brust.

Zum erstenmal hörte ich wieder seine wirkliche Stimme. Und er sah mich so kläglich an, als wäre ich gekommen, um ihn hinauszuwerfen. Ich wußte, daß seine Frau mit dem Reviervorsteher fortgelaufen und sein Söhnchen im Alter von vier Jahren gestorben war. Das hatte er Tscherepachin erzählt. Da sagte ich denn in aller Aufrichtigkeit zu ihm: »Sprechen wir uns doch am besten aus! Für das Jackett zahle ich Ihnen meinetwegen drei Rubel ... Wir wollten Ihnen nichts Böses antun, aber Sie waren gleich so gegen uns aufgebracht ... Sagen Sie geradeheraus: Wollen Sie uns Schaden zufügen? Sie haben selber erklärt, Sie melden es, und haben unser familiäres Gespräch völlig verdreht ... da wurden wir mißtrauisch, das stimmt ... Sagen Sie mir alles, und wir gehen in Frieden auseinander ... Was kann man machen, wenn Sie einen solchen Beruf haben ... Aber stürzen Sie die Menschen nicht ins Verderben!«

Er richtete sich halbwegs auf und wiegte sonderbar den Kopf.

»Gewiß, gewiß ... Sie sind ein sehr guter Mensch ... Fahren Sie fort ...«

»Glauben Sie nicht«, sagte ich, »daß wir kein Herz für andere haben ... Nur sagen Sie offen, was Sie vorhaben, und lassen Sie es nicht zu einer Unannehmlichkeit kommen ... Ich schlage sogar vor: Ich hole Ihnen ein Stück Pirogge, damit Sie nicht glauben ...«

Das sagte ich, um ihn zu sich zu bringen und seine Pläne zu erkunden. Er aber neigte sich vor, durchbohrte mich mit dem Blick und zischte: »Waaas? Ein Stück Pirogge? Sie wollen sich wohl über mich lustig machen? Da hast du ein Stück Pirogge, du Schweinehund Kriwoi ... Ihr nennt mich doch immer Kriwoi! Du bist ein solcher Schurke, und wir bewirten dich noch mit Pirogge! Wie? Mit einem Stückchen Pirogge die Nachtruhe erkaufen? Mich mit eurer Pirogge bestechen? Habt ihr mir etwa heute früh was angeboten? Ihr habt zwei große Piroggen gebakken und mir nichts angeboten! Euretwegen hat mich Gaikin aus seinem Laden gewiesen! Ich verzeihe euch!«

Und er machte eine feierliche Handbewegung und richtete sich auf. Plötzlich höre ich – tapp, tapp. Koljuschka steckt den Kopf durch die Tür und berührt meine Schulter.

»Sie werfen ihn doch nicht etwa hinaus?«

»Ich denke nicht daran!« entgegne ich. »Er hat nur wieder ... nicht alle beisammen ...«

Und der nimmt tatsächlich den Kopf zwischen die Hände und zittert an allen Gliedern. Ich sehe – Koljuschka runzelt die Stirn, tritt auf ihn zu und sagt mit bebender Stimme: »Bitte lassen Sie das ... Was sind das für Dummheiten? Schämen Sie sich!«

Kriwoi erhob sich, schlug die Jacke zu und sagte in tragischem Ton:

»Gut, jagen Sie mich davon! Erst jagt man mich heute aus dem Revier, und nun auch Sie ... Es ist zu Ende!«

»Wie«, fragte ich, »davongejagt? Wofür?«

Ich verstand nicht das geringste. Er aber mit versagender Stimme: »Setzen Sie mich an die Luft! Jetzt gleich – auf die Straße, in die Dunkelheit hinaus! Sie brauchen nur ein Wort zu sagen, und ich bin draußen! Nehmen Sie keine Rücksicht auf mich ...«

Er war nicht wirklich betrunken, eher sonderbar. Er nahm das Kopfkissen, riß die Gitarre von der Wand, kroch unter das Bett und suchte nach etwas, zog ein Paar Unterhosen hervor, legte sie auf das Bettuch, griff unter die Matratze und brachte ein zerlesenes Buch zum Vorschein – den Grafen von Monte Christo. Und band alles zu einem Bündel zusammen.

»Sie glauben wohl, ich finde keine Stelle! Ich komme auch ohne aus ... Mir ist es gleich ...«

Und stöberte und suchte nach etwas. Dann schnürte er das Bündel wieder auf und warf alles hinaus.

»Können Sie behalten! Ich brauche nichts ... Für das Zimmer gebe ich Ihnen meine Habe in Zahlung ... Wir sind quitt ... Auf Wiedersehen!«

Er wollte schon gehen, aber ich packte ihn am Arm – halt!

»Spielen Sie nicht verrückt«, sagte ich, »und machen Sie keinen Skandal ... Wo wollen Sie mitten in der Nacht hin?«

Er sah zum Fenster, drehte sich wieder um und setzte sich auf das Bett. Mager war er und zerzaust und hatte seltsame Augen. Man sah, daß er sich in einer verzweifelten Lage befand und sich nur stark machte, weil er angetrunken war. Ich wußte, er hatte bei Luscha dreißig Kopeken geliehen und versprochen, sie ihr am Abend zu bringen, hatte es aber nicht getan. Er war sehr eigensinnig und wusch seine zerrissenen Unterhosen im Zimmer, damit die Leute es nicht sahen. Und nur mit Hängen und Würgen hatte er zugegeben, er arbeite auf dem Polizeirevier, zuvor aber immer geprahlt, er sei Kommis in einer Gummiwarenhandlung. Das war er auch früher gewesen, doch nach dem Mißgeschick mit seiner Frau fing er zu trinken an und wurde Schreiber.

Ich wäre gern schlafen gegangen, doch er saß da und fand kein Ende. Schließlich sagte ich: »Nehmen Sie sich's nicht zu Herzen ... Man hat Sie davongejagt – nun gut, Sie werden eine andere Stelle finden ... Es gibt ja genug!«

Und er darauf richtig stolz zu mir:

»Erstens hat man mich nicht davongejagt! Ich selber habe dem Bezirksvorsteher in die Fresse gespuckt! Ich habe eine vermögende Tante, mit hunderttausend Rubeln auf der Bank! Was sagen Sie nun? Entschuldigen Sie ... ich bin nicht irgendein Bettler!«

»Na desto besser, aber dann tun Sie auch nicht so ...«

»Das geht Sie nichts an! Sie erteilen mir Verweise! Aber vielleicht habe ich Sie belogen? Waaas? Und jetzt wissen Sie nicht, ob Sie mich an die Luft setzen sollen oder nicht. Dieser junge Mann da hat mir mein Jackett beschmutzt, dafür aber habe ich vielleicht all seine Jacken und Hosen mit einem einzigen Federstrich vernichtet?! Waaas?«

Ich sehe, er ist übergeschnappt und spielt sich auf. Koljuschka steht da, blaß, mit zitternden Lippen.

»Schon gut ... ich mache nur Spaß, es ist alles nicht wahr. Ich bin nie Geheimpolizist gewesen. Ich biiin keiner gewesen! Was sagen Sie nun? Merken Sie sich das! Schreiben Sie sich's hinter die Ohren! Aha ... Sie haben mir mißtraut! Und mich bei Gaikin schlechtgemacht! Wir hätten gemeinsam ein Geschäft eröffnet und mit Reifen gehandelt ... Da will sich ein Mensch in die Hütte retten, aber ihr schlagt ihm so, und noch einmal so – mit der Faust ins Gesicht! Hier, spuckt mir doch in die Fresse! Junger Mann, tun Sie's doch! Sie wissen von Politik zu reden ... verstehen alles ... spucken Sie mich doch an! Ruft euren schleimigen Friseur ... und spuckt!«

Er heulte los – uuuh ... Koljuschka packte ihn an der Schulter und schüttelte ihn.

»Was reden Sie da? Das ist nicht wahr! So sind wir nicht!«

Hier sah Luscha zur Tür herein. Er erblickte sie und erhob sich.

»Machen Sie sich keine Sorgen, Lukerja Semjonowna ... Ich werde Ihnen die dreißig Kopeken morgen ... hier, von der Gitarre ... ich habe noch nicht alles vertrunken ... beruhigen Sie sich ...«

Plötzlich tritt – in Unterwäsche – Tscherepachin ein.

»Entschuldigen Sie meinen Aufzug ... Gibst du nun endlich Ruhe oder nicht? Wie der Hund in der Pfanne! Reißt Natalja Jakowlewna und alle anderen aus dem Schlaf! Bist ein rechter Satan!«

Ich bremste ihn und sagte, der Mann befinde sich am Rande des Wahnsinns. Tscherepachin aber war sehr hitzig und stand uns immer bei.

»Ich kenne seinen Wahnsinn! Er braucht jetzt zwanzig Kopeken, um wieder nüchtern zu werden! Sag es doch geradeheraus, dann geb ich sie dir, aber nein, spielt sich auch noch auf ...«

Kriwoi sah ihn vorwurfsvoll an und ereiferte sich: »Alle sind gegen mich! Also gut, so wißt denn! Ich bin mit allem fertig – mit dem Bezirksvorsteher, diesem Schuft, mit meiner teuren Gattin, mit allen ... Ich dreh euch allen eine Nase! Verlaßt euch drauf! Der Tag der Abrechnung ist gekommen. Verzeihen Sie mir, junger Mann! Die dreißig Kopeken aber und die Miete für zwölf Tage sollen Sie haben ... hier, von dieser Gitarre ...«

Und er hielt Luscha die Gitarre hin. Sie winkte ab und nahm sie nicht.

»Ich habe sie Ihnen angeboten ... aber wie Sie wollen ... Und nun, lebt wohl, ich wünsche euch einen heiteren Morgen!«

Er tat einen Schritt auf uns zu und streckte die Hand aus, durchbohrte uns aber dabei mit dem Blick. Und Tscherepachin zu ihm:

»Mach, daß du fortkommst! Spielt sich auf wie ein Affe! Das ist geradezu unaufrichtig von dir – nichts als alberne Komödie ...«

»Na schön, wie ihr wollt ... Ganz wie ihr wollt ...«

Und plötzlich blies er mir die Kerze aus.

»Der Vorhang ist gefallen!« sagte er.

Wie seltsam er sich benahm! Was der für einen Nebel um sich verbreitete ... Wir legten uns nieder und waren ganz durcheinander.

Plötzlich hörte ich, er steckt hinter der Bretterwand ein Streichholz an. Ich spähte durch die Ritze – er zündete die Wandlampe an, packte das Bündel aus und schüttelte immerfort den Kopf. Dann erhob er sich, horchte, hängte die Gitarre an die Wand und versteckte die Unterhosen und den Grafen Monte Christo unter dem Bett. Er blieb mitten im Zimmer stehen und sah sich um. Sein Blick glitt über die Ecken, über die kleine Ikone hin, die in der einen Ecke hing. Er hielt die Hände vors Gesicht und schüttelte den Kopf. Dann raufte er sich die Haare, aber tüchtig. Trat an das Fenster, das auf die Müllgrube hinausging, und starrte. Preßte die Nase ans Glas und starrte. Und in der Stille hörte man, wie über uns, wo ein Lokomotivführer wohnte, ein Grammophon die Kamarinskaja spielte. Sie feierten einen Namenstag. Kriwoi aber starrte immerfort durch das Fenster in die Dunkelheit ... Am Ende schlief ich ein.

Und gleich am nächsten Morgen, gerade als ich zur Arbeit wollte — Koljuschka war schon fort, zur Schule —, eine Unannehmlichkeit. Der Verwalter von den Häusern der Fräulein Pupajew, Jemeljan Iwanytsch Landyschew. So und so, vom Ersten an ist Ihre Miete um fünf Rubel höher!

»Wieso denn das? Sie ist doch erst im vorigen Jahr teurer geworden ...«

»Nach Plan. Strengster Befehl ... Es liegt nicht an mir, aber ich muß dafür geradestehen. Die Fräulein haben hohe Ausgaben und kommen nicht aus. Sie sind sogar böse auf mich ...«

»Reine Willkür von Ihnen«, entgegne ich. »Ich kenne die Fräulein sehr gut, sie sind gebildet und um die Wohlfahrt bemüht. Sie haben sogar eine Tafel an ihrem Haus ...«

Da sagt er doch zu mir: »Das hat nichts zu bedeuten, jeder sieht zu, wo er bleibt. Sie kommen eben nicht aus und fordern es von mir ... Wenn Sie wollen, dann zahlen Sie, wenn nicht, nun — wie Sie wollen ...«

Da hatte man's! Es war wie ein Teufelskreis. All diese Auf- und Zuschläge hatten mich sonst immer zur Weißglut gebracht! Jetzt allerdings versteh ich das sehr gut. Sie kommen selber nicht aus ... Ja, die Musikabende und Soupers ... Dazu die Wohlfahrt, für die sich die Fräulein Pupajew aufopfern — Gott schenke ihnen ein langes Leben ... Da haben sie in ihren Pensionaten jede Bildung genossen und reisen immer wieder ins Ausland, natürlich reicht es dann nicht ... Dazu die Lotterien, die sie veranstalten, und die Deckchen, die sie besticken ... Wie könnten sie sich mit Geschäften befassen, wo das doch gar nichts für Fräulein ist! Sie sind sehr zart und fein, und da kommen sie natürlich nicht aus ... Hach, Kirill Sawerjanytsch, du hast da weiß Gott einen rechten Unsinn geredet! Es soll den Umsatz steigern! Den Umlauf des Kapitals! Weil sie dir für eine Frisur und die dazugehörigen Locken bis zu hundert Rubel bezahlen! Aber schließlich bekomme auch ich von diesen Fräulein Pupajew und wie sie alle heißen mögen hier und da meine zwanzig Kopeken ... Während ich ihnen dafür Rubelbeträge zahle und sie sie annehmen, weil sie das alles ja nichts angeht! Ich kenne diesen Umlauf! Ich hab ihn am eigenen Leibe erfahren und kenne auch all diese Fräulein wie die Pupajews und andere – Gott schenke ihnen Gesundheit! Doch gesund sind sie ohnehin, da sie ja singen und musizieren ...

Wohnungen aber gibt es nicht. Es sind zwar viele Häuser da, aber kein Platz für uns zum Wohnen, weil alle Leute Einkünfte wollen, wie sie sie selber planen. Das hat mich alles sehr aufgeregt ...

5

Ich klopfte bei Kriwoi, um vernünftig mit ihm zu reden, sobald er wieder nüchtern war, er schlief jedoch noch und hatte zugehakt. Auch meinte Luscha, er solle sich nach der Sause richtig ausschlafen, sonst würde er bösartig sein. Und wir berieten — sollten wir ihn nun fortjagen oder dabehalten? Was konnte er schon bezahlen, wenn er keine Stelle hatte! Auch die Tante war natürlich erfunden. Er hatte gelegentlich schon früher von ihr erzählt, hinterher aber alles zurückgenommen. Ein stolzer Mensch! In der Nacht hatte er es so gedreht, als hätten wir ihn gekränkt. Das macht wohl seine undurchsichtige Herkunft. Er rühmte sich, seine Mutter sei adligen Geblüts und habe mit einem Gouverneur gelebt, er sei vielleicht sogar sein Sohn und nicht der Sohn eines Müllkutschers. Dann und wann schüttelte er Tscherepachin sein Herz aus: »Ich müßte mindestens Beamter sein und zur Obrigkeit gehören, und dabei bin ich in solchem Grade heruntergekommen! Aber ich schmiere noch einen Brief an die Zeitungen hin und stelle meinen Vater, den Schuft, so bloß, daß man ihn aus seiner Stellung jagt; oder er soll mir tausend Rubel schicken – dann handle ich mit Fahrradreifen!«

Solche Lügennetze verbreitete er um sich herum und glaubte wohl, man würde es nicht merken – er schämte sich einfach seiner Lage. Da schwindelte er eben allerlei zusammen.

Ich kam ins Restaurant, dort war im Kellnerzimmer eine hitzige Unterhaltung im Gange. Alles der Ikorkin. Er war klein und dunkel wie ein Floh, aber sehr hartnäckig und konnte gut reden. Den Spitznamen Ikorkin, der Kaviarschlecker, hatte man ihm gegeben, weil er, als er zu uns kam, den Kaviar von Tellern und Löffeln ableckte. Es sollte, wie sich herausstellte, ein Verein zur gegenseitigen Unterstützung der Kellner gegründet werden. Und Ikorkin verlangte, daß man ihm beitrat, für fünfzig Kopeken auf Raten. Nur jagte uns der Maître d'hôtel auseinander und bestrafte Ikorkin wegen Grobheit mit einem Rubel. Darauf sagte er zu mir: »Nimm den Strauß, den das Fräulein bei uns vergessen hat, und bring ihn zu ihr in die Wohnung! Karassew wünscht es, er hat einen Zettel geschickt.«

Man tat den Strauß in den Karton, und ich machte mich auf den Weg. Ich fragte nicht, ob eine Antwort erforderlich sei, das fiel mir erst später ein. Ich kam also an und stieg zum zweiten Stock hinauf. Die alte Dame öffnete. Was denn sei? Ein Strauß für das Fräulein von Herrn Karassew aus dem Restaurant. Sie zuckte die Schultern und rief: »Alja, was soll das bedeuten? Ein Strauß für dich!«

Die Tochter kam in den Flur, schlank, mit Schürzchen — ganz wie ein kleines Mädchen. Sie riß der alten Dame den Karton aus der Hand, und sie gingen hinein. Ich hörte, wie sie sich hitzig auf Französisch unterhielten. Beide schrien … Ich wartete – ob eine Antwort zu bestellen sei. Ein dunkelhaariges kleines Mädchen und ein Junge kamen zu mir heraus, standen da und blickten mich an. Der Junge fragte mich schließlich, wer ich bin, und sagte: »Dort arbeitet unsere Alja. Das ist, wo sie zu Mittag essen …«

Das Mädchen aber holte ihre Puppe und zeigte sie mir, es war ein drolliges kleines Ding. Auf einmal stürzt das Fräulein zu uns heraus und wendet sich stolz an mich: »Sie können gehen, eine Antwort erfolgt nicht!«

So stolz, wie ich es nie von ihr erwartet hätte. Und machte

ein so böses Gesicht dazu. Sie riß den Jungen an der Hand, daß er zurücktaumelte, und – bums – die Tür hinter mir zu! Als wenn man mich hinausgeworfen hätte! Ich spie sogar aus. Hol sie alle der Teufel! Und die hatte mir auch noch leid getan!

Es wurde überhaupt ein sehr heißer Tag, denn im Goldenen Salon war ein Hochzeitssouper für zweihundert Personen bestellt – ein Gouverneurssohn heiratete die Tochter des Fabrikbesitzers Barygin –, zwanzig Rubel das Gedeck, ohne Wein! Und im Ecksalon sollte ein Jubiläumsessen für einen Gymnasialdirektor stattfinden. Der Maître d'hôtel teilte mich der Bedienung beim Jubiläumsessen zu, zur Strafe dafür, daß ich den Strauß vom Offizier entgegengenommen hatte. Was war schon so ein Jubiläumsessen! Alles Beamte! Nichts als Reden und Unterhaltungen, und dann drehn sie auch noch jedes Geldstück um – ob es ein Zwanzig- oder Fünfzehnkopekenstück ist ...

Es begann mit den Frühstücksgästen. Hier freilich brachte mich der »Packer« zum Lachen!

Da sieht man doch, was Kapital bedeutet! Geradezu unverständlich. Er hatte als Junge bei einem Paketspediteur in Diensten gestanden, war aber dann hochgekommen, daß man staunte. Er baute Häuser, da wurde einem angst und bange. Er fürchtete sich vor nichts. Baute sieben oder acht Stockwerke hoch. Herr Glotanow nannte ihn nur noch den »Kartenhausarchitekten«! Sein wirklicher Name aber war Michaila Lukitsch Sjomin! Da errichtete er so ein Haus mit sieben Stockwerken und hundert Wohnungen und verpfändete es sogleich dank seiner Beziehungen mit gutem Gewinn. Dann wieder eins, mit dem er es genauso machte. Auf diese Weise hatte er es zu sechs Häusern gebracht. Und war dabei ganz ungebildet, aber helle. Was mußte ich über ihn lachen!

Aus welchem feierlichen Anlaß weiß ich nicht, jedenfalls brachte er seine Gattin mit. Und zwar zum erstenmal, obwohl er schon drei Jahre bei uns verkehrte. Als sie hereinkam und die ganze Pracht sah, war sie geradezu erschrocken. Saß da, den riesigen Hut auf dem Kopf, und glotzte wie eine Eule. Ich bediente an diesem Tisch und hörte, wie sie sagte: »Mir paßt das aber überhaupt nicht, so vor den Leuten zu essen ... Geradezu wie auf dem Theater ...«

Er fährt sie an: »Dumme Gans! Sitz anständig! Du hast hier nicht irgendein Kroppzeug, sondern lauter Kapitalisten vor dir!«

Sie läßt die Schultern hängen, und er zu ihr: »Sitz anständig! Dumme Gans!«

Und sie zu ihm: »Ich komme im Leben nicht wieder her! Alle gaffen ...«

Und er wieder »dumme Gans«. Zum Totlachen!

»Ich pfeife darauf, laß sie doch alle gaffen«, sagte er.

Er drückte sich noch ganz anders aus – wie einer von der Straße.

»Ich ... auf alle ... Ich bin die große Welt gewohnt ...«

Das war nun wirklich nicht schön gesagt. Selbst ich verstand, wie ungebildet er war. Er winkte mich heran: »Kellner! Bring mir was Leichtes ...« Und er blinzelt sie an und sagt: »Bring mir eine ... Scholle!«

Sie reißt die Augen auf und versteht natürlich nicht, was er meint. Er aber freut sich, sie hereinlegen zu können. Dabei hat er selber erst vor kurzem der Artischocken wegen mit mir geschimpft.

»Ich habe geglaubt – Fleisch auf französische Art, und du bringst mir eine Rübe mit Hörnern!«

Da hat man's! Und als ich ihnen die Scholle brachte, sagte er zu seiner Frau: »Hier – deine Scholle, iß, hab keine Angst! Sie heißt auch Flunder und ist ein Fisch, der hundert Werst unter der Meeresoberfläche lebt!«

Zum Kranklachen, weiß Gott! Er selber aß nichts davon, er tat es auch sonst nicht, nicht einmal in Gesellschaft, und hatte die Scholle nur bestellt, um seine Frau in Verlegenheit zu bringen. Sie nahm die Gabel in die Hand und fragte: »Komisch, sieht gar nicht aus wie ein Fisch … Ist sie denn auch nicht schädlich?«

Und als ihr der duftende Dampf in die Nase stieg, fuhr sie zurück: »Aber sie hat ja einen richtigen Stich … Michaila Lukitsch!«

Sie begriff nicht, daß dieser Fisch immer so riecht. Einen Stich! Was hat er da gelacht, er hat sich vor Lachen nur so gekugelt!

»Diesen Fisch schätzen vor allem die Französinnen … dumme Gans!«

Sie ist dem Weinen nahe, wird rot wie eine Rübe und bekommt sogar lauter Pickel im Gesicht.

»Hausen wäre mir lieber …« sagt sie.

Und er zu ihr: »Iß, blamier mich nicht vor der Bedienung! Sie nehmen hier drei Rubel fünfzig für die Portion!«

Und schämte sich nicht im geringsten! Sie aß, sie würgte daran. Das konnte nicht gut gehen – es ging sogar in die Serviette. Er aber drohte ihr: »Dumme Gans! Ich nehm dich nie wieder mit! Ungebildetes Frauenzimmer!«

Er rief mich, und dann sagte er so richtig wichtigtuerisch zu mir: »Bring ihr … Ar-ti-schocken!«

Da! Das war nun schon der reinste Hohn! Wie sollte sie mit Artischocken zurechtkommen? Da sieht man, was es alles für Menschen gibt! Und er, er selber? Eines Tages erschien er bei uns im Séparée mit einem Mädel von etwa fünfzehn Jahren,

Lehrling in einer Schneiderei oder so, und machte sie betrunken. Er selber war um die Fünfzig, sie noch ein richtiges kleines Mädchen. Und auch da, sogar da ließ er allerlei ungewöhnliche Dinge auffahren und hatte seinen Spaß daran. Austern, Neunaugen, Langusten ... Er beriet sogar eigens mit dem Maître d'hôtel, um es möglichst kurios zu machen ... des kleinen Nähmädchens wegen!

Ich habe das alles mit eigenen Augen gesehen und selber dabei bedient. Wie einen das manchmal anekelt! Auch die »Gebildeten« ... Und niemand sagt etwas ... Alles in Ordnung! Ha – Knechte und Lakaien? Auf sie, nicht auf uns müßte man mit dem Finger zeigen! Es geht bei uns zwar roh und nicht gerade vornehm zu, aber so etwas würde sich unsereins nicht herausnehmen ... Nun ja, man trinkt und prügelt seine Frau, das stimmt schon, aber so weit ist man bei uns denn doch nicht, daß man die Mädchen splitternackt auszieht und sie auf allen vieren über die Teppiche hüpfen läßt – so etwas ist bei uns nicht üblich. Dazu bedarf es einer besonderen Phantasie. Jetzt lasse ich mich nicht mehr von euch täuschen, da könnt ihr reden, was ihr wollt, und die schönsten Worte gebrauchen, wie ich sie oft genug in allerlei Versammlungen gehört habe, die man bei uns im Restaurant zusammenrief, um über dies und das zu sprechen. Da gab es ungewöhnliche Bankette, man hielt gefühlvolle Reden, und alles für die Katz ... Wenn es schon hier keine Aufrichtigkeit gab und alles im Nu verflog wie nach einem Rausch! Die Restaurants sind heute wieder überfüllt, das Leben sprudelt, alles geht weiter wie früher ... Ach, Koljuschka! Du hast schon recht! Allmählich sehe auch ich, was es im Leben mit dem Herzensadel auf sich hat ... Wo ist sie denn, die Wahrheit, wo ist das Recht? Nur einer rührte mir ans Herz und pflanzte mir das Licht der Wahrheit ein – ein unbekannter alter Mann, der mit warmen Kleidungsstücken handelte … Während diese … essen und trinken und sich bei Musik unterhalten … Andere habe ich nicht gesehen.

Und wie das Mädel gelacht hat, das kleine Nähmädchen, als sie beim Kognak in Stimmung kam. Und dann … und dann ging's dorthin … Es gibt da bei uns so einen Gang … er ist mit Samt verhängt … sehr sauber, mit Teppichen belegt, kein Schritt zu hören. Nun ja … dann ging es eben durch diesen Gang.

Er führt in besondere, geheime, von der Obrigkeit geduldete Zimmer. Pflegte doch die Obrigkeit selbst durch diesen Gang zu gehen! Tausende tun es, auch Gebildete, auch alte Männer mit grauem Haar und Aktentaschen, und alle bringen durch diesen oder jenen Eingang Frauen oder Mädchen mit. Zum Stelldichein … Es gibt da bei uns einen gewissen Karp – er übt sein Handwerk auch heute noch bei uns aus –, der hat in diesen Dingen etwas los. Wenn der erzählt, was sich um diese Gänge herum bei uns tut! Ehefrauen aus gutem Hause kommen heimlich, zwecks Hebung ihrer Einkünfte, und geben gegen hohes Entgelt ihre Fotos für gewisse Alben ab. Diese Alben bekommen nur ganz bestimmte und sehr kapitalkräftige Personen in die Hand – auch diese nur unter dem Siegel strengster Verschwiegenheit. Die Wände sind mit Samt bespannt, überall Polstermöbel und Teppiche … die Stimme erlischt in der Stille wie unter der Erde. Am anderen Ende des Ganges verlassen Gäste mit Aktentaschen und ernsten Gesichtern das Haus, als ginge es um Geschäfte … Die Frauen und Mädchen aber benutzen andere Ausgänge. Alle wissen Bescheid, verstellen sich aber, damit der gute Ruf gewahrt bleibt und die Vornehmheit nicht leidet! Ich glaube heute an gar nichts mehr, und wenn du dich umbringst und wunder wie liebenswürdig zu mir redest. Da werfen sie Tausende im Jahr zum Fenster hinaus, haben alles mögliche hinter sich und alles ausprobiert – und dann behaupten sie noch, sie stünden für Recht und Wahrheit ein! Alles leeres Stroh!

Ja, die Gänge ... Selbst Karp wäre eines Tages beinahe davongejagt worden, obwohl er sich sehr bewährt hatte und unerschütterlich schien. Es hatte eine geschrien und sich gewehrt, und da klopfte er eben an die Tür. Es gab einen solchen Krach, der Belästigung halber, daß unser ganzes Restaurant mit allen seinen Gängen beinahe aufgeflogen wäre!

Als ich ihnen die Artischocken servierte, wurde mir auf einmal ganz flau zumute, meine Brust krampfte sich zusammen. Natürlich die Unannehmlichkeit zu Hause, dazu mein schwaches Herz, es flattert manchmal und klopft – ich nehme dann Maiglöckchentropfen. Es packte mich, daß ich mich am liebsten mitten im Saal ausgestreckt hätte – nicht auszuhalten. Der »Pakker« winkte mich heran, aber ich konnte einfach nicht gehen. Und plötzlich tritt ein Kollege auf mich zu und sagt: »Rasch, deine Frau will dich unbedingt sprechen ...«

Ich überwand mich und trat an den Tisch.

»Bring mir Narsan und für sie eine Soljanka ...«

Ich lief zum Kellnerzimmer – Luscha saß da, blaß, ein Tüchlein um den Kopf.

»Rasch, rasch! Kriwoi hat sich erhängt! Der Reviervorsteher schickt mich ...«

Zuerst verstand ich nicht, ich erschrak nur. Sie weinte fast: »Mach rasch, beeil dich! Die ganze Wohnung ist voller Menschen ... und niemand da ...«

Ich wollte mich anziehen, aber ich kam einfach nicht in den Mantel. Und sie in einem fort: »Rasch, mach schon ... wir sind in die Sache verwickelt ... hat der Reviervorsteher gesagt ...«

Ich eilte zur Wohnung. Das Volk drängte vom Hof zu den

Fenstern, in der Wohnung die Polizei. Ich trat in sein Zimmer, er lag schon auf dem Fußboden, in der zerrissenen Jacke, so wie er gewesen war … Er hatte sich am Hosenriemen erhängt. Er lag auf dem Rücken, die Hände waren zusammengekrampft und zu Fäusten geballt, als drohe er jemand. Und als ich erst sein Gesicht ansah … geradezu furchtbar. Er streckte die Zunge heraus. Das eine Auge war zusammengekniffen, das andere aufgerissen – es glotzte. Er hatte schon in der Nacht in einem fort Gesichter geschnitten.

Unser Reviervorsteher Alexander Iwanytsch saß am Fenster, rauchte, hielt einen Zettel in der Hand und machte ein strenges Gesicht. Dabei waren wir mit ihm bekannt – ich verschaffte ihm gelegentlich verbilligten Wein, solchen, der von den Bällen übrigblieb … Der Maître d'hôtel verkaufte ihn uns zu ermäßigtem Preis.

»Wie lange soll ich auf dich warten? Was sind das für häßliche Sachen bei euch?«

Er zeigte mit dem Finger auf Kriwoi und runzelte die Stirn. Als hätte ich ihn erwürgt.

»Was weißt du von den Motiven? Kann man nicht ein Glas Tee haben …«

Er war sonst immer umgänglich gewesen, doch jetzt klang selbst die Frage nach dem Tee recht barsch. Ich war völlig verwirrt, ich verstand nichts mehr.

»Mach dich auf Unannehmlichkeiten gefaßt …« Und er klatschte mit dem Zettel auf die flache Hand. »Wo ist der Sohn? Ich muß ihn verhören … Tinte!«

Er bekam die Tinte und seinen Tee; wir warteten …

»Deckt ihn mit etwas zu … Läßt dich mit einem Lumpen ein, das hast du nun davon … Deckt ihm den Kopf zu!«

Selbst ihn hatte es gepackt. Tscherepachin aber war gleich da.

»Wieso reden Sie so über einen Leichnam? Tragen Sie das ins Protokoll ein!«

»Wer bist denn du?« fragt er. »Hinaus mit dir! Hier geht eine Vernehmung vor sich. Wer ist das?«

Der aber, hitzig wie er war, gibt es ihm auf der Stelle zurück: »Warum sagen Sie ›du‹ zu mir? Ich bin hier gemeinschaftlicher Untermieter und möchte eine Aussage über die Motive machen. Mir ist alles bekannt.«

Und er begann völlig ungeniert und kicherte sogar: »Es war so. Am Morgen, gegen zehn, komme ich … aus dem Klo natürlich und sehe …«

Doch der Reviervorsteher sofort zu ihm: »Raus! Ich rufe dich, wenn ich dich brauche! Das Zimmer frei machen!«

Er wies alle Leute aus der Wohnung. Nur der Hausknecht und unser Paßbeamter blieben, Tscherepachin aber drohte er wegen Widerstandes mit Haft. Ich schob ihn mit Mühe und Not aus dem Zimmer.

»Und nun zu den einzelnen Punkten …«

Und er las aus dem Zettel vor, wir hätten ihn hinauswerfen wollen …

»So. Ihr wolltet ihn also hinauswerfen … Stimmt das?«

Ich erklärte alles und erzählte auch von der Nacht. Er schrieb es auf; dann weiter: »Das ist nicht wichtig, aber hier …«

Und er las den ganzen Brief vor. Kriwoi hatte, wie sich herausstellte, uns alle denunziert, dann aber Angst vor der Gerichtsverhandlung bekommen. Er war überhaupt sehr gekränkt über das Leben gewesen. Auch das mit dem Glas und mit der Unterhaltung war erwähnt. Der Reviervorsteher las alles vor und runzelte die Stirn.

»Da – was man für Scherereien mit euch hat! Ich muß eine Untersuchung einleiten, hier steht was von Politik … Was hat dein Sohn über die Politik gesagt? Sei lieber offen und ehrlich ... der Zettel kommt ja doch zu der Akte ... Da – was für Scherereien man mit euch hat!«

Ich bestritt alles, Luscha auch, und Tscherepachin rief hinter der Tür: »Ich weiß es, vernehmen Sie doch mich!«

Ich war über ihn geradezu verwundert. Er war uns doch sonst so zugetan gewesen, und nun auf einmal ... Der Reviervorsteher aber frohlockte.

»Man rufe ihn herein! Was hat er über die Politik gesagt? Deine Aussage zu diesem Punkt!«

Der nun, sehe ich, macht ein pfiffiges Gesicht und beginnt: »Nicht ›deine‹, sondern ›Ihre‹! Über die Politik – Fehlanzeige, es war vielmehr so: Am Morgen komme ich ... aus dem Klo natürlich und sehe ...«

Der reinste Hohn. Er hat mir später selber gesagt – er wollte ihn nur ärgern. Der Reviervorsteher wies ihn sogleich aus dem Zimmer und drohte ihm eine Strafe an. Ich aber berief mich auf Kirill Sawerjanytsch – er war ein angesehener Mann und mit dem Reviervorsteher bekannt. Man schickte augenblicklich nach ihm – er wohnte ganz in der Nähe, zwei Querstraßen weiter.

Er kam, sah sehr erschrocken aus, begrüßte den Reviervorsteher durch Handschlag, redete ihn mit Vor- und Vatersnamen an und begann sehr klug: »Kennen Sie mich nicht? Glauben Sie denn«, fragte er, »ich könnte es dulden, wenn man in meiner Gegenwart so etwas sagt? Ich bin der Obrigkeit ergeben und fühle mich durch dieses Mißverständnis Ihrerseits geradezu gekränkt ...«

Und der Reviervorsteher steckt die Nase in den Zettel.

»Was soll man machen, es ist doch meine Pflicht ... Ich weiß sehr gut ...«

Kirill Sawerjanytsch blickt zu Kriwoi und sagt: »Selbst nach dem Tode noch richtet er solche Gemeinheiten an! Und alles wegen des Jacketts!«

Und der Reviervorsteher – sofort ins Protokoll damit.

»Was für ein Jackett? Äußern Sie sich dazu!«

Kirill Sawerjanytsch zupfte an seinem Bärtchen, machte ein äußerst kluges Gesicht und schien sogar gekränkt.

»Die Sache war so. Wir saßen bei einer Pirogge und unterhielten uns … über das Leben. Und Kriwoi stand an der Tür und lauschte. Da begann der junge Mann, sein Sohn – er ist Realschüler –, diesem Kriwoi Vorwürfe zu machen, wieso er seine Pflichten auf solche Weise erfülle, das heißt trinke, und sagte auch, das ginge nicht an … und überhaupt … verbiete das die Politik des Lebens … Da haben Sie die Politik – die Politik des Lebens … des Umgangs war gemeint … Wenn man es sozusagen wissenschaftlich ausdrückt …«

»Richtig!« pflichtete ihm der Reviervorsteher bei. »Das versteht man.«

»Na sehen Sie! Ein ungebildeter Mensch versteht es natürlich nicht, ein gebildeter aber – das versteht man! Auch ich belehrte diesen Kriwoi … über die Obrigkeit, über das Leben … sogar nach dem Evangelium. Er aber nannte uns alle plötzlich Lakaien – nehmen Sie das unbedingt zu Protokoll! Und da nun warf der junge Mann, also sein Sohn, in der Tat mit dem Glas nach ihm, traf das Jackett und bespritzte es … Er aber war gekränkt, sagte, er werde uns alle anzeigen, und lief zum Revier. Das ist die reine Wahrheit.«

Es kam so überzeugend bei ihm heraus. Nun, dem anderen machte es natürlich nichts mehr aus, er war ja tot. Sonst hätte es Scherereien gegeben. Die Zeiten waren sehr rauh. Auch der Reviervorsteher bestätigte: »Er kam tatsächlich zu uns, das stimmt, und randalierte. Wir setzten ihn endgültig an die Luft. Das hat jedoch damit nichts zu tun ...«

Und er kritzelte im Protokoll. Kirill Sawerjanytsch aber blickte zum Fenster hinaus. Plötzlich war er aus irgendeinem Grunde wieder gekränkt.

»Ich verstehe nicht, was ich damit zu tun habe ... Man reißt mich aus meiner Arbeit heraus ...«

Und der Reviervorsteher zu ihm: »Wir haben diese Scherereien selber satt, mehr noch als Sie, aber es ist nun einmal Vorschrift.« Und an mich gewandt: »Was ist das für eine Anzeige, die er gegen Ihren Sohn erstattet hat? Und bei welcher Stelle? Hier steht was davon im Zettel ...«

Und er zeigte mit dem Federhalter auf Kriwoi.

»Was heißt schon Anzeige, wenn er betrunken war!« entgegnete ich.

»Kann man nicht wissen! Gerade in betrunkenem Zustand verplappern sich die Leute. Was hat in der Anzeige gestanden?«

Ja was denn, war ich vielleicht der Heilige Geist? Was der einem auch zusetzte!

Hier kam Koljuschka aus der Schule zurück. Als er erfuhr, was geschehen war, erstarrte er zu Stein.

Der Reviervorsteher aber nahm ihn sogleich ins Verhör: »Äußern Sie sich zu der Anzeige! Von der er hier im Brief schreibt ...«

Er las ihm die Stelle vor. Koljuschka starrte ihn an und schien nicht das geringste zu verstehen.

»Nun«, sagt er, »was ist das für eine Anzeige, und wohin hat er sie geschickt?«

Und Koljuschka steht leichenblaß da und flüstert: »Wir haben ihn ... wir ... Mein Gott!«

Und faßt sich an den Kopf. Der Reviervorsteher aber – gleich ins Protokoll.

»Was wollen Sie damit sagen?« fragt er. »Mir ist da an Ihren Worten etwas nicht klar ... Wieso ›wir‹? Was heißt ›wir‹?«

Hier wurde Kirill Sawerjanytsch böse.

»Glauben Sie vielleicht, sie haben ihn erwürgt? Er denkt moralisch ... und fühlt sich vor den Kopf gestoßen ... Kriwoi schreibt doch selber davon in seinem Brief! Verdächtigen Sie vielleicht auch mich?«

»Ich verdächtige Sie nicht«, entgegnet er, »und dennoch bleibt es sonderbar. Was haben Sie damit gemeint ... Sagen Sie's offen und ehrlich!«

Mein Sohn aber sah Kriwoi an, runzelte die Stirn und lief aus dem Zimmer. Und der Reviervorsteher zu mir, in strengem Ton: »Holen Sie ihn zurück! Ich verlange es im Namen ... Zurückholen!«

Ich eilte zu Koljuschka. Er preßte den Kopf an die Fensterscheibe, stand da, wie er gekommen war – im Mantel. Er wandte sich zu mir um und fuhr mich an: »Gehen Sie! Ich kann nicht mehr, ich kann nicht!«

Ich redete ihm zu – er weigerte sich!

»Was haben wir nur angerichtet!« sagte er. »Und ich bin daran schuld, ich!«

Ich kehrte zu ihnen in das Zimmer zurück; der Reviervorsteher setzte sich zurecht und flüsterte Kirill Sawerjanytsch etwas zu. Sein Ausdruck war ... na ja ... jedenfalls nicht mehr streng. Kirill Sawerjanytsch aber machte ein böses Gesicht und fiel plötzlich über mich her: »Ich verstehe Ihren Sohn nicht!« Er siezte mich auf einmal. »Auch Alexander Iwanytsch wundert sich ... Wie unreif und dumm doch Ihr Sohn ist!«

Der Reviervorsteher aber – nun ja, es ging: »Offenbar hat

ihn das Protokoll erschreckt ... Hm, ja, wir müssen irgendwie zu einem Ende kommen ...« Er ließ mich unterschreiben, und das Schloß an seiner Aktentasche schnappte zu. »Diese Anzeigen machen mir Sorge ... Sie brauchen sich aber nicht aufzuregen, ich habe mit aller Deutlichkeit vermerkt, daß ich ... alle Anzeichen eines Selbstmordes durch Erhängen an der Leiche festgestellt habe ... Hm ... ja ...«

Kirill Sawerjanytsch stieß mich mit dem Fuß an. Der Reviervorsteher aber blickte zum Fenster und dachte nach.

»Am besten, wir nehmen ihn gleich mit ... Was das wieder für ein Wetter ist! Immer dieses Geschlacker ...«

Kirill Sawerjanytsch stieß mich aufs neue mit dem Fuß an.

Der Reviervorsteher befahl, Kriwoi hinauszutragen und in den Unfallwagen zu schaffen. Sie trugen ihn hinaus und nahmen auch die Gitarre und die paar Habseligkeiten von ihm mit. Ich begleitete den Reviervorsteher natürlich in den Flur und bat ihn, uns möglichst ... keine Schererereien zu machen ... Und er darauf in liebenswürdigem Ton: »Geht schon in Ordnung, es scheint jetzt alles klar zu sein ... Er war eben ein Querulant ... Ich habe ihn ganz genau gekannt.«

Ich kehrte in die Wohnung zurück, da fiel Kirill Sawerjanytsch über mich her: »So also wissen Sie eine Beziehung zu schätzen! Sie ziehen auch mich hinein! Ich stehe jetzt Ihretwegen im Protokoll! Sie haben mich in die Sache verwickelt! Dieses Bengels wegen ... Er kann die Zunge nicht im Zaum halten, und ich werde seinetwegen in einer fremden Sache bemüht! Ich habe ohnedies Ausgaben genug ... Nein, ich muß mich zurückziehen ... Ich sehe, wohin es führt, wenn sich unsereins zu den Leuten herabläßt ...«

Und hier nun ging Koljuschka hoch:

»Bitte sehr! Sie können ruhig gehen ... Hinaus mit Ihnen!«

»Wie? Was? Du ... wagst es? Er wagt es in deiner Gegenwart? Mir gegenüber? Mir? Er – mir gegenüber! Du Gelbschnabel! Dreckskerl, elender Wicht, Milchbart! Verdreschen sollte man dich, du hirnloses Scheusal! Ich werde dir deine Worte noch ankreiden!«

Ich war ganz kopflos, während Koljuschka immerzu wiederholte: »Hinaus! Hinaus mit Ihnen! Papa kommt auch ohne Sie und Ihre Herablassung aus!«

Der andere aber verdrehte die Augen und wußte nicht, was er erwidern sollte. Er wurde ganz grün dabei.

»Dein Glück, du Lümmel«, sagte er, »daß keine Zeugen da sind und ich deinen Vater dem Gesetz nach nicht zur Verantwortung ziehen kann. Ich gehe schon selber, ich gehe selber ... selber! Nie wieder wird mein Fuß diese Schwelle betreten!« Hier schielte er zu mir hinüber und zischte: »Nur solche ... können solche Nichtsnutze zu Söhnen haben!«

Er hatte mich für nichts und wieder nichts gekränkt und ging. Der Meinige wäre bald über ihn hergefallen. Er wollte schon auf ihn losgehen, ich fiel ihm jedoch in den Arm. Da zog er sich in Nataschas Zimmer zurück und schloß sich ein. So also hatte sich alles gewendet! Eine solche Unannehmlichkeit, und dann erwies sich Kirill Sawerjanytsch, den ich sehr schätzte, als so händelsüchtig! Außerdem hatte Kriwoi Anzeige erstattet ...

Ich ging zu Luscha – sie hatte sich hingelegt, weil sie Herzschmerzen hatte, und sagte zu mir: »Ich kann nicht mehr ... sie werden Koljuschka den Prozeß machen ... Was war das doch für ein Schuft! Was hat er über ihn geschrieben? Sie werden ihn abholen wie den Sohn von Gaikin ...«

Ich gab ihr Tropfen und ging zu Koljuschka. Ich rüttelte an der Tür – er machte nicht auf. Da riß ich den Türhaken aus. Er saß am Tisch und hatte den Kopf auf die Hände gelegt.

»Was denkst du dir eigentlich?« fragte ich. »Bringst einen Menschen gegen dich auf ... Er kann dich doch in seinem Ärger deiner Worte wegen anzeigen! Eine Anzeige gegen dich läuft schon ... Jeden Augenblick kann die Polizei bei uns erscheinen ... Hast du vielleicht noch Bücher von Gaikin?«

Statt mich zu beruhigen, fällt er über mich her: »Sie sind ja gut! Er verleumdet in Ihrer Gegenwart einen Toten, und Sie ... Mama hat mir alles erzählt ... Lassen Sie mich in Ruhe!«

Und er schlägt sich mit der Faust gegen die Schläfe.

»Hat er es wirklich meinetwegen getan? Mein Gott, Papa!«

Ich war, ehrlich gesagt, gekränkt. Anderer Leute Interessen, die Tatsache, daß Kriwoi sich erhängt hatte, nahm er sich zu Herzen, aber was uns bevorstand, ließ ihn kalt. Und ich sagte zu ihm:

»Du härmst dich um einen Fremden, und wir sind für dich wohl nichts? Ein Dreck! So also bist du! Und ich mache mir Sorgen um dich ... Antworte mir – hast du noch Bücher?«

Und er zu mir: »Gehen Sie, lassen Sie mich in Ruhe!« Und er ballte die Fäuste und vergrub den Kopf im Kissen.

»Schone wenigstens deinen Vater!« sagte ich. »Ich reiße mir euretwegen die Seele aus dem Leib, ich habe nichts vom Leben ... Was spielst du dich eigentlich auf? Aus dir wird noch ein Strolch!« Und ich begann ihm ins Gewissen zu reden. »Wie soll ein nützliches Mitglied aus dir werden? Ein Skandal nach dem anderen ... Ein Mensch erhängt sich in unserer Wohnung, wir haben Unannehmlichkeiten ... Mit einem anderen entzweist du mich! Wie oft hat mir dieser andere unter die Arme gegriffen ... Er hat deine Aufnahme in die Schule ermöglicht ... dank der Bekanntschaft mit einem von euren Lehrern ...«

Er stieß mit dem Fuß gegen das Bett, daß es krachte!

»So also ist das!« sagte ich. »Jetzt sehe ich endlich klar!

Dein langbeiniger Wassikow hat dich vom rechten Wege abgebracht! Seitdem er mit allerlei Büchern zu dir kommt, bist du wie umgewandelt ... Nun – er kommt mir nicht wieder über die Schwelle! Willst du mir endlich antworten!« rief ich. »Ich werfe sie alle hinaus! Auch dieser Pachomow soll sich nicht bei uns blicken lassen! Der Kerl wird seiner Grobheit wegen entlassen und futtert sich abends bei dir durch! Du hältst diesen Schmarotzer aus!«

Ich zog regelrecht gegen ihn vom Leder. Er erhob sich, sah mich sonderbar an und schüttelte den Kopf. Erst hinterher wurde mir klar, daß ich das nicht hätte sagen sollen. Dieser Pachomow war ein armer Bursche und krank. Seine Mutter war Waschfrau, und ihn hatten sie wegen schlechten Betragens aus der Schule gewiesen. So kam er, bettelarm wie er war, während er nach einer Stelle suchte, zu Koljuschka. Und Koljuschka sagte zu mir: »Schämen Sie sich denn nicht?« Das war natürlich berechtigt. »Schämen Sie sich nicht? Sie geizen mit einem Stück Brot! Das habe ich von Ihnen nicht erwartet. Dabei haben Sie mir selber erzählt, welche Not Sie früher gelitten und wie Sie vertrocknete Reste von Graupengrütze, die irgendwelche Arbeiter übrigließen, im Flußwasser aufweichen, um sie zu essen ... Sie können ganz beruhigt sein, er wird nicht mehr zu mir kommen ... Sie müssen wissen ... ich möchte Sie auch von den Ausgaben für mich befreien ... Auch die tun Ihnen vielleicht leid.«

Er brach in Tränen aus. Ich sehe – er steht am Tisch und zupft an der Tischdecke herum. Die Jacke an ihm zuckt, die Ellenbogen sind geflickt, der Gürtel sitzt schief ... Ich sehe ihn vor mir, als wäre das alles erst heute gewesen. Die Hosen sind bis über die Knöchel gerutscht, man sieht die Stiefelschäfte. Und plötzlich tat er mir schrecklich leid. Solche Unannehmlichkeiten, und wir müssen uns auch noch weh tun!

»Ja«, sagt er, »Sie sind dort, in Ihrem Restaurant, mit all den Herrschaften allmählich abgestumpft ...«

Plötzlich zieht er einen Umschlag aus der Brusttasche hervor.

»Hier! Ein Brief an Sie – vom Direktor.«

Mir war, als zerrisse etwas in mir.

»Was für ein Brief? Wieso?«

»Lesen Sie nur ...« Und er wandte sich ab.

Noch nie hatte ich Briefe bekommen, und nun auf einmal ... Ich öffnete den Umschlag, mir zitterten dabei die Hände, ich sah – ein Bogen Papier mit einer Nummer, darauf stand mit Maschine geschrieben, der Direktor erwarte mich morgen um zwölf Uhr mittags ... er wolle sich mit mir über meinen Sohn Nikolai unterhalten.

Ich fragte ihn, worüber sich der Direktor mit mir unterhalten wolle. Er zuckte nur die Schultern.

»Möglicherweise handelt es sich um Martyschka«, meinte er, »wir haben da so einen Lehrer ... Mit dem bin ich neulich aneinandergeraten ...«

»Wieso aneinandergeraten? Was soll das heißen?«

»Er hat mich vor der ganzen Klasse einen Schuft genannt ... Ich hatte die Kameraden aufgefordert, kein Geld für den Krieg zu sammeln, und er behauptete, nur Schufte könnten abseits stehen ... Dabei hat er selber seinen Sohn durch Beziehungen von der Einberufung freibekommen. Nun ja, da hab ich ihn eben gefragt, wie man das nennt? Worauf er die Klasse verließ. Das wird wohl auch der Grund sein, warum der Direktor Sie zu sich bestellt.«

»Du hast also wirklich so etwas gesagt?« fragte ich. »Koljuschka, was hast du angerichtet!«

»Ja, ich habe es gesagt. Ich fürchte mich vor gar nichts, und wenn sie mich davonjagen ... Glauben Sie etwa, ich lege auf deren Zeugnis solchen Wert? Ich bekomme auch so eins!«

»Wie das?« frage ich. »Dann sind also all meine Mühen und Sorgen umsonst gewesen?«

»Nein, ich bin Ihnen sogar sehr dankbar! Jetzt finde ich mich wenigstens in allem zurecht. Man verlangt, ich soll mich bei Martyschka entschuldigen, aber ich tu es nicht.«

Ich sah zum Heiligenbild in der Ecke und sagte in meinem Kummer:

»Hier, die Muttergottes von Kasan ... sie sieht, wie schwer mir ums Herz ist! Koljuschka, entschuldige dich!«

»Ich kann nicht. Vielleicht jagen sie mich auch gar nicht davon ... Ich habe nur noch ein halbes Jahr Schule vor mir ... Aber bitte, lassen wir das ... Wird sich schon alles finden ...«

Wie sich alles auf einmal über uns zusammenzog! Und hier kam auch noch Nataschka aus dem Gymnasium zurück und erklärte beinahe weinend: »Die Direktorin hat mir einen Verweis erteilt ... sie hätte mich bald eine Schlampe genannt ... Ich will nicht mehr ins Gymnasium! Ich brauche ein neues Kleid, mein altes ist überall gestopft, die Nähte sind schon ganz weiß ... Alle laufen auf hohen Absätzen herum, und nur bei mir sind die Schuhe ausgetreten ...«

Pardauz – die Bücher unter das Bett und heult vor Wut. Das reinste Elend! Als ich ihr von Kriwoi erzählte, mußte sie sich erst mal setzen. Und eine solche Schwermut befiel mich, daß ich am liebsten selber den Hals in die Schlinge gesteckt hätte ... Eine einzige Unglückssträhne!

Schließlich pfiff ich auf alles und ging ins Restaurant. Vielleicht konnte ich unter Menschen Vergessen finden! Aber daran war nicht zu denken. Die Fröhlichkeit der anderen machte alles noch schlimmer ...

6

Es war, als schickte uns Kriwoi Unglück über Unglück ins Haus.

Und mich packte die Wut – warum hatte ich sie auf eine höhere Schule geschickt? Koljuschka wurde von Jahr zu Jahr aufsässiger, und Nataschka machte es ihm nach. Sie putzte sich, drehte sich Locken, trieb sich mit Gymnasiasten auf der Eisbahn und in der Gemäldegalerie herum ... Nichts war ihr recht, gegen alles hatte sie etwas einzuwenden – unsere Wohnung war ihr zu schlecht, vernünftige Leute verkehrten bei uns nicht, sie schämte sich, ihre Freundinnen einzuladen. Sie verlangte, Luscha müsse unbedingt einen Hut tragen. Sie verbesserte uns sogar beim Sprechen: »Ihr sagt bis auf den heutigen Tag – ›die Drosherie‹ und statt Köche ›Kochs‹ ...«

Man denke! Sie wollte uns belehren und konnte selber nicht mal die Löcher in ihrer Kleidung stopfen! Sie schämte sich, ihre Freundinnen zu uns einzuladen!

»Wieso schämst du dich, dumme Göre?« frage ich. »Du hast dein Zimmer, also bitte, lade deine Freundinnen ein ... Verbietet dir das jemand?«

»Ach, Sie verstehen mich nicht! Wie sind wir denn eingerichtet? Ein schäbiges Sofa und Bastmatten!«

Da hatte man's! Der Nichtsnutz! Ganze siebzehn Jahre und wollte mitreden! Ich wußte aber, warum sie sich schämte! Der Mutter hatte sie's ja geklagt. Weil ich Kellner war! Den Freundinnen hatte sie weisgemacht, ich arbeite bei einer Firma! Die dumme Göre! Sie fürchtete, die Freundinnen könnten alles erfahren. Es waren nämlich meist Kaufmannstöchter bei ihnen, und sie genierte sich eben. Da log sie einfach, und sogar schwarz auf weiß! Man hatte von ihnen verlangt, sie sollten aufschreiben, welchen Beschäftigungen ihre Angehörigen nachgehen, und sie schrieb einfach das von der Firma hin. Sie schämte sich, weil ihr Vater Kellner in einem Restaurant war! Da merkte man, was sie für eine Einstellung hatten! Ja, wäre ihr Vater ein Verschwender gewesen und hätte er sich mit irgendwelchen Geliebten in unseren Gängen herumgetrieben – da würde sie sich nicht schämen! Wo hatte man ihr das beigebracht? In der Schule?

Wie oft sah ich, wie diese Einstellung zustande kommt. Wie oft machte ein Gast der Ehefrau oder irgend so einer Dame, mit der er beisammen war, eine Bemerkung ... Da sagt zum Beispiel eines Tages der Doktor Samogrusow zu seiner Frau: »Du kratzt dich wie eine Köchin ... dein Haar sitzt schauderhaft ...«

Und sie gerät in Zorn!

»Schämst du dich nicht, mir das vor den Lakaien zu sagen!«

Schämst du dich nicht, mir das vor den Lakaien zu sagen! Und wieso schämen sie sich nicht mancher anderen Dinge vor den Lakaien und auch nicht vor aller Welt? Wenn sie sich zum Beispiel mit den Beinen reiben wie die Hunde? Bei Gott! Da machen sie bunte Reihe, angeblich zwecks Belebung der Unterhaltung, und dann ... nach den Likören ... geht es los ... mit den Beinen ... unter dem Tisch ... Nippen an ihren Gläsern und verdrehen die Augen ... Ich kenne ihren wahren Wert, auch wenn sie sich noch so schön über verschiedene Sachen auf Französisch unterhalten. Da war zum Beispiel eine, die immerfort jammerte, wie elend die Menschen in Kellerwohnungen leben, und verlangte, daß das geändert werde, dabei aber hingebungsvoll ihr Haselhuhn in Weißwein bearbeitete – immer so mit dem Messer über die Knöchelchen hin wie mit dem Fiedelbogen über die Geige ... Da sitzen sie im Warmen, vor den Spiegelwänden, flöten wie die Nachtigallen – und regen sich darüber auf, daß es Kellerwohnungen und allerlei Infektionen gibt. Sollten sie lieber fluchen! Dann wüßte man wenigstens gleich, mit wem man es zu tun hat. Aber nein, auch sie verstehen sich aufs Servieren – muß alles nach was aussehen ...

Oder zum Beispiel damals, als die Mißernte war ... Wir in unserem Gewerbe hatten natürlich immer satt zu essen, als aber eines Tages zu einem Kochgehilfen der Vater kam und in der Küche darüber klagte, daß man bei uns alles im Überfluß hätte, während man bei ihnen Brot aus Espenrinde backe, begann man auch bei uns darüber zu reden; vor allem machte uns Ikorkin die Hölle heiß. Er hielt eine Rede, daß selbst Ignati Jelissejitsch ihn lobte.

»An dir«, sagte er, »ist ein Pope verlorengegangen!«

Man zog jedem Kellner eine Kopeke täglich ab, zusammen einen Rubel und zwanzig Kopeken.

Ikorkin schickte das Geld jeden Monat eingeschrieben an das Komitee und legte uns die Quittung vor.

»Überzeugt euch, ich habe es abgeschickt und nicht in die eigene Tasche gesteckt, wie es andere tun!«

Sogar die Zeitungen schrieben darüber. Auch in den Sälen bei uns standen Sammelbüchsen, auch dort wurde gesammelt. Da hat man in Gesellschaft gespeist und macht sich, wohl bekomm's, an die Liköre, und auf einmal beginnt jemand zu jammern: »Wir sitzen hier beisammen und laben uns, und woanders verhungern Kinder!« Und schon drückt er so einem Dämchen den Hut in die Hand, und sie beginnt: »Herrschaften, bitte um eine Spende! Iwan Petrowitsch, Pjotr Iwanytsch! Ja doch, Sie sind selber bedürftig, ich weiß! Also bitte!«

Ihr macht es einen Heidenspaß – sie kokettiert und rekelt

sich und verdreht die Augen ... Nun ja, es kommen zehn Rubel zusammen, und die Rechnung beträgt an hundert.

Damals kam öfter eine Schauspielerin mit ihrem Kreis zu uns, die bot sich sozusagen zum Verkauf an. Und es wurde dann sehr viel bei ihnen gelacht. Ein Kuß auf den nackten Arm – bis zum Ellenbogen drei Rubel, näher zur Schulter fünf, auf die Schulter, nach dem Hals zu, einen roten Zehnrubelschein ... Sie überschütteten sie mit Küssen ... Dabei saugte ihr einer einen roten Fleck, über den saßen sie dann zu Gericht und verurteilten ihn zu einer Buße. Eines Tages jedoch gab es einen Skandal. Es saß da einer bei ihnen im Séparée, Iwan Iwanytsch Gustow, Besitzer einer Kantillenfabrik, derselbe, der sich später aus Lebensüberdruß erschoß. Er erhob sich und sagte: »Ich gebe euch das hier für die Hungernden!« Und er zog die Brieftasche hervor. »Hier sind zehntausend Rubel, ich habe sie eben von der Bank geholt. Aber ich zeige euch vorher, wie ich über euch denke. Ich spucke euch allen in die Visagen – und für die Hungernden!«

Ach du liebe Güte, da war was los! Er klatschte die Brieftasche auf den Tisch. Zwei Männer hielten ihm ihre Visitenkarten hin, die Schauspielerin fiel in Ohnmacht und wurde aufs Sofa gelegt, man drang mit Fäusten auf ihn ein, er jedoch wehrte alle mit einer einzigen Armbewegung ab, steckte die Brieftasche wieder ein und erklärte: »Die Spucke ist mir zu schade!«

Und er ging. Später las man dann in den Zeitungen, ein unbekannter Gast unseres Restaurants habe zehntausend Rubel für die Hungernden gespendet. Das verstehe ich!

Ich ging also ins Restaurant, doch mein Herz schlug unruhig, ich kam gar nicht recht zur Besinnung. Bei unserer Arbeit muß man gewandt sein, Aufregung schadet in jedem Fall. Sobald man nämlich aufgeregt ist, merkt man es an der eigenen Tasche. Aber hin mußte ich – es gab an diesem Tag zwei Extrasachen, eine Hochzeit und ein Jubiläum. Und kaum ging ich an die Arbeit – ich trug drei Dutzend Teller in den Ecksalon –, da machte ich schlapp und schlug hin. Zehn Rubel das Dutzend! Das war mir zum zweitenmal in meiner ganzen Arbeitszeit passiert. Das erstemal zerschlug ich für vierundzwanzig Rubel bestes Kristall – ich glitt auf einer Apfelsinenschale aus und schmiß alles hin. Und jetzt wieder. Gleich war der Maître d'hôtel da. Hingeschmissen? Jawohl. Mußt du bezahlen. Das ist bei uns sehr einfach – man nimmt das Geld von der Kaution.

Da packte mich eine solche Verzweiflung, daß ich mich am liebsten irgendwo hingelegt, in irgendeine Ritze verkrochen hätte, um nichts mehr zu hören und zu sehen, ich wollte nur daliegen und weinen. Der Ärger überwältigte mich. Dabei gab es bei uns allerlei Hin und Her; ich hatte Rechnungen und Bons zu sortieren, die von einer Abteilung zur anderen gingen, mußte bald zum Büfett oder zur Küche, bald wieder servieren, oder es stimmte etwas nicht mit einer Rechnung ... Und alles im Kopf behalten – wer was bestellt hat. Das wichtigste in unserem Beruf sind die Beine und das Gedächtnis. Man muß stets auf dem Kien sein. Denn ist erst etwas schiefgegangen, dann geht es den ganzen Tag so weiter.

Das Mittagessen war vorüber, man deckte im Ecksalon, und schon versammelten sich die Gäste. Und dann ging's los. Alles launische und reizbare Leute, diese Lehrer. Sie sind nicht oft bei uns, einmal im Jahr auf Voranmeldung, stellen dann aber auch Ansprüche – wollen zeigen: auch wir verstehen was von der Sache! Sie machten sich an die Vorspeisen ... Und schon begannen sie uns hin und her zu hetzen. Ihrem Festordner konnte selbst unser Maître d'hôtel nicht das Wasser reichen, auch was die Stimme betraf. Da fehlte angeblich bald dieses, bald jenes, her mit dem Maître d'hôtel, wieso nur drei Schalen Kaviar und warum soviel Überbackenes und Klößchen, warum nicht mehr Fischdelikatessen, mehr Störrücken, mehr Lachs, mehr Hummer ... Ich weiß schon, was gut und teuer ist! Und das bei ganzen sechs Rubeln je Gedeck, wenn auch natürlich ohne Wein! Er bildete sich wohl ein, man würde ihm für seine sechs Rubel auch noch Neunaugen in Marinade vorsetzen!

Ich kam außer Atem. Und plötzlich – geradezu ein Verhängnis! Wie zum Trotz! Ich bringe die Pastetchen herein und sehe – er! Seine Exzellenz, Koljuschkas Direktor! Ich erschrak dermaßen, daß ich beinahe die Schüssel fallengelassen hätte. Ich fürchtete mich, ihm vor die Augen zu kommen. Und wie zum Trotz – einerlei, wo ich mich hinstelle, ich habe ihn überall vor mir. Er ist breit und massig wie ein Schrank. Sehe ich zu ihm hin, dann scheint mir – auch er sieht mich an. Und so, als hätte er gegen mich etwas im Sinn.

Und als ich dann die Pastetchen mit Kaviar herumreichte, hatte ich alle Mühe, die Schüssel festzuhalten. Er befahl, ihm vorzulegen; ich tat ihm denn auch reichlich von allem auf, Blätterteigböden und Toast und Kaviar – ich wußte, er war ein großer Liebhaber davon –, und ich beobachtete ihn weiter. Als er den letzten Happen in den Mund schob, blickte er auf und sah mich sehr freundlich an. Ich war zu Tode erschrocken. Gleich fragt er dich, dachte ich mir. Er kaute aber nur zu Ende, schluckte hinunter und winkte mich heran. Ich war im Nu zur Stelle und wartete. Er sah mir wohlwollend auf die Stirn und sagte: »Gib mir doch noch vom Kaviar ... und auch von dem da ...«

Und ich legte ihm nochmals Kaviar und Röstschnitten vor, so gut wie eine ganze Portion.

Er schien mich jedoch nicht zu erkennen. Schon möglich, daß er mich vergessen hatte – es war drei Jahre her, seit ich das letzte Mal bei ihm gewesen war und das Gesuch wegen der Schulgebühr eingereicht hatte.

So blieb sein Anblick den ganzen Abend eine Folter für mich. Und als dann der Fisch serviert wurde, verlangte er, ich solle ihm Moselwein bringen.

Sie feierten aber eigentlich gar kein Jubiläum, sondern eine Ernennung. Der Direktor eines Gymnasiums, ein altes Männlein, war zum Kurator des Schulbezirks befördert worden. Aus diesem Anlaß hatte man sich zu dem Bankett versammelt. Und gleich nach dem Fisch begannen die Reden. Sobald aber geredet wird, hat alles bei uns stillzustehen. Steh da und hör zu! Und sie redeten auch sehr schön davon, daß man die neue Generation zum Nutzen des Volkes heranbilden und möglichst viel Licht im Volk verbreiten müsse. Man brachte Trinksprüche aus und trank auf alles mögliche. Und dann beschloß man, ein Telegramm abzuschicken. Das ist bei uns nun einmal üblich. Man redet und redet – und schleunigst wird an irgend jemand ein Telegramm geschickt.

Ich aber hatte starke Herzschmerzen, es war so schlimm, daß ich mich mehrmals in die Küche retten mußte. Ich trat auf die Treppenstufen zum Hof hinaus, legte ein wenig Schnee unter das Vorhemd ans Herz, und es ließ nach. Der Himmel war mit Sternen übersät ... Und alles schien dort so schön, so fern und still, während bei uns die Hölle los war. Zu allem Überfluß gab es in der Küche auch noch Krach. Der Koch Semjon erschien und randalierte wieder. Er war wegen Trunksucht davongejagt worden, und nun ging er vor meinen Augen mit dem Kotelettmesser auf den Küchenchef los, verletzte ihn an der Hand und wollte Selbstmord begehen ...

Ich kam nach oben zurück, und hier war wieder Licht und Glanz, und die Kapelle spielte. Geradezu erstaunlich, wie im Märchenland.

Die Gäste vom Jubiläumsessen brachen auf, und als ich Koljuschkas Direktor aufstehen sah, konnte ich meiner Unruhe nicht Herr werden.

Ich stellte mich neben die Tür und wartete. Ich hatte beschlossen, wenn er an mir vorüberkommen würde, ihn an mich zu erinnern und um Nachsicht für Koljuschka zu bitten. Er kommt auf die Tür zu, sieht mich freundlich an und sagt: »Kellner, ich habe da auf dem Fensterbrett eine Birne und ein paar andere Kleinigkeiten vergessen.«

Ich lief zum Fenster – ich hatte schon bemerkt, daß er dort eine Birne und Mandarinen hingelegt hatte –, fügte noch ein paar gelbe Pflaumen hinzu und brachte sie ihm. Er schob alles sogleich in die hintere Rocktasche und gab mir ein Fünfzigkopekenstück. Und ich sagte hinter ihm her: »Euer Exzellenz ... gestatten Sie mir eine Bitte ...«

Er aber wandte sich um und stieß richtig ärgerlich hervor: »Ich habe Ihnen doch wohl schon etwas gegeben?«

Und er ging. Im selben Augenblick rief mich der Festordner. Der Direktor hatte also geglaubt, ich wollte mehr Trinkgeld ... er hatte nicht begriffen ...

Hätte ich doch abräumen und nach Hause gehen können! Die Beine wollten nicht mehr, mein ganzer Zustand war schrecklich, aber so leicht wird man die Leute bei einer solchen Feier nicht los. Sie haben ihr Geld bezahlt und möchten was davon haben. Und sie tranken unter dem Vorsitz ihres Ordners die Weine aus. Was hetzte er mich dabei herum! Er verglich die Flaschen mit der Rechnung, notierte auf einem Blättchen, wieviel übriggeblieben war, und verfügte darüber wie ein kluger

Hausherr. Obwohl er Lehrer war, erwies er sich in diesen Dingen als sehr fähig.

»Die angefangenen«, sagte er, »spenden wir für das Personal, diese hier werden von der Rechnung abgesetzt, soll sie das Restaurant zurücknehmen, und diese fünf – er hatte die besten herausgesucht! – packst du in einen Beutel und gibst sie morgen in einer freien Minute in der Wohnung ab, die hier auf dieser Visitenkarte steht.«

Er kramte und gab mir dreißig Kopeken.

Sie tranken sehr langsam zu Ende, nur war das Gespräch jetzt ungezwungen, man unterhielt sich äußerst hitzig über den, den man vorhin beglückwünscht hatte. Und hechelte ihn nach Strich und Faden durch. So macht man es bei uns, wenn es aufs Ende zugeht, immer – nach Strich und Faden ... Und es gab schrecklich viel Arbeit in dieser Nacht, wir hatten zwei Stunden zu tun, den Ecksalon wieder in Ordnung zu bringen. Alles war stark verschmutzt, überall hatten sie Zigarettenstummel ausgedrückt, selbst in den Portieren. Ignati Jelissejitsch erteilte uns sogar einen Verweis – wir hätten besser aufpassen sollen. Geh einer hin und rede mit ihnen. Und wie gierig sie waren! Geradezu erstaunlich. Alles, was der Maître d'hôtel mit ihrem Festordner abgerechnet hatte, wurde restlos verzehrt. Und was sie nicht schafften, steckten sie einfach ein. Natürlich nur das Obst. Jeder lächelte nett und sagte: »Ob man was für die Kinderchen einsteckt? Als Mitbringsel?«

Und als es erst einer getan hatte, machten es ihm die anderen nach – als Mitbringsel. Bei einem näßte sogar der Uniformrock durch – er hatte sich auf eine Birne gesetzt. Man mußte schließlich seine sechs Rubel abessen! Und sie wußten, wie, wo, was ... Den Vorspeisen gingen sie mit Verstand zu Leibe. Vom Kaviar, vom Hummer, vom geräucherten Störrücken blieb nur der Name übrig. Das alles verschwand im Nu. Und wenn sie sich auch unterhielten – die Hand langte unfehlbar nach dem Richtigen. Natürlich hatten auch wir unseren Plan. Die Vorspeisen servierten wir mit Pausen, erst etwas Heißes und Schweres, dann vom Leichteren, eher zur Ausschmückung. Aber auch sie verstanden sich sehr gut darauf ... Mit Wiener Würstchen auf kleinen Pfannen, mit Überbackenem und Klößchen schlugen sie sich nicht voll, selbst nicht im ersten Heißhunger. Vom Lachs und vom Störrücken mußten wir fünfmal nachreichen. Unser Restaurant verdiente natürlich nicht allzuviel dabei. Und dann noch eine Unannehmlichkeit ...

Ein Gast, der an der Feier teilgenommen hatte, schickte das Stubenmädchen zu uns. Der Herr habe sein silbernes Zigarettenetui auf einem Tischchen liegengelassen. Wir sahen überall nach – nichts. Man befragte die Kellner – niemand hatte etwas gesehen. Und dabei kommt es bei uns sogar vor, daß Brieftaschen liegenbleiben – wir geben sie im Büro ab. Wer also sollte sich durch solchen Plunder, der keine fünfzehn Rubel wert war, verleiten lassen? Es wurde nichts gefunden. Vielleicht hatte ein Gast es aus Zerstreutheit eingesteckt wie eine fremde Zündholzschachtel. Dergleichen war bei uns schon vorgekommen.

Da hob einmal eine Dame bei uns im Saal eine Brosche auf, blickte sich nach allen Seiten um und ... ins Taschentüchlein damit. Ich sah es. Und sie wieder sah, daß ich's bemerkt hatte, und wurde feuerrot, gab die Brosche jedoch nicht ab. Wie sollte ich es dem Maître d'hôtel sagen? Die Dame war bei uns unbekannt. Die Brosche konnte ja auch ihr Eigentum sein ... Am nächsten Morgen aber schickte ein Fabrikbesitzer zu uns – ob seine Frau nicht eine Brosche, etwa fünfhundert Rubel wert, bei uns verloren habe? So konnte auch das Zigarettenetui ... Uns jedenfalls ist unser Ruf mehr wert als Geld.

7

Ich sagte dem Maître d'hôtel, ich könne am folgenden Tag erst um zwei Uhr kommen. Ich war um vier zu Hause, aber bei uns brannte noch Licht. Die Meinigen hatten sich alle in einem Zimmer zusammengedrängt und schliefen bei Licht. Sie ängstigten sich, weil Kriwoi sich erhängt hatte. Nataschka lag zusammengekrümmt auf dem Sofa, Koljuschka hatte den Kopf auf den Tisch gelegt. Wie arme Waisen. Auch Luscha war gar nicht erst zu Bett gegangen; sie fürchtete sich, in unserem kleinen Schlafzimmer allein zu sein – es lag neben dem Zimmer, in dem Kriwoi gewohnt hatte.

Koljuschka hob den Kopf und sah mich bedrückt an. Er war auf einmal abgemagert, nichts als Augen.

»Warum legst du dich denn nicht schlafen?« fragte ich.

Er schwieg. Und Luscha zu mir: »Die ganze Zeit setzt er mir zu. Beruhige du ihn doch! Er wiederholt in einem fort – unseretwegen, alles unseretwegen ... Ohnehin hat man immer noch jenen vor sich, und dann muß er ... Ein Glück, daß Tscherepachin Nataschka die Nacht über unterhalten hat, er hat ihr vom Ball Pralinen mitgebracht ...«

Ich sah – die Tür von Kriwois Zimmer war geschlossen und sogar mit einem Stuhl verstellt. Ich hatte Kriwoi immerfort vor Augen – wie er auf dem Fußboden liegt und drohend die Fäuste ballt. Doch ich versuchte, Koljuschka zu beruhigen. Ich erzählte ihm, ich hätte seinen Direktor gesehen, er sei sehr fröhlich und freundlich gewesen, doch Koljuschka schreit mich plötzlich ganz ärgerlich an: »Wenn Sie morgen mit ihm sprechen, dann benehmen Sie sich, wie sich's gehört ... Sie sind es gewohnt, zu katzbuckeln!«

Mit diesen Worten traf er mich schwer.

»Und du«, sagte ich, »du bist gewohnt, deinem Vater die Zähne zu zeigen! Da tut dir so ein Kerl leid, dieser Kriwoi, der uns durch seinen Stolz allerlei eingebrockt hat ... Sogar erhängt hat er sich aus Gemeinheit gerade bei uns, und du hältst ihn deinem Vater noch vor!«

Darauf er zu mir in vorwurfsvollem Ton und schüttelt sogar den Kopf: »Und Sie reden noch von Religion! Sie wollen ein religiöser Mensch sein!«

Ich war in diesem Augenblick sehr aufgebracht und hatte das von Kriwoi natürlich nur in der Erregung gesagt, aber er konnte es mir nicht verzeihen.

»Und du bist nach alledem«, sagte ich, »kein Sohn, sondern ein Biest! Ein Schmarotzer bist du ... Jawohl!«

Er drehte sich um und ging auf den Korridor hinaus, wo er schlief. Ich aber wäre am liebsten über jemand hergefallen oder davongelaufen ... Ich riß Nataschka vom Sofa hoch und schalt mit ihr ... Sie blickte mich verschlafen an, ohne das mindeste zu verstehen. Ich ging hinaus und trank einen Wodka, gleich aus der Karaffe. Ach, hätte ich alles Unglück ersäufen können! Ich habe damals und auch später sehr gelitten. Wie litt ich wegen Koljuschka! Ich war in seinem ganzen Leben nie wirklich lieb zu ihm gewesen und hatte ihn oft gekränkt ... Uns gegenseitig kränken – das taten wir beide ... Er hatte aber auch einen Charakter ... wie aus Stein ...

Luscha und ich legten uns schließlich zu Bett, und sie setzte mir zu, wir sollten in eine andere Wohnung umziehen. Ich bleibe nicht, ich bleibe hier nicht, um nichts in der Welt! Aus jeder Ecke, wo man auch hinblickt, sehe ich ihn die Zunge herausstrecken, sagte sie. Und auch mir ging es nicht anders – da stand er vor mir in der Tür und starrte wie in jener Nacht ... Bei uns aber nagten damals die Ratten an den Dielenbrettern – es hörte sich an, als kratzte jemand unter dem Fußboden. Da lagen wir nun, grübelten und fanden keinen Schlaf. Und Luscha sagte: »Wie sonderbar sich doch in letzter Zeit Polikarp Sidorytsch benimmt ... Heute ging er, nachdem du fort warst, den ganzen Tag in seinem Zimmer hin und her und befühlte seinen Kopf. Dann kam er vom Ball zurück und brachte Nataschka einen Ring mit ... Er habe ihn auf der Straße gefunden, behauptete er. War aber ganz neu, mit einem kleinen roten Stein. Er bat sie, ihn anläßlich des Unglücks in der Familie anzunehmen. Ist was dabei, wenn sie ihn behalten hat? Er kostet vielleicht fünf Rubel ...«

»Was soll schon dabei sein?« entgegnete ich. »Er ist uns eben sehr zugetan ...«

»Ja. Wenn Sie ihn nicht annehmen, hat er gesagt, werf ich ihn in die Müllgrube. Ich habe keine Verwandten und möchte Ihnen ein Vergnügen bereiten ... Damit legte er ihn in ihre Hand und verschwand in sein Zimmer ...«

Das hatte er natürlich aus Zuneigung zu uns getan. Er hatte sehr an seiner Schwester Katenka gehangen. Sie war Schneiderin gewesen und an unglücklicher Liebe gestorben – sie vergiftete sich mit Salmiakgeist. So hatte er mir erzählt. Sie lebte mit einem jungen Mann, und der heiratete eine andere ... Als Tscherepachin ihn auf der Straße erwischte, streckte er ihn durch einen Fausthieb nieder, und der Mann war tot, das Gericht sprach Tscherepachin jedoch frei und verurteilte ihn nur zu einer Kirchenbuße. All das hinterließ einen sehr starken Eindruck bei ihm, und er klammerte sich regelrecht an uns – er habe sonst niemanden auf der Welt. Er trank auch oft – wenn ihn das

Elend ankam. Hatte er aber einen in der Krone, dann prahlte er, er werde noch eine große Tat begehen, um sich ins rechte Licht zu setzen. Er war nämlich unglücklich über seinen Beruf – er blies Posaune. Er kam einfach nicht los davon – die Posaune hat mich versklavt, hat mir mein ganzes Leben verdorben. Nataschka aber machte sich auch noch über ihn lustig.

»Wie kommt denn das, Tscherepachin, Sie sind so groß«, er war in der Tat von sehr hohem Wuchs und massig, »und geben sich mit solchen Nichtigkeiten ab? Blasen Posaune! Wenn Sie wenigstens Klavier spielen könnten – aber das ist doch einfach keine Musik!«

Er aber wurde ganz rot und rieb sich verlegen die Hände.

»O doch, das ist schon eine Art Musik, wenn auch natürlich nicht für weibliche Ohren ... Ja, wenn ich Geld hätte, würde ich zum Klavierspielen übergehen ... Meine Finger sind für das Klavier sehr geeignet ...«

Und er spreizte sie auseinander; alle lachten – die reinsten Heugabeln! Sie aber verlangte, er solle ihr etwas auf der Posaune vorspielen, und er genierte sich.

»Also gut, dann nehme ich auch keine Pralinen von Ihnen an und rede nicht mehr mit Ihnen.«

Schließlich legt er los und bläst einen Marsch, sie aber freut sich und schüttet sich vor Lachen aus. Die reinste Spottdrossel. Er war ihr gegenüber wie ein Lamm und immer sehr gut zu ihr.

Eines Tages zog sie ihn mit seinem Familiennamen auf – Tscherepachin, das komme von tscherepacha, also von Schildkröte; darüber ärgerte er sich so, daß er zwei Tage in seinem Zimmer blieb und sich nicht blicken ließ. Dann tauchte er plötzlich wieder auf und erklärte: »Natalja Jakowlewna, Sie sind da auf meinen Familiennamen zu sprechen gekommen. Ich wollte nicht davon reden, muß es jetzt aber wohl oder übel gestehen. Er ist so ungewöhnlich, weil ich von Räubern abstamme ...«

Wir mußten alle herzlich lachen. Er war ein rechter Kauz!

»Er kommt nämlich nicht von Schildkröte, tscherepacha, sondern von tscherep, der Schädel. Mein Großvater gehörte einer Räuberbande an und schwang die Schlagkugel mit solcher Wucht, daß jeder Schädel, den er traf, sogleich hin war. Daher der Name. Das steht sogar in den Gerichtsakten. Sie können sich im Gouvernement Wladimir danach erkundigen ... Es gibt sogar ein Lied über meinen Großvater, und gestorben ist er im Zuchthaus ... Auch ich habe furchtbare Kräfte und kann fünf Pud an einem Arm vor mir ausstrecken!«

Er packte die eiserne Ofengabel und bog sie vor unseren Augen wie einen Bindfaden zu einer Schlinge zusammen. Als Luscha aber darüber schalt, bog er sie wieder gerade.

»Und wenn es jemand wagen sollte, Sie zu kränken, Natalja Jakowlewna, brauchen Sie nur ein Wort zu sagen ... Ich mache es mit ihm wie mit der Ofengabel!«

Da liegen also Luscha und ich und grübeln, und plötzlich glaube ich zu hören, daß auf dem Korridor jemand schluchzt. Und Luscha sagt zu mir: »Ob es Koljuschka ist? Was hat er nur?«

Ich erwähne ihr gegenüber mit keinem Wort, daß ich morgen zum Direktor bestellt bin, um sie nicht vor der Zeit noch ärger aufzuregen.

Ich komme auf den Korridor und höre – er seufzt schwer. Ich stecke ein Zündholz an, und er springt auf ...

»Hach! Sie haben mich aber erschreckt ...«

Da fing ich richtig herzlich mit ihm zu reden an: »Warum quälst du dich selber und uns dazu? Koljuschka, unser lieber Sohn ... mein Herzensjunge du! Jetzt weinst du ...«

Und er zu mir in stolzem Ton: »Ich weine gar nicht! Das kommt Ihnen nur so vor ...«

Hier erlosch das Zündholz.

Ich trat auf ihn zu und setzte mich neben ihn. Ich umarmte ihn in der Dunkelheit, und er tat mir so schrecklich leid. Er war sehnig und von kräftigem Knochenbau, wenn auch sehr mager – ich fühlte jede Rippe.

Auch er drückte sich an mich. So saßen wir schweigend eine Weile da. Ich liebkoste ihn, streichelte stumm seine Wange. Damals griff mir alles so ans Herz.

Nur dieses eine Mal im Leben habe ich ihn so geliebkost. Und ich flüsterte ihm ins Ohr, damit es Luscha nicht höre:

»Bitte den Lehrer morgen um Verzeihung! Hat man nicht oft genug auch mich gekränkt? Wir sind kleine Leute, sie können mit uns machen, was sie wollen, was sind wir schon ... Nimm dir ein Beispiel an Jesus Christus ...«

»Ich kann nicht, Papachen ... ich kann nicht!«

Er sagte es unter Tränen. Papachen – noch nie hatte er mich so genannt. Und irgendwie schämte ich mich sogar, denn er hatte es sehr schön, sehr zärtlich gesagt.

»Ich wäre danach kein anständiger Mensch mehr in meinen Augen ... ich kann nicht! Man hat mich so gedemütigt, so gequält ... Sie wissen das alles gar nicht. Solche wie mich nennen sie Kochfrauenkinder. Nein! Nein! Ich tu's nicht!«

Er sprang auf und ergriff meine Hände.

»Ich sage Ihnen – auf Gemeinheiten lasse ich mich nicht ein ... Ich bin Ihr Sohn und freue mich darüber ... Ich wäre sonst vielleicht ganz anders geworden ... Papachen, legen Sie sich schlafen ... Sie sind müde ... Ach, Papachen! Wie schwer mir das Herz ist, wie schwer ...«

Er legte den Arm um meine Schultern und zitterte dabei.

Da bekreuzigte ich ihn in der Dunkelheit.

»Bitte ihn um Verzeihung ... Du tötest deine Mutter, Koljuschka ... Sie hat ein krankes Herz ...«

»Quälen Sie mich nicht ... ich kann nicht!«

Und Luscha rief aus unserem Zimmer: »Was ist denn? Was flüstert ihr da? So komm schon, Jakow Sofronytsch ... ich graule mich ...«

Und damit trennten wir uns. Ich legte mich aber nicht schlafen. Es überwältigte mich so, daß ich in jener Nacht lange betete und alle Gebete hersagte, die ich kannte. Für Koljuschka und für den Seelenfrieden Kriwois. Luscha aber bekam einen Anfall von Atemnot und schrie in einem fort, wir sollten die Lüftungsklappen aufmachen ... Sie klapperten dann die ganze Nacht im Wind, als poche jemand an unsere Fenster.

8

Ich kann mich deutlich an diesen Tag erinnern. Luscha weckte mich: »Draußen ist Winter ... Schau, wie es schneit ...« In der Wohnung war es schön hell geworden, hinter den Fensterscheiben eine weiße Wand, es schneite in dicken Flocken. Ich legte den Gehrock an, und Luscha fragte – warum? Ich sagte, ich hätte einen Gang für das Restaurant zu erledigen.

Der Gehrock kleidet mich sehr gut, ich sah sogleich nach etwas aus. Ich ging. Unterwegs trat ich in die Erlöserkapelle und stiftete eine Kerze. Ich kam in die Schule. Der Pförtner war ein stattlicher Mann, er trug Medaillen, Orden und Litzen und hatte einen gleichgültigen Blick, empfing mich aber sehr dienstbeflissen. Nun ja, ich stelle ja auch was dar, dazu mein guter pelzgefütterter Mantel mit Kragen aus unechtem Biber, geradezu ein solider Herr. Er fragte mich, wen er melden solle. Ich sagte, ich käme auf diesen Brief hin. Da bat er um meine Visitenkarte, aber ich besitze keine, und er reichte mir ein Blatt Papier – ich solle aufschreiben, wer ich bin und aus welchem Anlaß ich komme. Er führte mich in ein Nebenzimmer und trug den Zettel nach oben zum Direktor.

Als wäre ich zu einer Gerichtsverhandlung geladen. Ich bin an Menschen gewöhnt, aber in solchen Dienststellen fühle ich mich eingeschüchtert. Hier ist es schlimmer als vor Gericht, alles hängt nur von ihnen ab, man kann sich nirgends beschweren. Es saß da noch eine Dame – mit Hut und sehr gut angezogen, in einem schwarzen Kleid mit Schleppe. Ich verspürte eine große Schwäche in den Beinen, vor allem in den Knien, und setzte mich weiter seitlich auf einen Stuhl. Dieses Zittern in den Knien habe ich immer, wenn ich aufgeregt bin – unsere Arbeit geht vor allem in die Beine.

Alles bei ihnen hier war streng. Riesige Schränke, und hinter den Scheiben allerlei Alabasterfiguren, Gestelle, Sterne und Köpfe. Und auf den Schränken ausgestopfte Vögel und Gläser. Und an den Wänden Porträts in Rahmen, dazu eine riesige Uhr in einem besonderen Gehäuse, das bis zum Fußboden reichte. Und das Pendel – ticktack. Alles ist still, und nur das Pendel – ticktack. Mir aber klopfte das Herz. Auch die Dame schien aufgeregt. Sie stand auf, trat ans Fenster, knackte mit den Fingergelenken und seufzte; plötzlich sagte sie zu mir: »Wie lange es dauert ... Wissen Sie, ich möchte Sie etwas fragen ... Ich will meinen Jungen umschulen – aus dem Gymnasium hierher, in die dritte Klasse ... Was meinen Sie, ob sie ihn ohne Examen aufnehmen? Er hat schon so viele Auszeichnungen ...«

Ich stand aus Gewohnheit rasch auf und sagte, das könne ich nicht wissen. Sie musterte mich kurz, und kein Wort mehr zu mir. Nun ja, sie war bereits aufgeregt, weil sie nicht wußte, ob sie den Sohn ohne Examen aufnehmen würden, während es sich bei mir ... Hier jedoch riß der Pförtner beide Türflügel auf, und Seine Exzellenz, der Herr Direktor persönlich, trat ein. Und war ganz anders als im Restaurant. In Uniform, der Kopf stark eingezogen und gleichzeitig in den Nacken geworfen, der Blick streng. Er machte dem Pförtner ein Zeichen, er solle die Tür schließen. Und wandte sich zuerst der Dame zu. Er sprach mit ihr – na ja, sogar ziemlich freundlich – und entließ sie. Dann zu mir. Er nahm einen finsteren Ausdruck an und streckte mir, noch während er auf mich zukam, die Hand entgegen. Ich hatte die Mütze in der Hand und kam in Verlegenheit ... Ich verneigte mich, er sah mir ins Gesicht, und alles wirkte peinlich. Ich bekam seine Hand nicht mehr zu fassen, er verbarg sie gleich wieder hinter dem Rücken und blickte mir auf die Stirn.

»Sie wünschen?« fragte er mit wichtiger Miene und blickte mir immerfort auf die Stirn.

Ich reichte ihm den Brief und erklärte, ich käme des Sohnes wegen.

Da machte er so eine Bewegung mit dem Finger und sagte rasch zu mir: »Hm-ja!« Er schien sich zu erinnern. »Hm-ja! Skorochodow?«

Ich verstand, ich las es in seinen Augen, daß er mich jetzt erkannte. Er runzelte unangenehm die Stirn, bewegte die Finger, und plötzlich kam es wie aus der Pistole geschossen: »Ja, ja, ja... Wir wissen nicht... wissen tatsächlich nicht, was wir mit ihm anfangen sollen! Er ist tatsächlich unmöglich! Ich kann es nicht verstehen! Kann es tatsächlich nicht verstehen!«

Er sprach dabei sozusagen zum Schrank, die Hand zerschnitt in einem fort die Luft, die Stimme wurde immer höher. Mir zitterten wieder die Knie, ich hatte ein Gefühl, als wären meine Schuhe voller Sand. Und innerlich war mir ganz kalt. Er aber schrie:

»Das können wir nicht zulassen! Wir sind eine Schule, und nicht sonst was! Kennen Sie überhaupt Ihren Sohn?«

»Entschuldigen Sie, Euer Exzellenz!« sagte ich. »Er macht regelmäßig die Schulaufgaben...«

Er ließ mich nicht ausreden.

»Ich spreche nicht von den Schulaufgaben! Er ist zügellos! Er ist zu einem Lehrer frech geworden!«

»Entschuldigen Sie, Euer Exzellenz!« wiederholte ich. »Er war seiner Sinne nicht mächtig... Wir haben da eine Aufregung gehabt... in der Familie...«

Ich wollte ihm die Sache mit Kriwoi erzählen, aber er schnitt mir das Wort ab.

»Das hat damit nichts zu tun! Er ist zu einem Lehrer frech geworden!«

»Aus Dummheit, Euer Exzellenz ... Ich werde ihn streng bestrafen. Erlauben Sie mir, es Ihnen zu erklären ...«

Er war jedoch so in Fahrt, in solchen Eifer geraten, daß er mich einfach nicht beachtete.

»Lassen Sie mich ausreden!« schrie er. »Das ist noch nicht einmal alles! Es gibt da Widerwärtigkeiten ...«

Und er zog zwei Briefe aus der Tasche.

»Wissen Sie, wer diese ... Anzeige an mich geschrieben hat? Wer ist das? Was ist das?«

Und er steckte mir die Briefe in die Hand. Mir schoß sogleich der Gedanke an Kriwoi durch den Kopf.

»Was ist das? Haben Sie davon gewußt? Was ist das, frage ich Sie?«

Ich drehte die Briefe hin und her und war ganz kopflos.

Ich sehe — so eine verschnörkelte Handschrift, mit Häkchen, genau die von Kriwoi. So war auch die Entschuldigung an mich geschrieben gewesen, mit allerlei Schleifchen und Schnörkeln.

»Das war ein Untermieter von uns, Schreiber am Polizeirevier ... Er hat es aus Verärgerung getan ... Gestatten Sie mir, zu schildern ...«

Er wollte jedoch nichts hören und wurde ganz ärgerlich: »Bitte verschonen Sie mich damit! Ergreifen Sie Ihre Maßnahmen! Ich hätte es der Polizei gemeldet, aber ich will die Schule nicht beschmutzen ...«

Und er erhitzte sich immer mehr.

»Da drängen Fremde von der Straße herein und waschen bei uns ihre schmutzige Wäsche ...«

Er kam in der kurzen Zeit auch auf die vielen Sorgen, die er habe, zu sprechen. Und dabei stocherte er immer so mit dem Finger in der Luft, als wäre er nicht recht bei Sinnen. Ist außer sich und zuckt sogar. Ich sage ein Wort und er zehn ... Er schneidet mir einfach die Rede ab.

»Euer Exzellenz«, sagte ich schließlich, als ich sehe, daß das Gespräch ihn ermüdet hat. »Er ist sorgfältig, macht regelmäßig die Schulaufgaben und hat Achtung vor allen ... Der Untermieter aber von uns, dieser, entschuldigen Sie, Kriwoi, der sich gestern erhängte, hat alles nur aus Verärgerung geschrieben, um sich zu rächen ...«

Er aber hat sich bereits erholt und will nichts hören. Und fuchtelt wieder mit der Hand.

»Genug, genug! Ich will von diesen Zänkereien nichts wissen. Das alles hat nichts damit zu tun ... Ich sage Ihnen ganz offen: Wenn Ihr Sohn den Lehrer nicht vor der Klasse um Verzeihung bittet, schließen wir ihn aus.«

»Euer Exzellenz! Erbarmen Sie sich! Er wird ja alles tun, wird alle Lehrer um Verzeihung bitten ... Ich werde es ihm befehlen und ihn vor allen beschämen. Ich bin«, so sage ich, »den ganzen Tag, ja einen Teil der Nacht im Restaurant beschäftigt, und er ist ohne meine Aufsicht aufgewachsen ...«

Und er darauf, diesmal ganz ruhig:

»Wir müssen uns alle an die Regeln halten! Für uns sind alle gleich – ohne Ausnahme. Selbst der Sohn unseres Pförtners besucht unsere Schule, und wir freuen uns darüber ... Aber Auflehnung können wir nicht dulden, und wenn es der Sohn eines Ministers wäre!«

Und wieder begann er zu dozieren – er wolle niemand ins Verderben stürzen, könne aber nicht die Verbreitung von schlechten Sitten zulassen, er habe schließlich fünfhundert

Schüler. Ich bat, er möge Koljuschka rufen lassen, ich wolle ihm in seiner Gegenwart ins Gewissen reden.

Er drückte sogleich auf den Knopf und befahl: »Skorochodow aus der siebenten Klasse soll kommen!«

Wieder ging er im Zimmer auf und ab, gleichsam in starker Erregung, und dauernd fuhr er mit den Fingern durch das Haar. Er war rot angelaufen und trank einen Schluck Wasser. Ich schwieg und wartete. Und die Uhr immer – ticktack ... Ach, wenn doch alles schon zu Ende wäre! Er aber hatte sich verpustet, und aufs neue: »Grob ist er und frech! Er wird zu Hause nicht zum Gehorsam angehalten! Das sollte man unbedingt tun, man muß eben darauf achten! Er streitet sich im Unterricht mit dem Religionslehrer ... Geht er denn in die Kirche?«

Auch hier nahm ich ihn in Schutz und log.

»Gewiß, Euer Exzellenz! Jeden Feiertag, ich achte darauf.«

Er zuckte nur die Schultern und prustete. Dann trat er ans Fenster und blickte hinaus. Es wurde sehr still. Immer nur – ticktack. Und eben in diesem Augenblick trat mein Koljuscha ein.

Er blieb neben einem Schrank stehen, steckte, blaß und mit zusammengekniffenen Lippen, die Hand hinter den Gürtel, verlagerte das Gewicht auf das eine Bein und blickte zur Seite. Der Direktor musterte ihn und befahl, er solle die Jacke zurechtstreichen und Haltung annehmen, wie sich das gehört.

Er tat es, aber lässig, geradezu pomadig, das muß man schon sagen. Mir wurde unheimlich zumute. Er sah mich an – mit einem spöttischen Lächeln, wie mir schien.

Der Direktor aber warf ihm vor: »Hier, auch Ihr Vater beklagt sich über Sie!« Das hatte ich, ehrlich gesagt, gar nicht getan. »Sie regen die Eltern auf ... Auch Ihr Vater wundert sich über Ihr Benehmen ... Nehmen Sie Haltung an, wenn man mit Ihnen redet!«

Er rief es so schroff, daß ich erschrak. Der aber zuckte nur die Schulter, wie er es zu Hause tat, wenn ich ihm einen Verweis erteilte. Das sollte heißen – er fürchte sich vor gar nichts.

»Was ist denn an meinem Benehmen Besonderes?« fragte er beinahe herausfordernd. »Man nennt mich einen ...«

»Mund halten!« fuhr der Direktor ihn an.

Was sollte er machen? Er biß die Zähne zusammen und schwieg.

»Sie haben zuzuhören und nicht zu widersprechen! Ich bin über alles im Bilde!«

Und Koljuschka wieder: »Ich bin als erster beleidigt worden ...«

Der aber läßt ihn nicht zu Wort kommen: »Mund halten! Ich werde Ihnen beibringen, wie man mit dem Lehrkörper spricht! Ich sage Ihnen in Gegenwart Ihres Vaters zum ersten und letzten Mal: Sie gehen jetzt in die Klasse, auch ich komme hin und ...« Er nannte auch den Namen des Lehrers, ich habe ihn aber vergessen. »Und Sie bitten ihn Ihrer törichten Frechheit wegen um Verzeihung.«

Ich zwinkerte ihm zu und flehte mit dem Blick, aber er hörte nicht auf mich.

»Nein«, entgegnete er, »ich kann ihn nicht um Verzeihung bitten ... Er hat mich als erster beleidigt ... Das ist ungerecht ...«

Ich geriet in Schweiß. Der Direktor aber schoß regelrecht auf ihn zu.

»Waaas? Sie Bengel wagen es? ... Grobian! Die Sorgen und Mühen, die sich die Schule mit Ihnen gemacht hat, zählen für Sie wohl nicht? Sie haben eine Schulbildung erhalten! Sie sollten sich glücklich schätzen ...«

Der aber fuhr nur herum und platzte heraus: »Weshalb

denn glücklich?« Und sah ihn ebenso spöttisch an wie vorhin mich.

Dem Direktor versagte sogar die Stimme, als er rief: »Räsonieren Sie nicht! Sprechen Sie vielleicht mit dem Pförtner? Ich werde Sie reden lehren! Bengel, Grobian!«

Mir brennt der Boden unter den Füßen, ihm aber macht es nichts aus! Er wird ganz grün und faucht ihm glatt ins Gesicht: »Und Sie – schreien Sie mich nicht an! Auch ich bin für Sie kein Pförtner!«

Und hier nun fuhr der Direktor vollends aus der Haut, er riß sich sogar die Brille herunter. Der Wahrheit die Ehre, es war ja von Koljuschka geradezu unwahrscheinlich frech! Immerhin – der Lehrkörper, und dann solche Reden! Und der Direktor wies ihn aus dem Zimmer: »Hinaus mit Ihnen! Ich werde Sie aus der Schule jagen!«

Koljuschka aber kreischte sogar auf: »Tun Sie es! Jagen Sie mich fort! Aber entschuldigen werd ich mich nicht! Auf keinen Fall!«

Und er ging. Ich zum Direktor, der aber winkte nur ab. Er war dunkelrot, zerrte an seinem Kragen und bekam keine Luft. Ich bat: »Euer Exzellenz ... erbarmen Sie sich ... Wir haben eine Aufregung in der Familie gehabt ... er quält sich, er ist nicht recht bei Sinnen ...«

Er aber, völlig erschöpft und nun schon ganz leise: »Nein! Nein! Nehmen Sie ihn gleich mit ... wir schließen ihn aus ... Fort, fort mit ihm! Ich kann nicht ... Verzeihen? Sein ... Genug!«

Und er ging. Ich ihm nach, er aber knallte die Tür hinter sich zu. Ich blieb allein ...

Koljuschka machte mir später Vorwürfe – ich sei vor ihm bald auf die Knie gesunken, aber das ist nicht wahr. Ich bin nicht auf die Knie vor ihm gesunken, nein, das stimmt nicht ... Ich habe ihn nur gebeten, sehr gebeten, sich in unsere Lage zu versetzen, er aber machte nur so eine Handbewegung und ging. Es war auch niemand anwesend, als ich ihn darum bat. Auf den Knien aber habe ich nicht gelegen ... Ich hatte in diesem Augenblick gleichsam das Denkvermögen verloren ... Nun ja ... Hier standen die Schränke, und hier stand er, und ich trat auf ihn zu ... und bat ihn, bat ihn sehr ... Ich streckte vielleicht sogar die Hände zu ihm aus, das kann schon stimmen, doch auf die Knie ... nein, das ist nicht wahr, das habe ich nicht getan ... Er ging dann äußerst eilig aus dem Zimmer, mir aber wurde schwindlig, ich wankte und drückte mit dem Ellenbogen an einem Schrank das Glas ein ...

Plötzlich stand so ein Langer vor mir, in Uniform, mit blanken Knöpfen, einen Federhalter zwischen den Zähnen ... Er sah mich böse an und sagte in stolzem Ton: »Ich habe Ihnen im Auftrag des Direktors mitzuteilen, daß Nikolai Skorochodow aus der Schule ausgeschlossen wird.«

Er drehte sich auf den Absätzen um und verließ mit seinem Federhalter das Zimmer. Der Pförtner aber zeigte auf den Schrank.

»Ich muß Sie schon bitten, das zu bezahlen, sonst komme ich dafür auf ...«

Und ich bezahlte ihm fünfzig Kopeken für die Scheibe. Er reichte mir meinen Pelz und bedauerte mich sogar. Er fragte: »Ihr Sohn wird ausgeschlossen? Ja, man ist bei uns sehr streng. Aber gehen Sie doch hierher, da ist die Adresse«, und er drückte mir eine Visitenkarte in die Hand, »er hat genau so eine Schule wie unsere und ist sogar ein ehemaliger Schüler von uns ... Sehr zu empfehlen ... Es kostet bei ihm nur zweihundert Rubel ... Vielleicht geht er auch noch herunter, wenn Sie ihn darum bitten ...«

Und als ich – wie blind – in den Hof kam, hörte ich: »Papa! Warten Sie mal!«

Es war Koljuschka, er eilte von einem Seiteneingang auf mich zu, mit seinen Büchern ... Er zog im Laufen den Mantel über, und alle Bücher fielen in den Schnee. Ich half ihm, sie aufzulesen; er selber raffte sie gleich mit dem Schnee zusammen, knitterte sie, verlor einzelne Blätter, ließ sie liegen.

»Ich brauche sie jetzt nicht mehr ... ich brauche sie nicht mehr ...«

Ich suchte sie aber dennoch alle zusammen und steckte sie ihm in die Tasche. Und immerzu schneite es, und wie! Wir überquerten den Hof ... Ich sah, Koljuschka wurde immer langsamer. Und plötzlich stürzte er zu der Stelle zurück, wo er die Bücher verloren hatte ... Er suchte nach etwas, fand aber nichts ... Wir gingen weiter, zum Tor. Ich blickte ihn nicht mehr an, sondern versuchte nur, mich an den Pfad zu halten – ringsum war alles verschneit.

»Nun gut ... einerlei ...«

So sagte er und rieb sich dabei die Nase.

»Macht nichts ... ich lege die Prüfungen trotzdem ab ... einerlei ...«

Und er verstummte. Ich konnte nichts dazu sagen – mir fehlten einfach die Worte. Wir gingen nebeneinanderher und kamen ans Tor. Hier sah er sich um, blickte noch einmal zu seiner Schule hin ... und machte hu ... Und sein Ausdruck dabei ... er kniff die Augen zusammen, um nicht zu weinen ... Und der Schnee, der dichte Schnee, immer uns ins Gesicht. Und er sagte mit dumpfer Stimme: »Sie haben mich ... das war ungerecht ...«

Er schrie auf. Dann winkte er ab und brach in Tränen aus.

»Einerlei ... macht nichts ...«

Wir kamen an die nächste Ecke, aber sprechen konnte ich immer noch nicht. Ich bog in eine Quergasse ein, um in mein Restaurant zu gehen. Nach Hause konnte ich nicht. Dort war Luscha ...

»Papa, wo wollen Sie hin?«

Ich brachte mit Mühe hervor: »Wohin? Zum Restaurant ...«

Und wir trennten uns. Dann überlegte ich's mir – ich mußte mich überzeugen, daß er auch wirklich nach Hause ging. Ich wandte mich um und wollte es ihm sagen, aber er war nicht mehr zu sehen. Es schneite in dichten Flocken ... so dichten, daß man die Hand nicht vor den Augen sah ...

9

Welche Prüfungen mir doch auferlegt waren! Und wofür? War ich denn meinem Dienst und meinen Pflichten nicht nachgekommen?

Eines Tages kam ich mit Iwan Afanasjitsch ins Gespräch, einem alten Männlein, das bei uns auf dem Hinterhof wohnte, ehemals Lehrer an einer Kreisstadtschule und heute im Ruhestand. Auch er hatte viel Bitteres von sich zu erzählen. Ja, ich muß sagen, so schwer mir das Herz auch war, mir wurde dabei irgendwie leichter – andere mußten noch Schwereres ertragen!

Ihn hatte der Sohn, nachdem er etwas geworden war und als Buchhalter bei einer Fabrik zweitausend Rubel im Jahr verdiente, ganz in die Enge getrieben. Er hatte ihm geradezu gesagt: »Sie, Papa, liegen mir auf der Tasche, Ihre Pension reicht eben noch für das Quartier ...«

Und er nahm ihm die ganze Pension für das Logis und die Verpflegung ab und ließ ihn seine alten Hosen auftragen. Als Wohnraum aber wies er ihm eine Korridorecke an, mit einer Truhe als Bett. Als der Alte jedoch zu mir in eine Kammer ziehen und von seiner Pension leben wollte, ließ er es nicht zu.

»Aha ... Sie möchten mich blamieren! Damit man mit dem Finger auf mich zeigt! Ich stehe im Blickpunkt der Fabrikleitung und habe in Anbetracht Ihrer Pension um Zulage gebeten. Sie wollen mir nur in den Augen dieser Leute schaden!«

Und er ließ es einfach nicht zu. Für Tabak aber gab er ihm ganze dreißig Kopeken im Monat und verlangte auch noch, er solle in der Küche rauchen, dort, wo man die Samoware anheizte. Der Tabak roch ihm zu schlecht ... Na bitte! Dagegen war mein eigener Kummer nur halb so schlimm! Hatte doch jener sein ganzes Leben dem Sohn geopfert, ihm hundert Rubel für den Buchhalterkursus gegeben und obendrein ein Schmiergeld gezahlt, damit er die Stelle überhaupt bekam!

Was brachte ich an diesem Tag bei meiner Arbeit auch alles durcheinander! Beim Mittagessen bediente ich Anton Stepanytsch Glotanow sehr schlecht, es war geradezu eine Schande. Ich verwechselte die Gänge und brachte den zweiten zuerst. Er fragte: »Du hast wohl einen gezwitschert?«

Ich gab ihm, wie ich mich erinnere, nicht einmal Antwort, und er sah mich aufmerksam an. Da stand ich an der Wand zwischen zwei Fenstern, blickte hinaus in den wirbelnden Schnee und sah in einem fort das Zimmer mit den Schränken vor mir ...

Anton Stepanytsch klopfte mit dem Messer an das Glas.

»Ich habe um Narsan gebeten!«

Mir aber brannten die Augen. Ich brachte ihm eine Flasche Narsan, vergaß sie aber zu öffnen. Und schämte mich so, daß ich mich nicht mehr beherrschen konnte ... Ich fuhr mir mit der Serviette über die Augen und öffnete den Verschluß.

»Was hast du denn heute, Verehrter?« fragte er mich.

Ich hielt es jedoch für ungehörig, ihm etwas von meiner Person zu sagen. Ich entschuldigte mich wegen der Unachtsamkeit und schob's auf Übereilung. Ich konnte schließlich nicht zugeben, ich fühle mich nicht wohl, denn in dieser Hinsicht ist man bei uns sehr streng. Es gehe nicht an, daß jemand bedient, der sich nicht wohl fühlt – so hatte die Leitung des Restaurants schon mehrmals festgestellt. Es könnte den Gästen den Appetit verderben ... Und erst vom Sohn zu reden ... Immerhin bekam ich auf diese Weise fünfzig Kopeken mehr. Er gab mir sonst immer ein Fünfzigkopekenstück, während er diesmal einen Rubel daließ.

Ich kam aus dem Restaurant nach Hause. Luscha weinte. Da begriff ich, daß sie alles wußte. Ihre Augen waren verschwollen. Ich fragte nach Koljuschka. Er hatte, wie sich herausstellte, den ganzen Abend an einem Brief geschrieben, war danach fort gewesen und hatte sich schließlich schlafen gelegt. Und Luscha setzte mir zu: »Geh zum Direktor und bitte ihn noch einmal ... Wo soll er denn jetzt hin? Als Bürogehilfe zur Eisenbahn?«

Ich sagte, ich werde hingehen und es noch einmal versuchen. Dann legten wir uns schlafen. Als ich aber an Koljuschkas Brief dachte und an Kriwoi, wie er nachts mit sich selbst abgerechnet hatte, packte mich die Angst. Wenn nun Koljuschka ... Konnte man's wissen? Er hatte den ganzen Tag nichts gegessen. Was war das nur für ein Brief? Ich hielt es nicht länger aus. Ich hörte, wie er auf dem Korridor hüstelte. Und ich ging hin und horchte. Im Schein des Lämpchens vor der Ikone in unserem Zimmer sah ich, daß er den Kopf im Kissen vergraben hielt. Er lag so da, wie er gekommen war, nicht einmal die Schuhe hatte er ausgezogen. Ich trat auf ihn zu und rief ihn an:

»Kolja! Du schläfst nicht?«

»Nein.«

»Warum denn nicht?«

»Ich kann nicht.«

»Kolja! Schlaf schon, du Lieber ... Mußt dich nicht aufregen ... Der Herrgott ist gnädig.«

Er schweigt.

»Kolja!« sage ich. »Du tust mir von Herzen leid ... Du solltest dich wenigstens ausziehen ...«

»Nein ... Ist ja auch einerlei.«

Und er seufzte schwer. Da setzte ich mich neben ihn, streichelte ihm den Rücken und redete ihm zu: »Schon gut. Ich werde alles tun, damit sie dich wieder aufnehmen … Wenn du willst, gehe ich zu einem General, der verkehrt bei uns im Restaurant und hat großen Einfluß … Ich brauche nur ein Wort zu sagen. Er wird bestimmt auf meine Bitte eingehen …«

Wie Koljuscha da aufsprang!

»Sie machen sich wohl über mich lustig?« Er zitterte am ganzen Körper. »Ich würde lieber …«

»Was? Was würdest du lieber?« fragte ich.

»Nichts … Das Examen lege ich auch ohne die ab. Sie glauben wohl, ich verstehe Sie nicht? Ich verstehe alles! Es schmerzt mich vielleicht mehr als Sie …«

Und seine Stimme zitterte.

»Sie haben Freude von mir erwartet, und ich entgelte es Ihnen so …«

Er brach in Schluchzen aus, in solches Schluchzen … Auch Luscha eilte herbei, und selbst Nataschka wurde wach … Und er immer lauter und lauter … Er erhob sich, sah uns an und zitterte, als ob ihn jemand schlüge. Und wie seine Zähne klapperten …

»Verzeiht mir … Ich quäle euch. Ich werde alles tun, ich werde arbeiten …«

Dann nahm er sich zusammen und sagte, um die anderen zu beruhigen, er werde sich jetzt schlafen legen. Als sie aber gegangen waren, erklärte er mir:

»Hören Sie zu! Sie können nichts mehr ändern. Ich habe ihnen einen Brief geschrieben und alles darin gesagt …«

»Wem hast du einen Brief geschrieben?«

»Dem Direktor und allen Lehrern … Ich habe ihnen alles gesagt.«

»Was hast du angerichtet!« rief ich aus.

»Ich habe ihnen alles gesagt. Glauben Sie vielleicht, ich bin noch ein Kind? Ich verstehe Ihre Lage ... Aber kennen Sie meine? Habe ich Ihnen je ein Wort von meinem Elend gesagt? Ich wollte Sie nicht aufregen ...«

Er packte meine Hand und preßte sie.

»Nein, nein. Bitte wenden Sie nichts ein ... Hören Sie zu, was ich Ihnen zu sagen habe ... Ich habe ja niemand, dem ich es sagen könnte ... Papa, lieber!«

»Also gut«, entgegnete ich. »Nur beruhige mich ... Entschuldige dich bei ihnen ...«

Aber hier fiel mir ein, daß er ihnen doch diesen Brief geschrieben hatte.

»Und weswegen? Weil sie mich all diese Jahre gemartert haben? Sie kennen sie nicht!«

Und er erzählte mir von seinem Leben. Wie man ihn behandelt und wie ihn der Klassenlehrer ständig gepiesackt und verhöhnt hatte.

Wie mich das seinetwegen alles kränkte!

»Mich und einige andere stempelte man gleich von der ersten Klasse an ab«, sagte er. »Und immer dieser Langnasige. Er mochte nur die Geschniegelten, und ich trug doch keine Kragen ... Er nannte mich einen Lumpenkerl ... Dieser Schuft entstellte sogar absichtlich meinen Familiennamen ... Skomorochow, sagte er! Damit die andern lachten.«

Und was sich weiter herausstellte! Von der fünften Klasse an klärte er sie über bestimmte Häuser auf ... Und gab ihnen die Adressen. Über Koljuschka aber verbreitete er das Gerücht, er fröne einem gewissen Laster ... Ha! Die Kameraden erzählten es ihm. Mein Koljuschka aber blamierte ihn wegen dieser Lüge vor der ganzen Klasse. Das waren aber auch Sachen!

»Er nannte mich früher den Verlausten«, erzählte Koljuschka, »und ließ mich in der Turnstunde am Rundlauf rennen, das aber verträgt mein Kopf nicht. Er brachte mich so weit, daß ich ihn haßte! Und als ich heute aus dem Empfangszimmer stürzte, stand er hinter der Tür und lauschte. Und fragte mich auch noch, das Scheusal: ›Wie steht's, Herr Skomorochow?‹ Da habe ich ihn ins Gesicht einen Schuft genannt ...«

Was konnte ich ihm darauf entgegnen? Aber dann auf einmal fragt er: »Der Direktor hat von irgendwelchen Briefen gesprochen ... Wissen Sie, was das für Briefe sind?«

Die hatte ich doch ganz vergessen, diese Briefe von Kriwoi! Ich zog sie aus der Rocktasche, zündete das Lämpchen an, und wir lasen. Und was stellte sich heraus? Er hatte da einen Unsinn gesponnen, daß es kaum zu glauben war. In dem einen Brief schrieb er, Koljuschka beschimpfe die Obrigkeit auf jegliche Weise und rede von Politik, im anderen sagte er, das sei gelogen, die Obrigkeit aber bestehe aus lauter Spitzbuben, er werde alle wegen Bestechlichkeit anzeigen. Er war eben schon damals nicht recht bei Trost gewesen ...

So saßen wir beisammen und schütteten uns gegenseitig das Herz aus bis in die fünfte Morgenstunde; da tauchte plötzlich Tscherepachin auf – er kam vom Ball und hatte einen sitzen.

»Aus welchem Anlaß wacht ihr? Hat sich vielleicht wieder jemand erhängt?«

Ich erzählte ihm, obwohl er angeheitert war, worum es sich handelte. Da wollte er plötzlich einen Tusch auf der Posaune blasen. Ich hielt ihn mit Mühe und Not zurück. Er war ganz schön in Fahrt. Spielte sich mächtig auf und prahlte, er habe vor versammeltem Publikum dem Kapellmeister ins Ohr gespuckt. Seine Stimme aber ist laut, und Nataschka wurde wach. Sie schalt ihn aus ihrem Zimmer. Da war er sogleich lammfromm und forderte mich auf, mit ihm in sein Zimmer zu kommen. Hier sagte er:

»Ich möchte Ihre Einstellung wissen ... Obwohl man mich nicht ernst nimmt, werde ich später mal zeigen, wer ich eigentlich bin, da seien Sie unbesorgt ... Das habe ich mir in den Kopf gesetzt. Aber sagen Sie mir jetzt folgendes ... Darf man einem Fräulein den Hof machen, wenn's vor den Eltern verborgen bleibt? Nur ein Wort – ja oder nein?«

»Warum fragen Sie mich danach?« entgegnete ich.

»Nein, sagen Sie, ist das zulässig? Ich frage Sie eines Bekannten wegen ...«

Ich sagte, es sei natürlich unpassend.

»Richtig! Und ist sogar«, meinte er, »hinsichtlich der Zukunft äußerst gefährlich ... Es gibt jetzt sehr viele Windhunde ... Wenn es aber ein Offizier tut – wie finden Sie es dann? Die Offiziere kenne ich, ich bin selber Soldat gewesen. Darf er das?«

Nun, schön sei das jedenfalls nicht, sagte ich.

Und er darauf zu mir: »Dann seh ich das also richtig!«

Und er bat mich, wenn wir umziehen würden, ihm wieder ein Zimmer zu überlassen ... Luscha und ich hatten nämlich beschlossen, die Wohnung zu wechseln. Die alte hatte uns soviel Unglück gebracht.

10

Wir zogen also aus dem Hause der Fräulein Pupajew fort. Die Wohnungen aber sind heute alle sehr teuer, und wir nahmen darum eine größere, in der Absicht, zu vermieten, wie das üblich geworden ist – man spart dadurch einen Haufen Geld. Unser Büfettier zum Beispiel hat eine Wohnung, die vierzig Rubel kostet, schlägt aber fünfundvierzig an Untermiete heraus. Und auch wir kamen, Gott sei Dank, einigermaßen unter.

Ein Zimmer mietete Tscherepachin, der seinerseits einen Bekannten bei sich aufnahm – er spielte Geige in einem Kino. Ein anderes überließen wir einem Pärchen, einem jungen Mann und seiner Lebensgefährtin – sie waren uns von Wassikow über Koljuschka empfohlen. Sie lebten zwar nicht in gesetzlicher Ehe, aber was ging uns das an? Zahl dein Geld und verhalt dich still und ruhig! Und wieder mußte Koljuschka mit einem Schlafplatz auf dem Gang vorliebnehmen. Nataschka brauchte einen eigenen Raum – ein Mädchen in ihrem Alter mußte natürlich auf sich achten. Wir teilten also im Speisezimmer durch einen Wandschirm eine Ecke für sie ab. Am Ende glich unsere Wohnung der Arche Noah – wo man auch hinkam – nichts als Betten.

Und ich beruhigte mich ganz und gar, zumal sich Koljuschka mit großem Eifer auf das Examen vorbereitete. Auch Wassikow, der von der Eisenbahn, kam abends zu ihm, und sie lernten dann gemeinsam. Unser Leben floß wieder still und friedlich dahin.

Nur eins bedrückte mich – daß sich Kirill Sawerjanytsch

mit uns verzankt hatte. Er hatte zwar eine spitze Zunge und war sehr stolz, verstand sich aber auf eine tröstliche Unterhaltung. Ich langweilte mich sehr ohne ihn. So faßte ich den Plan, ihn wieder an mich heranzuziehen. Ich sprach mit Koljuschka, ob er sich nicht schriftlich bei ihm entschuldigen wolle, das würde ihn vielleicht besänftigen. Aber Koljuschka weigerte sich – nein, auf keinen Fall! Er ist schlau! Es wäre immerhin eine Abwechslung für mich gewesen, denn ich habe ja keine Menschenseele an Bekannten. Niemand, den ich gelegentlich besuchen könnte. Die eigenen Leute, die Kellner, hatte ich bereits vom Restaurant her satt. Und Iwan Afanasjitsch, der Lehrer, wohnte jetzt zu weit ab, und er kränkelte auch.

So begab ich mich denn an einem Feiertag, bevor ich ins Restaurant mußte, zu Kirill Sawerjanytsch.

Sein Salon lag an der Ecke, unweit der Himmelfahrtskirche, und war sehr schick, mit Spiegelglasscheiben und einem großen Schild, auf dessen samtartigem Grund in goldenen Lettern französisch zu lesen stand: »Coiffeur Cyril«! Das war natürlich nur für das gebildete Publikum bestimmt, in Wirklichkeit hieß er höchst gewöhnlich Laitschikow.

Ich kam also in den Salon, er selber war ganz in Weiß und arbeitete – er rasierte einen Herrn. Er erblickte mich, zeigte auf einen Stuhl und sagte sehr höflich, aber mit einem gewissen Unterton in der Stimme: »Bitte nehmen Sie Platz …«

Als wäre ich gekommen, um mich rasieren zu lassen! Ein junger Mann mit einem Rasiertuch sprang auf mich zu, ich schob ihn jedoch beiseite. Kirill Sawerjanytsch aber blickte nicht einmal zu mir hin. Er rasierte seinen Kunden und rief dann und wann: »Junge … die Brennschere!«

Schließlich sah ich, er war frei geworden; und er sagte lässig zu mir: »Womit kann ich dienen?«

Ich merkte, er gab nur an und prüfte mich gleichzeitig mit dem Blick. Da sagte ich ganz offen, der Verlust eines Mannes, den ich zutiefst geachtet habe, komme mich bitter an ... Und ich erzählte ihm, welches Unglück uns betroffen hatte. Man habe Koljuschka davongejagt, er lasse sich ebenfalls entschuldigen. Das, um ihn zu rühren und für uns einzunehmen. Da zog Kirill Sawerjanytsch einen kleinen Kamm hervor und begann das Büschel Haare auf seinem Kopf zu kämmen – er schien dabei zu überlegen.

Dann sagte er in nun schon ganz weichem Ton: »Sie sehen, wie das Schicksal selber alles lenkt! Da kommt ein Grund zum anderen. Obwohl mir das alles sehr leid tut.«

Und er fährt immer weiter mit dem Kamm über das Büschel Haare.

»Sehr, sehr betrüblich ... aus Menschlichkeit ... Aber vergessen Sie nicht die Lebensregel: Man muß den Faßreifen aufweichen, wenn man ihn biegen will ... Und so ist es in allem ... Das heißt, man muß sich anpassen, während er mit dem Kopf durch die Wand will ... Da haben Sie das Ergebnis!«

Er bedauerte mich sehr, dann sagte er: »Ich habe nachgedacht und finde, daß diese ganze Geschichte ... ein Mißverständnis in Worten war. Ich entschuldige ihn, denn er hat seine Strafe ohnehin weg. Kommen Sie, wir wollen Tee trinken ...«

Und wir schütteten einander das Herz in einem verständigen Gespräch über das Leben aus, und ich fühlte mich so angeheimelt und getröstet, daß mir alles in viel hellerem Licht erschien. Er versprach auch, wie früher von Zeit zu Zeit vorbeizukommen und Koljuschka zu beruhigen. Und er ließ mir sogar die Haare schneiden und mich rasieren, obwohl ich diese Operation sonst selber vollführe, und befahl, mir das Gesicht mit Eau de Cologne zu erfrischen.

So ging denn alles seinen gewöhnlichen Gang. Die Untermieter erwiesen sich als akkurate Leute und zahlten pünktlich, obwohl sie ganz arm waren. Und zwischen ihnen und Koljuschka begann eine Freundschaft. Luscha erzählte, wenn sie zu Hause seien, sitze er den ganzen Abend bei ihnen herum. Und immerzu lag sie mir in den Ohren: »Ach, ich fürchte, er wird sich noch in die Untermieterin verlieben ... Sie ist so geradezu und hat einen so freien Ton ... Und lebt in wilder Ehe ...«

Es beunruhigte sie sehr. Auch über Nataschka beklagte sie sich. Kaum sei es Abend, husch auf die Eisbahn. Und wie schnell sei doch ein Unglück geschehen! Sie war ja ein hübsches, sogar sehr hübsches Ding und lief seit kurzem gern allein in den Straßen umher. Ich sagte es ihr; und sie zu mir: »Das geht Sie nichts an! Ich bin kein kleines Kind und wünsche nicht, ewig in meinen vier Wänden zu sitzen ... Bei uns laufen alle Schlittschuh ...«

Und sie ließ sich, wie sich herausstellte, von Gymnasiasten und selbst Studenten nach Hause begleiten, stand mit ihnen vor dem Haustor und lachte. Luscha – sie kam gerade vom Krämer – scheuchte sie eines Tages auseinander. Was ihr die Nataschka da für einen Krach machte!

»Sie wollen wohl, daß ich davonlaufe? Ich brauche Gesellschaft! Sie haben keine Bildung und kennen die Regeln des Anstands nicht ...«

Damals wurde ich krank, ich weiß nicht, was es war, jedenfalls hütete ich eine Woche lang das Bett. Ich hatte Fieber und bekam Schwindelanfälle. Was mir die Krankheit für einen Schrecken einjagte! Und wenn ich nun stürbe? Die Kinder standen noch nicht auf eigenen Füßen, und Luscha war mittellos ... Ja, wenn man ein Häuschen gehabt hätte, dann wäre es noch gegangen, aber so, ganz ohne Eigentum ... Sie würde in ein

Armenhaus müssen, doch auch dazu brauchte man Protektion. Von den Kindern aber – was war da schon zu erhoffen!

Und damals – auf meinem Krankenbett und im Fieber – beschloß ich, wenn ich wieder gesund würde, zu sparen und nochmals zu sparen. Auf dem Sparkassenbuch hatte ich etwas über sechshundert Rubel. Anderthalbtausend dazu, und wir könnten eine Hypothek aufnehmen und uns irgendwo am Stadtrand ein Häuschen kaufen. Und ich beschloß, mich aufs äußerste einzuschränken, jeden Tag wenigstens einen Rubel beiseite zu tun und mir heimlich ein zweites Sparkassenbuch zuzulegen, damit auch Luscha nichts davon wisse. Die Einnahmen seien eben zurückgegangen, und fertig! Sie gab das Geld ja doch nur Nataschka, mal für die Eisbahn und mal für Bänder – es läpperte sich zusammen. Ich wollte auch nicht mehr rauchen, höchstens von den Zigaretten, die auf den Tischen liegenblieben ... Und dann auf einmal, nach einem Jährchen, würde ich sie überraschen.

Luscha aber setzte mir immerfort zu: »Wir sollten uns unbedingt ein Häuschen kaufen ... Mir träumt in letzter Zeit ... ständig von zottigen schwarzen Hunden ... Das bedeutet – ein eigenes Haus ...«

Und als ich wieder gesund war, begab ich mich zu Kirill Sawerjanytsch, um seinen Rat zu hören. Er billigte meinen Plan sofort und sagte: »Man kann es auch beschleunigen. Ich kenne da einen Notar ... der nimmt in kleinen Beträgen Geld auf und leiht es Leuten, die welches brauchen, als zweite Hypothek und gegen zwölf Prozent, er selber bezahlt acht ... Für seine Mühen berechnet er also nur vier Prozent ...«

Ich kannte ihn sogar, wie sich herausstellte – es war Wassil Semjonytsch Strenin, ein steinreicher Mann. Er pflegte mit Anton Stepanytsch Glotanow bei uns zu frühstücken. Weniger als tausend Rubel nahm er allerdings nicht an.

»Nun ja, dann spar nur!« rief Kirill Sawerjanytsch und ging aus Freundschaft wieder zum »Du« über. »Sehr gut, daß du darauf gekommen bist. Jeder sollte zum Nutzen des Vaterlandes seinen Besitz haben, und eben darum hat die Obrigkeit ja auch die Kassen eingerichtet … Ich habe sogar an meine Gesellen Karten zum Kleben von Sparkassenmarken verteilt, aber die Dummköpfe begreifen ja nichts! Kaum haben sie ein Fünfkopekenstück in der Tasche, dann juckt es sie schon … Dagegen im Ausland – warum herrscht im Ausland Ruhe und Ordnung? Weil man sogar die Kinder in den Schulen zum Sparen anhält. Jawohl! Dort hat denn auch fast jeder Arbeiter sein eigenes Haus!«

Diese Worte bestärkten mich so in meinen Plänen, daß ich nun endgültig entschlossen war, zu sparen und nochmals zu sparen. Und als ich dann zum Restaurant ging und an der Kapelle vorbeikam, sah ich herein und bestellte ein Gebet für das Gelingen meines Vorhabens. Ach, wie ich mir im Geist mein eigenes Häuschen ausmalte! Ich würde einen Garten anlegen und Birken, Sonnenblumen und Wicken pflanzen … Auch Hühner wollte ich halten, ich kannte da eine Rasse, ganz prächtige Tiere, die hatte ich bei einem von unseren Köchen gesehen. Nach neununddreißig Jahren schwerer Arbeit hätte ich dieses Vergnügen wohl auch verdient … Im eigenen Garten Tee mit Eingemachtem von eigenen Beeren zu trinken …

Jaaa … Das hab ich denn auch genossen … jaaa …

11

Die Zeit nach Weihnachten war für die Restaurants besonders heiß. Arbeit über Arbeit. Es gibt in unserem Gewerbe Monate, die uns ein halbes Jahr ernähren können. Es ist die Saison der Vergnügungen, des munteren Treibens. Die Leute kehren aus dem Ausland, aus einem wärmeren Klima zurück und wenden sich aufs neue einem Leben zu, bei dem sie gesehen werden. Und dann die Herrschaften, die von ihren Gütern hereinkommen ... Sie haben ihr Getreide und anderes mehr verkauft und – da sind sie; dazu die Gutsverwalter der Reichen. Sie alle atmen gern die Luft der Hauptstadt ein. Und dann die Gestütsbesitzer, die sich der Rennen wegen einfinden, ein hitziges Volk für die Restaurants, das gern auf großem Fuße lebt und allerlei springenläßt. Das Leben brodelt, und das Kapital läuft um ... Und schließlich fluten sie aus Sibirien herbei, ein Volk für sich, Sibirier ... Die möchten am liebsten ein ganzes Jahr in einen Tag hineinpressen, und das mit Pauken und Trompeten. Sind Kaufleute oder Prokuristen, die Modewaren und anderes mehr für die Sommersaison einkaufen.

Diese Art Publikum ist für uns höchst einträglich. Sie drehen die Kopeke nicht ein paarmal um ... Aber natürlich hetzen sie uns auch hin und her, daß einem die Beine wie mit Dreschflegeln zerschlagen sind. Man findet morgens mit Mühe und Not aus dem Bett.

Auf solche Tage warten nicht nur wir. Noch mehr sehnt sie der Maître d'hôtel herbei ... Und der ist nun wirklich eine wichtige Person.

Der Maître d'hôtel … Wer sich in diesen Dingen nicht auskennt, wird einfach nicht verstehen, was so ein Maître d'hôtel eigentlich darstellt! Dazu muß man schon berufen sein. Er ist nicht irgendwer, sondern er muß, könnte man sagen, über einem Gelehrten stehen und alle Menschen unterscheiden können. Der echte, sozusagen der geborene Maître d'hôtel – das ist gewissermaßen ein Orakel! Ich weiß schon, was ich sage. Er macht es mit Fingerspitzengefühl. Ein anderer arbeitet sich vielleicht rascher zur Obrigkeit empor, wird Richter oder gar Gouverneur, der Maître d'hôtel aber muß dem Verstand nach höher stehen als er. Man nehme nur unsereins, den Kellner … Ein guter Lakai ist eine Seltenheit, und es bedarf schon vieler Mühen, damit aus einem gewöhnlichen Menschen ein Lakai wird, ein Lakai, wie er im Buche steht, weil ein gewöhnlicher Mensch seiner Natur nach nur für natürliche Arbeit geeignet ist und ein gewöhnliches Aussehen hat – wie jeder gewöhnliche Mensch. Der Lakai dagegen muß so in der Bedienung aufgehen, daß nichts anderes an ihm zu bemerken ist. Später, draußen an der frischen Luft, kann er ja wieder sein wie gewöhnlich, hier, in den Speisesälen jedoch, da muß er sich schon bewegen wie auf dem Theater. Besonders in einem Restaurant mit Renommee. Also richtig wie auf dem Theater, wenn sie den Zaren oder den König darstellen – oder vielleicht einen Räuber. Und erst der Maître d'hôtel … der ist nun einfach unser Prunkstück, der weiße Rabe unter uns, der Clou vom Ganzen. Er muß den Gast oder Besucher mit einem Blick durchschauen und richtig einschätzen. Ihn schon am Gang, und dabei fehlerfrei, erkennen. Und dann die Verantwortung! Wie man an einen Gast herangeht, von welcher Seite man ihn anpackt, wie man das Richtige trifft! Und auch noch die Würde wahren und sich bewegen können … Das wird gewünscht. Sich so bewegen können wie ein Diplomat. Und auch was darstellen soll er! Ein Maître d'hôtel, der klein ist, kommt eigentlich nicht in Frage. Ist er es aber doch, dann muß er wenigstens durch seine Breite imponieren ... Denn auch die allzu Dürren ziehen den Blick nicht an. Auch muß er sich unbedingt von einem gewöhnlichen Kellner unterscheiden. Er geht durch den Saal, als wäre er ein Gast, und dennoch so, daß man ihn nicht mit einem Gast verwechselt ...

Es kann da Unannehmlichkeiten geben, und sie kommen auch vor. Eines Tages passierte so eine Geschichte mit einer Schauspielerin. Bei uns überreicht man den Damen bei Galadiners einen Strauß; die Schauspielerin kam also herein, und unser Maître d'hôtel Ignati Jelissejitsch stand an der Tür und überreichte ihr den Strauß, aber mit einer Gebärde und einem Blick, daß sie ihm freundlich zunickte und entgegenkommend lächelte. Sie hatte ihn für einen Verehrer gehalten. Später, als sie alles erfuhr, stellten die Kavaliere, die sie begleiteten, den Maître d'hôtel zur Rede, wieso er ihr den Strauß nicht anders überreicht habe. Da hatte er des Guten eben zuviel getan.

Ein äußerst schwieriges Geschäft bei dem Feingefühl unseres Publikums. Die Leute achten auf jede Kleinigkeit – sie scheinen nicht hinzuschauen, merken und fühlen aber alles. Der Maître d'hôtel muß in allem sowohl Gediegenheit als auch Wendigkeit durchschimmern, aber eben nur durchschimmern lassen!

Dabei hat er vielleicht mehr Kapital als mancher andere. Ein guter Maître d'hôtel wartet nur seine Zeit ab und wird Restaurateur, sobald er seine Erfahrungen und sein Kapital beisammen hat ... Er darf auch nicht ohne weiteres Trinkgeld annehmen, das muß vielmehr auf vornehme Art geschehen. Bekommt er doch sein Trinkgeld für geistige Arbeit, und zwar pauschal, als Aufschlag auf die Rechnung – vor allem aus den Séparées und für das Arrangement eines Festessens.

Und das ist alles sehr schwierig. Man muß sehr genau wissen, was man vorschlägt und wie, es soll ja auch Phantasie dabei sein! Nur wenige Kenner verstehen es, ein delikates Mittag- oder Abendessen selber zusammenzustellen. Dabei scheint alles doch ganz einfach, und trotzdem ... Da kommt so jemand an und tut sich schrecklich wichtig – die Karte! Und steckt die Nase hinein, und ist auf einmal ganz hilflos – er findet bestimmt nicht gleich das Richtige für seinen Geschmack. Und wählt dann meist, was er kennt. Und was kennt er schon? Sagen wir – ein Gericht à la provençale, ein Entrecote, ein Omelett, Fleischklößchen oder bœuf à l'anglaise ... Sobald er aber an die langen Namen gerät, ist es aus. Was bedeutet das eigentlich und wie schmeckt es? Granit Victoria parisien à la reine? Was ist das? Er glaubt vielleicht, eine Art Kuchen, und in Wirklichkeit ist es etwas sehr Sättigendes für den dritten Gang! Oder zum Beispiel timbale andalouse croquette? Nun, wie wär's? Er weiß nicht aus noch ein und wird es kaum bestellen, um nicht hereinzufallen, tut er es aber doch, dann ist er erst recht blamiert. Weil das eigentlich gar kein Gericht ist, sondern eine Piroggenart ...

Wir müssen die Preise auf der Karte natürlich auswendig wissen wie das Vaterunser und all die Gerichte mit den schwierigen Namen kennen – und da gibt man denn manchmal vorsichtig einen Rat. Das kann einem aber auch übelgenommen werden. Einmal bestellte jemand in Gegenwart seiner Dame Vorspeisen, Fisch und Braten bei mir und verlangte zum Schluß – so richtig wichtigtuerisch: »Und dann noch als vierten Gang einen turbot!« Ihm gefiel eben der Name. Da sagte ich denn, das sei ein Fisch, weil ich merkte, er wußte es nicht ... Er aber fuhr mich an: »Weiß ich, weiß ich!« Später nahm er die Bestellung aber doch zurück.

Und eben hier wird der Maître d'hôtel gebraucht. Er kann alles so einrichten und dirigieren, daß die Rechnung statt eines roten Zehnrubelscheins einen Fünfundzwanziger beträgt oder womöglich einen Zehnrubelschein darüber – wenn der Gast mitmacht. Und für die aus Sibirien ist der Maître d'hôtel geradezu unentbehrlich. Einen Sibirier muß er in seine Obhut nehmen und einwickeln wie ein kleines Kind. Hier kann er seiner Phantasie die Zügel schießen lassen. Er kann sich Gerichte ausdenken – einfach nicht zu glauben. Und unvermeidlich wird hierbei geschummelt. Alles mit Aufschlägen, sozusagen …

So auch bei der »Ware« … Was »Ware« ist, weiß jeder … Und hier nun kommt es wieder auf den Maître d'hôtel an. Sie fragen uns in den Séparées, und unsere Aufgabe ist es, die Frage weiterzuleiten, sie wissen schon, der Maître d'hôtel macht es … Natürlich, auch unter den maîtres d'hôtel ist nicht jeder dafür zu haben, unser Ignati Jelissejitsch jedoch ist in dergleichen Dingen ein Fachmann. Auch für mich fiel von diesen Fräulein gelegentlich ein Scheinchen ab, aber ich selber habe, das kann ich mit ruhigem Gewissen sagen, den Gästen nie eine vermittelt oder im richtigen Augenblick zugespielt. Das ist denn doch sehr häßlich, und ich versteh das auch, außerdem wuchs bei mir ja eine Tochter heran … Ich sprach zu unserem Geistlichen in der Beichte davon, und er sagte mir, man solle solches Geld, wenn man es schon nicht zurückweisen könne, lieber der Kirche geben.

Und gerade in der Zeit, da ich den Gedanken faßte, so rasch wie möglich Geld für ein Häuschen zusammenzusparen, kam für mich eine Glückssträhne.

Im Hotel, zu dem unser Restaurant gehörte, nahmen zwei Kaufleute aus Krasnojarsk Quartier und begannen ein munteres Leben. Das war für mich sehr vorteilhaft – ich erwies mich dank meinem Backenbart als ganz nach ihrem Geschmack.

»Wir haben da einen Polizeimeister, Aksjon Semjonytsch, dem bist du wie aus dem Gesicht geschnitten«, sagten sie.

Und gleich beim erstenmal tauften sie mich Aksjon Semjonytsch. Sie kommen herein, um zu Mittag zu essen, und sofort – Aksjon Semjonytsch! Sie zahlten auch sehr gut, einen Rubel Trinkgeld für das Gedeck.

Und eines Tages ließen sie sich das Abendessen in einem Séparée servieren. Mit ihnen war ein Hiesiger, Prokurist in einem Modenhaus. Mit dem schachterten sie herum – einer versuchte den anderen hereinzulegen. Ein zähes Volk, diese Sibirier – einen Tausender oder zwei zu ihrem Vergnügen zum Fenster hinauszuwerfen tat ihnen nicht leid, in Geschäften jedoch gingen sie von ihren Prozenten nicht ab, da konnte einer machen, was er wollte. Sie erreichten auch ziemliche Prozente, jedenfalls in bezug auf den Alkohol – immer vom Wodka zum Kognak und zurück zum Wodka. Einen guten Imbiß hatten sie auch schon hinter sich, das machte ihnen aber nichts aus, sie konnten dreimal am Tag zu Mittag essen. Und als sie dann in der richtigen Stimmung waren, wandten sie sich an mich: »Wie ist denn das mit den Zephiren, Aksjon Semjonytsch ... französische Marke!«

Ich bekam es einfach nicht mit. Zephire! So heißt bei uns leichtes Gebäck – Bouchées und überhaupt alles ganz Luftige. Als dann der Prokurist aber erklärte, man meine pikantes Gemüse, und mit der Zunge schnalzte, war ich natürlich im Bilde. Der Prokurist zeigte, daß er Bescheid wußte, und verlangte geradeheraus: »Ruf den Maître d'hôtel, er soll uns Auskunft geben ...«

Da hatte er den richtigen Weg gewählt, denn unser Ignati Jelissejitsch besaß sogar ein Telefonverzeichnis und war überhaupt das reinste Auskunftsbüro. Die Fräulein baten ihn selber darum, und er hatte in verschiedener Hinsicht sogar seinen

Nutzen davon. Aber andererseits fuhr auch das Restaurant dabei nicht schlecht. Und nicht nur die Telefonnummern konnte er angeben, er hielt für ehrenwerte Kunden sogar ein ganzes Päckchen »lebender Bilder« bereit – als Muster. Die Bilder bekam er von den Fräulein selbst, das weiß ich genau. Er verwahrte dieses Päckchen in seinem Schreibtisch.

Ich bat Ignati Jelissejitsch zu ihnen herein, und er überließ ihnen das Päckchen zur Ansicht. Er selber aber ging, um seine Würde zu wahren, natürlich hinaus. Und dann begann das übliche... Man machte sozusagen Inventur... Der Prokurist aber erwies sich als Kenner und als in diesen Dingen keineswegs unerfahren – er wollte die beiden Kaufleute für sich einnehmen und gab sich alle Mühe, es ihnen recht zu tun. Es war, als wähle er Weine aus und schätze den Alkoholgehalt ab.

»Nun, nun, was gibt es bei euch Bemerkenswertes?«

Der Ältere der beiden hatte schon ziemliche Mühe beim Sprechen. Die Unterlippe hing ihm herab, er nahm sie sogar mit den Fingern hoch, und sie war rot und naß. Seine Augen waren trüb, und er grunzte. Der Prokurist aber erläuterte: »Diese hier kenne ich... keineswegs übel... Und diese hat eine gewisse Ader... Und die hier ist ein Halbblut... Ach, diese Njuschka, ist das ein Racker...«

Und der Ältere krächzt, setzt den Kneifer auf und schnippt mit den Fingern über das Foto hin.

»Da, T-t-teufel auch... so was von Magerkeit! Ein richtiges kleines Mädchen... T-t-teufel auch...«

Es ist, als wälzten sie Steine – sie kommen außer Atem. »Und diese hier hat Figur... Ist sogar leicht hysterisch...«

Der Prokurist erwies sich als Kenner in einem Grade, daß man es einfach nicht glauben wollte. Er wußte von der Sache zu reden und war Fachmann auf diesem Gebiet.

Und ich stand da, sah ihnen von der Portiere aus zu und dachte mir: Was das für Sachen sind! Koljuschka hätte sich das nie angesehen ... Solche Dinge konnten ihn rasend machen. Er war damals neunzehn Jahre alt, aber noch völlig ... Nein, bestimmt! Ich wußte es, auch Luscha wußte es aus gewissen Anzeichen, aber sprechen konnte ich mit ihm darüber nicht – es war mir peinlich.

Sie aber wählten vergnügt das Richtige für sich aus. Erst sagte einer – diese, kam aber davon ab und meinte: Nein, lieber jene. Als sie bemerkten, daß ich an der Portiere stand, sagte der Ältere zu mir: »Steh nicht herum! Scher dich fort!«

Bald darauf ließen sie den Maître d'hôtel kommen und gaben ihre Bestellung auf.

Und als dann nach einiger Zeit die drei Bestellten eintrafen, führte man sie durch einen Gang zum Séparée. Es kamen, wie immer in solchen Fällen, die Erfahrensten, und die Schummelei begann.

Auswahl hin, Auswahl her, der Maître d'hôtel jedenfalls weiß genau, welche von ihnen frei ist und welche nicht. Man bestellt das Souper. Die allergewagtesten Gerichte. Natürlich kommt es im Grunde auf die Weine an, aber immerhin sprechen auch die Gerichte mit ... Man kann da Gerichte zusammenstellen, die man auf keiner Speisekarte findet. Und hier nun beginnt die Schummelei! Es geht nach einem völlig willkürlichen Tarif. Was verstehen schon die aus Sibirien davon? Sie wollen es eben kräftig und gepfeffert und nehmen es nicht krumm, wenn auch die Preise gepfeffert sind. Im Gegenteil.

Empfiehl ihm Crème à la Reine ... Er hält es für einen Nachtisch und bekommt statt dessen eine Suppe. Und es gefällt ihm sogar. Die Portion kostet aber zwei, drei Rubel! Oder, sagen wir, rissoles ... Aha, sagt er sich, gesalzener Reis! Hast du dir so gedacht – nicht Reis, sondern Pastetchen! Manchem macht es sogar Spaß. Von ihnen aber, den Zephiren, kennen manche unser Preisverzeichnis aus dem Effeff und besitzen obendrein Phantasie. Und sie wissen auch, worauf es ankommt, damit der Maître d'hôtel sie nicht vergißt. Sie müssen den Gast vor allem richtig lenken, besonders einen von diesem Schlage. Es gibt unter den Gästen solche, die sehr leicht entflammen. Ihm krampfen sich, mit Verlaub, die Beine zusammen wie einem Hahn, die Lippen beben, sie aber erklärt mit kühlem Schmachten: »Ach, habe ich einen furchtbaren Hunger! Entsetzlich!«

Im Grunde hat sie gar keinen, sie tut nur so, um seinen Appetit zu reizen. Und greift gleich nach der Karte. Das vertrag ich nicht, und jenes mag ich nicht, und ziert und hat sich – sie spreizt die Hand ab, verdreht den Hals, versengt ihn mit den Blicken. Und dann geht's los – sie will von dem, sie will von jenem ... Es ist ja keine aus einer kleinen Wirtschaft. Dort hat man eine andere Sorte, bescheidener. Dort bittet das Mädchen und äugelt, dort hat sie wirklichen Hunger und möchte essen wie ein Mensch. Sie hat vielleicht den ganzen Tag noch nichts gegessen. Dort fragt sie vorsichtig an: Kann ich mir ein Kotelett bestellen oder Schinken? Während sie hier geradezu kommandiert. Bringen Sie mir Fleischklößchen, aber ganz scharfe, auf Cayenner Art! Und ebendie Schärfe muß bezahlt werden. So kostet eine Portion anderthalb Rubel, während der Aufschlag für die Schärfe dreieinhalb beträgt! Und Granit Victoria auf Pariser Art! Was hier Pariser Art bedeutet, weiß der Küchenchef vielleicht selber nicht. Er legt ein Blättchen Salat woandershin, und fertig ist die Pariser Art! Das gibt es.

Unsereins versteht natürlich, was hier gespielt wird. Und dann noch eins – solche Herrschaften möchten die Damen gerne beschwipst machen, und für das Restaurant ist es natürlich von Vorteil, wenn Wein in genügender Menge verbraucht wird. Zu diesem Zweck also werden wohlgeformte Schalen aufgestellt, angeblich zum Mundspülen, in Wirklichkeit aber natürlich zum Fortgießen. Und sie verstehen sich darauf, im richtigen Augenblick ein Stäubchen im Wein zu finden oder einen Krümel ins Glas fallen zu lassen – und sogleich weg damit! Oder sie reißen das Glas versehentlich um. Mit einem Wort – sie geben sich alle Mühe.

Es trafen also drei Weibsbilder ein, alle drei sehr aufregend. Und dann – wie immer. Erst eine mehr oder weniger kurze Unterhaltung, eine Art Abtasten, je weiter, desto munterer. Und so fort. Sie reizten die Männer auf. Mit Hüftenverdrehen und dergleichen mehr. Und als man beim Nachtisch war, fand alles schon ins rechte Gleis – man trat einander ungeniert näher. Jeder hatte sich nach Geschmack versorgt. Der ältere Kaufmann – jener, der immer die Lippe mit der Hand nach oben schob – hatte die Leichteste, Ätherischste erwählt; sie war wohl achtzehn Jahre alt, warf den Kopf mit dem üppigen Haarschopf in den Nacken zurück, streckte über die Schulter hinweg ihr Glas zu ihm hin und sah ihn schmachtend an, während er ihr den Hals kraulte wie einer Ziege ... Überhaupt taten alle so, als sei's nur ein Spiel ...

Und da nun trat ein Zufall ein, alle meine Wünsche schienen sich zu erfüllen.

Nachdem sie sich eine Weile in Redensarten ergangen, einander aufgestachelt und sich an all den Jäckchen und Hälschen satt gesehen hatten – die eine entschuldigte sich, lockerte vor dem Spiegel die Verschnürung ihres Korsetts und zog die durchbrochenen Strümpfe glatt –, begannen alle zu keuchen wie nach einer schweren Arbeit; sie bestellten ein Automobil, um nach draußen, vor die Stadt zu fahren und weiterzumachen. Inzwischen führte der Jüngere der beiden Kaufleute Kunststücke vor. Er hantierte erst unter dem Tisch und zog etwas aus den Gehrocktaschen hervor, dann kitzelte er seinen Schatz hinter dem Ohr oder strich ihr über das Haar. Und wo er auch hinfaßte – immer zauberte er ein goldenes Fünfrubelstück hervor. Und steckte es ihr in den Ausschnitt. Das gefiel auch den beiden anderen sehr gut, und sie baten ihn, es auch bei ihnen zu versuchen. Und auch ihnen zauberte er allerlei in den Ausschnitt. Wie sie sich da krümmten, weil er sie kitzelte, wie sie den ganzen Körper wanden – ein Eifer und ein Keuchen und Erhitzen, daß man sie kaum noch wiedererkannte! Schließlich schüttelte man die Mädchen, und allerlei Münzen prasselten unter den Kleidern hervor – Rubelstücke und Zwanzigkopekenstücke, aber auch goldene. Und alle haschten danach. Das aber gehörte zum Kunststück.

Der Zauberkünstler fragte plötzlich: »Wo ist denn das Zehnrubelstück geblieben?«

Er überlegte, wo es wohl stecken könne. Und schließlich begann man Leibesvisitation zu spielen.

»Ob es sich etwa hinter Ihrem Korsettchen verbirgt? Bitte um die Erlaubnis, eine Untersuchung vorzunehmen…«

»Bitte sehr! Aber auf keinen Fall kitzeln!«

Und alle vertieften sich in das Spiel mit dem Untersuchen. Ich hörte es durch die Tür und sah es durch eine Ritze. Ein Gelächter! Ein Gekreisch!

»Vielleicht im Strumpf? Wenn Sie gestatten … Oder gar hier?«

»Ach nein, nein …«

»So lassen Sie mich doch nachsehen … vielleicht ist es den Rücken hinuntergerollt …«

Und in dieser Art mit vielen Details über die Wäsche. Aber was ist da schon zu reden, es sind noch ganz andere Dinge bei uns vorgekommen. Und die Alten sind schlimmer als die Jungen. Sie stacheln sich absichtlich auf.

Sie fuhren schließlich mit dem Automobil davon. Und als ich im Séparée aufräumte, fand ich zwei Münzen zu fünf Rubel und drei Fünfzigkopekenstücke – sie waren in die Ecke gerollt. Ich hielt sie in der Hand und fragte mich: »Ob ich sie in die Tasche stecke?« Für die Gäste waren sie ein Dreck, sie warfen ohne Sinn und Verstand mit ihnen herum. Und ich steckte sie ein. Elf Rubel fünfzig!

Ich räumte also auf, und allerlei Gedanken über meinen Fund wirbelten in meinem Kopf. Dieses Geld hatten sie den »Damen« für die Leibesvisitationen bezahlt, und ich steckte es einfach ein ... Ich stöberte überall herum, sah auch unter dem Sofa, unter den Teppichen nach ... Ich fand noch vierzig Kopeken. Dann trat ich an den Tisch ... Sogar ein Zittern befiel mich. Unter dem Tisch sah ein Papier hervor ... Fast weiß, mit einem schwarzen Kreis. Ich wußte gleich – das war nicht einfach ein Stück Papier. In diesem Augenblick kam ein Kellner dazu, um mir beim Aufräumen zu helfen; ich zitterte noch mehr. Er konnte ja das Blättchen bemerken. Ich sagte zu ihm: »Trag die Tabletts mit dem Geschirr hinaus!« Er tat es, und ich bückte mich und hob das Blättchen auf, fühlte aber gleich, daß es mehrere waren. Ich wandte mich zur Seite und sah nach – fünf Hundertrubelscheine, doppelt gefaltet. Die hatte der Gast also verloren, als er das Geld für seine Kunststücke unter dem Tisch herausnahm. Alles in mir geriet in Bewegung ... Die Arme und Beine zitterten, vor den Augen flimmerten schwarze Kreise ... Das Geld hatte mir der Herrgott gesandt. Immerfort hatte ich nachgedacht, wie ich genug zusammensparen könne, und auf einmal – da hast du! Ich legte die Scheine klein zusammen, krempelte das eine Hosenbein auf und steckte sie möglichst tief in den Schuh ... Ich ging umher, als wäre ich benebelt. Ich hatte Angst, ich könne sie verlieren. Da lief ich zum Klo, nahm sie aus dem Schuh und steckte sie in die Fracktasche; aber dann fiel mir ein, daß ich den Frack ja im Kellnerzimmer lassen würde; um es nicht zu vergessen, versteckte ich sie am nackten Körper unter dem Arm, nahm sie aber auch da wieder fort; ich wußte nicht, wo ich sie verbergen sollte, damit ich sie nicht verlor.

Die reinste Plage mit ihnen ... Ich hatte ein wenig Angst, sie könnten den Verlust bemerken, es tat mir aber auch leid, die Scheine abzugeben. Sie konnten sie schließlich auch woanders verloren haben! Mir war noch nie was nachgesagt worden, und ihnen machte es nichts! Sie warfen in einer Stunde vielleicht noch mehr zum Fenster hinaus ... Auch hatte ich das Geld ja ohne Brieftasche gefunden. Da hatte Luscha immerzu von den zottigen Hunden geträumt! Das bedeutet Geld über den Weg! Die schwarzen Kreise! In meinem Kopf war ein einziger Nebel. Ich trank mit dem Kellner, der mir aufräumen half, eine halbe Flasche Champagner. Dabei habe ich Champagner nie gemocht ...

Ich zählte die Minuten – sie waren nach Mitternacht losgefahren. Jetzt schlug es zwei, und aus. Sie hatten es nicht bemerkt. Sie hätten es längst bemerken müssen ... Sie waren sicher völlig betrunken.

Der Maître d'hôtel hielt mich an.

»Wieso ist dein Hosenbein aufgekrempelt? Und so gehst du im Speisesaal umher ...«

Ich bekam einen tüchtigen Schreck. Und kaum hatten wir aufgeräumt – ab nach Hause. Ich lief, ich rannte geradezu ... Das hat mir der Herrgott gesandt, dachte ich mir. Ich nähere mich schon dem Haus, und plötzlich fällt es mir wie Schuppen von den Augen. Ich sehe Koljuschka vor mir ... Und wie aus der Versenkung steigt die Erinnerung in mir auf, wie wir uns mit Kriwoi verzankten und wie der in betrunkenem Zustand rief, uns Kellner kenne er, wir seien nicht Kellner, sondern Zöllner und wühlten in fremden Taschen; Koljuschka konnte nach diesem Krach gar nicht recht zu sich kommen. Er ging in einem fort auf und ab, knackte mit den Fingergelenken, trat plötzlich auf mich zu und sagte:

»Es steht mir vielleicht nicht zu, Rechenschaft von Ihnen zu fordern, aber mich quält da ein Gedanke ...«

»Was denn für ein Gedanke?« fragte ich.

»Nun ja ... Sie nähren und kleiden uns ... Aber stimmt es vielleicht, was Kriwoi behauptet?«

Nun, ich blieb ihm die Antwort nicht schuldig. Ich klebte ihm eine in der Erregung. Das hast du für dein »stimmt es vielleicht«! Hinterher aber passierte es mir, daß ich die ganze Nacht mit dem Herzen zu tun hatte, während Koljuschka sich beruhigt hatte, bei mir auf dem Bett saß und sogar über alles lachte.

»Ich kenne Sie doch sehr gut«, sagte er. »Verzeihen Sie mir.«

Nun ja, die Mutter und ich freuten uns damals sehr über sein Feingefühl, denn er war uns sehr freimütig geraten, manchmal sogar fast boshaft.

Und nun, vor unserem Haustor, stand er mir wieder vor Augen und blickte mich an wie damals. Ich blieb an der Laterne stehen. Ich wußte nicht, was tun ... Da spüre ich, wie sie, die Gottverdammten, in meiner Seitentasche knisterten. Ich trage also Diebesgut nach Haus ... und nähre und kleide die Meinen ... Ich hatte früher nie dergleichen getan, und Koljuschka hatte ich eine gelangt. Ich konnte einfach nicht ins Haus. Ich fürchtete mich vor mir selbst. Was denn? Das ganze Leben –

einfach wegwischen? Und dabei war dieses Leben, dieses Hundeleben doch das einzige, was ich hatte, und es war fleckenlos ... Mein einziges Eigentum war dieses fleckenlose Leben. Ich konnte jedem meine Meinung geigen, der etwas an ihm auszusetzen hatte, nicht nur dem Sohn! Der Herrgott selber, dachte ich, blickt jetzt auf dich ... Und wartet, wie du dich entscheidest ... Er hat dir diese Scheine vielleicht absichtlich gesandt, um zu erfahren, wie du handelst.

Ich stehe an der Laterne. Ein alter Droschkenkutscher fährt vorbei, er schläft, und dabei ist strenger Frost. Ich weiß noch, ich rief ihn an, er sollte doch nicht erfrieren; da schnellte er auf dem Kutschbock hoch und ... fort von mir ... Was mich da für ein Schreck befiel! Ich stürzte zurück, im Laufschritt.

Die Augen brennen mir, ich fühle, ich tue ein gutes Werk. Und ich lobe mich sogar: Ja doch, ja! Der Herrgott hat's dir gesandt, aber du willst nicht, nein, du willst nicht! Da ... Und du wirst auch niemandem sagen, was du Gutes getan hast. Im stillen aber denke ich auch: Der Herrgott wird es dir anrechnen, ja, das wird er. Und ich eile dahin und sage mir, wie richtig ich doch handle. Wer würde so handeln wie ich? Alle versuchen, etwas zusammenzuraffen, nur ich bin da ganz anders. Und nebenher, an der Seite, offenbar links in meinem Kopf, klingt es: Bist einfach ein Dummkopf, ein Idiot, sie werden's ja doch versaufen oder den Mädchen in den Ausschnitt stecken. Und auf der anderen Seite, wie's scheint, rechts im Kopf, sagt es in mir: Es wird dir entgolten, es wird dir angerechnet werden ...

Vielleicht ist es mir auch angerechnet worden ... Ich nehme es an aufgrund eines bestimmten Kennzeichens. Da handelte in einer fremden Stadt ein alter Mann im Frost mit warmen Kleidungsstücken ... Dort wurde es mir vielleicht angerechnet ... gerade das ...

Ich komme ins Restaurant – alles dunkel, die Lichter sind gelöscht. Ich – rauf ins Hotel, wo die Kaufleute logierten. Der Zimmerkellner Stepan fragt:

»Was hast du? Sie sind noch nicht zurück … Was willst du denn von ihnen?«

»Sie haben Geld unter dem Tisch verloren.«

»Aha … Du möchtest was abhaben? Ist es denn viel?«

Die Leute bei uns sind neugierig.

»Fünf Hunderter!«

»Nein, wirklich? Füüünf Hunderter? In der Brieftasche?«

»Nein, einfach so … Ich wollte sie im Büro abgeben, aber dort ist bereits geschlossen …«

»Hm …«, sagte er. »Das richtigste wäre schon – im Büro … Fünfhundert, sagst du? Oder mehr?«

Als ob ich etwas unterschlagen wollte!

Ich warte auf sie. Es ging auf sechs Uhr morgens, als sie kamen. Den Alten schleiften sie untergefaßt herbei, er war total aus dem Leim, das gestärkte Oberhemd hing an der Seite heraus, die Krawatte baumelte, die Uhr war aus der Tasche gerutscht und schlug gegen die Knie. Herbeigeschleift aber wurde er von dem Kunststückmacher – auch der befand sich in entsprechender Verfassung, stand aber noch fest auf den Beinen – und vom Portier, der ihn von hinten stützte und gleichsam trug. Und der Alte krächzte in einem fort: Kra-kra, kam aber nicht weiter. Er lallte nur noch einige häßliche Worte …

»Ich wi-wi-will nicht! … Kra …«

Seine Unterlippe hatte sich selbständig gemacht und hing wie ein roter Fetzen in den Bart. Auf der letzten Stufe stemmte er sich gegen die Helfer, sank hintenüber auf den Portier und begrub ihn unter seinem Pelz. Hier wurde ihm übel, und natürlich erbrach er sich. Auf den Teppich. Ließ aber nicht nach und machte immerzu Kra-kra. Er stampfte mit dem Fuß und trat in einem fort auf den Schoß von seinem Pelz. Der Zimmerkellner kam zu Hilfe. Und alle zusammen packten ihn und trugen ihn ins Zimmer.

Der Kellner meldete mich beim Kunststückmacher, und man rief mich herein. Der Alte saß im Pelz auf einem Sessel, suchte den Pelz nach Erbrochenem ab und spuckte auf den Teppich; seine Finger tasteten durch die Luft, und er fuhr fort zu krächzen; der Kunststückmacher hatte das Fenster geöffnet, goß, den Kopf im Nacken, Wasser in sich hinein und rülpste in die Karaffe. Er erblickte mich.

»Was willst denn du hier, du Fratze?«

Da legte ich die aufgelesenen elf Rubel neunzig auf den Tisch, dazu den Packen Scheine.

»Hier«, sagte ich. »Das habe ich in den Ecken gefunden, nachdem Sie fort waren, mein Herr ...«

Er starrte mich an, rieb sich die Stirn, warf einen Blick auf das Geld und faßte in seine Taschen. Zuerst in die Geheimtasche hinten in der Hose. Er brachte ein Päckchen in Zeitungspapier zum Vorschein, sah flüchtig nach und warf es auf den Tisch. Es war ein ziemlicher Haufen Scheine von unterschiedlichem Wert. Dann griff er in die Seiten-, die Westen- und allerlei andere Taschen, drehte sie um, knurrte und fluchte. Da gab es glatte und zerknitterte Scheine, gefaltete und gerollte, daneben auch klingende Münzen. Sie fielen vom Tisch, das Kleingeld rollte in die Ecken, er schüttete den Geldbeutel aus. Und rechnete und überschlug. Dann starrte er ins Licht.

»Einerlei«, sagte er, »gib her! Mehr hast du nicht?«

Ich versicherte, das sei alles. Da griff er in den Haufen, zog einen Fünfrubelschein hervor und gab ihn mir.

»Du bist doch der ... aus dem Park?« fragte er.

Ich sagte ihm, wer ich war. Er sah mich schläfrig an, hob beide Hände und winkte ab.

»Einerlei, geh schon! Grüß die Kraska ...«

Er war schwer betrunken, obwohl er fest auf den Beinen stand. Stepan – er hatte an der Tür gehorcht – fragte mich, wieviel ich ihm gegeben habe. Als er es erfuhr, sagte er: »Hattest du gerade nötig, es ihm zu bringen ... Er kann sich sowieso an nichts erinnern ...«

Als ich zu Hause ankam, war Luscha schon ganz aufgeregt. Was denn gewesen sei. Ich sagte ihr, mich hätten Gäste aufgehalten.

»Und bei uns«, entgegnete sie, »war bei den Untermietern bis vier Uhr morgens Besuch. Und Koljuschka ist mit der Untermieterin spazierengegangen, ihr war nicht wohl ... Wenn da man nichts passiert ...«

»Was soll denn da passieren?«

»Er macht ihr allzusehr den Hof und spielt den Diplomaten ... Ich habe«, sagt sie, »durch die Ritze geguckt – er wendet kein Auge von ihr. Der Untermieter aber merkt nichts, er ist wie blind ... Und sie benimmt sich immer so frei und nennt ihn, wenn sie zu ihm spricht, einfach Nikolai ... So sage doch wenigstens du ihm was.«

Ehrlich gestanden, auch ich hatte es schon bemerkt und war beunruhigt.

Wir hätten lieber auf anderes achten sollen ...

12

Mein Guthaben auf dem Sparbuch war zum Februar um achtzig Rubel angewachsen – es kamen sehr viele Trinkgelder herein. Das Leben war sehr flott geworden ... Bei uns verkehrten – im Zusammenhang mit dem Krieg – viele Offiziere; und überhaupt nahmen anläßlich des Geldsegens, der mit den Staatsaufträgen zu fließen begann, gewisse Herrschaften, die mit Staatsaufträgen zu tun hatten, ein üppiges Leben auf. Leute, die bis dahin ganz unbekannt gewesen waren, traten in den Vordergrund. In den Clubs wurde schwindelerregend hoch gespielt, das Geld lief um, und das ist für unser Gewerbe sehr nützlich – gewinnt einer, dann kommt er zu seinem Vergnügen zu uns, um bei den Klängen der Kapelle zu speisen, verliert er, dann tut er es vielleicht, um seine trübe Stimmung zu vergessen.

Und dann kamen bei uns in den Restaurants eine neue Art Feiern auf, die es früher nicht gegeben hatte – Bankette. Das sind solche Galasoupers; auch eine neue Sorte von Gästen stellte sich ein, die höchst bemerkenswert über alles zu sprechen wußten. Das Herz lachte einem im Leib, wenn sie so scharf daherredeten.

Was bekommt man in einem Restaurant schon Gutes zu sehen! Und doch war die Welt, wie sich herausstellte, auch hier nicht mit Brettern vernagelt. Man war sehr besorgt und erhitzte sich sogar. Wie viele Leute doch auf der Seite des Volkes standen, und sogar solche mit Mitteln! Ach, wie sie sprachen! Da reichte man die Gerichte herum und hörte zu. Und wenn es erst an den Champagner ging, wurden die Äußerungen immer herzlicher. Und alles wußten sie – was und wie man es machen mußte –, denn sie waren äußerst gebildet. Und immer wieder schickten sie Telegramme ab ... Wir hatten damals sehr gute Einnahmen, die Restaurants auch. Man bediente, servierte, sagen wir, einen Fisch und frohlockte in seinem Herzen, weil man sich gleichsam für alle mühte.

Und es blieb auch nicht ohne Folgen, denn unser Ikorkin war einfach nicht mehr zu halten. »Wir sollen den Gästen wie Hunde in die Augen sehen«, sagte er, »und auf Almosen warten – das muß aufhören. Keine Trinkgelder annehmen, sie sollen einen Aufschlag auf die Rechnung an die Kasse abführen! Auch einen freien Tag verlangen wir – zum Ausruhen und für die Familie – und bessere Behandlung!« So ein Spekulierer! »Jetzt warte mal! Du ziehst am falschen Strang, paß auf, daß er nicht reißt!« Damals traten viele dem Kellnerverein bei. Hach, was war dieser Ikorkin für eine treue Seele, ein wirklicher Freund und Kamerad! Weil er alles am eigenen Leibe erfahren hatte und alles verstand.

»Wie lange wollen wir noch zusehen und auf gutes Wetter warten?« fragte er. »Wir müssen handeln! Wer kümmert sich um uns?«

Das war sehr richtig und scharf gesprochen. »Wenn wir dasitzen und nichts tun«, sagte er, »werden wir immer nur eins ins Genick bekommen.«

Zu dieser Zeit nun verfiel Tscherepachin in trübe Stimmung. Er befürchtete, man werde ihn einberufen, da er gedienter Soldat war. Wiederholt sagte er: »Es macht mich sehr traurig, euch verlassen und fern in der Wüste sterben zu müssen ... Wenn ich doch wenigstens zeigen könnte, was in mir steckt, aber nein, ich plage mich immer weiter mit der verdammten Posaune herum.«

Eines Tages, es war wohl im Februar, sagte er aufgeregt zu mir: »Kommen Sie mit mir an die frische Luft …«

Ich wunderte mich sehr, zumal er in letzter Zeit ein wenig unverständlich und launisch geworden war. Wir kamen auf die Straße, es war zufällig Sonntag, und er erklärte mir: »Glauben Sie bitte nicht, ich sage es meinetwegen, aber es kann ein Unglück geben!«

Und er knackte mit den Fingergelenken. Was denn für ein Unglück?

»Folgendes. Ich spiele feiertags auf der Eisbahn, und es tut mir sehr weh, wenn ich das sehe. Natalja Jakowlewna zeigt sich ständig untergehakt mit einem Offizier, und er schnallt ihr auch die Schlittschuhe an …«

Ich war sprachlos.

»Ist das vielleicht schön? Sie ist unerfahren, er aber geht mit ihr um, daß man alles merkt …«

Hier fiel mir ein, daß er mich schon früher einmal nach meiner Meinung über solche Dinge befragt hatte.

»Er begleitet sie auch im Dunkeln nach Hause …«

Und er erzählte, der Offizier habe Nataschkas wegen auf der Eisbahn Krach mit einem Studenten gehabt, der früher mit ihr gelaufen sei. Er zog plötzlich eine Zeitung hervor und zeigte sie mir.

»Lesen Sie nach, ob ich die Wahrheit sage! Ich habe damals eigenmächtig das Orchester verlassen und Natalja Jakowlewna nach Hause gebracht – sie wäre sonst ins Protokoll gekommen.«

Ich las in der Zeitung nach – tatsächlich, da war von einem Krach die Rede, eines Fräuleins wegen.

Ich stürzte gleich nach Haus und eröffnete es der Mutter. Und da ging's los. Sie fiel über Nataschka her, mit allerlei Ausdrücken, denn sie war äußerst reizbar. Nataschka aber – als ob sie das alles nichts anginge! Wirft den Zopf herum, flicht ihn fester zusammen und blickt sie frech an.

»Wer hat Ihnen das gesteckt? ... Dieser Tscherepachin?« fragt sie so richtig spöttisch. »Ja doch, ich bin Schlittschuh mit ihm gelaufen! Was ist denn dabei? Es ist der Bruder meiner Freundin, und die Freundin war mit ...«

Sie erklärte alles so einfach.

»Sie können es nachprüfen! Nur schmutzige Gestalten geben sich mit solchen Verleumdungen ab!«

Tscherepachin aber hatte alles gehört. Er trat aus seinem Zimmer und sah mich vorwurfsvoll an. Und gleich zu Natascha: »Natalja Jakowlewna, warum denn so? Ich wollte Sie vor Unannehmlichkeiten bewahren ... Ich war Ihretwegen sehr erschrocken.«

Und ihm zitterten sogar die Lippen. Er ging in sein Zimmer. Und Nataschka schämte sich. Sie lief zu ihm hinüber und klopfte an die Tür.

»Polikarp Sidorytsch, machen Sie auf! Ich bin Ihnen gar nicht böse! Was für ein Unsinn!«

Er machte ihr aber nicht auf. Und Luscha beschämte sie sogar: »Ach du dummes Ding, und du willst gebildet sein! Womit hat er es denn verdient, daß du ihn kränkst?«

Wir maßen diesem Vorfall aber keine Bedeutung bei.

Und plötzlich schlug alles in meinem Leben um. Herzensqual und Kummer stellten sich ein.

Es war ein Sonntag und klares, heiteres Wetter. Ich kaufte eine Zeitung und sah mir den Börsenbericht an. Ich war, wie sich herausstellte, an diesem einen Tag um sechzig Rubel reicher geworden. Und das kam so.

Kirill Sawerjanytsch zeigte für meinen Wunsch, ein Häuschen zu besitzen, viel Verständnis und fand einen Weg für mich.

»Der beste Weg ist, Börsenpapiere kaufen … Wenn man Glück hat, kann man ein Kapital erwerben …«

Und er versuchte, es mir zu erklären, ich verstand jedoch nicht das geringste.

Doch er behexte mich mit dieser Unterhaltung.

»Nur muß man es über Tschemodanow machen. Er handelt zwar mit Hafer, weiß aber ausgezeichnet Bescheid, bis ins kleinste …«

Und der eben riet uns: »Da sind gerade bei einer Fabrik«, so sagte er, »im Zusammenhang mit dem Krieg tausend Kanonen bestellt worden; das hat mir mein Gewährsmann zugeraunt. Beeilen Sie sich, solange das Publikum noch keine Kenntnis davon hat. Man muß den Rahm abzuschöpfen verstehen …«

Kirill Sawerjanytsch aber meinte beziehungsvoll: »Jetzt bietet sich die Gelegenheit …«

Ich brauchte vier Tage, um Mut zu fassen, und die Papiere zogen um sechs Rubel an. Ein Ärger befiel mich, als hätte man mir das Geld aus der Tasche gezogen. Da hob ich meine Ersparnisse ab und ging zu meinem Freund und Gönner. Der hatte für sich bereits gekauft und einen Hunderter verdient. Er willigte ein, mit mir in meiner Sache zum Kontor zu fahren. Wir fuhren.

Ein wunderbarer Raum, alles in Kupfer und gebeizter Eiche. Gläserne Decken und sogar Chöre auf Pfeilern – wie in der Kirche. Und ein solches Geklapper mit den Rechenbrettern, und alle so sauber gekleidet, mit modischen Kragen, und alles so höfliche junge Leute. Und während wir dasaßen und warteten, kam so ein Gedrungener, Strenger in weichen Schuhen an uns vorbeigeschlichen – wie ein Kater – und wandte sich plötzlich an uns: »Wird Ihr Auftrag schon bearbeitet?« Und er sah hinter dem Kneifer hervor streng zum Schaltertisch, wo ein Stutzer mit

Seitenscheitel auf einem Blatt Papier bereits die Ausrechnung für uns vornahm.

Eine sehr sorgsame Behandlung. Und alle Augenblicke eilten junge Leute mit Bündeln von Gewinnanleihe- oder anderen Scheinen an uns vorüber. Die Telefone klingelten, die Kassierer warfen mit Geldpacken in Gummiringen um sich – geradezu erstaunlich. Und in einem fort wechselten oder empfingen fein gekleidete Damen Geld. Alte Herren wurden, von Dienern untergefaßt, zu den Kassen geleitet und betreut. Eine solche Höflichkeit ...

Man händigte mir eine Bescheinigung aus, ich zahlte siebenhundertunddreißig Rubel, und sie trugen für zweitausend Rubel Papiere auf meinen Namen ein. Ich verstand nicht das geringste, aber Kirill Sawerjanytsch meinte, das entspreche durchaus den Regeln, ich brauche nichts zu befürchten.

»Da findet sich nicht mal jeder Gebildete zurecht, das lernt man nur durch die Praxis. Was das für Köpfe sind! Die essen vom Kuchen nur die Rosinen! Die Politik der Finanzen! Und alle haben einen Vorteil davon. Der Umlauf des Kapitals! Bei uns hat er erst vor kurzem angefangen, doch im Ausland befaßt sich schon jeder Droschkenkutscher damit; daher auch der Reichtum ...«

Und ich gewann in einer Woche fünfundvierzig Rubel; als ich dann aber am Sonntag in der Zeitung nachsah, war ich an einem einzigen Tag um sechzig Rubel reicher geworden.

Ich kam danach in solche heitere Stimmung, daß ich am liebsten jeden umarmt und jedem ein freundliches Wort gesagt hätte. Auch die Piroggen gerieten auf das beste. Kaum aber hatten wir uns zu Tisch gesetzt, kaum hatte ich aus Anlaß des Feiertags ein Gläschen Wodka getrunken, als unser neuer Mieter verfroren die Wohnung betrat.

13

Draußen herrschte an diesem Tag verdammt strenger Frost, er aber hatte nur ein dünnes Mäntelchen an. Und ich sagte mir ... Da sitzen wir im Warmen und sind Gott sei Dank satt, während er und das Fräulein ganz arm sind. Sie waren auch äußerlich sehr sympathisch. Er zählte wohl fünfundzwanzig Jahre, war mager und dunkelhaarig, mit ernstem Blick, das Fräulein aber noch ganz jung, achtzehn oder so, und blaßblond. Sie lebten in einem Zimmer, jeder mit eigenem Paß. Das war natürlich ihre Sache. Er verkaufte im Auftrag von Läden Bücher und trug Muster zur Ansicht aus, und sie studierte. Ihr ganzes Eigentum bestand aus einer Kiste mit Büchern, Kissen und Decken. So daß wir ihnen ein Sofa und ein Bett zur Verfügung stellten. Und Koljuschka wurde mit ihnen rasch über seinen Wassikow bekannt.

Sie waren ruhige Mieter. Er befand sich mit seinen Büchern oft auf Reisen, und sie ging morgens aus dem Haus und blieb bis zum späten Abend fort. Und Koljuschka freundete sich mit ihnen, besonders aber mit ihr, in den vier Monaten in einem Maße an, daß Luscha sich Sorgen um sein Verhalten machte. Wie leicht ist ein Unglück geschehen! Sie war sehr frei und hübsch, und auch meiner sah nach was aus, während der Mieter selbst häufig abwesend war – da kommt so was dann vor. Sie ging sogar dazu über, ihn einfach Nikolai zu nennen, und eines Tages hörte Luscha, daß sie so gut wie auf du und du miteinander standen! Manchmal belegte sie ihn mit Beschlag und verschwand mit ihm bis drei Uhr nachts. Der Mieter aber war wie blind. Und nicht genug damit! Eines Tages schickte er sie sogar für zwei, drei Tage in eine andere Stadt – Koljuschka begleitete sie zu einer Tante.

Ich spielte Koljuschka gegenüber auf all das an, er aber – keine Silbe.

»Du wirst dich vor Gott zu verantworten haben«, sagte ich. »Du kannst die Leute auseinanderbringen ...«

Er ging mit keinem Wort darauf ein und lächelte sogar. Luscha aber war außer sich.

»Es kann zu einem Ehebruch kommen ... Und das in meinem Haus! Sobald ich auch nur das Geringste merke, werf ich sie hinaus!«

Sie allerdings verstand es, jedermann für sich einzunehmen, und war zu allen schrecklich freundlich. Bei Luscha aber schmeichelte sie sich regelrecht ein.

»Sie liebes, gutes Hausmütterchen! Meine Mama ist genauso wie Sie ...«

Und sie überschüttete sie mit Küssen. Luscha aber schmolz förmlich dahin. Mal schalt sie Koljuschkas wegen auf sie, mal stellte sie sie Nataschka als Vorbild hin.

»Du bist zu deiner Mutter fühllos wie ein Trampel, da schätzt und achtet mich unsere Mieterin viel mehr, obwohl sie eine Gebildete ist ...«

Dafür bekamen wir von ihm, dem Mieter, kaum ein Wort zu hören – er war finster und scheu, und wenn er zu Hause war, ging er in einem fort in seinem Zimmer auf und ab.

Er kam also von draußen aus der Frostluft herein, und man merkte, daß er ganz durchgefroren war. Ich sah, wie duftender Dampf von der Pirogge aufstieg, und das Herz krampfte sich mir zusammen. Da leben, sagte ich mir, Menschen, die sehr gebildet sind, aber nicht jeden Tag zu Mittag essen und eine Pirogge nie zu sehen bekommen. Und ich sagte zu Luscha: »Hör zu! Bitten wir die Untermieter herein, sie sollen mit uns Pirogge essen. Das wird ihnen ganz angenehm sein.«

Und sie pflichtete mir bei: »Warum nicht? Sind schließlich gebildete Menschen und zahlen pünktlich ihre Miete …«

Ich ging zu ihnen hinüber und lud sie ein. Natürlich saß Koljuschka schon wieder bei ihnen – als sei er da zu Hause. Er war offenbar sehr verwundert, bat sie dann aber selbst, zu uns herüberzukommen. Der Untermieter wurde ein wenig verlegen und sah die Seine an, Raissa Sergejewna aber, so hieß sie, ergriff meine beiden Hände und sagte so richtig herzlich zu mir: »Wir sind Ihnen sehr dankbar, und wir haben Sie sehr gern. Ihr Nikolai hat uns soviel Gutes von Ihnen erzählt …«

Und sie taten mir plötzlich so leid. Da saßen sie in dem einen Zimmer wie arme Waisen. Und alles bei ihnen war so anständig, auch Bücher waren da und Porträts an der Wand, an der das Fräulein schlief. Dazu ein Bild der Muttergottes, die über dem Kinde weint.

Wir machten uns also an die Pirogge, aßen jedoch ziemlich schweigsam, und nur das Fräulein unterhielt sich mit mir über belanglose Dinge. Ich bemerkte aber sehr wohl, daß Koljuschka in einem fort zu ihr hinblickte und ihr die Tasse reichte oder was sonst … Während er, der Untermieter, sich immerzu genierte. Seine Kleidung war ja auch reichlich abgetragen, immerhin saß doch Nataschka am Tisch … Sie aßen jedoch mit Appetit. Und nur ein einziges Mal sagte der Untermieter: »Eine vortreffliche Pirogge. Solche Piroggen habe ich bei meiner Mutter gegessen …«

Und Raissa Sergejewna seufzte sogar und erzählte, sie habe viel für Pfannkuchen auf saurer Sahne übrig gehabt. Luscha aber legte jedem von ihnen noch ein Stück vor. Es schmeichelte ihr sehr, daß man sie lobte.

Auch Tscherepachin wurde eingeladen, nur genierte er sich die ganze Zeit vor dem weiblichen Geschlecht. Er war ja auch ungeschlacht, mit roten Pranken und verschwiemelten Augen – aus Anlaß seiner Beunruhigung trank er sehr stark. Auch hier kippte er ein Glas nach dem anderen hinunter. Und er legte dabei eine solche unverschämte Kühnheit an den Tag – sie kam vielleicht auch von seiner Geniertheit –, daß er nicht einmal abwartete, bis man ihn aufforderte, sondern dauernd sich selber eingoß. Luscha zwinkerte mir in einem fort zu, aber ich konnte es ihm ja nicht gut verwehren. Nun, und da faßte er eben allmählich Mut. Nataschka aber machte sich immerzu über ihn lustig. Unser Tscherepachin hier, sagte sie, stammt von Räubern ab und kann Ofengabeln biegen; und was dergleichen mehr ist. Der aber zwitschert immer noch einen – gluck! Alle wunderten sich, daß er soviel trank, ohne was dazu zu essen. Und als er dann seinen Rausch weg hatte, fragte er plötzlich den Untermieter: »Sagen Sie, mein Herr, wieso befällt den Menschen mitunter eine so tödliche Trübsal?«

Alle wunderten sich sehr. Nataschka aber prustete einfach drauflos.

Luscha drohte ihr mit dem Finger, der Untermieter jedoch zuckte nur die Schulter und lächelte. »Sehr schwer zu beantworten«, entgegnete er.

»Dann sagen Sie mir folgendes«, fuhr Tscherepachin fort. »Soll der Mensch nach etwas streben, oder kann ihm alles gleichgültig sein? Und wie kann das Leben auf dieser Erde weitergehen, wenn der Mensch nicht strebt? Er muß doch Pläne haben, nicht wahr?«

Eine so sonderbare Unterhaltung, daß man es einfach nicht verstand. Der Untermieter versuchte, ihm einiges zu erklären, er beharrte jedoch darauf: »Wenn sich ein Mensch mit einer nichtssagenden Arbeit herumquält, wie soll er da streben? Wenn er ständig verlacht wird und seine Arbeit ihm nichts bedeutet? Sagen Sie mir, wie Sie als gebildeter Mensch das sehen ...«

Und er rieb sich die Stirn; seine Augen waren blutunterlaufen, und vermutlich schwindelte ihm. Und hier nun stellte sich – wie auf Anruf – Kirill Sawerjanytsch zur Pirogge ein. Er zerfloß vor den Untermietern in Höflichkeiten.

»Sehr angenehm, mit gebildeten Menschen ... Sie wissen schon ...«

Und er redete drauflos und tat mit seinen Kenntnissen groß, denn er wußte viel aus Büchern. Von den Gesetzen und vom Leben und von der maschinellen Produktion. Und er machte höchste Personen für die Mißstände verantwortlich und beschuldigte alle der Rebellion. Der Untermieter aber – keine Silbe. Auch Koljuschka blieb mäuschenstill. Kirill Sawerjanytsch flötete wie eine Nachtigall. Und ganz besonders gefiel ihm, daß niemand ihm widersprach; er goß sich sogar ein Gläschen ein, forderte den Untermieter auf, mit ihm anzustoßen, und wunderte sich sehr, daß der nicht trank.

»Äußerst rührend«, sagte er, »soviel Bildung und Weisheit vereint zu sehen. Sobald die Wissenschaft bis an die Grenze des Möglichen vorgestoßen ist, wird alles ganz anders werden. Es gibt leider allzuviel unverständige Menschen bei uns ...«

Der Untermieter aber lächelte und meinte:

»Geht alles seinen Gang.«

»Sehr richtig, soweit ich mir ein Urteil erlauben darf.« Er redete so schrecklich höflich. »Gestatten Sie mir eine Frage – belieben Sie nicht im Staatsdienst zu stehen?«

Hier meldete sich auf einmal Tscherepachin zum Wort. Er reckte die Schultern und sagte in die Luft hinein:

»Wenn du am falschen Strang ziehst, reißt er!«

Alle lachten, Kirill Sawerjanytsch aber bezog das keineswegs auf sich, sondern parierte sehr geschickt: »Dann ziehen Sie doch nicht, wenn er nicht reißen soll ... Sie wissen schon ...« Und er klopfte mit dem Finger gegen sein Glas.

Hier standen die Untermieter jedoch auf und gingen in ihr Zimmer, Koljuschka mit ihnen. Kirill Sawerjanytsch aber sagte: »Sie können sich über diesen Untermieter nur freuen. Er ist äußerst gebildet und kann einen guten Einfluß auf Ihren Koljuschka haben. Und ich merke auch, daß er ihn hat. Aber«, und mir ins Ohr, »passen Sie auf! ...«

»Wie meinen Sie das?«

»Ich meine – wegen des Fräuleins ... Ich habe da einiges bemerkt ... Sie tauschen sogar ... tiefe Blicke ...«

Da sagte ich, daß auch ich beunruhigt sei.

»Auf diese Weise legt er die Prüfungen nie im Leben ab. Sie werden es ja erleben! Heutzutage kann man auch zu dritt zusammenleben. Das ist wie bei den Franzosen, ich weiß da gut Bescheid. Ein Franzose – er arbeitet bei einer Weinhandlung, und ich rasiere ihn – hat mir sehr eingehend und freimütig erklärt, wie es bei ihnen zugeht ... Ebendaher kommt ja die Unmoral und die Rebellion ... So daß die Bevölkerung wie in Frankreich überhaupt aufhören kann ... Das muß man sich vor Augen halten!«

Und plötzlich – ein Telegramm! Wir waren alle ganz erschrocken. Es war jedoch für den Untermieter. Er hatte im Nu gepackt und ging mit einigen Büchern davon. Und bald darauf verließen auch Koljuschka und die Untermieterin das Haus ... Wir sahen ihnen durchs Fenster nach. Und Kirill Sawerjanytsch sagt zu mir: »Das ist wie der Anfang eines Liebesromans! Er wird die Prüfungen nicht ablegen, denken Sie an meine Worte! Ergreifen Sie Ihre Maßnahmen möglichst bald.«

Und wir redeten über das Leben; und Tscherepachin saß neben uns und döste vor sich hin. Plötzlich überraschte mich Kirill Sawerjanytsch.

»Ich werde mein Geschäft wohl schließen müssen ...« Er machte ein ernstes Gesicht.

»Wieso denn das? Weshalb denn?«

»Es ist nicht auszuhalten! Die Gesellen bringen mich an den Bettelstab. Mit was für Leuten man es heute zu tun hat! Zeigen einem die Zähne! Er besitzt nichts als ein Paar Hosen und eine unechte Kette ohne Uhr, aber er will einem an die Gurgel. Acht Stunden am Tag und Lohnerhöhung! Wie findet man das? Sie haben randaliert, haben mir zwei Perücken verbrannt, sind losgezogen und feiern ... Da hab ich denn mein Geschäft geschlossen ... an einem Sonntag!«

Und plötzlich hebt Tscherepachin den Kopf und platzt heraus:

»Arbeiten Sie doch mit Maschinen!«

»Wie bitte?«

»Ach was! Schaffen Sie sich die Maschinen an, von denen Sie erzählen, und machen Sie die Leute nicht scheu! Oder lassen Sie sich zum Haareschneiden und Rasieren Polizisten kommen ...«

Kirill Sawerjanytsch drohte ihm mit dem Finger und meinte:

»Da haben wir sie, die ganze Unbildung bei uns!«

»Ihre Bildung ist – in die eigene Tasche«, entgegnete er.

Kirill Sawerjanytsch jedoch ging auf diese Worte nicht ein und erzählte etwas von einem Magen und irgendwelchen Gliedmaßen, die nicht mehr für ihn arbeiten wollten, worauf sie alle zugrunde gingen.

»Wenn die gewerbliche Tätigkeit aufhört, was dann?« fragte er.

Tscherepachin darauf: »Kopfwäsche!« Und hieb mit der Faust auf den Tisch.

Kirill Sawerjanytsch entgegnete scharf: »Mit einem ungebildeten Menschen rede ich nicht! Aus Ihnen spricht erstens der Alkohol und zweitens die Unbildung. Man muß den Dingen auf den Grund gehen, und das ist was anderes als Posaune blasen!«

Plötzlich sehe ich durch das Fenster – ein Mietkutscher fährt vor, und im Schlitten sitzt Koljuschka. Was hat das zu bedeuten? Er kommt herein und erklärt, er solle die Bücher abschicken, die Untermieter zögen aus, sie müßten nach Woronesh. Ein Onkel des Fräuleins liege im Sterben, sie seien, um noch zurechtzukommen, gleich zum Bahnhof gefahren, und er hole das Gepäck.

Er packte ihre Siebensachen zusammen und fuhr sogleich los. Und Luscha meinte noch: »Ob sie ihn nicht entlassen haben? Er sah auf einmal so verändert aus ...«

Was war zu machen! Ich hieß Natascha einen Zettel für das Haustor schreiben – »Zimmer zu vermieten«. Sie tat es, zog sich rasch an, drehte sich kurz vor dem Spiegel, und fort war sie. Wohin? In die Gemäldegalerie.

Für mich aber war es Zeit, ins Restaurant zu gehen – es war sogar schon ein bißchen spät. Kirill Sawerjanytsch und ich traten auf die Straße hinaus, und kaum waren wir um die Ecke gebogen, als er auf etwas mit dem Finger zeigte.

»Schauen Sie mal, das ist doch Ihre Natascha ...«

Ich sah genauer hin, und wirklich – am Ende der Gasse ging mein Mädel Arm in Arm mit einem Offizier! Ich war erschlagen. Sie war's, natürlich ... sie hatte doch diese weiße Boa aus Hasenfell! Ich ihr nach. Sie aber mieteten einen Schlitten und fuhren davon. Ich lief bis an die Ecke und fragte einen Jungen, der dort herumstand, ob er gehört habe, wohin.

»Ins Theater ...«

Aber in welches, wußte er nicht. Kirill Sawerjanytsch versuchte mich zu »beruhigen«.

»Lassen Sie's jedenfalls nicht auf sich beruhen, es könnte sehr ernst werden ...«

Ich eilte nach Hause und sagte es Luscha, und die – ach du meine Güte ... Und Kirill Sawerjanytsch goß auch noch Öl ins Feuer: »Sie haben sie eben verzogen ... Auch meine Warwara hatte sich allerlei in den Kopf gesetzt, sie wollte unbedingt studieren, na, der hab ich's aber gezeigt – von wegen studieren! Und heute ist sie mit einem Buchhalter verheiratet und hat es sehr gut ...«

Luscha aber schlug sich an die Brust.

»Ich reiße ihr die Zöpfe aus!« Und plötzlich fällt sie über mich her: »Alles nur du, du! Du erzählst in Gegenwart der Kinder von all den schmutzigen Dingen bei euch im Restaurant ...«

Und wer kaufte ihr die Bänder und Röckchen und Spitzen? Mein Freund und Tröster aber lag mir im Ohr: »Mit Offizieren ist das gefährlich ... Sie haben hinsichtlich der Ehe besondere Vorschriften.«

Und da kommt auch noch Tscherepachin auf mich zu und erklärt fast weinend: »Ich habe es Ihnen gesagt! Bewahren Sie sie vor einem Unglück!«

Kirill Sawerjanytsch aber triumphiert geradezu: »Wer weiß denn, ob sie wirklich im Theater sind? Da hat doch neulich in den Zeitungen gestanden, wie sich ein Pärchen im Hotel nach allem, was geschehen war, beim Sekt vergiftete. Es kann ein Drama geben ...«

Und eben da verspürte ich zum erstenmal diesen Blutandrang zum Kopf – ich hatte Ohrensausen, und alles um mich herum drehte sich ... Es ging jedoch bald vorüber. Luscha aber hatte schon den Pelz übergeworfen und wollte mit Tscherepachin loslaufen, um sie zu suchen. Da entschied Kirill Sawerjanytsch: »Ist es was Schlimmes, dann läßt es sich ja doch nicht mehr verhindern. Vertraut auf Gott! Wenn sie aber im Theater sind, muß er sie dorthin zurückbringen, wo er sie getroffen hat. Das gebietet die Höflichkeit. Und da müssen wir ihnen eben auflauern und sie auf das Unziemliche ihres Benehmens hinweisen...«

So beschlossen wir auch. Tscherepachin erbot sich, mitzukommen. Wir machten uns gegen drei Uhr auf, gingen in der Umgebung auf und ab und froren gründlich durch. Und gegen vier Uhr erspähte sie Polikarp Sidorytsch am anderen Ende der Gasse und winkte mir mit der Hand. Ich sah – sie stiegen aus, der Offizier preßte ihr die Hand, sie kokettierte mit ihm und spielte mit ihrer Boa vor seiner Nase herum. Ich trat sofort auf sie zu und fragte: »Was soll das heißen?«

Sie fuhr zusammen.

»Auf Wiedersehen...«, sagte sie.

Und sie ging. Er aber auf mich zu und in barschem Ton: »Gestatten Sie mal!«

»Was heißt gestatten«, entgegnete ich, »Sie sollten sich lieber schämen! Anständige Menschen machen sich, wenn was ist, mit den Eltern bekannt, und nicht so hintenherum! Ich ersuche Sie, meine Tochter in Ruhe zu lassen!«

Ich drehte mich um und ging und er hinter mir her. Ich sehe, auch Tscherepachin ist da, ganz in der Nähe, er steht an der Laterne und hält sich bereit.

Der Offizier aber ruft mir aufgeregt nach: »Entschuldigen Sie, gestatten Sie ... Ich bestehe auf einer Erklärung ... Sie müssen ...«

Ich beachte ihn nicht und eile nach Hause. Da wird er dringlicher: »Erlauben Sie mal ... es geht um meine Ehre! Ich bestehe auf einer Erklärung!«

Es blieben schon Menschen stehen, da sagte er bereits leise, aber mit bebender Stimme zu mir: »Ich wünsche Sie zu sprechen – auf ein paar Worte. Hier auf der Straße geht es nicht ... Wenn Sie sich weigern, schlage ich Sie!«

Hier wandte ich mich zu ihm um und sagte: »Sie wollen einen Skandal? Erst führen Sie sich so auf, und dann bedrohen Sie mich? Also gut, schlagen Sie zu! Nun?«

Mein Blut aber kochte. Er sollte nur versuchen! Ich hatte zwar noch nie jemand geschlagen, bin aber sicher, daß ich bei meiner Konstitution damit nicht schlechter fertig geworden wäre als andere. Außerdem war Tscherepachin in der Nähe, er hielt die Hände in den Hosentaschen und bebte.

»Ich bitte auf ein paar Worte, schließlich und endlich! Hier auf dem Boulevard ...«

Wir waren bereits an unserem Haus vorbei und erreichten in diesem Augenblick den Boulevard. Wir setzten uns.

»Also sprechen Sie, danach komm ich!«

»Was ich sagen wollte ... Sie befinden sich in einem Irrtum ... Sie ist also Ihre Tochter?«

»Jawohl, das ist sie, und ich werde niemand erlauben, ihr Schande anzutun! Sie haben kein Recht dazu!«

Und er zu mir:

»Entschuldigen Sie ... Sie sollen alles erfahren ... Ich bin ihr auf der Eisbahn vorgestellt worden, und wir wurden bekannt ... Ich sage Ihnen als Offizier ... es ist nichts Schimpfliches für Ihre Tochter dabei ... Ich wollte mich auch im Hause vorstellen ...«

»Sie sind doch, gestatten Sie, der Bruder ihrer Freundin?« Hier wand er sich hin und her.

»Ja … das heißt, nein … Aber ich wollte mich Ihnen vorstellen, hatte nur keine Gelegenheit dazu …«

Da bekam ich es mit der Wut! Tscherepachin aber hatte sich schräg gegenüber niedergesetzt und sicherte mich. Ich sagte: »Sie hatten keine Gelegenheit? Nun, Sie können mich jeden Tag in meinem Restaurant treffen, wo ich solchen Herrschaften wie Ihnen das Essen serviere. Es wird Ihnen kaum passen, sich mir vorzustellen!«

Er sah mich wie von weitem an und erhob sich.

»Ach … so ist das …«

»Jawohl«, entgegnete ich, »so und nicht anders! Und wenn Sie es noch einmal wagen, sich ihr zu nähern, dann bekommen Sie was zu hören!«

Und er so richtig von oben herab:

»Vergessen Sie nicht, mit wem Sie sprechen! Ich kann Sie ins Revier abführen lassen!«

»Kommen Sie«, sagte ich. »Möchten Sie?«

Und er plötzlich zu mir: »Unverschämtheit!« Und er ging mit langen Schritten davon.

Ich rief ihm nach: »Also merken Sie sich das, mein Herr!«

Er tat jedoch, als habe er es nicht gehört. Tscherepachin packte mich an der Hand – wie mit der Zange.

»Wenn Sie wollen, breche ich jetzt gleich einen Skandal vom Zaun. Ich werde es ihm zeigen!«

Ich ließ es nicht zu. Und wie ich nach Hause komme – das reinste Sodom und Gomorrha! Luscha steht da mit der Ikone in der Hand und schreit außer sich: »Schwöre bei der Muttergottes von Kasan! Schwöre es, verdammte Kröte! Schwöre, daß zwischen euch nichts vorgefallen ist, Frauenzimmer, Schlampe!«

Nataschka aber ist völlig zerzaust, weint und bekreuzigt sich und zittert. Und bekommt einen hysterischen Anfall.

»Man quält mich, man martert mich!«

Wer marterte sie denn? Sie hatte alles, was sie brauchte, alles ... Und die Mutter wieder zu ihr: »Schwöre bei deinem letzten Stündlein, schwöre es! Ich zertrete dich! Sollen sie deinetwegen mit dem Finger auf uns zeigen? Wer will dich noch, wenn du dich rumgetrieben hast?«

Da machte ich dem Unfug aber ein Ende. Ich sperrte Luscha im Zimmer ein und klärte Nataschka über alles auf. Sie beruhigte sich und warf sich mir an den Hals.

»Papa, ich habe es nicht gewußt ... Er hat mir einfach gefallen ...«

Und Luscha ruft hinter der Tür: »Hat mir gefallen! Ich reiß dir die Zöpfe aus, Schmarotzerin! Ich leg dich an die Kette!«

Gleich darauf stellte sich Koljuschka ein. Die Mutter beklagte sich bei ihm: »Freu dich – deine Schwester fährt mit Offizieren aus ...«

Er verstand nicht das geringste, er wurde nur blaß. Nachdem er aber Bescheid wußte, ging er mit Natascha ins Zimmer der Untermieter und unterhielt sich mit ihr. Dann führte er uns alle zusammen und versöhnte uns. Er war sehr unruhig und nervös und aß auch nicht zu Mittag.

Ich fragte ihn: »Sie kommen also nicht mehr zurück? Dann kann ich das Zimmer wohl vermieten?«

Und er so richtig heftig: »Tun Sie das!« Und er versank in Nachdenken.

Luscha aber flüstert mir zu: »Er trauert der Untermieterin nach. Nur gut, daß sie fort sind ...«

Das beste wäre gewesen, sie wären gar nicht erst bei uns eingezogen ...

14

Es ging bei uns an diesem Abend wie auf einer Trauerfeier zu. Nataschka verkroch sich hinter ihrem Wandschirm, Koljuschka verschanzte sich im Untermieterzimmer, Tscherepachin brach mit seiner Posaune zur Eisbahn auf, und der Geiger verschwand in sein Kino. Ich ging nach all den Aufregungen nicht ins Restaurant. Luscha und ich legten uns nieder, um ein wenig zu ruhen. Und es war wohl schon gegen sieben, als sie mich aufschreckte: »Die ganze Wohnung ist voller Rauch, es brennt!«

Ich sprang auf – überall Rauch, nicht mal die Lampe war zu sehen. Ich stürzte zum Untermieterzimmer. Dort hastete Koljuschka umher.

»Ich habe nachgefüllt, die Lampe angesteckt und das Zündholz in die Ecke, auf irgendwelche Papiere geworfen. Dann habe ich sie zusammengerafft und in den Ofen gesteckt, aber vergessen, den Abzug zu öffnen.«

Und plötzlich klingelte es. Koljuschka stürzte zur Tür, öffnete, flüsterte mit jemand in der Dunkelheit, ergriff den Mantel – und fort war er.

Was mochte das bedeuten? Ich verstand nicht das Geringste. Der ganze Tag – ein einziges Theater. Und dauernd liegt mir Luscha in den Ohren: »Mir scheint, sie machen uns was vor ... Sie ist mit jenem vielleicht schon auseinander und nur umgezogen, um es zu verbergen ...«

Faselt Gott weiß was zusammen. Nach einer halben Stunde kam Koljuschka zurück.

»Was soll denn die Geheimnistuerei?« fragte ich.

Angeblich war Wassikow dagewesen, um ihn zu einer Abendgesellschaft einzuladen, er habe aber abgelehnt und ihn nur ein Stück begleitet. Und eine solche Trübsal befiel mich, daß ich die Meinen zusammenrief und selbst Nataschka aus ihrer dunklen Ecke hervorholte.

»Was hockt ihr in euren Höhlen herum wie Eulen?«

Ich schickte nach Nüssen, wir setzten uns, um Karten zu spielen, ich zwang sie dazu, es war sonst einfach nicht auszuhalten. Das einzige Erfreuliche – die Papiere stiegen. Ich ließ Nataschka absichtlich gewinnen – aber nein! Alle machen mürrische Gesichter und übersehen ihre Stiche. Luscha aber ließ Koljuschka keine Ruhe: »Du trauerst wohl deiner Untermieterin nach? Was siehst du mich so an!«

Er warf die Karten hin und ging. Wieder war alles schiefgegangen. Er aß auch kein Abendbrot. Als ich mich aber schlafen legen wollte, trat er auf mich zu und sagte:

»Erzählen Sie bitte niemand, daß ich die Habseligkeiten der Untermieter fortgeschafft habe.«

»Warum soll ich nichts erzählen?«

»Weil die Polizei zur Zeit sehr aufpaßt und die Verbreitung guter Bücher nicht zuläßt … Es könnte Unannehmlichkeiten geben … Überhaupt erzählen Sie am besten gar nichts.«

»Ja, zu wem soll ich denn davon sprechen? Wen interessiert das?«

»Nun, das ist eine andere Frage … Jedenfalls habe ich Sie gewarnt.«

Sie brachten mich alle so durcheinander, daß ich nicht das Geringste mehr begriff. Bald darauf kam Tscherepachin von der Eisbahn zurück. Sehr blaß und mit starker Schlagseite. Und trug auch noch eine Flasche unter dem Arm.

»Lebt wohl, ihr zärtlichen Blicke!« sagte er.

Ich fragte, was denn geschehen sei – wie sich herausstellte, hatte ihm der Reviervorsteher auf der Eisbahn gesagt, sein Jahrgang werde morgen mobilisiert, er werde in der Nacht die Einberufung erhalten. Die Gestellungsbefehle würden schon gedruckt.

»Gestatten Sie also«, sagte er, »daß ich zum Schluß noch auf Ihr Wohl trinke und allen meinen Mut zusammennehme ...«

»Na schön, tun Sie es, aber bitte friedlich«, entgegnete ich.

Auch ich trank ein Gläschen mit, und er war mächtig hastig dabei. Er war im Handumdrehen so voll, daß seine Augen rot anliefen und in verschiedene Richtungen blickten. Und plötzlich entfaltet er ein Papier und zeigt es mir: »Hier ist die Befreiung von allem ... Ein befreiendes Pulver! Nimmt man es mit Wodka, dann wirkt es sehr schnell ...«

Ich klatschte auf das Papier, und – puff – war das ganze Pulver weg! Ich sagte: »Spielen Sie nicht verrückt! Wir haben Unannehmlichkeiten auch ohne Sie ... Erst erhängt sich bei uns der Kriwoi, und jetzt wollen Sie uns beglücken! Ja, sind wir denn Unmenschen?«

Er brach in Tränen aus.

»Jetzt ist alles aus, Jakow Sofronytsch ...«, sagte er. »Was haben Sie mit mir gemacht?«

»Ja, was ist denn mit Ihnen, was?« fragte ich. »Sie sind doch ein junger Mensch und stark ...«

Er aber griff sich an den Kopf und wankte ...

»Meine Seele findet keine Ruhe, und das Leben ist mir zuwider ... Wenn ich doch jemand umbringen oder etwas zerschmettern könnte!«

Er ergriff seine Posaune, doch ich entriß sie ihm.

»Ich ersuche Sie, keinen Krach zu machen!« sagte ich. »Natalja Jakowlewna schläft ...«

Vielleicht ließ er sich wenigstens dadurch besänftigen. Er wurde tatsächlich stiller.

»Ja, Natalja Jakowlewna ... Jakow Sofronytsch!« sagte er voller Gefühl und schlug sich mit der Faust an die Brust. »Da spüre ich sehr viele Kräfte in mir und finde keinen Ausweg für sie ... Krepieren müßte man ...«

»Das Leben ist uns von Gott gegeben, und wir müssen es zu Ende leben ...«, entgegnete ich.

»Ich pfeife auf das Leben! Was habe ich von ihm gesehen? Ich bin in einer Glasbläserei gewesen ... Mein Vater hat sich mit diesen Flaschen die Lunge aus der Brust geblasen, die Mutter habe ich nicht gekannt ... Katjuschka ist am Leben zerbrochen und hat sich vergiftet ... Und ich mußte zur Musik ... Lump, Schweinehund! Warum hat er mich auf die Musik losgelassen? Der Schuft!«

Ich versuchte, ihn zu beruhigen. Nichts half.

»Lesen und schreiben hat man mich nicht gelehrt, in meinem Kopf herrscht ein einziger Wirrwarr ... Vielleicht wäre ein berühmter Mann aus mir geworden, ich fühle vielerlei Kräfte in mir! Aber man hat mich auf diesen Plunder gedrillt.« Gemeint war die Posaune. »Der Unternehmer«, und hier gebrauchte er eine sehr unanständige Wendung, »holte sich Waisenknaben zusammen. ›Ich gründe ein Blasorchester‹, sagte er, ›und gebe ihnen allen ein Stück Brot.‹ Für jede falsche Note gab es eine Ohrfeige! Er fuhr sogar nach Petersburg mit uns und prahlte vor den Generalen ... Da, was ich aus den Dummköpfen gemacht habe ... Jeder hat sein Stück Brot ... Wie bitte? Geht, spielt im Freien und vergeßt nicht, wie man für euch sorgt! Ha! Der alte Satan! Dabei hatte er selbst hundertzwanzig Millionen! Schade, daß mein Großvater nicht mehr am Leben ist ... Sie haben ihn im Zuchthaus zu Tode geprügelt ... Der riß solchen Leuten die Köpfe ab ...«

Er knirschte mit den Zähnen und rollte mit den Augen. Ich redete ihm gut zu – ohne Erfolg.

»Und jetzt ... die Einberufung ... das Vaterland verteidigen ... Was für ein Vaterland?« Und er trat aufs neue gegen die Posaune ...

Und dazu klagte er immerfort über seinen Kopf. Ich verabschiedete mich von ihm und erinnerte ihn an Gottes Zorn – er dürfe an so was nicht einmal denken. Und ich ging schlafen ... Und hier fing alles an ...

15

Ich glaube, es ging auf drei Uhr morgens ... Es klingelte. Luscha weckte mich.

»Es klingelt bei uns, Jakow Sofronytsch ...«

Jetzt hörte ich's auch – es klang so schrill. Wir hatten eine ganz einfache Glocke – sie klingelte nicht, sie klirrte mehr. Was mochte es sein? Ich eilte so, wie ich war, zur Tür. Auch Koljuschka sprang auf und streifte sich die Hosen über. Und Tscherepachin stürzte aus seinem Zimmer und brummte:

»Für mich ... die Einberufung ...«

»Wer ist da?« fragte ich.

»Machen Sie auf! Ein Telegramm!« So richtig ungeduldig.

Ich öffnete – ein ganze Schar Menschen stand vor mir! Polizei ... Sie kamen herein, und im selben Augenblick klopfte es an der Küchentür – einer von ihnen stürzte hin und öffnete. Auch von dort strömten sie herein. Ein Beamter mit Kokarde, unser Bezirksvorsteher, unser Reviervorsteher und noch zwei andere in Zivil, dazu die Hausknechte.

»Sind Sie der Haushaltsvorstand?« fragte mich der Beamte.

Ich bejahte, und mir klapperten dabei die Zähne. Ich begriff nicht das Geringste. Sie stellten sich neben die Tür, der Bezirksvorsteher setzte sich an den Tisch und befahl, die Lampe anzuzünden.

»Ich muß eine Haussuchung bei Ihnen vornehmen ... Wo sind Ihre Untermieter?« Es war wieder der mit der Kokarde; der Bezirksvorsteher aber saß am Tisch und trommelte nur mit den Fingern.

»Die Untermieter«, sagte ich, »sind heute abgereist …«

»Wieso – abgereist? Wohin?« Und er sah den Bezirksvorsteher an. Und der zu ihm: »Sonderbar …«

Die übrigen aber hatten sich schon über die Wohnung verteilt, und ich hörte, wie Luscha rief:

»Verlassen Sie sofort das Zimmer! Unverschämtheit … Meine Tochter ist nicht angezogen …«

»Also ziehen Sie sich bitte an … Wo ist das Zimmer der Untermieter?«

Hier sah Tscherepachin, daß nicht er gemeint war, er stand mit seiner Zigarette da und hakte ein, um sich ins rechte Licht zu rücken: »Nächtlicher Alarm, und gar kein Feind zu sehen!«

Und der Oberste zu ihm: »Was bist denn du für einer? Wer ist das?« Das zu mir.

Und Tscherepachin so richtig stolz: »Ein gewöhnlicher Untermieter mit zwei normalen Beinen!«

»Durchsuchen!«

Und schon hatten sie ihn. Sie untersuchten seine Taschen. Und so flink und gründlich, als hätten sie sie ausgeleckt. Nichts. Und der macht sich über sie lustig.

»Ihr habt nicht in den Unterhosen nachgesehen! Ich beherberge dort zwei Flöhe ohne Paß!«

Er gibt es ihnen und macht damit auch mir Mut. Und ich sage zu dem Obersten von ihnen: »Sie, Euer Wohlgeboren, bemühen sich vergebens … Bei mir gibt es nichts dergleichen – nicht einmal in Gedanken …«

Und drüben durchsuchten sie schon das Zimmer der Untermieter; sie sahen im Abzug und im Ofen nach. Sie durchwühlten die Asche. »Hier ist etwas verbrannt worden!« sagten sie. Und ich erklärte ihnen, ich hätte den ganzen Plunder, den Untermieter zurückzulassen pflegen, wie immer verbrannt. Hier nahm mich der Bezirksvorsteher in Schutz: »Ich kenne ihn gut ... Ein friedlicher Bürger, ist Kellner im Restaurant ...«

Dann knüpfte man sich Koljuschka vor: Ob er mit den Untermietern bekannt sei? Was er von ihnen wisse? Wohin sie gefahren seien? Und in allen Zimmern dieses Rascheln ... Luscha aber zeigte ihnen die Zähne – ich war geradezu erstaunt. Ich höre, wie Natascha aufkreischt: »Ach, rühren Sie mich nicht an!«

Koljuschka huscht zu ihr, und auch der Oberste von ihnen eilt hinüber. Nataschka steht im Nachtjäckchen da, den einen Fuß im Schuh, den anderen bloß, und hält die Hände vor die Brust. Ihr Bett ist aufgedeckt, die Matratze zurückgeschlagen.

Und plötzlich schreit Tscherepachin: »Sie haben kein Recht dazu! Das ist eine Gemeinheit!«

Auch Koljuschka und Luscha erhoben ein großes Geschrei. Ich sagte: »Das ist ein junges Mädchen, so sollte man nicht vorgehen ...«

Der Oberste aber zu mir: »Schreien Sie nicht und beantworten Sie meine Fragen! Wir sind nicht hergekommen, um zu spaßen!«

Und er nahm mich ins Gebet. Wann sie abgereist seien, und wer bei ihnen verkehrt habe, und dies und jenes ...

Hier brachten sie einen ganzen Armvoll Bücher und Papiere von Koljuschka ins Speisezimmer und breiteten sie aus. Sie forschten und forschten, und plötzlich – ein Brief! Er las ihn vor.

»Was hat es damit auf sich?«

Koljuschka sah sich den Brief an und erklärte, er sei von einem Untermieter von uns, einem gewissen Kriwoi, der sich erhängt habe. Und er äußerte sich auch über den Brief an den Direktor. Der Beamte nahm die Briefe an sich. »Die Sache mit

Ihrem Kriwoi werden wir klären.« Luscha hatte ein Album mit Fotos. Er sah sie sich an.

»Wer ist denn der da? Und der?« Schließlich interessierte ihn nur noch einer. Und plötzlich, nun schon zu Koljuschka: »Wer ist denn das hier?«

Koljuschka wußte es wirklich nicht. Es war ein Koch, ein alter Bekannter von mir, und schon verstorben. Ich sagte ihm, wer es war, aber er glaubte mir nicht.

»Das werden wir erst mal klären …«

Und er nahm das Foto heraus. Außerdem eins von einem jungen Mann, der heute Maître d'hôtel im »Chutorok« und längst Familienvater ist. Wozu man die wohl brauchte? Diesen, den Maître d'hôtel, sahen sie sich immerfort an und rieten hin und her. Das dauerte wohl drei Stunden. Zuletzt nahm der Oberste unter ihnen ein Papier aus der Aktentasche und hielt es Koljuschka hin. Den Kopf des Schreibens verdeckte er mit der Hand.

»Stammt dieses Schreiben von Ihnen?«

Koljuschka sah es sich an, runzelte die Stirn und sagte: »Ich kann mich nicht recht erinnern … Sieht aus, als wäre es meine Hand …«

Und der Oberste las vor:

»›Ich schicke Ihnen das Fertiggestellte zu …‹ Was bedeutet ›das Fertiggestellte‹?«

»Ach so … Das sind Muster von Veröffentlichungen der Gemäldegalerie. Ich habe gelegentlich für unseren Untermieter Ware abgeholt und sie ihm, wenn er abwesend war, zugeschickt«, erklärte er.

Der aber lächelte nur spöttisch und sagte:

»Sie sind verhaftet.«

»Wie Sie meinen«, entgegnete Koljuschka.

Hier aber trat ich für ihn ein:

»Aber warum denn? Das ist doch reine Willkür!«

Und Luscha fiel über ihn her:

»Sie haben kein Recht dazu! Ich gehe zum Gouverneur! Ein Vetter von mir ist Kammerdiener bei ihm ...«

Der aber sofort:

»Erklären Sie sich näher! Was für ein Kammerdiener und bei welchem Gouverneur?«

Sie aber schwindelt immer weiter:

»Ich denke nicht daran, es Ihnen zu erklären!« Und basta.

Darauf er wie zuvor:

»Dann muß ich Sie eben zwecks Klärung der Angelegenheit verhaften ...«

Sie war sprachlos. Da griff ich ein. Ich erklärte, das habe sie in ihrer Angst gesagt, wir hätten gar keinen Vetter, der Kammerdiener bei einem Gouverneur ist. Nataschka bekam fast einen hysterischen Anfall, und Koljuschka funkelte mich an.

»Schüchtern Sie Mama nicht ein!« sagte er.

Jener aber drohte ihm eine Strafe an. Auch Tscherepachin äußerte etwas von Willkür – man drängte ihn zurück.

Den Dachboden, die Kammern durchsuchen! Gleich liefen welche hin ... In den Kisten und Truhen nachsehen!

Und sie kehrten das Unterste zuoberst. Alles warfen sie durcheinander – die Kopftücher, die Schals, Nataschkas bescheidene Aussteuer. Selbst hinter den Ikonen auf dem Winkelbrett sahen sie nach. Hier protestierte Luscha, doch man erklärte ihr sehr höflich, sie würden vorsichtig sein, sie seien selber orthodoxe Christen. Dann sagten sie Koljuschka, er solle sich anziehen. Luscha jammerte laut los, doch der Bezirksvorsteher in eigener Person beruhigte sie, er hatte sich die ganze Zeit vornehm zurückgehalten und nur am Tischchen gesessen und mit den Fingern getrommelt.

»Wenn nichts gegen ihn vorliegt, behalten sie ihn ein Weilchen da und lassen ihn wieder frei. Machen Sie sich keine Sorgen ...«

Koljuschka aber nahm sich zusammen und schwieg. Im Inneren kochte er natürlich – wer kannte ihn besser als ich? Und selbst der Oberste sagte auf sein Benehmen hin zu ihm: »Erklären Sie uns alles, dann entlassen wir Sie.«

»Ich habe nichts zu erklären«, entgegnete er, »weil ich nichts weiß. Führen Sie mich ab.«

Hier kehrte auch noch – später als sonst – der Geiger von einem Tanzabend zurück. Gleich griffen sie sich ihn, drehten ihm die Taschen um und fanden eine Birne und ein paar Pralinen – Reste vom Ball. Koljuschka hatte sich inzwischen fertiggemacht. Wir nahmen Abschied. Luscha rissen sie mit Gewalt von ihm los. Es war alles sehr traurig. Die Polizisten führten ihn ab. Ich lief hinter ihnen her auf den Hof. Auch dort war Polizei. Sie umringten ihn und brachten ihn fort. Man verteilte sich auf Mietschlitten ... Da rief ich ihm zu: »Koljuschka, leb wohl!«

Er hörte es nicht. Sie fuhren ab ... Ich lief hinterher, glitt an der Ecke aus und fiel hin. Nacht. Keine Menschenseele zu sehen, nur Laternen. Ich blieb an der Ecke stehen, und ein Hausknecht sagte zu mir: »Geh schon, geh ... Du erfrierst ...«

Ich weiß nicht mehr, wie ich in meine Wohnung fand. Luscha saß in dem Chaos wie versteinert da, und Tscherepachin kühlte ihr die Stirn mit Wasser aus einer Kelle. Und schalt, was Zeug und Leder hält.

»Haaa! ...« schrie er. »Sind selber Hunde, und legen sich auch noch Hunde zu!«

Er tobte regelrecht. Und nur der Geiger tröstete uns.

Er war sehr schmächtig und hustete stark.

»Auch Jesus Christus hat im Kerker gesessen ...«

Tscherepachin aber spielte sich in einem fort auf.

»Ich kann euch nur nicht in eurem Kummer allein lassen, sonst würde ich's ihnen zeigen!«

Nachdem wir alles wieder in die Kisten gestopft hatten und die Ordnung einigermaßen hergestellt war, gingen wir schlafen; aber wer findet schon Schlaf, wenn ihm ein Stein auf dem Herzen liegt? Luscha weinte in einem fort. Auch Natascha schluchzte hinter ihrem Wandschirm. Und die Muttergottes von Kasan blickte im Schein des Ewigen Lämpchens auf uns und unser hilfloses Dasein herab ...

Ach, wie bitter das alles war! Und als was für Menschen sich diese Untermieter entpuppt hatten! Später habe ich alles verstehen gelernt. Damals aber verwünschte ich sie, verwünschte alles auf der Welt, sogar die Herzensgüte andern Menschen gegenüber. Wer waren sie – die Menschen? Wie vielen hatte ich gedient, und wie gedient! Und wer erwies mir einen Dienst? Ich habe viele gesehen, und viele sind im Restaurant an mir vorübergezogen ... Und keine Folgen. So war es in allem – keinerlei Folgen für mich. Von den Herrschaften habe ich nichts Gutes gesehen. Gewiß, sie hatten ihre eigenen Angelegenheiten im Kopf, aber ein freundliches Wort hätten sie schon dann und wann für uns finden können ... Und wieviel Ängste und Nöte man ausstand ... Wie viele Tränen wir in einem stillen Winkel vergossen, Luscha und ich ... Bei uns im Restaurant aber war es tagaus, tagein hell und warm, die rumänische Kapelle spielte, und die Gäste speisten zu ihren Klängen und waren fröhlich und zufrieden ... Und ich bediente sie, Kummer im Herzen, zur Musik. Was scherte es sie, was sich da innen, in meinem Herzen tat? Sie hatten alles und brauchten sich um nichts zu sorgen. So ist es im Leben nun einmal eingerichtet ...

16

Ich habe in meinem Kummer viel durchgemacht, und mein Herz ist wie ausgebrannt. Aber wen kümmert das? Niemand. Weh tut es nur dem, der selber weint, sich in einen andern versetzen und ihn verstehen kann. Und solche Menschen habe ich kaum gesehen. Jedenfalls nicht in meiner Umgebung, nicht unter den Leuten, mit denen ich zu tun hatte. Denn es gibt heute keine Heiligen mehr wie früher und wie es in der Heiligen Schrift geschrieben steht. Die Menschen heute sind von anderer Art und trachten eher danach, fünf Rubel mehr in der Tasche zu haben. Und erst später erkannte ich, daß es auch Menschen gibt, die man nicht sieht und die alles erfassen ... Ich habe es durch mein eigenes Leid erfahren und kann sie nicht schmähen, wie andere es tun. Mein Gewissen läßt es nicht zu. Sie besitzen nichts und sind arme Schlucker wie ich, vielleicht sind sie noch schlimmer dran ... Der Herrgott sieht alles und wird über alles Gericht halten.

Ich fand damals die ganze Nacht keinen Schlaf und überlegte in einem fort, an wen ich mich wenden könne. Und ich ging im Geist alle einflußreichen Gäste durch, die in unserem Restaurant verkehrten. Und ich suchte sie auf. Die einen ließen mich gar nicht erst vor, die anderen sagten, sie hätten nichts damit zu tun und könnten mir nicht helfen. Ich war sogar beim Gerichtsvorsitzenden, aber der zuckte nur die Schultern und erklärte ebenfalls, das ginge ihn nichts an. Dabei war er von allen hoch geachtet, und alle bei uns grüßten ihn. Und niemand interessierte sich dafür. Sie zuckten nur die Schultern und redeten sich rasch heraus.

Was habe ich in dieser Zeit nicht alles erlebt! Warum nur die Menschen heute alle so hart sind? Ich bin sowohl auf dem Revier als auch in allerlei Dienststellen gewesen ... Und niemand wußte etwas. Sie hatten ihn festgenommen, aber niemand wußte etwas! Auch im Gefängnis dasselbe – wir wissen nichts. Sie werden benachrichtigt. Ich ging zum Geistlichen, zu meinem Beichtvater, aber der schüttelte nur den Kopf und sagte – warum haben Sie ihn so erzogen? Wie das – erzogen? Erzogen hatte ihn die Schule, aber auch die nicht fertigerzogen, sondern davongejagt. Und hatte er bei mir etwa Schlechtes gesehen? War er denn wirklich so schlecht?

Ich war wohl fünf Tage nicht im Restaurant gewesen, so hatte mich alles mitgenommen. Als ich hinkam – wo hast du gesteckt? Ich erzählte es nicht, ich schämte mich. Bin krank gewesen, und aus. Und da nun klärte mich Ikorkin auf.

»Sie müssen wissen«, sagte er, »daß es bei uns im Statut einen Punkt über Erkrankungen gibt. Sie können Beihilfen aus den Ersparnissen erhalten, nur hat unser Verein bisher kein Kapital ...«

Ich war so bedrückt, und er zeigte so viel Teilnahme, daß ich ihm zu meiner Erleichterung alles erzählte.

Und plötzlich sagte er: »Sie sollten stolz darauf sein! Ich bitte Sie!«

Und er drückte mir die Hand – ein sehr gefühlvoller Mensch. Worauf hätte ich denn stolz sein sollen?

Er zeigte mit dem Finger in den Saal.

»Da sitzen sie und prassen ... Glauben Sie, die würden uns beiden helfen? Ich verstehe jetzt gut, was notwendig ist. Und machen Sie sich keine Sorgen. Ich bin sogar sehr froh für Sie!«

Was für ein hitziger Mensch! Wenn er in diesen Ton verfiel,

sagte er zu allen »Sie«. Dabei hatten wir uns früher manchmal der Tische wegen gezankt.

»Ob ich Stroß bitte, sich für ihn zu verwenden?« fragte ich. »Er hat so viele Bekannte...«

»Dieser Hundsfott! Er wollte sich in unseren Verein einschleichen, aber man kennt ihn bei uns zu gut. Und dann noch eins... Sprechen Sie zu niemand darüber! Es gibt da bei uns ein Zirkular... Man kann Sie aus dem Restaurant entlassen.«

»Weshalb denn das?«

»Weil Sie politisch unzuverlässig sind...«

»Wieso bin ich denn unzuverlässig?«

»Glauben Sie, die denken darüber nach? Sie haben Ihren Sohn verhaftet, also – hinaus mit ihm ... Sie fürchten für die hohen Persönlichkeiten...«

Und er zwinkerte mir zu.

»Wir servieren ihnen doch das Essen!«

Eine Woche später bestellte man mich in eine Dienststelle. Was hab ich mich da gefreut! Aber sie sagten mir wieder nichts, sondern fragten mich nach den Untermietern aus. Was wußte ich schon von ihnen? Sie drohten sogar, mich aus der Stadt auszuweisen, aber erklären konnte ich ihnen nichts.

Und als ich dann völlig verzweifelt war und meine Arbeit nicht mehr anständig verrichten konnte, rief man mich plötzlich in die Küche. Ein Botenjunge trat auf mich zu und fragte: »Sind Sie der Skorochodow, Kellner in diesem Restaurant?«

Er gab mir einen Zettel und ging. Der Zettel aber war von Koljuschka. Wie er es fertiggebracht hatte, ihn mir zu senden, weiß ich nicht. Und ein Gekritzel, daß ich Mühe hatte, etwas zu entziffern. Er schrieb, ich solle mir keine Sorgen machen, man werde ihn, da nichts vorliege, bald entlassen müssen, die Mama und Nataschetschka aber solle ich für ihn küssen. Das war alles, aber ich freute mich doch sehr.

Und danach – keinerlei Nachrichten mehr. Ich ging zu Kirill Sawerjanytsch, doch hier widerfuhr mir eine völlig unpassende Behandlung. Statt eines Trostes bekam ich Vorwürfe und Belehrungen zu hören.

»Ich habe alles vorausgesehen«, sagte er, »und es ist denn auch so gekommen! Alles, wie ich vorausgesehen habe!«

Er tippte sogar mit dem Finger an seine Brust und triumphierte geradezu, daß alles so gekommen war, wie er vorausgesehen hatte.

»Ich kann mich nur wundern«, fuhr er fort, »daß Sie mit dieser Angelegenheit zu mir kommen. Was kann ich Ihnen raten? Ich bin Handelsmann, Geschäftsmann und kann mich in solche Sachen nicht einmischen ... Das hätte ich von Ihnen nicht erwartet!«

Und bei solchen Widerwärtigkeiten verbrachte ich ungefähr einen Monat. Und eines Morgens, als ich aus dem Haustor trat und zum Restaurant wollte, kam ein Unbekannter hinter mir her.

»Gehen wir rasch in eine Bierstube!« sagte er. »Ich kann Ihnen helfen ...«

Es klang aufgeregt – als ob er sich fürchte.

»Aber rasch, rasch, ich könnte gesehen werden ...«

Und er lief schon voraus und winkte mir, ich solle folgen. Er war sehr ordentlich angezogen und sprach in höflichem Ton. Wie ich ihm aber nacheilte! Er bog um die Ecke und zeigte auf eine Bierstube. Ich trat ein und bestellte zwei Glas Bier, er aber strikt: »Nein, die bezahle ich ... Ich kenne Ihren Nikolai von der Partei her, ich habe selber allerhand mitgemacht. Ich habe den Auftrag, Ihnen zu helfen ...«

Er sah mich dabei so durchdringend und forschend an.

»Ich muß mich vor den Behörden verbergen«, sagte er, »aber ich will Ihnen helfen. Nur brauche ich dazu eine Unterkunft und einen Paß. Geben Sie mir, wenn Sie einen übrig haben, einen Paß ...«

Ich fragte ihn, wo ich denn einen Paß hernehmen solle, da ja doch jeder nur einen habe; ohne Paß aber könne ich ihn bei mir nicht aufnehmen.

»So sagen Sie mir doch wenigstens«, fuhr er fort, »wohin Ihr Untermieter Sergej Michailytsch gefahren ist – ich habe ihn aus den Augen verloren, während ich im Gefängnis saß. Dann werden wir Ihren Nikolai schon heraushauen ...«

Auch hier konnte ich ihm nichts sagen. Und er beklagte sich über sein bitteres Los. Und ich wieder klagte über meinen eigenen Kummer – da hätte Nikolai die Prüfungen ablegen sollen und sitze der Untermieter wegen schuldlos im Gefängnis.

»Ja«, meinte er, »auch ich trage mein Kreuz für die Genossen ...«

Er ließ den Kopf hängen und sagte mit trauriger Stimme: »Es gibt also keinen anderen Ausweg ...« Und er griff nach meiner Hand. »Hören Sie zu! Gehen wir gleich hin und eröffnen wir ihnen, was wir wissen! Es ist der einzige Weg ... Hol sie alle der Teufel! Ich halt es nicht länger aus! Sagen wir ihnen, was wir wissen, und klären wir alles auf ... Man wird uns vergeben ... Ich finde mich anders nicht mehr zurecht! Dann wird man auch Ihren Sohn freilassen, und ich bekomme einen Paß ... Allein fürchte ich mich hinzugehen ... Wie gut hab ich es früher gehabt! Ihr Sohn könnte ein ebenso schreckliches Schicksal erleiden wie ich ... Kommen Sie!«

Da erklärte ich ihm, ich habe alles, was ich wisse, bei der

Vernehmung schon gesagt, sie hätten ihn aber trotzdem nicht freigelassen.

»Nun ja, dann steht es offenbar schlecht ... Dann kann ich Ihnen nicht helfen.«

Und er ging. Und bezahlte nicht mal das Bier.

Ich war im Innern ohnehin schon völlig zerrissen, nach dieser Unterhaltung aber wurde es um mich herum ganz finster. Und zu allem Überfluß traf mich auch noch der Schlag mit dem Geld. Ich hatte anderes zu tun gehabt, als mich ums Geld zu kümmern, und plötzlich erhalte ich einen eingeschriebenen Brief von jenem Kontor. Sie verlangten eine Nachzahlung in Höhe von hundertfünfzig Rubel von mir. Was tun? Ich zu Kirill Sawerjanytsch. Er aber nannte mich einen Dummkopf.

»Töricht genug von dir, zu warten, bis der Schnee dahinschmilzt«, sagte er. »Ich habe meine vor gut drei Wochen verkauft und zweihundert Rubel daran verdient.«

»Und warum haben Sie mir nichts gesagt?« fragte ich.

»Wie sollte ich denn zu dir, wenn deine Wohnung jetzt überwacht wird? Ich kann mich doch nicht bloßstellen!«

Da sagte ich voll Bitterkeit zu ihm, so könne nur jemand handeln, der ungebildet und gefühllos ist. Das war ihm peinlich, und er riet mir, rasch hinzugehen und alles zu verkaufen, damit ich nicht völlig ruiniert werde. Und ich verkaufte schleunigst alle meine Papiere und trug einen Schaden von einhundertachtzig Rubel davon.

Ade mein Häuschen ... Schön wär's gewesen ...

17

So vergingen zwei Monate, und von Ostern merkten wir nichts. Eines Tages erklärte mir Natascha: »Ich lege die Prüfung ab und werde Kassiererin in einem Geschäft. Bei Butt & Brot, der Onkel meiner Freundin ist dort Geschäftsführer und hat es mir versprochen ...«

Nun ja, sagte ich mir, das ist sehr annehmbar. Arbeiten doch heutzutage sogar gebildete Männer für dreißig Rubel im Monat als Schaffner bei der Straßenbahn. Während sie eine Stelle für vierzig Rubel in Aussicht hat. Da wird sie Kassenbons ausgeben. Sie hat gelernt, und das ist die Belohnung dafür. Immerhin besser als Telefonistin werden. Obwohl man heutzutage selbst da ein Diplom braucht. Es ist alles sehr schwierig geworden.

»Ich werde euch von den Sorgen befreien, werde fünfzehn Rubel für Kost und Logis abgeben und selber aufatmen ...«, sagte sie.

Da fuhr Luscha sie an: »Also aus Dankbarkeit gegen uns ... Mehr als fünfzehn Rubel sind wir dir wohl nicht wert ...«

Und sie gab richtig frech zurück: »Soll ich vielleicht wie eine Bettlerin herumlaufen? Ich muß mich jetzt kleiden und alles Notwendige für mich kaufen ... Am wichtigsten ist es jetzt, gut angezogen zu sein ...«

Sie war in allem so frei geworden.

»Ich habe es satt, abgerissen herumzulaufen! Auch ich will etwas vom Leben haben ... Alle haben jetzt solche Ansichten ... Soll ich mich euretwegen einschränken?«

Und kein einziges Buch hatte sie gelesen, immer hatte sie nur ihre Schleifchen und das Herumgealber im Kopf ...

»Leben will ich, solange ich jung bin ...«

Und immerfort drehte sie sich vor dem Spiegel und redete von ihrer Schönheit. Ich bin nun einmal hübsch, ja, hübsch ... Alle sagten es und verdrehten ihr damit den Kopf.

Und sie hatte mit der Mutter eine äußerst hitzige Unterhaltung, ja sie gerieten regelrecht aneinander. Nataschka zerriß der Mutter sogar die Jacke – aus Wut darüber, weil die sie eine Vogelscheuche genannt hatte. Da hab ich's ihr aber gegeben – sie hat nicht schlecht gejammert. Ich zauste sie, Gott verzeih mir, in der Erregung erbarmungslos am Zopf ... So mit der Mutter umzugehen, und das will gebildet sein! Doch sie, der Nichtsnutz, drohte in ihrem Eigensinn: »Ich kann ja auch von euch fortziehen! Ich werde auf eigenen Füßen stehen und leben, wie es mir paßt!«

Nur im Gymnasium hatte man sie so verdorben ... Es wurde vorwiegend von Kaufmannstöchtern besucht – in diesem Gymnasium hatte sie eine Tante, die Schneiderin war und Beziehungen hatte, untergebracht –, und an den Kaufmannstöchtern eben nahm sie sich ein Beispiel. So auch im Putz ... Für die war es natürlich eine Kleinigkeit, hundert oder zweihundert Rubel für irgendwelchen Plunder hinauszuwerfen, und da versuchte sie eben, sich mit ihren Groschen nach der Decke zu strecken, um nicht schlechter zu sein als die.

Und wieviel Verführungen es gab! Was jetzt überall für Geschäfte und Auslagen waren! Da geh ich an einem freien Tag vielleicht einmal mit Nataschka spazieren, und sie bleibt vor jedem Schaufenster stehen und weiß sich vor Begeisterung nicht zu lassen. Ach, ist das schön, ach, wie prächtig jenes! Nein, wie entzückend! Und sie ist wie benebelt und kann es einfach nicht fassen. Und eine ganze Herde von ebensolchen Gänsen steht vor den Scheiben herum und macht begehrliche Augen. Es fehlt ihnen an Willenskraft, daran vorbeizugehen. Und was wird durch diesen Glanz alles geweckt! Das muß man sich mal überlegen! Wie viele geraten auf die schiefe Ebene! Ich weiß ein Lied davon zu singen.

Und wenn es mir einerseits auch sehr angenehm war, daß Natascha Aussicht auf diese Stelle hatte, machte ich mir andererseits auch Gedanken. Man braucht bei dieser Arbeit sehr viel Charakterstärke, weil ein Fräulein dabei in mancherlei Abhängigkeit gerät. Das Publikum verlangt nun mal, daß alles sehr sauber und angenehm für das Auge ist. Und die Geschäfte haben – zwecks Anlockung des Publikums – sehr darauf acht. Eben aus diesem Grunde sieht man auch immer mehr weibliches Personal, besonders Hübsche und Junge. Es gibt Geschäfte, in denen geradezu Schick verlangt wird. Alles soll zueinander passen: die Aufmachung und die Angestellten. Auf das Drum und Dran wird größter Wert gelegt. Irgendein häßliches Entlein stellt man gar nicht erst an. Es sei denn, sie versteht es, sich besonders gut zu putzen und zurechtzumachen, damit sie den Anforderungen entspricht. Nun, und die Lage der Fräulein ist dann gewöhnlich auch keineswegs leicht. Die Nichte eines Gevatters von mir bekam eine Stelle in einem Hutsalon, und der Eigentümer bemühte sich um ihre Gunst und Liebe. Nun ja ... Und als sie ihm widerstand, ließ er sie in sein Arbeitszimmer kommen – angeblich, um über Geschäftliches mit ihr zu reden – und sagte: »Entweder Sie geben nach und gehen auf meine Liebe ein, oder ich werfe Sie morgen hinaus.«

Und er versuchte, sie mit Gewalt zu küssen. Sie aber fiel in Ohnmacht und sitzt heute im Irrenhaus.

Und woher kommt das alles? Vom Aufreizen, vom Verlokken. All dieser Putz, all diese Lockenfrisuren ziehen mit Gewalt die Blicke auf sich, und wenn eine hübsch ist, dann kann sie durch ihren Putz so aufreizend wirken, daß selbst ein anständiger Mensch zum Verbrecher wird, ja Gewalt anwendet, was bei mangelnder Selbstbeherrschung und laxem Verhalten in dieser Frage auch vorgekommen ist. Heute findet man in allen Betrieben sehr viel weibliches Personal und erkennt auch seine kommerzielle Abhängigkeit vom Mann. Wozu sollte ein Mann auch eine gesetzliche Ehe eingehen, wenn er eine Unzahl Mädchen zur Verfügung hat? Und wie leicht kommt eine vom Wege ab und ist verloren! Heute wirft der Geschäftsführer oder der oberste Kommis ein Auge auf sie, und morgen ist es ein Kunde, der ihr Aufmerksamkeiten erweist, und übermorgen ein zweiter und ein dritter … Agafja Markowna, die Heiratsvermittlerin, hat schon ganz recht – die Ehe ist heute zur Seltenheit geworden, die meisten kommen jetzt ohne den Segen der Kirche aus.

Ich war Nataschas wegen sehr beunruhigt, aber was soll man machen, wenn das Leben nun einmal so ist …

Nach Ostern aber bekam ich die Erlaubnis, Koljuschka zu besuchen. Wir unterhielten uns durch ein Gitter und vor den Leuten mit ihm – wie mit einem Zuchthäusler. Aber es ging, er hielt sich die ganze Zeit sehr tapfer. Und als er sich am Ende der Sprechzeit von uns verabschiedete, sagte er weiter nichts und sah uns nur mit Tränen in den Augen an.

Wir nahmen also Abschied. Ich mußte Luscha gewaltsam fortziehen. Dann standen wir am Tor, die Bächlein rannen, die Schneedecke taute ab. Wir konnten uns nicht entschließen zu gehen. Und Luscha weinte leise.

Ich versuchte, sie zu trösten: »Mit Tränen hilfst du ihm

nicht, es ist ihm wohl von Gott bestimmt … Aber eins sei dein Trost – er ist schließlich kein Zuchthäusler, sondern ein Politischer!«

Ich wußte damals schon ganz genau Bescheid, durch einen Herrn Kusnezow, der in den Zeitungen über Brände und Diebstähle schrieb. Wir hatten das frei gewordene Zimmer an ihn vermietet, und er war sehr gebildet, nur äußerst säumig beim Zahlen und hatte auch allerlei Besuch, was mir hinsichtlich Nataschas peinlich war.

Und Ende April wurde Koljuschka zur Ansiedlung in ein entferntes Gouvernement verbannt – er durfte nicht einmal vorbeikommen und sich verabschieden. Ich ging danach zum Staatsanwalt und erkundigte mich.

»Man hat ihm nichts nachweisen können«, sagte er, »es ist aufgrund einer besonderen Vorschrift geschehen – wegen Aufsässigkeit in Gedanken.«

In Gedanken! Wer weiß denn schon, was ich denke! Für meine Gedanken wäre ich vielleicht längst zu Zwangsarbeit verurteilt!

Nataschas Prüfungen waren vorbei, und plötzlich erklärte sie uns: »Ich fange bei Butt & Brot als Kassiererin an, mit vierzig Rubel im Monat.«

Ich war nicht schlecht erstaunt. Andere mußten monatelang suchen, und hier ging alles wie geschmiert.

»Ich habe eben Glück! Mir sind auch die Lehrer immer gefällig gewesen. Ich brauchte dem Onkel meiner Freundin, der dort Geschäftsführer ist, nur etwas zu sagen, und schon hatte er mich untergebracht.«

Ich ging hin und erkundigte mich – es stimmte. Der Geschäftsführer war äußerst gewandt, ein Stutzer mit himmelblauem Tüchlein in der Außentasche. Und sehr höflich.

»Uns ist es nur angenehm«, sagte er, »wir brauchen Menschen mit Bildung ... Die verrechnen sich nicht ... Auch Sie sind, wenn ich nicht irre, im Handel tätig?«

Ich sagte ihm, ich hätte mit Schreibmaschinen zu tun. Später erteilte ich Nataschka einen Verweis, weil sie wieder geschwindelt hatte. Sie aber war auch noch gekränkt.

»Was Sie auch immer haben! Sollen sie es mir überall unter die Nase reiben?«

Und überhaupt war sie sehr selbständig geworden und machte mit der Mutter, was sie wollte. Drei Tage plagte sie sie mit einem neuen Kleid.

Eines Nachts kehrte ich aus dem Restaurant zurück. Auf einmal reichte mir Luscha einen Stock, und an dem Stock waren meine Initialen in Silber angebracht.

»Hier, schau dir an, was sie alles für dich übrig hat!« sagte sie. »Sie ist lieb.«

Es war ein sehr schöner Stock.

»Sie hat fünf Rubel dafür bezahlt, mit Ermäßigung übers Geschäft. Von ihrem ersten Gehalt – sie haben ihr einen Vorschuß gegeben. Und mir hat sie einen Hut gekauft, ebenfalls für fünf Rubel ...«

Und sie setzte ihn vor meinen Augen auf. Ich war ehrlich gerührt. Sonst hatte mir Nataschka immer die Zähne gezeigt, und plötzlich ... von ihrem ersten Verdienst ...

Ich schlich mich zu ihr ins Zimmer hinter den Wandschirm – sie schlief. So richtig rosig sah sie aus, die Lippen waren geöffnet und lächelten. Ich küßte sie, und sie wurde wach.

»Danke für das Geschenk, Taschetschka ...«, sagte ich.

Da lächelte sie so nett, legte mir den Arm um den Hals und gab mir einen Kuß. Dann holte sie eine schöne Birne unter dem Kopfkissen hervor, eine Marie-Louise, und gab sie mir.

Ich war überglücklich, während Luscha danebenstand und brummte: »Verschwenderin ... Versteht das Geld nicht zusammenzuhalten ...«

Und Natascha begann regelmäßig zum Dienst zu gehen.

18

Ungefähr drei Monate waren vergangen, wir näherten uns schon dem September. Sonst waren jede Woche Briefe von Koljuschka gekommen, und plötzlich – nichts. Und wieder begann ein Feldzug zu uns in die Wohnung. Sie sagten nichts, lasen die Briefe durch – Luscha verwahrte sie in ihrem Nähkästchen –, beschlagnahmten sie und gingen. Erst eine Weile später erzählte mir der Bezirksvorsteher, Koljuschka sei aus der Siedlung entwichen.

Das alles regte uns sehr auf.

»Nun ja«, sagte ich zu Luscha, »sollen wir weinen? Mit Tränen kann man nicht helfen …«

Aber sie war schließlich die Mutter, eine Frau! Herr Kusnezow aber erklärte mir: »Ihr Sohn wird bald in aller Munde sein!«

Ich kam am nächsten Morgen ins Restaurant, und man sagte mir: »Da steht was in den Zeitungen über dich – daß dein Sohn geflüchtet ist, und von der Haussuchung bei dir.«

Und sie zeigten es mir. Ich war sprachlos. Da stand es – haarklein! Mein Vor- und Vatersname, der Familienname und in welchem Restaurant ich beschäftigt war – alles! Das hatte ich Kusnezow, dem Untermieter, zu verdanken.

Und plötzlich erklärte mir Ignati Jelissejitsch: »Du bist auf Anordnung von Stroß entlassen. Geh ins Büro. Ich kann es nicht ändern.«

Zuerst verstand ich ihn nicht.

»Wieso – entlassen? Weshalb denn, wofür denn?«

»Wieso denn, wofür denn! Er hat es angeordnet, und damit basta.«

Ich ließ die Arme hängen. Dann hin zu Stroß, zu seinem Arbeitszimmer. Ich wurde vorgelassen. Er saß im Sessel und rührte mit einem Löffelchen in seinem Kaffee.

»Ja«, sagte er, »was ist da zu machen! Du kannst bei uns nicht mehr bedienen.«

Er sah mir dabei aber nicht in die Augen.

»Wir sind gewissen Bestimmungen unterworfen … Es wurde schon früher von uns verlangt, aber ich habe dich noch gehalten, während ich jetzt, wo alles bekannt ist, auch das von unserem Restaurant … nichts für dich tun kann.«

»Gustav Karlytsch«, sagte ich, »aber wofür denn? Ich setze mich das dreiundzwanzigste Jahr nach bestem Wissen und Gewissen für Ihre Interessen ein …«

Mir kamen sogar die Tränen. Er aber erhob sich und ging auf und ab.

»Ich kann beim besten Willen nichts daran ändern! Du bist ein guter Kellner, aber ich kann nicht. Das einzige, was ich für dich tun kann – das tu ich …«

Er nahm den Telefonhörer ab, verlangte das Büro und ordnete an: »Zahlen Sie Skorochodow die Kaution und fünfundsiebzig Rubel als Beihilfe aus!«

Es gab mir einen Stich ins Herz, und ich sagte zu ihm: »Das also ist der Lohn für meine Dienste! Ich habe alles abgegeben, was ich bei Ihnen zwischen den Tischen fand, und jedes zerbrochene Glas bezahlt … Das ist kränkend!«

Er raschelte mit den Papieren und wurde rot.

»Nicht wir sind daran schuld, nicht wir! Wir sind mit dir zufrieden, aber wir haben unsere Grundsätze …«

Ja, sie haben ihre Grundsätze … Grundsätze für alles. Für

alle Dienste, die sie leisten … Geld – das ist ihr ganzer Grundsatz! Man kann auch in die geheimen Gänge, niemand hat etwas dagegen. Ein Stäubchen aber auf dem Tisch, ein Krümel auf dem Fußboden – darauf wird streng geachtet. Für einen Fleck am Frack und für Servietten, die nicht ganz sauber sind, gibt es einen Verweis … All das ist ja auch unbedingt erforderlich. Was aber die zweiundzwanzig Jahre betrifft …

Ich sah ihn an, sah, wie er behäbig im Sessel saß und in den Papieren auf dem Tisch herumsuchte, und wollte ihm offen meine Meinung sagen. So richtig … von Mann zu Mann … Aber die Worte blieben mir in der Kehle stecken. Alles war bei ihm so behaglich … die Teppiche, der Zwieback …

»Nur eins natürlich«, sagte ich, »sterben müssen wir alle!«

»Schon gut, genug jetzt, genug! Ich habe dir gesagt – ich kann es nicht ändern!«

Und er rührte in seinem Kaffee.

Ich ging ins Kellnerzimmer. Man bemitleidete mich natürlich und schimpfte auf die Direktion. Schimpft nur, von mir aus … Ikorkin bewies viel Mitgefühl und drückte mir die Hand. Er werde es im Verein zur Sprache bringen, sagte er. Und regte sich sehr auf. Ich wandte mich an den Maître d'hôtel: »Das ist nun der Lohn für meine treuen Dienste, Ignati Jelissejitsch …«

Und auch er drückte mir die Hand und sagte: »Schade, du hast in deinem Fach was los! Ich will zum Sommer ein Gartenrestaurant pachten und stelle dich als Oberkellner ein. Sprich doch im Frühjahr vor …«

Ich kam in den Weißen Saal. Hier, auf seinem Parkett, hatte ich viel Kräfte gelassen, und doch tat es mir leid … Zweiundzwanzig Jahre! Aber ich hätte schließlich wissen müssen, daß ich nicht ewig in diesen Räumen wandeln würde! Und ich schämte mich vor den Leuten … Man warf mich hinaus wie einen Spitzbuben, und wie hatte ich hier geschafft, wie viele Gäste zufriedengestellt! Nicht die geringste Spur von all dieser Arbeit blieb übrig – alles für die Katz, nur in den Beinen spürte man's.

Ich nahm meine Kaution und die Beihilfe in Empfang, und als ich durch einen Seitenausgang auf die Straße trat und am Haupteingang vorbeikam, fuhr Herr Karassew gerade in seinem Auto vor, und der Portier half seiner Geliebten beim Aussteigen – derselben, die bei uns in der Kapelle Geige gespielt hatte. Er hatte sie uns doch noch abspenstig gemacht, sie erst beim Theater untergebracht und dann zu sich genommen! Und wie wunderbar sie jetzt aussah, und in welchem Staat sie herumstolzierte ... Es traf mich wie ein Vorwurf!

Und die hatte mir damals leid getan! Dabei hatte sie den Herrn Karassew mit ihrer Ziererei so eingewickelt, daß sie ihn völlig in die Hände bekam. Ja, die hatte sich durchgesetzt, obwohl sie alles in allem nur ein paar Pfund wog, was aber manche sehr mögen. Klein und dünn wie ein Eichhörnchen, aber schau einer an, wie sie das Glück am Schopf gepackt hatte!

Ich ging damals nicht gleich nach Hause. Wie sollte ich's Luscha sagen? Sie war sehr krank und bekam neuerdings Herzanfälle. So irrte ich ziellos umher.

Ich setzte mich in eine Bierstube, ich stand auf einer Brücke herum. Stand da und blickte ins Wasser – wie es dahinströmte ... Alle waren geschäftig, hasteten an mir vorbei, oder sie standen in den Läden, nur ich hatte keine Beschäftigung ... Wohin sollte ich mich wenden? Ich wollte schon zu Kirill Sawerjanytsch gehen, aber dann fiel mir ein, wie er den Mund verzog und wie er zwinkerte, und ich ließ es bleiben. Und plötzlich befand ich mich in der Straße, wo wir früher gewohnt hatten, bei den Fräulein Pupajew. Ich kam am Haustor vorbei. Sah das Schildchen von der Fürsorgetätigkeit der Fräulein, ihr Auto vor der Tür, im

Auto saß mein Bekannter, der Chauffeur – er rauchte eine Zigarette. Wir begrüßten uns, und ich schämte mich – als stünde mir auf der Stirn geschrieben, daß ich entlassen war.

Dann rief mich eine Frau an, sie hatten über uns gewohnt, der Mann war Lokomotivführer. Sie fragte nach Luscha, und ob ich sie nicht besuchen käme ... Sie lud mich zum Tee ein, ich aber merkte – sie prüfte mich mit dem Blick, wieso ich nicht im Restaurant war. Ich sagte ihr, ich hätte meinen freien Tag und wolle Iwan Afanasjitsch besuchen. Der pensionierte Lehrer fiel mir gerade ein. Es ging ihm sehr schlecht, wie sich herausstellte. Aber wenigstens einer, der ein Herz für die anderen hatte ...

Ich kam zu ihnen in die Wohnung, er aber war in der Küche, hinter einem Wandschirm untergebracht. Dort hatte man eine Ecke für ihn abgeteilt.

Sein Sohn war im Dienst, die Frau sah mit Lockenwickeln im Haar zu mir heraus und meinte ärgerlich: »Was soll ihm bei seinem Zustand noch ein Besuch? Aber kommen Sie schon herein ...«

Ich war ganz verwirrt. Dann ging ich zu ihm in die Küche, legte aber nicht ab. Er lag hinter dem Wandschirm auf einem Sofa, eine Zeitung über dem Kopf, und döste vor sich hin. Die Luft um ihn herum war äußerst schwer. Die Köchin rief ihn an.

»Er verstänkert mir die ganze Küche«, sagte sie. »Er verfault von innen und muß sich mehrmals am Tage erbrechen – sieht aus wie Ruß ...«

Er erkannte mich und brach in Tränen aus. Dann versuchte er, sich aufzurichten, griff sich aber gleich an den Bauch. Sein Zustand war jämmerlich. Ich setzte mich auf einen Hocker neben ihn.

»Ja, ich habe schon zu leiden. Morgen soll ich ins Krankenhaus, in die Geschwulstklinik ...«

Ich sah genauer hin – da krochen auf ihm diese ... entschuldigen Sie ... Insekten herum.

»Sie sehen, wie ich lebe ...«, sagte er. »Ich bin vier Monate nicht im Dampfbad gewesen, sie bringen mich nicht hin. Sie müßten ein Zimmer für mich mieten, aber es ist ihnen zu teuer ...«

Er schloß die Augen und schüttelte sich.

»Ja, Jakow Sofronytsch ... die Gebote Gottes ... Möchten Sie ein Glas Tee?«

Die Köchin aber steckte den Kopf zu uns herein und flüsterte: »Verdammte Betrüger ... Zahlen mir den dritten Monat kein Gehalt, tragen lieber alles auf die Bank ... Pack!«

Und er zu mir: »Ich habe sie mit Mühe und Not überredet, mich in die Klinik zu schaffen. Dort setzen sie mich wenigstens in eine Badewanne. Ja, Jakow Sofronytsch ... die Gebote Gottes ...«

Und da erzählte ich ihm von meinem eigenen Kummer. Er aber sagte zu mir: »Sie sollten glücklich sein! Sie leiden für Ihren Sohn, ich muß durch meinen leiden. Nicht mal die Enkeltochter darf zu mir – wegen der Ansteckungsgefahr ...«

Und als ich nach dem Besuch bei ihm ins Freie trat, war ich bedeutend gefaßter. In welcher unglücklichen Lage sich andere befanden! Da ging es mir noch – Gott sei Dank!

19

Es geschah mancherlei. Luscha bekam wieder einen Herzanfall, wir mußten alle Lüftungsklappen aufreißen. Und der Untermieter Kusnezow entschuldigte sich vielmals bei mir.

»Das habe ich nicht vorausgesehen«, sagte er. »Ich wollte nur gut von Ihrem Sohn schreiben.«

Und er schämte sich so, daß er gleich am folgenden Tag von uns fortzog. Als hätte ihn das Schicksal zu uns verschlagen, um uns zu schaden. Etwa drei Tage später erschien auf einmal Ikorkin bei mir. Ich unterhielt eigentlich gar keine besondere Freundschaft mit ihm, aber er kam und sagte: »Unser Verein hat vorerst noch kein Geld, wir haben jedoch beschlossen, Sie einen Monat lang zu unterstützen – mit einer Kopeke von jedem Kellner. Hier bitte, drei Rubel ...«

Und er steckte die Hand hinter das Revers, wie die Herrschaften bei Jubiläen taten. Ich entgegnete ihm, so schlimm sei meine Lage noch nicht und meine Tochter helfe mir, doch er bestand darauf.

»Sie dürfen sich nicht genieren, von Kollegen etwas anzunehmen. Nur muß ich Sie um eine Quittung über genannte Summe bitten ...«

Er blieb nicht einmal zum Tee. Ja, der verstand es, sich in meine Lage zu versetzen!

Und abends sagte plötzlich Tscherepachin zu mir: »Hier haben Sie die Adressen von fünf Konditoren, ich spiele für sie auf Bällen, sie werden Sie mit Vergnügen als Oberkellner einsetzen. Ich habe mit ihnen gesprochen.«

Ich bedankte mich bei ihm für die Aufmerksamkeit und sagte, solche Beziehungen hätte ich schon; ich war entschlossen, mich vorläufig als Aushilfskellner zu verdingen.

So ging ich zu einer anderen Arbeit über – als Lohnkellner. Das ist natürlich nicht so ehrenvoll, aber leben kann man davon. Ich fing also an, obwohl es mein Ehrgefühl traf. Diese Arbeit ist bedeutend niedriger – man hat es schwerer und ist abhängiger. Heute für einen Konditor, morgen für einen anderen, und wieder Nachtarbeit – vor der siebenten Stunde wird man nicht fertig. Und dann die Verantwortung! Auf den Bällen sind alle möglichen Leute. Sie stehlen das Neusilber, vom echten ganz zu schweigen. Man muß streng zu den Hilfskellnern sein, und das ist nicht mein Fall. Und dann muß man sich auch anpassen können und wissen, um wen man herumscharwenzeln muß, damit der Respekt zum Ausdruck kommt. Wenn zum Beispiel gegen Mitte des Balls die Piroggen mit Kaviar herumgereicht werden – zuerst zu den Eltern des Bräutigams und gleich danach zu denen, die Einfluß auf diese Heirat gehabt haben! Da eben muß man ein bißchen herumscharwenzeln! Das haben sie alle sehr gern, einer wie der andere. Und gerade hier kann man danebenhauen und Unannehmlichkeiten haben.

Da saß einmal ein altes Frauchen in der Ecke, und ich überging sie – sie sah nach nichts Besonderem aus, ich trug die Piroggen an ihr vorbei und bot einer dicken Dame an. Da zog mich aber das alte Frauchen vielleicht am Frackschoß! Dabei war sie dürr wie ein Gerippe … Und was sie vor allen Gästen für ein Geschrei erhob!

»Ich gebe meiner Enkelin die Mitgift, und ihr tut, als wäre ich Luft! Klären Sie Ihre langschößigen Dummköpfe auf!«

Und dann überhaupt … In den Restaurants fällt das mit dem weiblichen Geschlecht nicht so auf, während es auf den

Hochzeitsbällen, besonders im Kaufmannsstand, hinsichtlich dieser Frage sehr schlecht bestellt ist. Die jungen Leute aus diesem Stand sind äußerst forsch und suchen im stillen die Kirschen im Garten gewisser leichtsinniger Mädchen zu pflücken, die durch die Tänze, die Musik und den heimlichen Konsum am Büfett aufgereizt sind. Man findet sich unwahrscheinlich rasch! Meist sind es junge Frauen, die es bei ihrem Familienstand sehr schwer haben und nach einer günstigen Gelegenheit ausschauen. Hier muß man höllisch aufpassen, damit es keine Unannehmlichkeiten gibt.

Da tritt so ein gesetzter Herr auf einen zu und sagt geradeheraus: »Beobachte doch mal, ob die da im gelben Kleid ... und der mit dem Schopf ... Hab doch mal ein Auge darauf ...«

Klar, worauf man ein Auge haben soll!

Oder ein Stutzer mit roten Backen und Vatermörder zwinkert einem zu und verlangt: »Wo gibt es denn hier einen sturmfreien Winkel bei euch?« Und steckt einem einen Rubel zu.

Und oft genug ist Krach wegen des Essens oder des Imbisses. Ein aufreibender Dienst. Sie kommen, um zu essen und sich zu amüsieren, und unsereins quält sich wie ein armer Sünder zur Musik. Sieht man es sich genauer an, dann sind wir alle ziemlich fertig und haben ein Beinleiden, oder wir haben es auf der Brust. Dazu kam bei mir der plötzliche Übergang aus den warmen und hellen Spiegelsälen mitten in die Zugluft und allerlei andere Unbequemlichkeiten ...

Und überhaupt war mein ganzes Leben ein Bedienen bei fremden Festgelagen ... Das ganze Leben – ein einziges Restaurant. Ringsum wird tagaus, tagein getrunken und gepraßt, und unsereins schleppt sich mit Tabletts und Schüsseln ab und sieht zu, wie andere schlingen und zechen. Und das ganze Leben lang klingen einem Polkas und Walzer in den Ohren, klirren

Gläser und Geschirr, klappern Bestecke. Und Finger, die einen heranwinken … Dabei möchte man so gern einmal aufatmen, möchte fühlen, daß man eine lebendige Seele hat, möchte die Lungen mit frischer Luft vollpumpen, denn in der Brust rumort es, und in der Nase spürt man vom Dunst und Qualm, von den Speise- und Weingerüchen ein ewiges Kitzeln … Sehr unangenehm.

Ungefähr zwei Monate schlug ich mich so als Lohnkellner durch, und der Gedanke an Koljuschka quälte uns sehr – er blieb verschollen. Luscha ging zu den Wahrsagerinnen. »Es stehen Veränderungen zum Guten bevor«, hieß es.

In diesen Tagen kam auch noch ein Befremden über Natascha hinzu. Sie kehrte abgespannt aus dem Geschäft zurück und saß teilnahmslos da. In der ersten Zeit war sie noch ins Theater gegangen und übermütig gewesen, jetzt aber verkroch sie sich in ihren Winkel und schwieg.

Luscha meinte, man müsse zusehen, sie unter die Haube zu bringen … Aber wie heiraten, wo heutzutage die Männer immer mehr dem Junggesellendasein zuneigten? Und was hatte ich schon für Bekannte – lauter Kellner und Köche, und aus denen machte sie sich nichts. Der einzige, der nicht zu unserem Gewerbe gehörte, war Kirill Sawerjanytsch, aber der hatte sich völlig von mir zurückgezogen. Als ich ihn eines Tages auf der Straße traf, wich er auf die andere Seite aus …

Ich versuchte, Natascha auszufragen, aber sie gab mir immer ein und dieselbe Antwort: »Worauf Sie aber auch kommen! Ich langweile mich einfach, außerdem habe ich mich um fünf Rubel verrechnet …«

Sonst war sie immer so leichtsinnig gewesen, was waren für sie fünf Rubel! Und ich beschloß, in ihr Geschäft zu gehen und mich zu erkundigen, ob man mit ihr zufrieden sei.

Man fuhr mich mit dem Fahrstuhl hoch, ich kam herein, als wäre ich ein Kunde, und erblickte sie.

Da saß meine Nataschetschka in ihrem Käfig und stempelte Kassenbons ab. Und er, der Geschäftsführer, ging immerfort umher und überwachte alles; darin bestand eben seine Arbeit – umherzugehen und alles zu überwachen. Hier machte er einen Bleistiftvermerk, dort rüffelte er jemand, oder er plauderte mit einigen Fräulein in deutsch. Ich trat auf ihn zu, so daß Natascha es nicht sehen konnte, und erkundigte mich, ob sie sich denn gut eingearbeitet habe.

Und sofort sprudelte er los: »Sogar sehr! Und sie verrechnet sich auch nie, ich bin durchaus zufrieden.«

Und er spielte mit dem Monokel und wippte von den Spitzen zu den Hacken und wieder zurück.

»Ganz ausgezeichnet ... sie ist erstaunlich fleißig ... im vollsten Sinne des Wortes ...«

Und ein leichter Pomadegeruch ging von ihm aus. Ich war getröstet. Vor Natascha ließ ich mich aber nicht blicken, damit sie nicht etwa gekränkt war. Das mit den fünf Rubeln war also geschwindelt. Natürlich, sagte ich mir, sie langweilt sich einfach, außerdem ist sie in einem kritischen Alter und lebt äußerst solide ...

Ich ging nach Hause und näherte mich schon unserer Gasse, da höre ich irgendwo neben mir: »Papa!«

Ich blickte mich um – er! Koljuschka! Ich traute meinen Augen nicht und war mächtig erschrocken, er aber huschte rasch in eine Seitengasse und winkte mir zu.

Mein Herz klopfte heftig, ich spürte meine Beine nicht mehr. Er war stark abgemagert und trug nur einen leichten Mantel, obwohl die Fröste schon eingesetzt hatten.

Wir suchten eine Bierstube auf und setzten uns in den hinteren Raum. Der Kellner ging, um Bier zu holen, und Koljuschka ließ mich nicht zur Besinnung kommen, sprang auf, schloß mich in seine Arme und setzte sich wieder. Wir sahen einander an und lachten.

»Da bin ich!« sagte er. »Sie haben mich wohl nicht erwartet?«

Er hatte mich in der Nähe unserer Wohnung abgepaßt, sich aber nicht nach Hause getraut. So war nun mal seine Lage. Er wirkte auch sehr unruhig und nervös. Ich versuchte, ihn nach allem auszufragen, zu erfahren, wie er lebte – er ging auf nichts ein.

»Reden wir nicht von mir ... Erzählen Sie lieber von sich!«

Was war von mir schon zu erzählen! Ich sagte ihm, wie alles gegangen war – daß man mich entlassen hatte und daß ich jetzt auf Bällen servierte. Er runzelte die Stirn und biß sich auf die Lippen.

»Ja«, sagte er, »das ist bitter ...«

Und er wurde sehr traurig. Dann erkundigte er sich nach der Mutter und nach Natascha. Da sagte ich mit Gefühl zu ihm: »Kolja! Mein lieber Sohn! Kehre zu uns zurück, hab Mitleid mit dir selber! Melde dich bei der Obrigkeit! Es liegt doch nichts gegen dich vor – vielleicht verzeiht man dir ...«

Er wurde sogar böse. Darüber sei kein Wort zu verlieren, ich solle das lassen, und Schluß.

»Wie siehst du denn aus!« sagte ich. »Du führst doch ein wahres Hundeleben! Wenn Natascha heiratet, stehen wir ganz allein, und das Alter naht ...«

Und er immer nur: »Lassen wir das ... Es ist für mich so bedrückend.«

Seine Stirn, sein Gesicht legten sich in Falten. Ich konnte die Tränen nicht unterdrücken, aber auch er war erregt und klopfte nervös mit dem Glas auf die Tischplatte.

»Schon gut, schon gut ... Ich freue mich sehr, daß ich Sie wiedergesehen habe. Vielleicht werden wir bald wieder beisammen sein, und es kommt alles ganz anders ...«

Nach der Mutter sehnte er sich sehr, man merkte es aus der Unterhaltung.

Ich fragte ihn, wo er untergekommen sei – er sagte es nicht. Er sei nur für zwei Tage hier, auf der Durchreise. Ich ärgerte mich, daß er es sogar mir verheimlichte. Und eine solche Bitterkeit befiel mich, daß ich sagte:

»Die vermaledeiten Untermieter haben dich vom Wege abgebracht. Wären sie nicht, du wärst bei uns und hättest deine Prüfung abgelegt ... Jetzt ist die Mutter ganz gebrochen ...«

»Hören Sie auf! Sie kennen die Menschen nicht!«

»Ich kenne sie sehr gut«, entgegnete ich. »Es ist immer dasselbe – sie ziehen einen Unerfahrenen hinein, und sie selbst ...«

Er ließ mich nicht einmal ausreden.

»Gut, dann will ich es Ihnen sagen! Sergej Michailytsch ist nicht mehr ...«

Und er sah mich so vielsagend an. Mir aber wurde nur noch weher. Geradezu unheimlich. Ich bat ihn aufs neue, sich von ihnen zu trennen. Und dann kam mir plötzlich ein Gedanke. Ich fragte ihn nach der Lebensgefährtin von jenem, der Untermieterin. Und ich sah ihm dabei in die Augen. Aber nichts. Er entgegnete sehr ruhig, sie sei gar nicht seine Lebensgefährtin gewesen, sondern die Schwester. So kam ich auch hier keinen Schritt weiter.

Später riß er ein Blättchen aus dem Notizbuch, schirmte die Augen ab und schrieb etwas.

»Hier, geben Sie das Mama ... Sagen Sie ihr, Sie haben den Zettel von jemand bekommen ... Und sagen Sie, ich arbeite irgendwo in einer Fabrik ... im Ural ...«

Ich war sehr bedrückt. Er schien mein Sohn und wiederum auch nicht. Ich merkte, daß es auch ihm sehr schwerfiel. Er ergriff meine Hand und sah mir in die Augen ...

»Wie mager Sie geworden sind, Papa ...«, sagte er.

Und plötzlich mußte er zwinkern.

Wir traten auf die Straße hinaus, und draußen war es schon dunkel.

»Nun, ich muß in diese Richtung ...«, sagte er. »Nehmen wir Abschied.«

Wir umarmten uns im Dunkeln neben einem Zaun, und ich bekreuzigte ihn rasch, wie ich es früher getan hatte. Dann gaben wir uns einen Kuß.

»Wir werden uns wohl nicht mehr wiedersehen?«

»Ach doch, wir werden schon ...«

Das war alles, was er sagte. Und wir trennten uns. Ich sah ihm nach, während er in der Dunkelheit verschwand.

Dann wandte ich mich nach Hause. Vom Glockenturm läutete es zur Abendandacht. Ich trat in die Kirche, um meine Seele zu erleichtern und den Stein vom Herzen zu wälzen ...

Aber mir wurde keine Erleichterung zuteil.

20

Ich hatte in letzter Zeit das Gefühl, es werde sich unbedingt etwas Schlimmes ereignen ...

Ich gab Luscha den Zettel und sagte ihr, ich hätte ihn über das Restaurant bekommen. Sie glaubte mir. Er schrieb ihr so lieb, daß sie geradezu strahlte. Sie bekam ein rosiges Gesicht und konnte nicht mehr stillsitzen. Plötzlich wurde ihr schlecht. Sie riß sich das Kleid über der Brust auf. Bekam keine Luft. Wir brachten sie zu sich, und es ging. Sie brach in Tränen aus. Saß still und weinte in einem fort ...

Und in der Nacht bekam sie einen neuen Anfall. Sie richtete sich im Bett auf und sank auf die Seite, immer weiter auf die Seite ...

Wir holten einen Arzt, aber sie war schon tot. Herzschlag.

Und wir begruben sie. Ich verlor damals völlig den Kopf ...

So hatte Koljuschka nicht mal Abschied von seiner Mutter genommen ...

Ja. Und dann plötzlich tat sich was mit Natascha. Die Mutter war längst beerdigt, sie aber wollte und wollte nicht zur Arbeit gehen. Sie irrte wie ein Schatten durch die Wohnung und knackte mit den Fingergelenken. Legte ein Knie auf den Stuhl und starrte aus dem Fenster. Und Tscherepachin war immerfort um sie bemüht und brachte ihr Wasser oder zählte Beruhigungstropfen für sie ab. Mir gegenüber war er in letzter Zeit sehr reizbar, ja er herrschte mich gelegentlich sogar an, und nur zu ihr blieb er immer der alte.

»Natalja Jakowlewna, beruhigen Sie sich ... Natalja Jakowlewna, regen Sie sich nicht auf ... Nehmen Sie diese Tropfen ein ...«

Sie aber fuhr ihn an: »Lassen Sie mich in Frieden, lassen Sie mich endlich in Frieden!«

Oder sie verkroch sich in eine Ecke und klimperte auf der Mandoline. Die Mutter war noch nicht kalt, und sie machte Musik! Sie brachte mich so weit, daß ich ihr das Instrument entriß und auf den Boden knallte. Wie es in mir aussah! Mein Herz klopfte und hämmerte ...

Von Butt & Brot waren bereits zwei Zettel gekommen – sie solle zum Dienst erscheinen. Sie las sie durch und zerriß sie. Und soviel ich sie auch beruhigte und in sie drang, was denn nun mit ihr sei, ich bekam immer dieselbe Antwort: »Ich habe alles satt, alles!«

Da entschloß ich mich, zu Kirill Sawerjanytsch zu gehen und ihn zu bitten, er möge sie beeinflussen, denn er besitze ja die Gabe des Wortes. Hier jedoch traf mich ein neuer Schlag.

Ich kam in einem völlig unpassenden Augenblick. Da stand ich vor seinem Laden und traute meinen Augen nicht. Sämtliche Spiegelscheiben in Scherben, die Wachsfigürchen zertrümmert, als hätte ein Schadenfeuer gewütet. Ich komme zu ihm herein, er läuft im Pelz, aber ohne Mütze herum und liest Perücken und Flakons vom Fußboden auf.

»Was ist passiert?« frage ich.

Und er in seiner Kopflosigkeit droht mir mit dem Finger.

»Da ... die ganze höhere Parfümerie und alle meine Musterfrisuren ... Nein, das klage ich bei der Verwaltung ein! Das ist doch unerhört!«

»Kirill Sawerjanytsch! Waren das etwa Ihre Gesellen?«

Er aber fiel über mich her: »Was heißt Kirill Sawerjanytsch? Der bin ich für dich schon lange nicht mehr! Du bist wohl gekommen, dich an dem Anblick zu weiden? Da habt ihr sie, eure Söhnchen, diese Schufte! Für tausend Rubel Schaden!«

Es war, wie sich herausstellte, ein Überfall gewesen. Die Druckereien streikten, und gegen die, die noch arbeiteten, ging man vor und schloß sie gewaltsam. Und eben eine solche Druckerei befand sich nebenan. Kirill Sawerjanytsch war aus seinem Laden herausgetreten, hatte zwecks Aufrechterhaltung der Ordnung auf die Leute eingeredet und in der Erregung sogar von seiner Trillerpfeife Gebrauch gemacht. Nun ja, und da ergab sich eben ein gegenseitiges Mißvergnügen. Sie fielen über seinen Laden her.

Ich versuchte, ihn zu beruhigen, und lud ihn ein, mich zu besuchen. Ich sagte mir, es würde ihn vielleicht ein wenig ablenken, denn er war regelrecht erschüttert. Er aber fiel mit allerlei Ausdrücken über mich her: »Ich zu dir? Ich würde sogar die Stiefel wegschmeißen, in denen ich bei dir gewesen bin! Das alles kommt nur durch solche wie deinen Sohn, diesen Schuft! Sie allein hetzen die Leute auf! Aufhängen, abknallen sollte man sie durch die Bank, die verdammten Hunde!«

Da aber konnte ich mich nicht länger beherrschen. Ich trat auf den Bürgersteig hinaus, steckte den Kopf durch das zertrümmerte Fenster und sagte mit aller Bestimmtheit: »Was Sie da sagen, mag ja gut und klug sein, und trotzdem ist es schade, daß man so einem Schweinehund wie Ihnen nicht den Schädel zertrümmert hat!«

Ich war äußerst erregt. Er aber erstarrte zu Stein.

»Wiederholen Sie das, wiederholen Sie das!«

Ich spie nur aus und ging.

So endete meine Freundschaft mit diesem Mann, der sich durch Freundlichkeit und Schlauheit wie eine Schlange in mein Herz eingeschlichen hatte, sich aber in seinen Handlungen nicht als gebildeter Mensch, sondern als hartherzig und bösartig erwies. Er konnte zwar schön über die Wissenschaften reden, aber was waren seine Worte schon wert! Ich habe manchen gekannt, der wunderschön reden konnte, und was kam dabei heraus? Da äußert einer ein bißchen Mitgefühl, raucht verträumt seine Zigarre, und damit hat sich's. Nein, du mußt auf mich zukommen, mußt mich beruhigen, mußt mit mir weinen und deine Zigarre vergessen ... Das sollte die wichtigste von allen Wissenschaften sein.

Und eines Tages fährt der Geschäftsführer von Butt & Brot im Luxusmietschlitten bei uns vor. Prächtig gekleidet, im Pelzmantel mit Biberkragen. Natascha empfing ihn, und sie redeten miteinander – ich hörte nicht, wovon. Sie schloß auch selber die Tür hinter ihm ab. Ich erkundigte mich, aus welchem Anlaß er gekommen war.

»Es sind da Mißverständnisse zwischen uns vorgekommen ... Er hatte mir einen Verweis erteilt, war aber jetzt hier, um sich zu entschuldigen ...«

Und ich erriet aus ihrem Gesichtsausdruck, daß da etwas nicht stimmte ... Aber brachte man's denn aus ihr heraus? Außerdem hatte ich anderes im Kopf.

Und sie ging wieder zum Dienst.

Tscherepachin aber war damals völlig durcheinander. Sobald es Abend wurde, schmerzte ihm der Kopf. Er umwickelte ihn mit einem Handtuch und saß im Dunkeln. Eines Tages brachte er aus irgendeinem Garten ein Zweiglein mit und steckte es in eine Flasche mit Wasser.

»Was wollen Sie denn damit?« fragte ich.

»Das soll eine Überraschung zum Weihnachtsfest werden ...«

Er war sehr seltsam geworden, und ich fragte mich schon, ob er nicht übergeschnappt sei. Eines Nachts höre ich ein Rumoren in seinem Zimmer. Er redete auf den Geiger ein, und sehr nachdrücklich: »Zieh dich an, zieh dich an! Fahren wir! Du hast dort elektrisches Licht und Koteletts ... Sie werden dich mit Suppe füttern ...«

Der Geiger aber flehte: »Was zerren Sie an mir herum, Polikarp Sidorytsch? Lassen Sie mich in Frieden!«

»Nein, nein! Gib mir Gelegenheit, eine Tat zu vollbringen! Ich werde vor den Ärzten eine Rede halten ... Du kannst hier nicht bleiben, hier ist die Temperatur zu hoch, und es zieht von den Fenstern ...«

Die Temperatur bei uns war in der Tat sehr hoch – wenn man spuckte, gefror die Spucke zu Eis.

Er lag ihm in den Ohren und ließ nicht locker. Und der wieder kam ihm mit allerlei Ausflüchten:

»Ich habe keine Galoschen, ich werde mich erkälten.«

»Ich schenk dir meine!«

»Die sind mir doch zu groß. Ich werde auch hier nicht sterben ...«

»Hier stirbst du bestimmt!« Er redete ihm zu wie einem kranken Huhn, einfach zum Lachen. »Während sie dich dort mit Wein bewirten werden ...«

Da ging der Geiger seinerseits zum Angriff über: »Sie wollen mich nur loswerden, weil Sie fürchten, ich werde meine Ecke nicht bezahlen! Aber ich werde bald wieder arbeiten gehen ...«

Hier trat eine Pause ein.

»In solchem Fall können Sie nicht ins Krankenhaus. Daran habe ich nicht gedacht ...«

Das aber waren schon die ersten Anzeichen bei ihm.

Eines Morgens komme ich von der Arbeit zurück. Tscherepachin schläft nicht. Er öffnet mir in Kleidern und sagt geheimnisvoll und mit zitternder Stimme – er greift sich dabei immerfort an den Kopf: »Mit Natalja Jakowlewna hat sich etwas ereignet ... Sie hat heute nacht geweint, um drei Uhr. Ich kann das nicht länger mit ansehen. Manchmal kommt sie erst mitten in der Nacht nach Hause ...«

Ich fragte mich, ob er sich das nicht einbilde. Er fuhr jedoch durchaus vernünftig fort: »Sie hat ja keine Mutter, und Männern fällt es vielleicht nicht so auf. Wenn jemand ihr etwas angetan hat!« Und er knirschte sogar mit den Zähnen. »Da ist etwas in ihrem Inneren ...«

Ich ging zu Natascha hinein – sie schlief. Ich heizte den Samowar an und holte Weißbrot, da schlug es bereits acht, und ich hörte, daß sie wach war. Ich ging aufs neue zu ihr hinein und fragte, warum sie so spät nach Hause gekommen sei; der Hausknecht habe es mir erzählt.

Und sie von oben herab zu mir: »Ich bin doch wohl kein Kind mehr! Ich verdiene meinen Unterhalt selbst und schulde Ihnen keine Rechenschaft ...«

Sie kämmt dabei ihr Haar und zerrt den Kamm durch, daß es nur so knistert. Ich mache ihr Vorwürfe, sie aber schleudert den Kamm in die Ecke und fällt über mich her: »Was starren Sie mich an? Wann hat dieses verdammte Leben ein Ende?«

»Was hast du nur? Tscherepachin hat gehört, wie du nachts geweint hast ...«

»Und wenn schon! Mir war nach Weinen zumute, und da habe ich eben geweint! Und überhaupt – lassen Sie mich mit Ihrem Tscherepachin zufrieden!«

Und sie warf mit ihren Jacken herum und hastete hin und her.

»Ich danke dir«, sagte ich.

Sie setzte sich, um Tee zu trinken, knabberte etwas Weißbrot, und fort zum Dienst. Ich hatte nichts herausbekommen.

Zwei Wochen vergingen. Sie kam zwei- oder dreimal erst spät in der Nacht zurück. Wenn ich was sagte, immer dieselbe Antwort – ich bin kein Kind mehr, ich war bei einer Freundin zu Besuch. Bald befiel sie Trübsal, dann saß sie da und schmollte, bald klimperte sie auf der Mandoline. Sie hatte sich eine neue angeschafft. Ich konnte das alles einfach nicht verstehen. Und eines Abends kommt sie vom Dienst nach Hause und zieht sich rasch um. Streift sich Glacéhandschuhe über – bis hierher ...

»Wo willst du hin?«

»Ins Theater. Darf ich nicht ins Theater?«

Und sie fuhr. Es war nach drei Uhr nachts, als es klingelte.

»Warum so früh?« fragte ich.

»Weil es nicht später ist!«

Richtig frech. Sie lief einfach an mir vorbei und raschelte mit den Röcken. Eine Wolke von Parfüm um sie herum. Sie riß die Handschuhe herunter und warf sie in die Ecke.

»Das dulde ich nicht länger!« sagte ich. »Du darfst nicht in Schande kommen!«

»Das ist meine Sache!«

»Wieso – deine? Und wer wird dich verheiraten, wer gibt dir die Aussteuer?«

Sie zuckte die Schultern wie einst Koljuschka.

»Ich habe nicht die Absicht zu heiraten! Außerdem möchte ich Ihnen etwas sagen. Ich bin Ihnen nur im Wege, und auch mir selbst ... Das habe ich satt ... Ich werde lieber getrennt von Ihnen leben.«

Ich war von diesen Worten wie erschlagen.

»Ein Familienleben gibt es bei uns ja doch nicht ... Wir sehen uns gerade noch am Morgen ...«

Es kam gezwungen heraus, als spräche nicht sie, sondern ein anderer.

»Aha … das ist es! Du willst ein freies Leben führen? Also gut, dann sage es geradeheraus, stoß mir das Messer ins Herz! Sprich es doch aus, ich werde dich nicht schlagen! Du willst ein freies Leben führen?«

Sie wandte sich ab und schwieg. Es tat mir weh, es ängstigte mich sogar, daß sie schwieg.

»So sprich schon, Natascha! Sprich schon, mein gutes Kind …«

Sie fuhr herum und ballte die Fäuste.

»Was soll ich Ihnen denn sagen? Was?«

»Aber du bist doch die ganze Zeit nicht mehr du selbst! So schau mir doch in die Augen! Nun … Du kannst es nicht? Natalja!« forderte ich. »Sag's lieber geradeheraus!«

Sie blickte zu mir auf, sah aber über meinen Kopf hinweg und überlegte. Da beschloß ich, sie zu rühren.

»Hier«, sagte ich, »von der Wand herunter blickt dich die Mutter an … Sage es mir um ihres Andenkens willen … Warum willst du den Vater verlassen? Für wen habe ich denn gelebt?«

Da warf sie sich mir an den Hals und schmiegte sich an mich.

»Wenn Sie wüßten, wie schwer mir ums Herz ist …«

»So sag es doch schon, Kind, so sprich schon …«, flüsterte ich, und mein Herz war voller Qual.

»Es ist einfach unbequem für mich, bei Ihnen zu leben. Ich bin verlobt …«

»Wie das – verlobt? Mit wem?«

»Mit Wassili Iljitsch, unserem Geschäftsführer.«

»Ja, warum weiß ich denn nichts davon? Und wieso mußt du deshalb ausziehen? Nein, da stimmt etwas nicht!«

»Er kann mich im Augenblick noch nicht heiraten … seine Großmutter erlaubt es nicht …«

Ich stieß sie von mir. Sie widerte mich auf einmal an.

»Das ist gelogen!« sagte ich. »Gelogen! Ich werde alles in Erfahrung bringen! Ich gehe morgen zur Firma!«

»Hier – ich schwöre es Ihnen bei Christus! Ich will Ihnen alles sagen!« Sie war denn doch erschrocken. »Sie haben es selber gewollt! Ich liebe ihn. Er wird mich heiraten ...«

Da wurde mir alles klar. Und ich nannte sie ... Aber dann brach ich zusammen. Es war, als hätte etwas mein Inneres versengt.

Als ich zu mir kam, lag ich auf meinem Bett und war linksseitig gelähmt.

Es dauerte zwei Wochen, bis ich mich einigermaßen erholt hatte. Sie pflegte mich, und Tscherepachin half ihr. Auch der Arzt kam öfter vorbei. Sie war so lieb und freundlich. Sie saß die Nächte hindurch an meinem Bett. Und als ich dann genesen war, sagte sie zu mir: »Papa, Sie waren im Irrtum ... Wassili Iljitsch will selber mit Ihnen sprechen. Erlauben Sie?«

Und plötzlich trat er ein, als hätte er auf dem Sprung gestanden.

Da sagte ich ihm geradeheraus, daß es sehr unschön von ihm sei, so zu handeln. Er war jedoch durchaus nicht verlegen und begann, sich zu rechtfertigen, der Schuft: »Ich liebe Ihre Tochter und würde sie auf der Stelle heiraten, aber Großmutter wünscht es nicht ... Sie will mich mit einer Million verheiraten, aber ich suche einen Menschen ... Sie wird nicht länger als ein Jahr machen, denn sie ist zuckerkrank, und die Ärzte versichern übereinstimmend ... So ziehe ich die Angelegenheit eben hin, damit sie mich nicht enterbt ... Sie ist sehr wohlhabend.«

Und er setzte mir auseinander: »Wir erben von der Großmutter ein Kapital und eröffnen ein Geschäft. Sie werden sehen, was für ein Leben Ihre Tochter haben wird … Ich schwöre es Ihnen!«

Und er schlug das Kreuz. Hier trat Natascha hinzu und umarmte mich. Er aber flötete weiter: »Das sind doch alles Vorurteile … Wir sind wie Mann und Frau, nur eben auf ziviler Basis. Und ich sehe Sie als meinen Vater an, denn ich bin Waise … Kommen Sie doch zu mir in die Wohnung, und schauen Sie sich an, wie ich lebe …«

Und Natalja zu mir: »Wie schön es bei ihm ist! Er hat einen Kamin, Papa. Und auch ein kleines Landhaus …«

Und der zu mir: »Kommen Sie doch zu uns heraus, wir werden zusammen Tee trinken. Wir haben auch ein Boot und können angeln.«

Wie hübsch er das alles darstellte!

»Ich will Ihre Natja kleiden wie eine Puppe …«

Und alles hörte sich so einfach an. Sie machten mich ganz irre – es sei eigentlich nichts dabei.

»Und glauben Sie nicht, ich schätze Ihren Beruf gering! Ich habe mit Natja sogar ein bißchen gescholten – warum sie es mir verheimlicht hat. Ich bin sogar stolz darauf …«

Er nahm mich mit seinen Worten so für sich ein – erstaunlich! Und Natalja flüstert mir in das andere Ohr: »Er bezieht dreitausend Rubel Gehalt!«

Und der wiederum:

»Ich habe ein bißchen Geld. Ich bekomme zusätzlich meine Prozente und Kommissionszuschläge von den Lieferanten. Für schlechte Zeiten langt es …«

»Ach Papa, er hat das Leben vor mir aufgetan! Wir waren zum Rennen, und er hat dort für mich gesetzt und zweihundert Rubel im Toto gewonnen, ich soll dafür einen Persianermantel bekommen …«

Es kam mich bitter an, aber ich nahm die Sünde auf meine Seele. Und ich erlaubte ihr, fortzuziehen. Was sollte ich machen, wenn alles nun einmal so gekommen war? Es war ja doch nicht mehr zu ändern.

Sie luden mich immerfort ein, und Natascha kam mehrmals zu mir. Schließlich besuchte ich sie. Sie bewirteten mich mit Kaffee und zeigten mir ihre ganze Einrichtung. Alles sehr schöne Sachen. Die Lieferanten von Butt & Brot hatten sie ihm geschenkt. Allein das Büfett war zweihundert Rubel wert. Ich saß am Kamin und rauchte die Zigarre, die sie mir angeboten hatten. Er hatte Natascha wirklich einen wunderbaren Persianermantel gekauft – war wohl dreihundert Rubel wert, er aber hatte ihn durch seine Beziehungen für hundert bekommen. Und sie lebte bei ihm im Hause wie seine Ehefrau. Da drückte sie auf die elektrische Klingel, das Dienstmädchen kam herein, und sie sagte in diesem gewissen Ton zu ihr: »Bringen Sie das, bringen Sie jenes! Und wieso dauert es so lange mit dem Samowar?«

Wo sie das herhatte, weiß ich nicht. Sie trug einen hellblauen Morgenrock und sah nicht wie ein kleines Mädchen, sondern wie eine richtige Dame aus. Und dennoch fühlte ich mich bei ihnen bedrückt – alles stand irgendwie kopf.

Hätte ich je geglaubt, daß es so kommen würde?

21

Ich gab die Wohnung auf und mietete ein Zimmer. Was sollte ich mit der Wohnung? Den alten Geiger brachten wir im Krankenhaus unter, und Tscherepachin nahm ich einfach mit – er bettelte so lange, bis er mich schließlich überredet hatte.

»Ich kann nicht allein sein«, sagte er. »Ich fürchte mich ...«

Auch Nataschas Fortzug hatte ihn sehr mitgenommen. Kaum sagte man etwas von ihr, starrte er einen an und fragte: »Warum dieser Sturz in den Abgrund?«

Nur sprach er in letzter Zeit sehr undeutlich, ja er brachte keinen Satz zu Ende, und die Worte kamen verdreht bei ihm heraus. Er ging jedoch zur Arbeit, wenn er verlangt wurde. Waren wir aber frei, dann setzten wir uns hin und spielten Sechsundsechzig – nur verwechselte er neuerdings die Farben. Oder er redete allerlei krauses Zeug.

»Fahren wir doch mal einfach zu den Türken ... Da wächst nämlich der Tabak. Oder nach Sibirien. Dort gibt es sehr viel Gold, und man kann sich eine Eisenbahn kaufen und alle befördern ...«

Und einmal kam er auf das Petroleum.

»Wozu Petroleum kaufen? Man holt aus der Apotheke Augenkraut und läßt es im Wasser ziehen ... Und man erhält Petroleum!«

Er war nicht mehr ganz richtig. Und ich nahm mich allmählich sogar vor ihm in acht. Suppe aß er nur noch aus der hohlen Hand. Und als ich ihn eines Tages antraf, wie er auf dem Fußboden mit Holzklötzchen spielte, bat ich einen mir bekannten

Polizeiarzt, er solle ihn einmal untersuchen. Der klopfte ihm die Knie ab, sah sich die Augen an und ließ ihn etwas schreiben, als ihm dann aber Tscherepachin mit dem »Augenkraut« kam und auseinandersetzte, es gedeihe nur auf Stutentalg, sagte er geradeheraus, er leide an Gehirnparalyse und könne bald tobsüchtig werden.

Er versprach, ihn in einem Krankenhaus unterzubringen. Tscherepachin aber ging noch am gleichen Abend Posaune blasen, kehrte jedoch zu meiner Verwunderung schon bald mit Paketen beladen zurück. Sie enthielten wohl zehn Pfund Pfefferminzgebäck und fünf Schachteln kandierte Nüsse. Er schüttete alles auf den Tisch.

»Da, greifen Sie zu! Suppe brauchen wir nicht zu kochen, halten wir uns an die Pfefferminzkuchen...«

»Aber wo ist denn Ihre Posaune?« erkundigte ich mich.

Er schlenkerte nur mit dem Kopf und warf einen Zettel ins Feuer – wir hatten den eisernen Ofen angeheizt.

»Die habe ich zur Pfandleihe gebracht. Mir brummte davon der Schädel... Jetzt bin ich endgültig erlöst!«

Er setzte sich nieder, legte den Kopf auf die Hand und blickte ins Feuer.

Und da nun begann etwas Schreckliches. Das Leben stand wieder still. Man hörte, wie draußen geschossen wurde.

Wir waren alle erschüttert. Die Zimmerwirtin hatte fünf Töchter, ihr Mann war Wiegemeister und streikte wie die anderen, sie jammerte in einem fort, man werde ihn entlassen. Mich aber packte die Angst um Koljuschka. Da lag ich und dachte – er ist natürlich irgendwo dabei. Und plötzlich verschwand Tscherepachin. Er hatte immerfort gelauscht, war immerfort im Zimmer auf und ab gegangen, dann unbemerkt auf die Straße entschlüpft – und fort war er. Wo sollte man ihn suchen? Ich machte mich aber doch auf und wollte mich nach ihm umsehen, aber bei uns an der Ecke war eine Sperrmauer errichtet. Er blieb die Nacht über fort und kehrte erst gegen Abend des nächsten Tages zurück. Die Kleidung war zerfetzt, als hätte man ihn über ein Nagelbrett gezogen. Und auch sein Blick war unheimlich.

»Sie sollten zu Hause sitzen!« herrsche ich ihn an.

Er aber greift nach meiner Hand und sagt seelenruhig: »Kommen Sie … Da ist sehr viel Volk …«

Ich kanzelte ihn ab und drohte ihm, ich würde ihn ersuchen, auszuziehen, und da beruhigte er sich eben. Er saß den ganzen Tag am Fenster und sah den Krähen neben der Müllgrube zu.

Und in dieser bedrückenden Stimmung brach das Weihnachtsfest an.

Ich stand am frühen Morgen auf, im Zimmer eine Hundekälte, die Fenster völlig vereist. Der Tag aber war heiter, die Sonne schimmerte durch die Scheiben. Ich trat ans Fenster. Und eine solche Schwermut befiel mich … Feiertag, und keine Menschenseele, die einem nahestand … Allein an einem solchen hohen Feiertag …

Sonst war es bei uns zu Weihnachten immer so festlich gewesen. Luscha stand schon in aller Frühe auf und knetete den Teig für die Piroggen … Es duftete nach Gänsebraten, nach Ferkel mit Grützefüllung und Suppe von Innereien … Suppe von Innereien aß Koljuschka sehr gerne … Ich hatte stets ein frisches gestärktes Hemd über die Stuhllehne gehängt und auch den Gehrock griffbereit, um mich zum Mittagsgottesdienst umzuziehen. Und immer verteilte ich an alle Geschenke. Zuerst war Luscha, mein Hausmütterchen, dran … Ihr überreichte ich ein gutes Parfüm, Eau de Cologne und Geld für ein Kleid. Natascha bekam Geld für Theaterkarten, und Koljuschka auch … Ich ging und weckte sie, riß sie aus ihren Träumen und gab ihnen einen Klaps auf die bewußte Stelle ... Wir aßen, wie sich das gehört, zu Mittag ...

Und dieses Weihnachtsfest nun erlebte ich unter so schrecklichen Umständen.

Ich blickte aus dem Fenster in den Frost, und mein Herz war bedrückt ... Feiertäglich läuteten die Kirchenglocken ... Und plötzlich sehe ich auf dem Fensterbrett, gleich neben den vereisten Scheiben, Blumen ... Es war der Zweig, den Tscherepachin mitgebracht und in eine Flasche mit Wasser gesteckt hatte – er war mit Blüten übersät. Weiße Blüten vom Faulbeerbaum ... Und sie dufteten sogar – wie im Frühling ... Mir wurde sonderbar zumute. Es war wie ein ungewöhnliches Weihnachtsgeschenk ...

Ich sah mich nach Tscherepachin um; er lag auf dem Rücken und starrte zur Zimmerdecke.

»Hier«, sagte ich, »Ihr Zweiglein ... es ist aufgeblüht!«

Und ich brachte es ihm. Er sah es sich an, streckte die Hand zu ihm aus und streichelte die Blüten ... Aber ganz vorsichtig. Und über sein Gesicht glitt ein sonderbares Lächeln. Er sagte jedoch nichts.

Es gab so einen alten Brauch. Man brach am Namenstag der heiligen Katharina einen Faulbeerbaum- oder Kirschbaumzweig ab und steckte ihn in eine Flasche mit Wasser – sofern man eine Katharina im Hause hatte. Und man wünschte sich was. Blühte der Zweig am ersten Weihnachtstag auf, dann ging der Wunsch in Erfüllung. So hatte es mir die Wohnungswirtin erklärt.

Der Zweig stand ungefähr drei Tage bei uns, und allmählich fielen die Blüten ab ...

Und ich hatte diese vier Tage keine Arbeit. Ich lag die ganze Zeit auf meinem Bett. Wo sollte ich auch hin und wozu? Alles in meinem Leben war zerbrochen. Tscherepachin war noch bei mir und wanderte in einem fort aus einer Ecke in die andere. Offenbar suchte er seine Posaune.

Und eben da, als ich so niedergeschlagen war und still und stumm auf die kalte Zimmerwand starrte, als ich mein Schicksal und alles auf dieser Welt, mein ganzes lichtloses Leben verfluchte, tat sich in ebendiesem Leben vor mir ein Leuchten auf. Es kam jedoch unter Qualen und Kummer ...

Am fünften Tag nach Weihnachten, als ich gerade zur Arbeit gehen wollte, trat die Wohnungswirtin bei mir ein und sagte: »Da fragt jemand nach Ihnen ... im Flur ...«

Ich nahm an – ein Koch, der geschäftlich bei mir vorbeikommen sollte.

Ich trat in den Flur hinaus, konnte jedoch nicht erkennen, wer da war. Und eine unbekannte, hohe Stimme – eine Frauenstimme – fragte: »Sind Sie Skorochodow?«

Es dunkelte schon, und im Flur war kaum noch etwas zu sehen. Ich sagte, der sei ich, und bat den Besuch ins Zimmer. Ja, es war eine Frau, aber wer – dahinter kam ich nicht.

»Ich bin es ... Wir haben bei Ihnen gewohnt ... Ich bringe Ihnen einen Brief von Kolja ...«

Ich zündete die Lampe an – fast hätte ich sie fallen lassen. Ich zitterte an allen Gliedern. Sie war es, Raissa Sergejewna, die blonde Untermieterin ... In einem Jäckchen, mit einem Baschlik um den Kopf ... Sie erblickte Tscherepachin und wich zurück ... Ich tippte an meine Stirn. Da übergab sie mir einen Zettel.

»Ruhig, bitte ruhig ... erschrecken Sie nicht ...«

Ich konnte einfach nicht lesen ... Als sie es merkte, las sie mir den Zettel vor. Und hielt dabei immerzu meine Hand.

»Weinen Sie nicht ... bitte nicht weinen ...«

Jetzt ist alles vorüber, jetzt ist mir alles bekannt ... Damals aber stürzte es auf mich ein wie eine Lawine. Er wartete in einer anderen Stadt auf seinen Prozeß und schickte mir einen Abschiedsgruß. Wie sie mich in jenen Tagen fand und wie sie alles herausbekam, weiß ich nicht. Wer hatte ihr den Weg gewiesen? Ich weiß es nicht.

Ach, wie er schrieb! Daß er sich so in meine Seele versenken und meinen ganzen Kummer erfassen konnte! Ich bewahrte seinen Brief in meinem Herzen und wußte ihn auswendig ...

»Leben Sie wohl, lieber, guter Papa, und verzeihen Sie mir, was ich Ihnen zugefügt habe ...«

Ich konnte vor lauter Tränen nichts mehr erkennen, sie aber hielt meine Hände in ihren und redete mir so freundlich zu: »Nicht doch ... nicht weinen ...«

Dann ging sie ... Was ist da noch viel zu sagen? Was ich gelitten habe, läßt sich mit Worten nicht ausdrücken ...

22

Ach, was war das für eine Nacht! Endlich wurde es Morgen. Ich packte und fuhr zu ihm. Ich wollte nur eins – ihn antreffen, ihn ein letztes Mal wiedersehen.

Kaum war ich angekommen, fanden sie mich im Hotel heraus, taten mir aber nichts, weil ich geradeheraus sagte, ich habe einen Brief erhalten und sei gekommen, um mich zu verabschieden. Den Brief nahmen sie mit ...

»Warum nicht auch mich?« fragte ich. »Schicken Sie mich zu ihm ins Gefängnis ...«

Man ließ mich jedoch in Ruhe. Ich wohnte dort schon etwa eine Woche, bekam ihn aber nicht zu sehen. Ich streifte in einem fort in der Gegend umher, erfuhr jedoch nichts. Schließlich sagte mir einer vom Gericht: »Fahren Sie nach Hause, Sie erhalten eine Benachrichtigung ... Und regen Sie sich nicht auf – die Untersuchung ist noch nicht abgeschlossen.«

Das war gelogen! Ich fuhr nicht. Am folgenden Tage sollte die Gerichtsverhandlung beginnen. Doch daraus wurde nichts. In der Nacht flohen zwölf Angeklagte ... Acht wurden ergriffen, aber Koljuschka fanden sie nicht ...

Später erfuhr ich, wie sich alles zugetragen hatte ... Und ebenda tat sich gleichsam ein Leuchten in diesem Leben vor mir auf.

Er hatte das Äußerste gewagt und flüchtete durch einen Basar. Und plötzlich stand er in einer Sackgasse, vor einem kleinen Laden. Er stürzte hinein – niemand außer einem alten Mann, der einen Handel mit warmen Kleidungsstücken betrieb. Kolja hatte alles auf eine Karte gesetzt und war mitten unter die Menschen geflohen, und da … als hätte ihm der Herrgott selber den Weg gewiesen!

Er kam also in den Laden gestürzt, ein alter Mann saß in der Ecke und döste in der Kälte.

»Retten Sie mich oder liefern Sie mich aus! Ich kann sonst nirgends hin!«

Das war alles, was er sagte. Ein einziger Augenblick, und sein Schicksal konnte besiegelt sein … Der Alte sah ihn an, faßte ihn am Ärmel und führte ihn hinter die Ständer mit der warmen Kleidung.

»Warte hier, Bursche … Ich gebe dir gleich Bescheid …«

Koljuschka glaubte schon, er würde ihn verraten, aber er irrte sich. Der Alte zog sich in eine Ecke zurück und dachte nach. In dieser Ecke aber hing zwischen Filzstiefeln ein nachgedunkeltes kleines Heiligenbild …

Und der Alte sagte zu ihm: »Nach den Bestimmungen dürfte ich dich nicht bei mir aufnehmen, aber ich kann nicht anders. Du bist selber zu mir gekommen, und es ist deine Sache. Kletter hinunter in den Keller, vielleicht hast du Glück.«

Alle Läden auf dem Basar waren schon geschlossen, nur jener Alte war eingenickt und hatte sich verspätet. Als wäre es Bestimmung gewesen …

Und er ließ ihn in den Keller unter den Laden hinabsteigen. Dann warf er ihm ein Paar Filzstiefel und warme Kleidung hinunter. Und er versorgte ihn auch mit Brot. So hielt er ihn zwei Wochen verborgen; dann fuhr er mit Ware zu einem Basar in irgendein Dorf und schaffte Koljuschka zu nächtlicher Stunde unbemerkt aus der Stadt. Er setzte ihn am Rande eines Waldes ab.

»Gott wird Recht über dich sprechen …«, sagte er. »Geh, ich wünsche dir Glück!«

Ein Wunder war geschehen.

Koljuschka schrieb später an mich: »Ich habe zwei Menschen auf dieser Welt – dich, Papa, und diesen Alten. Und ich weiß nicht einmal seinen Namen …«

Ich bin später noch einmal in jener Stadt gewesen, ich fuhr eigens in den Großen Fasten hin. Um diesen Alten wenigstens zu sehen und ihm ein paar herzliche Worte zu sagen. Ja, ich war da. Ich ging alle Läden ab, in denen mit warmen Kleidungsstücken gehandelt wurde. Es waren vier – drei in den eigentlichen Basarstraßen und eine vierte abseits, in einer Sackgasse. Ich trat ein – tatsächlich, da handelte ein alter Mann. So ein strenger, mit zottigen Augenbrauen und Brille.

Ich kaufte Filzstiefel und Fäustlinge bei ihm und sagte: »Sie haben mir eine große Gefälligkeit erwiesen …«

Er sah mich erstaunt an.

»Wieso Gefälligkeit? Ich habe Ihnen dasselbe abverlangt wie allen. Natürlich hätten Sie im Geschäft fünfzig Kopeken mehr bezahlt, das ist schon richtig …«

Ich sah ihn unverwandt an und entgegnete mit leiser Stimme: »Das meine ich nicht. Sie haben meinen Sohn gerettet!«

Da wich er ein Stück zurück und sagte in strengem Ton: »Ich verstehe nicht, was Sie damit sagen wollen …«

Da sagte ich ihm auf den Kopf zu: »Ich kann es Ihnen natürlich nicht wirklich entgelten … Aber ich will das Abendmahl nehmen und für Sie beten … Sagen Sie bitte, wie heißen Sie?«

Er zuckte die Schultern und lächelte.

»Und trotzdem kann ich das alles nicht verstehen … Wenn Sie es aber unbedingt wissen wollen – ich heiße Nikolai …«

Da – wie sich's traf!

»Mein Sohn heißt auch Nikolai«, sagte ich.

»Sehr angenehm, aber ich habe niemand gerettet ... Ich betreibe einen kleinen Handel, wie Sie sehen.«

Dabei blickte er mich aber aufmerksam an. Es gefiel mir sehr, wie er sich verhielt. Ich blickte mich um, zur Ecke – da hing zwischen Filzstiefeln ein dunkles kleines Heiligenbild. Und ich sagte zu dem Alten:

»Sie sind es! Ich erkenne es hier, an diesem Heiligenbild!«

»Also gut«, entgegnete er. »Fragen Sie doch das Heiligenbild, vielleicht verrät es etwas ...«

Und dabei lächelte er in einem fort. Dann faßte er meine Hand und schüttelte sie.

»Wir wissen von nichts ... Das braucht nur Gott zu wissen ... Und damit Schluß.«

Dann fragte er mich aber doch, in welchem Beruf ich arbeite und wieviel Kinder ich habe. Und als er sich alles angehört hatte, sprach er einen tiefen Gedanken aus: »Ohne Gott kommt man im Leben nicht aus.«

Und ich entgegnete: »Auch ohne gute Menschen ist es schwer.«

»Die Kraft, die gute Menschen in sich haben, kommt von Gott!«

So sagte er. Ja, ein goldenes Wort, das aber viele nicht verstehen und gar nicht verstehen wollen! Sie würden lachen, wenn man es ihnen sagte. Und so einfach dieses Wort auch ist – sie verstehen es nicht. Weil das Leben so hastig vorandrängt, daß man gar keine Zeit hat, es wirklich zu verstehen, wie es nötig wäre. Davon habe ich mich überzeugt.

Und ebenda erhellte sich alles für mich. Die Kraft kam von Gott ... Ach, wie leicht wäre das Leben, wenn alle das verstehen und im Gedächtnis bewahren würden!

Ein unbekannter alter Mann, der mit warmen Kleidungsstücken handelte, hatte mich im Innersten gerührt und mir das Licht der Wahrheit offenbart.

Ich blieb damals, als Koljuschka entflohen war, noch ungefähr eine Woche in jener Stadt. Man forschte mich immerfort aus, ob ich nicht etwas von ihm wüßte. Aber was wußte ich schon? Und ich war all diese Tage und Nächte wie im Fieber. Würden sie ihn fangen oder nicht? Ich drückte mich in den Kirchen und auf den Basaren herum, um etwas zu erfahren. Aber niemand sprach auch nur davon. Sie kauften und verkauften wie überall. Ich kam dicht an ihm vorbei und ahnte nicht, daß er ganz in der Nähe war. Ich ging in die Kanzlei und erkundigte mich, ob sie ihn nicht ergriffen hätten ...

Der Schreiber aber fragte mich:

»Wieso interessiert es Sie so sehr, ob er ergriffen worden ist? Dann wäre doch alles aus ...«

»Deswegen frage ich ja – ich will nur wissen, daß sie ihn noch nicht haben.«

So sagte ich ihm ins Gesicht. Und er zu mir: »Geradezu ungehörig, so zu reden ... Aber kriegen werden sie ihn doch.«

Ich mußte zurück nach Hause. Ich gab dem Wirt meines Gasthofs Geld für einen Brief und für die Briefmarke und bat ihn, mir zu schreiben, falls sie ihn ergreifen sollten.

»Das mache ich unbedingt«, sagte er. »Wir haben alle genug davon.«

Ich kehrte damals in schrecklicher Unruhe nach Hause zurück. Aber was sollte ich machen – ich mußte arbeiten. Tscherepachin war nicht mehr da – sie hatten ihn wegen Tobsucht in die Irrenanstalt gebracht. Er hatte mich immerfort gesucht und alle Fensterscheiben zertrümmert.

Und noch viele Nächte quälte ich mich und fragte ich mich, wieso mir nichts von meinem Leben geblieben war. Natascha ...

Sie war mir fremd geworden ... Außerdem ließ er sie auch nicht zu mir. Es war, als hätte irgendwer alles, was ich im Leben besessen hatte, durcheinandergeworfen und in alle Winde verstreut. Der einzige Trost war, daß ich im Schlaf Vergessen fand. Aber was war das für ein Schlaf! Auch im Traum sah ich immer wieder dasselbe ... Mein ganzes Leben lang hatte ich darauf gewartet, jetzt würde es endlich kommen – jetzt würde es mir gelingen, mich halbwegs einzurichten ... Und was war gekommen? Leere um mich herum.

Erst einen Monat danach kam ein Unbekannter zu mir und sagte: »Sie können ganz beruhigt sein, Ihr Sohn ist in Sicherheit.«

Das war alles. Heute weiß ich bestimmt, daß er in Sicherheit ist, und bekomme durch gewisse Leute Nachricht von ihm. Er lebt sehr weit weg. Und ich werde ihn wohl nicht wiedersehen ...

23

So ging mein Leben wieder seinen gewohnten Gang – tagaus, tagein zur Arbeit auf Bällen oder Abendgesellschaften. Anfang des Sommers aber erinnerte sich Ignati Jelissejitsch, daß ich ein erfahrener Kellner war, und übertrug mir die Aufsicht über die Küche und das Büfett in seinem Gartenrestaurant. Ich bekam die Sache sehr gut hin und wirtschaftete bis zum Ende der Saison dreitausend Rubel heraus.

Er nannte mich sogar einen Wundertäter.

»Nun, Jakow Sofronytsch«, sagte er, »ich will nicht ich sein, wenn ich dir nicht die frühere Stellung in unserem Restaurant verschaffe! Auch die Gäste erkundigen sich öfter nach dir ... Ich spreche mal mit Stroß.«

Er zeigte sich ganz gerührt. Die Zeiten waren ruhiger geworden, und natürlich konnten sie auf meine Lage Rücksicht nehmen, da ich in der bewußten Hinsicht ja völlig harmlos war. Ich brauchte keine Ehrenrettung – wozu auch! Ich wollte nur meinen geraden Weg gehen ...

Da kamen neue Aufregungen für mich; Natascha brachte ein Mädchen zur Welt, und ihr Liebster bestand darauf, das Neugeborene müsse ins Findelhaus. Er hatte auch schon vorher immer verlangt, sie solle es nicht zulassen, würde sie aber schwanger, dann müsse sie sich einem Eingriff unterziehen. Sie aber verheimlichte es ihm, solange es irgend ging. Sie kam auch mehrmals zu mir, denn sie fürchtete sich vor dem Eingriff; ich riet mit aller Entschiedenheit ab. »Nimm dein Kreuz auf dich, Natascha«, sagte ich zu ihr. »Es wäre Mord!«

Und als er dann drohte, er werde sie dazu zwingen, ging ich zu ihm hin und verlangte eine Erklärung. Er wurde sehr hitzig.

»Was haben Sie damit zu tun?« fuhr er mich an. »Sie haben Ihrer Tochter erlaubt, mit mir zu leben, überlassen Sie es also mir, über meine Angelegenheiten zu befinden!«

Mir war, als hätte er mich angespien.

»Wenn ich mich auf solche Sachen einlasse, brauche ich Millionen!«

»Ich verstehe Sie nicht ...«, entgegnete ich.

Natascha aber machte mir aus dem Zimmer nebenan ein Zeichen mit dem Kopf – hör auf! Ich konnte mir seine Unverschämtheiten aber nicht gefallen lassen.

»Wieso denn das?« fuhr ich fort.

»Aus einem sehr einfachen Grund. Kinder gehen bekanntlich aus Ehen hervor, und Ihre Tochter hat Ihnen wohl gesagt, daß unsere Ehe vorerst ein Schloß im Monde ist.«

Er blickte mir dabei richtig frech ins Gesicht und hielt die Hände in den Hosentaschen.

»Dann haben Sie sie also betrogen, mein Herr?« fragte ich. »Sie sind also, wie sich herausstellt, ein Spitzbube!«

»Bitte keine Kraftausdrücke! Ich habe niemand betrogen, nur ist unsere Ehe vorläufig nicht möglich. Ich ersuche Sie, sich nicht in meine Familienangelegenheiten einzumischen!«

Er knallte die Tür vor meiner Nase zu und verschwand in seinem Arbeitszimmer. Ha! Seine Familienangelegenheiten? Und ich ihm nach.

»Ich gehe gleich morgen in Ihr Büro und rücke Sie ins rechte Licht!« sagte ich.

»Aha! Sie wollen mich also erpressen? Bitte sehr! Nur dürfte das sehr unvorteilhaft für Sie sein ... Ich für meinen Teil werde bleiben, weil man mich schätzt, während Ihre Tochter ...«

Hier hielt ihm Natascha von hinten den Mund zu und flehte: »Nicht doch, sei still … Reg dich nicht auf!« Und sie blinzelte mir zu.

Er aber, der Schuft, befreite den Kopf aus ihren Händen und schrie mich an: »Verlassen Sie meine Wohnung! Ich wünsche nicht, daß mir der erste beste …«

Und wieder hielt ihm Natascha den Mund zu.

»Dieses Ihr Kind hat mich schon über hundert Rubel gekostet! Ich muß Nataschas Vertretung bezahlen …«

Sie aber, der Waschlappen, streichelte ihm auch noch den Kopf, verzog den Mund und zwinkerte mir zu. Und bettelte: »Wilitschka, beruhige dich … reg dich nicht auf …«

Ich hätte ihn schon beruhigt, den Schurken! Ja, Natascha … Was war aus ihr geworden! Kein Ehrgefühl mehr, nichts … Und wie eigenwillig war sie früher gewesen!

Sie kam in einem Entbindungsheim nieder. Mit einem Mädchen. Und ich nahm es zu mir. Meine Enkeltochter … Immerhin – meine Enkeltochter … Julka hieß sie … Und war so rundlich und kräftig. Ich beschaffte einen Waschkorb für sie und verpflichtete das Mädel von meiner Wohnungswirtin für zwei Rubel im Monat, nach ihr zu sehen und die Milch für sie aufzuwärmen. So kam ein wenig Licht in meine Stube.

Wenn ich von der Arbeit zurückkehre, meldete sie sich in ihrem Körbchen und krähte. Wurde ich nachts wach, hörte ich sie schmatzen. Es war, als finge mein Leben von vorn an. Und auch Natascha sah nun öfter bei mir herein. Saß eine Weile bei ihr, drehte sie hin und her und zwinkerte – und wieder zu ihm.

Und Julka brachte mir Glück. Eines Tages saß ich neben ihr und kitzelte sie mit meinem Bart, da tauchte plötzlich Ikorkin bei mir auf. Was war das für ein geschickter Bursche! Er hatte im Restaurant rebelliert und allerlei Forderungen gestellt, aber es war ihm nichts geschehen. Und er erklärte feierlich: »Jakow Sofronytsch! Ich habe Ihnen einen Auftrag zu erklären … Kehren Sie zu uns, in unsere einmütige Gemeinschaft, zurück!«

Und – die Hand hinter das Revers. Was denn sei?

»Sie können gleich mitkommen.«

Ich freute mich sehr und schob es auf Ignati Jelissejitschs Fürsprache.

»Nein, der Maître d'hôtel hat damit nichts zu tun … Wir, unser Verein, haben uns bei Stroß für Sie eingesetzt … Wir haben jetzt einen gewissen Einfluß …«

Ich war ganz überrascht. Sie hatten mich nicht vergessen!

»Aber Sie sind doch Mitglied … Und unsere Mitglieder werden alle in der Kartei geführt …«

Und ich hatte unseren Verein völlig aus dem Gedächtnis verloren! Schau einer an, was unser Ikorkin für einer war! Äußerlich klein und unansehnlich, aber sehr tatkräftig.

»Da sehen Sie, was unser Verein bedeutet! Sie stehen nicht mehr allein … Aber was haben Sie denn da?«

Und er zeigte auf mein Enkelkind. Ich aber warf mich schon in den Frack.

»Meine Enkeltochter«, sagte ich. »Julka. Ich habe sie bei mir aufgenommen.«

Er kitzelte sie unter dem Kinn.

»Fein, wie sie lutscht. Vielleicht wird sie einmal glücklicher als wir beide …«

Ich war gerührt.

»Sie haben mich sehr getröstet«, sagte ich.

Und er mit großem Ernst: »Nicht wir, sondern die Gesellschaft. Wir sind nur Menschen, die Gemeinschaft der Menschen aber ist die Gesellschaft.«

Er war ein äußerst kluger Mann.

Bald danach stellte sich Natascha bei mir ein. Sie saß eine Weile bei Julka und spielte mit ihr, war aber irgendwie aufgeregt.

»Was hast du heute? Bist du verstimmt?« fragte ich.

Und sie zu mir:

»Papa ... was ich Ihnen sagen wollte ...« Und sie stockte.

»Was ist denn?« Ich sah – sie hatte Tränen in den Augen.

»Schauen Sie ... er hat mich gebeten ... Aber glauben Sie bitte nicht ... er ist nur im Augenblick in einer kritischen Lage ... er muß einen Wechsel einlösen ... Könnten Sie ihm fünfhundert Rubel leihen?«

Ich war sprachlos.

»Er hat schon lange verlangt, ich soll zu Ihnen gehen ... Sie haben bestimmt Geld, hat er gemeint ... Er braucht es nur für zwei Monate ...«

Da packte mich die Wut.

»Ach was, erst betrügt er dich, und dann will er mir die Groschen aus der Tasche ziehen!«

Und sie zu mir: »Ich weiß, ich weiß ...« Und sie zitterte am ganzen Körper und sank auf das Bett. »Ich kann nicht ... ich kann nicht mehr ... ich kann nicht! Ich bin am Ende. Er drängt seit mehr als einer Woche, ich soll zu Ihnen gehen ...«

Sie ballte die kleinen Fäuste und schlug sich an den Kopf, immer an den Kopf.

»Sie jagen ihn davon ... Er hat eine Unterschlagung begangen ...«

Und sie gestand mir alles ein. Er hatte sich inzwischen, wie sich herausstellte, eine Neue zugelegt. Auch der verschaffte er eine Stelle. Und meine Natascha hatte es geduldet ... Zwei Monate lang geduldet. Sie quälte sich mit ihrer Schwangerschaft, und er ...

»Er hat gesagt, ich brauche ohne Geld nicht wiederzukommen.«

»Ach, so verhält sich das? Also gut. Du gehst nicht mehr zu ihm zurück! Und wenn er noch etwas von dir will, dann fliegt er kopfüber die Treppe hinunter!«

Der Lump! Ich machte der Sache ein Ende und nahm Natascha an die Kandare. Ich zwang ihr meinen Willen auf. Und ich ging zu der Leitung der Firma und hatte eine offene Unterhaltung mit dem Chef, einem Deutschen.

»Wir haben ihn schon entlassen«, erklärte er, »verzichten aber auf eine gerichtliche Verfolgung. Er hat fünftausend Rubel veruntreut. Ihre Tochter aber kann weiter bei uns arbeiten.«

So arbeitet sie denn weiter, sitzt in ihrem Käfig und stempelt. Sie ist stark abgemagert und scheu geworden. Was aber in ihrem Inneren vorgeht, in ihrem Herzen, das weiß ich ... Vielleicht vergißt sie es auch einmal, sie hat ja noch das ganze Leben vor sich ...

Ich aber habe nichts vor mir und auch nichts hinter mir ... Das einzige Ergebnis ist, daß ich nun in alles gründlich eingedrungen bin. Und daß mir die Knochen weh tun. Und daß sich gelegentlich in mir etwas aufbäumt und kocht ... Dann würde ich am liebsten ausspeien!

Nun ja, ich arbeite wieder im Hellen und Warmen, stehe in Spiegelsälen herum und kann auch noch flink sein und die Leute zufriedenstellen. Könnte ich's aber nicht, dann würde man zu mir sagen – bitte, Herr Skorochodow, bemühen Sie sich an die Luft, in den elektrischen Lichterglanz ... Machen Sie einen Spaziergang zur besseren Motion ... Ja, so ist es eben. Ich werde allmählich alt, und wenn ich es mir auch nicht anmerken lasse, ich selber merke es.

Heute aber ist Sonntag, ich muß rasch ins Restaurant, denn

heute findet bei uns eine große Feier statt. Herr Karassew gibt einen Jubiläumsempfang. Seine Fabriken bestehen seit hundert Jahren. Es werden Ehrengeschenke von allerlei Gesellschaften und von Theatern überreicht, denn er genießt sehr große Achtung. Für sieben Uhr ist ein außerordentliches Diner angesetzt, in drei Sälen, für vierhundert Personen. Das Gedeck zu fünfundzwanzig Rubel! Man hat Blumen und Zimmerpflanzen kommen lassen, unser Restaurant ist ein einziger Garten. Geschirr auf besondere Bestellung, goldene Erinnerungsabzeichen für die Gäste. Ja … Außerdem wird er bald seine Hochzeit bei uns feiern.

Jene Kleine, die von der Kapelle, war ihm ins Ausland entwischt, mit einem anderen Millionär, aus Kränkung über seine Weigerung, sie zu heiraten, er aber, Herr Karassew, konnte sich das nicht bieten lassen, mietete einen Sonderzug und jagte ihnen mit unheimlicher Geschwindigkeit nach. Er holte sie mit Gewalt zurück. Der andere aber konnte ihr die Ehe nicht versprechen, da er erst unlängst geheiratet hatte. Und außerdem konnte er sich mit Herrn Karassew sowieso nicht messen – er besaß fünf Millionen, und Herr Karassew zwanzig! So hatte sie ihn also doch geangelt, obwohl sie alles in allem nur ein paar Pfund wog.

Es wird allerhand Arbeit geben … Nur tränen mir neuerdings die Augen, ich leide an Schlaflosigkeit … In den Sälen halte ich mich ja noch normal, ich lasse mir nichts anmerken. Gestern aber bin ich über eine … wie heißt das … Schwelle gestolpert, die es bei uns vor jedem Séparée gibt, ich bin an einer Brücke hängengeblieben und mit dem Knie gegen den Türpfosten geprallt, habe aber nicht mit der Wimper gezuckt. Nun ja, ich zog das eine Bein ein bißchen nach, aber es ging … Was soll man machen! Neulich nahm dieser Spitzbube, den sie bei Butt & Brot an die Luft gesetzt haben, mit seinen Kumpanen an einem meiner Tische Platz – nun ja, ich habe sie bedient. Bitte, glotz doch! Mir ist es einerlei. Was ich besitze, habe ich hier innen ... Ich kenne den Wert aller Dinge. Ob du es bist oder ein anderer ... Ein Entrecote? Bitte sehr! In die gewissen Gänge? Bitte sehr, die Treppe hinunter, und rechts! Zum Klo? Links bitte, um die Ecke! Mein Eigentliches bewahre ich in meinem Inneren. Was ich denke, ist meine Sache. Sie haben das Restaurant, die sauberen Servietten, die Spiegel ... Wünsche wohl zu speisen und viel Vergnügen beim Bespiegeln! Was ich besitze aber, bleibt hier drinnen. Höchstens, daß ich mal Koljuschka davon schreibe ... Ja, so ist das ... Im übrigen – ich halte mich ...

Was sie bei uns aber auch für eine Pracht entfalten! Alles auf neu und alles auf Marmor mit Gold! Auch auf die Musik hat man geachtet. Es spielt zwar nach wie vor dieselbe rumänische Kapelle unter Herrn Capuladi bei uns, doch in vergrößertem Maßstab – die volle Garnitur besteht aus fünfundvierzig Personen! Und auch die Séparées sind renoviert, alles sehr prächtig. Man hat die Teppiche und Portieren erneuert. Die Beleuchtung in den Séparées ist auf die unterschiedlichsten Wünsche abgestimmt. Und dem entsprechen auch jene Gänge ... Die Neigung zu dieser Beschäftigung nimmt immer mehr zu ...

Viel neue Gäste sind aufgetaucht, doch auch die alten bleiben uns treu. Und jene, die damals so scharfe Reden führten, kommen auch – es ist ihnen nichts geschehen. Nur, daß heute natürlich alles sehr streng ist und man über bestimmte Dinge nicht reden darf – auf keinen Fall! Wenn sie dann aber ein Jubiläum feiern, kommen sie doch auf dieses und jenes ... und überhaupt ... Im Grunde genommen schadet es ja auch niemand ... Da steht man und lauscht. Und immerfort summt's in den Ohren – sum, sum, sum ... sum, sum, sum ... Alles leeres Gerede ...

ANMERKUNGEN

Widmung
für Olga Schmeljowa
Der Autor hat den Roman seiner Ehefrau Ólga Alexándrowna Schmeljówa (1875–1936) gewidmet.

1

S. 5
Ich bin meinem Temperament nach
Protagonist ist der als Ich erzählende Kellner Jákow Sofrónytsch Skorochódow. Der sprechende Familienname ist eine Ableitung von russisch *skóro* ›schnell‹ und *chod* ›Gang‹: ›der Schnellgänger, Schnellfüßige‹. – Die Fülle von sprechenden Namen in Schmeljóws Roman nimmt meist, bisweilen mit einer Prise Humor versehen, Bezug auf spezifische Merkmale der Person, etwa das Aussehen, die berufliche Tätigkeit oder kulinarische Vorlieben. Mit dem Namen werden oft spezielle, mitunter hintergründige Eigenschaften assoziiert, die der Leser erschließen muss. Dabei ist die Entschlüsselung nicht immer eindeutig, sodass man in einigen Fällen nur spekulieren kann. Schmeljow greift mit diesem Stilmittel auf bewährte russische Vorbilder zurück, die sprechende Namen wiederholt in ihr Œuvre integriert haben, wie etwa Gribojédow, Gógol, Dostojéwski oder Tschéchow.
Auch Skorochodows Vornamen hat Schmeljow offensichtlich wegen seiner symbolischen Bedeutung gewählt. So ist bemerkenswert, dass er ihn von Luka in den drei vorhergehenden Versionen des Romans in der vorliegenden letzten Version in Jakow umbenannt hat. Der Name Luka (Lukas), der auf das altgriechische Wort für ›hell‹ zurückgeht, bedeutet ›der Leuchtende‹ oder ›der Lichtbringer‹, während der Name Jakow (Jakob), der aus dem Hebräischen stammt, ›Gott wird schützen‹ oder ›Gott beschütze‹ bedeutet.

S. 5
was kann man von einem Kerl wie diesem schon verlangen!
Schmeljow verwendet hier den ersten Teil eines russischen Sprichworts: »Er wollte vom Hund eine Kulebjaka!« (*Sachotjél ot ssobáki kulebjáki!*), dessen zweiter Teil lautet »Der verschlang den Teig« (*oná téstom soshralá*). Ein Kulebják (auch: eine Kulebjáka), ein traditionelles Gericht der russischen Küche, ist eine große längliche Pastete (Pirogge) aus Hefeteig mit einer Füllung aus Gemüse, Fleisch und/oder Fisch. Deutsche Entsprechungen des Sprichworts sind etwa »Von einem Brombeerstrauch kann man keine Birnen erwarten« oder »Wenn man einen Birnbaum gepflanzt hat, darf man keine Äpfel erwarten«. In Käthe

Rosenbergs Übertragung lautet die Stelle (S. 9): »War ja nichts Besseres von ihm zu erwarten.«

S. 6
Kriwoi, der Einäugige, unser Untermieter – eigentlich hieß er Jeshow
Sprechender Name von russisch *kriwói* ›schief, verkrüppelt; einäugig, auf einem Auge blind‹. So lautet bei der Familie Skorochodow der Spitzname ihres Untermieters. Im älteren Russischen bezeichnete man mit *kriwítsch* einen tückischen Menschen. Kriwóis Familienname Jeshów leitet sich von russisch *josh* ›Igel‹ ab. Dieses kleine Tier, das trotz seiner Stacheln sehr verletzlich ist, weiß, wie man in einer feindseligen Welt überleben kann, wie man sticht. Bei Gefahr rollt es sich zu einer Kugel zusammen und richtet seine Stacheln auf.

S. 6
Da haben Sie's, Papa
Das Russische unterscheidet genauso wie das Deutsche zwischen »Du« (*ty*) und »Sie« (*Wy*). Früher wurde die Höflichkeitsform »Sie« auch gegenüber den Eltern und älteren Familienmitgliedern benutzt, um als Zeichen guter Erziehung Achtung vor dem Alter bzw. dem Status des Familienmitglieds auszudrücken. Im Roman siezt Nikolai seinen Vater die meiste Zeit.

S. 6
Kellner in einem erstklassigen Restaurant
Schmeljow bleibt in seinem 1911 veröffentlichten Roman bei der Nennung von konkreten politischen Ereignissen, bei Orts- und Zeitangaben u. Ä. allgemein-vage. Deutlich wird aber, dass die Romanhandlung nach der ersten antizaristischen Revolution von 1905 in Moskau stattfindet. Der Baedeker »Russland« von 1904 erwähnt fünf namhafte Moskauer Restaurants: die *Eremitage*, das *Restaurant Testów*, den *Slawjánski Basár*, das außerhalb Moskaus liegende *Jar* und das Restaurant *Prága* am belebten Arbátskaja-Platz. Laut Schmeljow diente ihm das *Prága* für seinen Roman als Vorbild eines gehobenen Restaurants, in dem sein Protagonist Skorochodow als Kellner tätig ist. In dem 1824 errichteten zweistöckigen Gebäude wurde 1872 eine Gastwirtschaft (*traktír*) namens *Praga* eröffnet, zu deren Stammgästen vor allem Fuhrleute zählten, die das Establissement scherzhaft »Braga« (Dünnbier) nannten. 1896 gewann der Kaufmann Semjon Tararýkin das Gebäude nebst Gastwirtschaft beim Billardspielen. Er wandelte die einfache Gastwirtschaft in ein vornehmes Restaurant um und ließ das Gebäude aufwendig umbauen: Es erhielt ein weiteres Stockwerk, eine Kolonnade, eine Kuppel und einen Dachwintergarten; innen wurden die Wände der vielen Räumlichkeiten mit Stuck und Spiegeln ausgestattet. Das dreistöckige Gebäude in seiner heutigen Form existiert seit 1914. Das Restaurant mit auserlesenen Speisen zählte damals zu den prominentesten Lokalen in der Stadt. Köche und Kellner wurden ausschließlich auf Empfehlung eingestellt und mussten eine Probezeit absolvieren. Hier traf sich die Intelligenzija, hier feierten der Schriftsteller Antón Tschéchow, der Maler Iljá Répin und andere Künstler ihre Erfolge, hier las Lew Tolstói aus seinem

Roman »Auferstehung«. Nach der Oktoberrevolution 1917 folgten für das Restaurant über Verstaatlichung, Schließung und schließlich Renovierung wechselvolle Zeiten. Eine Vorstellung von der Gaststättenszene in der Stadt gegen Ende des 19. Jahrhunderts vermittelt der Zeitungsreporter und Moskaukenner Wladímir Giljarówski (1855–1935) in seinem dokumentarischen Buch Moskwá i Moskwitschí (dt.: *Kaschemmen, Klubs und Künstlerklausen. Sittenbilder aus dem alten Moskau*. Berlin: Rütten und Loening 1988).

S. 7
gar kein Kellner mehr, sondern eher eine Art Maître d'hôtel
Skorochodow nennt sich selbst – etwas abfällig – *lakéj* ›Lakai, Diener‹ oder *ofiziánt* ›Kellner, Ober‹, wobei *ofiziánt* die offizielle Berufsbezeichnung ist. Die Gäste riefen einen Ober allerdings gewöhnlich mit der Bezeichnung *tschelowjék* ›Mensch‹, die u. a. auch im Sinne von ›Kellner, Ober‹ gebräuchlich war. Diesen ambivalenten Ausdruck hat Schmeljow im Titel des Romans aufgenommen. Skorochodow verwendet für seine Kollegen bisweilen auch das Wort *nómer* ›Nummer‹, was wohl der Tatsache geschuldet ist, dass die Kellner zur Identifikation mit Nummernschildchen versehen waren. In seiner Übersetzung setzt Georg Schwarz dafür das Wort »Kellner« ein. Mit dem Ausdruck *Maître d'hôtel* ist der Ober- bzw. Chef-Kellner gemeint.

S. 8
schlürft einen Schloß-Johannisberger
Der Riesling, der auf dem hessischen Weingut Schloss Johannisberg im Rheingau gekeltert wird, gilt seit 1720 aufgrund seiner außergewöhnlichen Qualität und Vielfalt als ein herausragender, national wie international beliebter Weißwein. Gerühmt wurde er von Prominenten aus Politik und Literatur. Heinrich Heine schrieb mit einem Augenzwinkern: »Mon Dieu, wenn ich doch so viel Glauben in mir hätte, daß ich Berge versetzen könnte, der Johannisberg wäre just derjenige Berg, den ich mir überall nachkommen ließe.« (*Reisebilder*, Band 2: *Ideen. Das Buch Le Grand*; 1827)

S. 9
Rechtsanwalt Anton Stepanytsch Glotanow
Sprechender Name, Ableitung von russisch *glotátj* ›schlucken‹.

S. 9
ist überhaupt vom gleichen Schlag
Schmeljow spielt im Originaltext auf die Haarfarbe (*mastj* ›Farbschattierung, Farbe‹) an.

S. 9
Gerichtsreferendar Perekrylow
Sprechender Name, Ableitung von russisch *perekrýtj* ›absperren, verriegeln‹.

S. 9
Opernsänger Sazepski
Sprechender Name, Ableitung von russisch *sazepítj* ›hängen bleiben, festhaken, versehentlich anstoßen, stolpern; jemanden mit einer Bemerkung verletzen‹.

S. 10
Wassil Wassilitsch Kascherotow
Sprechender Name, Zusammensetzung aus russisch *káscha* ›Grütze‹ und *rot* ›Mund‹, der auf die Zahnfäule und den unangenehmen Mundgeruch der Person anspielt.

S. 11
unser Direktor Stroß
Der Familienname »Stroß« könnte eine Verballhornung des Namens »Strauß« sein. Käthe Rosenberg verwendet in ihrer Übersetzung von 1927 den Nachnamen Strauß (S. 15). Hier könnte Schmeljow aber auf die Variante »Stroß«, aus dem Westmitteldeutschen *Strosse* ›Kehle‹, anspielen.

S. 11
Aber nun hat er so einen Frisiersalon
Kleine und mittelständische Betriebe, Geschäfte jeglicher Art und Waren aller Preiskategorien zeugten zu Beginn des 20. Jahrhunderts von dem florierenden Handels- und Geschäftswesen in Russland. In den beiden »Hauptstädten« Moskau und St. Petersburg waren üppige Schaufensterauslagen und ein Gewirr von Reklameschildern untrügliche Zeichen für den wirtschaftlichen Boom. Neben zahlreichen Banken gab es u. a. Foto-, Schuh-, Bekleidungs-, Musik-, Pelz-, Juwelier- und Blumengeschäfte, Parfümerien, Wein- und Tabakläden, Buchhandlungen, Antiquariate, Apotheken, außerdem Bäckereien, Konditoreien, Cafés und Friseurläden. Das seit Ende des 19. Jahrhunderts jährlich herausgegebene Adressbuch *Ganz Moskau* (*Wsjá Moskwá*; 1909 erschien bereits der 16. Jahrgang) beweist das rege Geschäftsleben in Moskau. Auf dem Gebiet der Mode und der Friseurkunst orientierte sich Russland an Frankreich. »Die Hälfte der besten Moskauer Friseursalons«, so schreibt Giljarowski in seinem Buch *Moskwá i Moskwitschí* (dt.: *Kaschemmen, Klubs und Künstlerklausen*, s. o.), »gehörte Franzosen. – Die erstklassigen Friseursalons waren nach dem Muster der besten Pariser Salons eingerichtet. Alles war ausländisch, alles von bester Qualität« (S. 193). Kiríll Sawerjánytsch »hat so einen Frisiersalon und handelt mit Parfüms«.

S. 12
Außerdem hat mein Sohn die Realschule besucht und meine Tochter Natascha das Gymnasium absolviert
Im zaristischen Russland konnte der größte Teil der Bevölkerung weder lesen noch schreiben. Die Ausbildung der Kinder beschränkte sich lange Zeit auf den häuslichen Unterricht einer kleinen Schicht privilegierter Adliger. Erst in der zweiten Hälfte des 19. Jahrhunderts bildete sich in Russland ein differen-

ziertes Schulwesen aus Elementar-, Berufs-, Real-, Gymnasial- und Hochschulen mit teils konservativen, teils fortschrittlichen pädagogischen Konzepten heraus, dennoch waren am Ende der Zarenzeit immer noch 60 % der Bevölkerung Analphabeten. Kindern aus niederen Schichten wurde der Besuch an weiterführenden Schulen erschwert oder sogar verwehrt. Das Schulsystem, das kirchliche und private Schulen einschloss, konzentrierte sich anfangs, vor allem auf mittlerer und höherer Ebene, auf die Ausbildung loyaler Staatsdiener, um die Stabilität des Staates zu gewährleisten. Obwohl gegen Ende des 19. Jahrhunderts der Staat die Zulassung von Schülern nicht mehr einschränken konnte – im Rahmen der Industrialisierung wurden dringend gebildete Fachkräfte gebraucht –, versuchte er dennoch, wenngleich vergeblich, Kinder von »Köchen und Kutschern« durch die Erhebung von Zulassungsgebühren von den Gymnasien fernzuhalten. Unter der sozialen Diskriminierung in der Schule leiden auch Skorochodows Kinder. Das Lernen in den weiterbildenden Schulen gestaltete sich für die Schüler im vorrevolutionären Russland – Pauken, Angst, Schläge, Karzer, Unterwürfigkeit, Demütigung durch autoritäre Lehrer gehörten zum schulischen Alltag – als eine große Herausforderung. 1902 wurde der Kanon der gymnasialen Lehrinhalte zu Lasten der alten Sprachen Latein und Griechisch neu definiert: Die Stundenzahl des Russisch-, Geschichts- und Geografieunterrichts wurde erhöht, zeitgemäße Fächer (etwa Rechtskunde) wurden neu eingeführt. Die Hochschulen konnten sich mit dem wissenschaftlichen Niveau westlicher Länder, besonders im naturwissenschaftlich-technischen Bereich, durchaus messen; sie waren eine Keimzelle protestbereiter Studenten und Revolutionäre, die vom Staat als Bedrohung angesehen wurden. Vgl. auch Anm. zu S. 93.

S. 13
geht er sogleich zum Friedensrichter
Der Friedensrichter (*mirowói*), der seine Funktion im zaristischen Russland ehrenamtlich ausübte, war ein bedeutsames Mitglied der kommunalen und lokalen Selbstverwaltung (*sémstwo*). Zu seinen Aufgaben gehörten in begrenztem Rahmen die Gerichtsbarkeit sowie die Mitbestimmung in Wirtschafts- und Finanzfragen.

S. 14
der allgewaltige Millionär Gustschin
Sprechender Name, Ableitung von russisch *gustói* ›dick‹. Er spielt auf das Klischee eines dicken, hässlichen, raffgierigen, dekadenten, Zigarre rauchenden und Champagner trinkenden Kapitalisten an, der genug von allem hat.

S. 14
der krumme Weg sei eben kürzer als der gerade
Schmeljow verwendet hier die sprichwörtliche russische Redensart *...schto ne na ich lbu gwósdi gnutj*, die wörtlich bedeutet: »... dass man auf ihrer Stirn keine Nägel biegen kann«. Sie charakterisiert den Rechtsanwalt als eine sture, unnachgiebige Person mit so harter Stirn, dass man auf ihr keinen Nagel

krumm bekommt. Käthe Rosenberg gibt die Wendung wieder: »daß ihn so leicht keiner für dumm verkaufen könnte« (S. 19).

S. 15
die Fräulein Pupajew, in deren Hause ich damals wohnte
Sprechender Name, Ableitung von russisch *púpa* ›Puppe‹. Der Name bezieht sich auf die reichen (und verwöhnten) Schwestern Pupájew, die im Besitz mehrerer Mietshäuser sind.

2

S. 16
Es gab bei uns Piroggen mit Weißkohl
In Russland beliebte Teigtaschen aus Hefe-, Blätter- oder Nudelteig, gefüllt mit Fleisch, Fisch, Kohl, Spinat, Quark und/oder anderen Zutaten.

S. 17
Von den Wissenschaften, Vater, verstehen Sie nichts
Der Konflikt zwischen Skorochodow und seinem Sohn Nikolai spiegelt nicht nur das – nicht ungewöhnliche – angespannte Verhältnis zwischen Eltern und erwachsen werdenden Kindern wider, sondern auch das Aufeinanderprallen zweier vom Zeitgeist geprägter Strömungen. Wissenschafts- und Fortschrittsglaube des leidenschaftlich-kämpferischen Sohnes, das Streben nach (radikalen) gesellschaftlichen Umbrüchen, die Ablehnung von Vergangenheit, sozialer Hierarchie und orthodoxer Kirche stehen traditionellen, orthodox geprägten Wertvorstellungen des konservativen Vaters entgegen. Dieser Konflikt erinnert an Iwán Turgénjews Roman *Väter und Söhne* (1861) und seinen Protagonisten, den jungen Naturwissenschaftler Basárow, einen Vertreter der neuen antiautoritären Generation, den Typus des Nihilisten, »der jede Autorität ablehnt«, also auch Gott.

S. 17
und kein Lakai wirst
Schmeljow bedient sich hier des russischen Wortes *cholúj* ›Kriecher, Bückling, Schleimer‹.

S. 17
und hast dabei keinen wirklichen Herzensadel
Für »Herzensadel« steht im russischen Text der Ausdruck *blagoródstwo* ›seelische Größe, Erhabenheit, Edelmut‹. Käthe Rosenberg übersetzt ihn in ihrer Version mit »Vornehmheit« (S. 21). Das »Wörterbuch der russischen Sprache in vier Bänden« (Moskau 1999) definiert *blagorodstwo* als »hohen moralischen Charakter, gepaart mit Selbstlosigkeit und Ehrlichkeit«. Ursprünglich bezog sich der Ausdruck mit den beiden Bestandteilen *blagói* ›edel, gut‹ und *rod* ›Geschlecht, Abstammung‹ auf die edle, adlige Abstammung, dann auf die

noblen Eigenschaften einer Person aus einer edlen, sprich guten und angesehenen Familie, also eines Aristokraten oder Edelmanns. Im christlichen Sinne nimmt er Bezug auf das unfehlbare Wesen Gottes.

S. 17
Und dann saß auch noch dieser Wassikow von der Eisenbahnverwaltung bei ihm herum
Wássikow ist ein gängiger russischer Familienname, der sich wahrscheinlich von dem tatarischen Adjektiv *wássik* ›gläubig, vertrauensvoll‹ herleitet.

S. 18
wenn man gute Beziehungen zum Bonkontrolleur in der Küche hat
Die Überprüfung der »bonierten« Handzettel mit den Bestellungen und Abrechnungen erfolgte durch den *márotschnik* ›Markensammler‹. Dazu schreibt Giljarowski: »Abgerechnet wurde damals mit Marken am Büfett. Jeder Kellner erhielt morgens aus der Kasse für fünfundzwanzig Rubel Kupfermarken, von Dreirubelstücken bis zu Fünfkopekenstücken. Wenn er das Gericht am Büfett bestellte, gab er dafür Marken im entsprechenden Wert ab und löste sie dann gegen das Geld ein, das er von dem Gast bekommen hatte.« (Giljarowski, s. o., S. 291)

S. 19
dämpfen das Ungestüm
Schmeljow verwendet das Wort *duch* ›Atem, Seele, innere Kraft, Wille, Laune, Stimmung, Esprit, Spirit‹.

S. 19
Ihrer Meinung nach soll wohl das Pferdchen ruhig krepieren, während das Gras wächst?
Das in mehreren Sprachen übereinstimmende Sprichwort heißt im Russischen: *Lóschadj sdóchnjet, poká trawá wýrastjet*: »Das Pferd wird tot sein, bevor das Gras gewachsen ist.« Es geht auf die mittelalterliche lateinische Redensart zurück: »Dum gramen crescit, equus in moriendo quiescit.« In Shakespeares »Hamlet« bezieht sich der Protagonist – unvollständig – auf dieses Sprichwort: »While the grass grows, the horse starves.« Es bedeutet so viel wie: Erwartungen oder Träume kommen vielleicht zu spät, um noch nützlich zu sein; man muss sie in die Tat und Realität umsetzen, bevor es zu spät ist.

S. 20
Aber auch hier zeigte er, daß er es hinter den Ohren hatte
Im russischen Text steht die sprichwörtliche Redensart *Bog ne obídel*: »Gott hat nichts falsch gemacht«, d. h. Gott hat jemanden reich gesegnet. In der Übersetzung von Käthe Rosenberg heißt es: »Und auch hier oben hat's Gott bei ihm an nichts fehlen lassen.« (S. 24)

S. 21
werden Sie Handschuhchen tragen
Kiríll Sawerjánytsch, den der Ich-Erzähler Skorochodow in wörtlicher Rede zitiert, benutzt in diesem längeren Monolog zahlreiche Diminutiva, um seiner Stimmung und seinen ironischen Anspielungen Nikolai gegenüber Ausdruck zu verleihen. Im Deutschen hat eine solche Anhäufung von Verkleinerungsformen keinen emotionalen Effekt wie im Russischen und kann lächerlich wirken. – Kirill Sawerjanytsch benutzt außerdem des Öfteren angehängt an die Verbformen die veraltete Partikel -s, entstanden aus *súdar* ›Herr‹; in der gesprochenen Sprache wurde sie im Russischen zum Ausdruck der Höflichkeit oder Unterwürfigkeit, aber auch, wie hier, der Ironie verwendet. – Umgangssprachlich und ohne lexikalische Entsprechung im Deutschen ist die von Kirill Sawerjanytsch ebenfalls wiederholt gebrauchte Partikel -to. Sie kann an jedes Wort angehängt werden und kontextabhängig beispielsweise der Verstärkung, der Kontrastierung oder dem Ausdruck der Verwunderung dienen.

S. 21
Die Wahrheit ist nämlich … bei Peter und Paul!
Sprichwörtliche Redensart, etwa in der Bedeutung: »Die Wahrheit ist weit entfernt.« Die beiden Apostel, die den Märtyrertod starben, stehen als ein Symbol für Wahrheit. In der Übersetzung von Käthe Rosenberg heißt es: »Die Wahrheit, die kann man dann weit suchen gehen!« (S. 26)

S. 22
und den Walzer »Die unwiederbringliche Zeit« gespielt
Populärer armenischer Walzer von A. Rosenberg: »Die Zeit, die nie wiederkehrt« (*Newoswrátnoe wrémja*). Dieser Titel findet sich auf Russisch, Deutsch und Englisch mit dem abgekürzten Namen des Komponisten oder der Komponistin u.a. auf einer Schallplatte von 1904, herausgegeben von der Columbia Phonograph Company (St. Petersburg – London – New York).

S. 24
hieß mit Familiennamen Tscherepachin, Polikarp Sidorytsch
Sprechender russischer Name, Ableitung von *tscherepácha* ›Schildkröte‹ bzw. von *tschérep* ›Schädel‹. Schmeljow spielt mit beiden Begriffen.

S. 25
Wo Aas ist, da sind eben auch Würmer
Das Sprichwort geht auf das Neue Testament zurück: »Wo das Aas ist, da werden sich die Adler versammeln« (Mt 24,28 bzw. Lk 17,37). Im Russischen lautet es in etwas abgewandelter Form: »Wenn es Aas gäbe, würden die Krähen kommen« (*Bylá by pádal, a woronjó naletít*).

3

S. 27
Ausgerechnet an diesem Tag mußte es bei uns im Restaurant ein ziemliches Durcheinander geben!
Schmeljow benutzt den aus dem Ukrainischen stammenden Ausdruck *tschudasíja*, etwa: ›Mysterium, Wunderliches, Seltsames, lustiger Unfug, etwas Unsinniges, Quatsch‹. Dem kommt die Übersetzung von Rosenberg nahe: »Und gerad an diesem Tag gab's bei uns im Restaurant Allotria.« (S. 31)

S. 27
Kapaun à la Richelieu
Ein Kapaun ist ein kastrierter und gemästeter Hahn, dessen weißes, mildes Fleisch von Feinschmeckern besonders geschätzt wird.

S. 27
Bankdirektor Filinow
Sprechender Name, Ableitung von russisch *fílin* ›Uhu‹, einer treffenden Charakterisierung des Bankdirektors Fílinow. Der Uhu steht als Symbol für Weisheit und Wissen, ist warnendes »Krafttier« mit scharfem, intuitivem Blick und als Geschöpf der Nacht Sinnbild für Finsternis, Unglück und Tod.

S. 27
Arschin
Altrussisches Längenmaß: 1 Arschín entspricht 71,1 cm.

S. 27
Chaud-froid
Chaudfroids (von französisch *chaud-froid* ›heiß-kalt‹) sind klassische Vorspeisen aus Fleisch, Wild, Geflügel, Fisch oder Meeresfrüchten.

S. 29
Der Makler Lissitschkin
Sprechender Name, Ableitung von russisch *lisá* ›Fuchs‹, Sinnbild für Vitalität, Klugheit und Listigkeit.

S. 29
Hemdbrust
Die Hemdbrust (auch: Vorhemd, Chemisette) ist eine Art Brustlatz, ein gestärktes weißes Vorderteil eines Frackhemdes, das zwischen Weste und Hemd getragen und hinten mit Bändern zusammengeschnürt wird.

S. 29
Herr Eiler, der Steuerinspektor
Der Name ›Eiler‹ (*Ejler*) ist vom Deutschen ›eilen‹ abgeleitet. Ein symbolisch angehauchter Name für einen Steuerinspektor.

S. 29
da er sich auf dem Korridor erbrechen mußte
Die im russischen Text verwendete Phrase *lisíz dratj* ›Füchse zerreißen‹ ist ein euphemistischer Ausdruck für ›sich erbrechen‹, besonders infolge von Trunkenheit. Rosenberg nimmt in ihrer Übersetzung die Tiermetapher auf: »ihm wurde auf dem Korridor hundeübel« (S. 34).

S. 29
Namenstag all der Tatjanas
Am 12. Januar (nach dem Julianischen Kalender) bzw. am 25. Januar (nach dem Gregorianischen Kalender) feiert man in Russland den Tag der heiligen Großmärtyrerin Tatjana, die vom Ende des 2. bis Anfang des 3. Jahrhunderts in Rom lebte. Der »Tag der Tatjana« (*Tatjánin djen*) ist auch der »russische Studententag«, der auf den Gründungstag der ersten russischen Universität 1755 zurückgeht. An diesem Tag gratuliert man zudem allen Frauen mit Namen Tatjana mit kleinen Geschenken.

S. 30
Es ist der Graf Tolstoi! Und er heißt Lew, der Löwe!
Tolstois Vorname Lew bedeutet ›Löwe‹. Der Löwe, eine beeindruckende Erscheinung, ist ein Sinnbild für Stärke, Tapferkeit und Macht. – Der von Schmeljow (und seinem Protagonisten Skorochodow) hochgeschätzte Lew Tolstoi (1828–1910) war eine der einflussreichsten Persönlichkeiten des ausgehenden 19. Jahrhunderts. Er war nicht nur weltweit anerkannter Autor der Romane »Anna Karenina«, »Krieg und Frieden« und »Auferstehung«, sondern auch ein scharfsinniger philosophischer Denker und eine moralische Autorität. Seine religionsphilosophischen Schriften entstanden um 1900, in einer Zeit, in der Gesellschafts- und Kulturkritik, Moral und Ethik im Fokus intellektueller Auseinandersetzungen standen. Tolstois fundamentale Kritik an sozialen Missständen, am Staat und an der russisch-orthodoxen Kirche führte 1901 zu seiner Exkommunikation. Im Zentrum seiner Überzeugungen, die einem christlich geprägten Anarchismus gleichkommen, stehen kompromissloses Wahrheitsstreben, absolute Nächstenliebe und entschiedene Gewaltfreiheit, die Ablehnung von Kirche, Staat und Eigentum. Seine kirchenferne christliche Morallehre gründete er allein auf die Bergpredigt Jesu. In der von der göttlichen Kraft verliehenen Vernunft des Menschen sah er die Voraussetzung für die innere, »revolutionäre« Entwicklung des Individuums. Tolstoi idealisierte das einfache Volk, besonders die russischen Bauern, und schätzte deren Demut, Bedürfnislosigkeit, Natürlichkeit und Schlichtheit. Er förderte eine alternative Pädagogik, die mit antiautoritärem Unterricht den Bauernkindern zugutekam. Er strebte nach Gleichheit aller auf der Grundlage

der Bauerngemeinschaften und verurteilte die zunehmende Kapitalisierung der Gesellschaft und die Ausbeutung der Mehrheit durch eine Minderheit. Tolstois fundamentale gesellschaftspolitische Ideen, mit denen er nicht nur das zaristische Russland, sondern die materialistische Zivilisation der Moderne schlechthin anzweifelte, waren eine Inspirationsquelle für viele Reformbestrebungen und revolutionäre Bewegungen des 20. Jahrhunderts. Auf sein moralisch-religiöses Ethos beruft sich Skorochodow, auf sein gesellschafts- und kirchenkritisches Gedankengut dessen Sohn Nikolai. Tolstoi war realiter Gast im Restaurant *Praga* – im Gegensatz zu Skorochodows Behauptung: »Bei uns verkehrt er natürlich nicht.«

S. 31
Akademie der praktischen Wissenschaften
Gemeint ist hier die bereits 1810 ins Leben gerufene Moskauer Akademie der praktischen Handelswissenschaften auf dem Pokrówski-Boulevard. Als höhere Bildungsanstalt bot sie neben Allgemeinbildung insbesondere eine Ausbildung für kaufmännische Tätigkeiten an.

S. 31
Kommerzienrat, Iwan Nikolajewitsch Karassew
Sprechender Name, Ableitung von russisch *karás* ›Karausche, Breitling‹. »Karássew« ist einer der ältesten russischen Familiennamen. Die Karausche, eine Art Karpfen, könnte auf den Charakter des Kommerzienrats, aber auch auf seine an einen Fisch erinnernde Figur anspielen. Karauschen, die ökologisch äußerst anpassungsfähig sind, kommen häufig in verschlammten Teichen vor.

S. 32
Bei uns verkehrte er der Damenkapelle wegen
Die Pianistin, Dirigentin und Komponistin Josephine Amann-Weinlich (1840–1887) gründete Ende der 1860er-Jahre in Wien ein Damenorchester, mit dem sie Tourneen durch Europa und die USA unternahm. 1877 gab das Orchester, dem das Publikum zunächst mit Neugier und Skepsis begegnete, auch Konzerte in Russland. Zum Repertoire gehörten vorwiegend Stücke aus den Bereichen Oper, Unterhaltungs- und Tanzmusik. Nach dem Auftritt des Wiener Damenorchesters entstanden überall in Russland »Damenkapellen«.

S. 33
mit Familiennamen hieß sie Guttelet
Sprechender Name, Entlehnung des französischen *gouttelette* ›Tröpfchen‹. Er entspricht der zierlich-zerbrechlichen Statur der jungen Geigerin.

S. 34
Auch die Cavalieri hatte hervorragende Augen
Die berühmte italienische Opernsängerin Natalina »Lina« Cavalieri (1874–1944), eine außergewöhnliche Schönheit, trat in allen europäischen Metropo-

len auf und feierte große Erfolge in Russland. Mit dem Bonvivant und reichen Prinzen Alexander Wladímirowitsch Barjátinski (1870–1910), dem späteren Schwiegersohn des Zaren Alexander II., hatte sie 1897 eine passionierte Liebesaffäre. Eine mögliche Ehe wurde weder von der Familie des Fürsten noch von Zar Nikolaus II. gutgeheißen. Der in Paris wirkende italienische Künstler Giovanni Boldini (1842–1931) schuf 1901 ein Porträt der Cavalieri.

S. 35
Fahr sofort zu Duferle
Der – wohl fiktive – Name des Blumengeschäfts unter deutscher Leitung und seine Herkunft sind unklar. Im russischen Text lautet der Name *Djuferlju* und steht im Dativ. Die Endung kann auf eine Nominativform *Djuferle*, aber auch *Djuferl* hindeuten. Es könnte sich allerdings ebenso um einen indeklinablen Namen fremder Herkunft handeln, der dann im Nominativ unverändert *Djuferlju* lauten würde. Im Falle eines deutschen Namens könnte dann von der Originalschreibung *Düferlü* ausgegangen werden, denn der deutsche Umlaut *ü* wird gewöhnlich durch den kyrillischen Buchstaben ю = *ju* wiedergegeben. Der Umstand, dass *ü* (ebenso wie die Umlaute *ä* und *ö*) für russische Ohren typisch deutsch klingt, könnte Schmeljow angeregt haben, einen deutsch klingenden Namen zu erfinden, in dem dieser Laut sogar gleich zweimal vorkommt. Käthe Rosenberg nennt den Blumenhändler übrigens »Duferlu« und im übernächsten Absatz nicht einen Deutschen, sondern einen »Ausländer« (S. 41).

S. 35
ich brauche einen Strauß weißer Rosen mit einer schwarzen Nelke in der Mitte
Die weiße Rose bedeutet Reinheit, Unschuld, Entsagung und ewige Treue. Der Nelke werden, abhängig von Nation und Epoche, unterschiedliche Bedeutungen zugeschrieben. In der Antike ist sie mehr als andere Blumen Talisman und Beschützer. Die weiße Nelke steht für Hoffnung, Treue und Eheschließung, aber auch für Trauer, Abschied, Vergänglichkeit und Tod. Die Nelke in Rot oder Rosa hingegen ist ein Zeichen für Freundschaft und Liebe. Im christlichen Verständnis weist die blutrote Nelke auf das Leiden Christi hin. Einer mittelalterlichen Legende nach vergießt die Muttergottes beim Anblick ihres gekreuzigten Sohnes Tränen, aus denen Nelken sprießen. Berühmt ist Leonardo da Vincis Gemälde »Madonna mit der Nelke« (1475) mit dem Jesuskind auf dem Arm der Mutter, das nach der roten Nelke in ihrer Hand greift. In der Französischen Revolution ist die rote Nelke ein Zeichen für Widerstand und Solidarität. In Russland symbolisiert sie revolutionäre Leidenschaft, Mut, Tapferkeit und Sieg: Am 9. Mai, dem »Tag des Sieges über den Faschismus 1945«, werden den Kriegsveteranen Nelken geschenkt; rote Nelken werden an Kriegsdenkmälern niedergelegt. Neben weißen, rosafarbenen und roten gibt es auch kastanienbraune, violette und – sehr selten – Nelken in fast schwarzer Färbung. Die schwarze Nelke, die in Schmeljows Text von weißen Rosen umgeben ist, sticht deutlich heraus und ist in ihrer

sinnbildhaften Bedeutung nicht eindeutig zu entschlüsseln. Sie symbolisiert vermutlich Einzigartigkeit und Leidenschaft, wobei die Farbe Schwarz eine doppelte Symbolik nahelegt: Eleganz, Seriosität, Wahrheit und Verführung auf der einen, Finsternis, Schwere, Trauer und Tod auf der anderen Seite.

S. 37
Für ihn lieber die Phryne
Phryne war eine berühmte, zu Reichtum gelangte griechische Hetäre, die im 4. Jahrhundert v. Chr. im antiken Griechenland lebte. Aufgrund ihrer Schönheit diente sie Apelles und Praxiteles als Modell und wurde bis in die Gegenwart in bildender Kunst und Theater vielfach dargestellt. In antiken Schriften dokumentiert ist der Prozess, den man ihr wegen religiösen Frevels machte und der mit ihrem Freispruch endet, weil ihr Verteidiger ihre Brust entblößte.

S. 37
ungefähr acht Werschok hoch
Der Werschók ist ein älteres russisches Längenmaß und entspricht 4,455 cm. Hier: ca. 35,6 cm.

S. 40
Glas Lafite
Das Château Lafite-Rothschild in Pauillac im Médoc bei Bordeaux ist eines der namhaftesten Weingüter der Welt und bekannt für seine herausragenden und teuren Rotweine.

S. 41
der Bierbrauer Herr Arnikow
Sprechender Name, Ableitung von russisch *árnika* ›Arnika, Wohlverleih‹. Der Korbblütler ist eine leicht giftige Heilpflanze, der im volkstümlichen Brauchtum Zauberkraft zugesprochen wurde.

S. 43
Fürst Schuchanski, dient bei den Husaren
Sprechender Name, womöglich Ableitung von altrussisch *schuchátj* ›drohen, Angst einjagen‹.

S. 45
serbisches Porzellan
Gemeint ist hier nicht ›serbisches Porzellan‹ (*sérbski farfór*, wie im russischen Text steht), sondern Porzellan aus der bedeutenden königlichen Manufaktur von 1756 in Sèvres bei Paris (russisch *sévrski farfór*). Offenbar verwechselt Skorochodow, der des Französischen nicht mächtig ist, beide Ausdrücke aufgrund ihrer phonetischen Ähnlichkeit, was einen komischen Effekt evoziert.

S. 45
französische Birnen
Im russischen Text heißt die Birne ›französische Beljanshewin‹ (*französki beljánshewin*). Dabei handelt es sich um einen Fantasienamen, zusammengesetzt aus russischen und französischen Elementen, den Georg Schwarz in seiner Übersetzung unberücksichtigt lässt. Skorochodow und seine Kollegen »russifizieren« manche französischen Namen von Speisen und Gerichten oder kreieren neue französisch klingende Namen, um bei den reichen und zum Teil wenig gebildeten Gästen einen professionellen und internationalen Eindruck zu machen. Käthe Rosenberg ergänzt in ihrer Übersetzung den Namen der Sorte »Duchesse«, also Herzoginnenbirne (S. 51).

S. 45
Schachtel Pralinen von Filé
Gemeint ist die damals geschätzte Konditorei *Flej*, die in Moskau mit mehreren Filialen vertreten war und zum Handelshaus Tóropow K.D. & Co. gehörte.

4

S. 47
immer waren tückische Pläne und Piques herausgekommen
Beim Kartenlegen symbolisiert das Pik As Verlust, Abschied und Tod. Gleichzeitig steht die Karte auch für Befreiung, Neubeginn und spirituelles Erwachen. Vgl. Anm. zu S. 190.

S. 47
Der Sohn des Ladenbesitzers Gaikin
Sprechender Name, Ableitung möglicherweise von altrussisch *gai* ›Geschrei, Gekrächze‹ (von Dohlen, Krähen, Raben u.Ä.) bzw. russisch *gáika* ›Mutter, Schraube; massiver Fingerring‹.

S. 52
den Grafen von Monte Christo
Der gleichnamige französische Abenteuerroman (1844–1846) von Alexandre Dumas war im 19. und 20. Jahrhundert in Russland äußerst populär.

S. 54
in die Hütte retten
Die wörtliche Übersetzung des Originals lautet: »Da stiehlt sich ein Mensch in die Hütte« (*lésjet tschelowjék w murjú*), was hier so viel bedeutet wie »fällt in ein Loch, gerät in eine missliche Situation«. Bei Rosenberg heißt die Stelle: »Da gerät so ein Mensch in die Patsche« (S. 60).

S. 54
Wie der Hund in der Pfanne!
Wörtliche Übersetzung des Originals: »Wie die Laus in einer Pirogge« (*Wosch w pirogé*) im Sinne von: »Wie eine Laus im Pelz / im Fell«. Käthe Rosenbergs Übertragung: »wie die Laus im Butterteig« (S. 61).

S. 55
nichts als alberne Komödie
Während Georg Schwarz aus der »Tragödie« im Originaltext (*odná tragédija glúpaja*) eine »Komödie« macht, übersetzt Käthe Rosenberg fast wörtlich: »die reine alberne Tragödie« (S. 62).

S. 56
die Kamarinskaja
Traditioneller russischer Volkstanz, bekannt durch die gleichnamige Komposition des russischen Komponisten Michaíl Glínka von 1848.

S. 56
Jemeljan Iwanytsch Landyschew
Sprechender Name, Ableitung von russisch *lándysch* ›Maiglöckchen‹, dem Symbol für Freude, Reinheit, Jugend, Aufrichtigkeit und Verschwiegenheit.

S. 57
Wohnungen aber gibt es nicht
Der Industrialisierungsboom Ende des 19. Jahrhunderts hatte eine verstärkte Urbanisierung zur Folge; viele Bauern wanderten in die Städte ab. In Moskau lag der Anteil von »Wanderarbeitern« 1902 bei 67 %. Die sozialen Spannungen in den großen Städten erhöhten sich beträchtlich. Die Lebens- und Wohnverhältnisse vieler Arbeiter, von denen die meisten in Elendsvierteln lebten, waren katastrophal. Der Mangel an Wohnraum führte dazu, dass sich oft mehrere Personen eine Wohnung oder ein Zimmer sowie Sanitär- und Kücheneinrichtungen mit anderen Bewohnern teilen mussten.

5

S. 58
Sohn eines Müllkutschers
Im Originaltext ist die Rede von einem *solotárik*, Diminutiv zu *solotár* ›Grubenreiniger, Fäkalienarbeiter‹ (aber auch ›Vergolder, Goldschmied, Goldgräber‹), also einem Entsorger von Fäkalien aus Abort- und Klärgruben.

S. 59
Ikorkin, der Kaviarschlecker
Sprechender Name, Ableitung von russisch *ikórka*, Diminutiv zu *ikrá* ›Kaviar‹. In ihrer Übersetzung hat Käthe Rosenberg ihm den Namen »Kaviarow« gegeben (S. 65).

S. 60
Tochter des Fabrikbesitzers Barygin
Der sprechende Name des Fabrikanten Barýgin ist abgeleitet von russisch *barýga* ›Spekulant, Dieb, Schieber, Geldsack‹.

S. 60
Herr Glotanow nannte ihn nur noch den »Kartenhausarchitekten«! Sein wirklicher Name aber war Michaila Lukitsch Sjomin!
Der gebräuchliche russische Name Sjomin kann als sprechender Name gelten, evtl. eine Ableitung von russisch *sjómatj* ›unnützerweise hin- und herlaufen, ohne Grund geschäftig sein; unentschlossen sein, zögern‹ (Pawlowsky 1879). Sjómin, der »Kartenhausarchitekt«, Geschäftsmann und Immobilienmakler, ist ein Baulöwe, der Hochhäuser bauen lässt und diese mit erheblichem Gewinn verscherbelt. Der von Herrn Glotanow verwendete Spitzname für ihn lautet im russischen Original *Domostrói*, ein Begriff mit zweifacher Bedeutung, mit der Schmeljow spielt: Zum einen bedeutet er wortwörtlich ›Hausbau‹. Zum anderen ist »Domostroi« im Sinne von ›Hausordnung‹ allgemein bekannt als Bezeichnung eines ausführlichen moralisch-ethischen Leitfadens aus dem 16. Jahrhundert mit Ratschlägen und Regeln für das öffentliche, religiöse, familiäre und alltägliche Verhalten, der bis ins 19. Jahrhundert Anwendung fand. Sjomin erscheint mit seiner kapitalistischen Gesinnung als Geschäftsmann ohne jegliche moralische Prinzipien, für den also die Vorschriften des »Domostroi« keinerlei Bedeutung haben. Diesen ironischen Gehalt des russischen Spitznamens gibt Georg Schwarz mit »Kartenhausarchitekt« durch eine freie, gleichfalls ironische deutsche Entsprechung wieder, wogegen Käthe Rosenberg ihn unübersetzt lässt (S. 67).

S. 61
Bring mir eine … Scholle!
Der Wichtigtuer Sjomin will sich mit seinen mangelhaften Kenntnissen der französischen Sprache und Küche vor seiner Ehegattin aufspielen und bestellt *ssol* ›Salz‹, beinahe gleichlautend mit französisch *sole* ›Seezunge‹. Die phonetische und semantische Diskrepanz wird in der Geschichte als komische Szene dargestellt, in der Sjomin seiner Gattin erklären muss, was sie vor sich auf dem Teller hat: eine Flunder, die zudem – ihrem ignoranten Geschmacksempfinden nach – verfault riecht.

S. 61
der Artischocken wegen
Schmeljow macht sich aus der beobachtenden Sicht seines Protagonisten Skorochodow über die aufgesetzte Kultiviertheit und Unbelesenheit mancher Zeitgenossen lustig. Die Kenntnis der französischen Sprache und der Nuancen der französischen Küche dienten als Indiz für den sozialen Status einer Person. Im vorrevolutionären Russland galt die französische Küche als obligatorisches Attribut des Lebens der wohlhabenden Bevölkerungsschichten. Micháila Lúkitsch Sjómin, ein sozialer Aufsteiger ohne profunden Bildungshintergrund, ist bestrebt, sich in die »gehobene Schicht« der Restaurantbesucher einzureihen, steht aber mit der Bedeutung bzw. den Namen französischer Gerichte auf Kriegsfuß. Er bestellt eine Artischocke in der Erwartung eines Fleischgerichts »auf französische Art«, bekommt aber zu seiner Ernüchterung eine »Rübe mit Hörnern« (*répa rogátaja*), wie er die Artischocke beschreibt. Schadenfroh bestellt er seiner zänkischen und frustrierten Gattin später Artischocken.

S. 62
Hausen
Der Hausen (oder Beluga-Stör) ist ein besonderer Speisefisch, wird aber vornehmlich zur Kaviar-Gewinnung gefangen. Der Belugakaviar ist besonders hochwertig und teuer. Der Lebensraum des europäischen Hausen ist das Kaspische, das Asowsche und das Schwarze Meer.

S. 63
Neunaugen
Neunaugen (Lampreten) haben einen aalartigen, langgestreckten Körper und werden ähnlich wie Aal zubereitet.

S. 63
Knechte und Lakaien
Im russischen Originaltext wird Skorochodows Abscheu durch die rhetorischen Figuren Wiederholung und Chiasmus ausgedrückt: »Mistkerle, Mistkerle und Schleimer! Sie sind die wahren Schleimer und Mistkerle!«

S. 63
man trinkt und prügelt seine Frau, das stimmt schon
Häusliche Gewalt stellt in Russland seit jeher in jeder Gesellschaftsschicht ein weit verbreitetes und tabuisiertes Problem dar. Alkoholismus, Armut und/oder problematische Wohnverhältnisse sind oft Auslöser für höhere Gewaltbereitschaft. Die Reiseberichte von Sigismund von Herberstein (1486–1566) und Adam Olearius (1599–1671) bewerten Russen als unzivilisierte Menschen und heben ein großes Gewaltpotenzial unter russischen Männern hervor, das sie, als angeblicher Liebesbeweis, zum Schlagen und Misshandeln ihrer Frauen ermuntere. »Wenn er dich schlägt, liebt er dich.« Auch einige russische sprichwörtliche Redensarten unterstreichen diesen Gewaltaspekt, zumeist in Verbindung mit Alkohol, z.B.: »Sie sitzen zu Hause, trinken und schlagen

ihre Frauen«; »Wer keinen Wein trinkt, lebt nicht betrunken; wer seine Frau nicht schlägt, lebt nicht gut«; »Je mehr man die Frau schlägt, desto besser schmeckt die Suppe.«

S. 65
Narsan
Das Heilwasser Narsán stammt aus Kislowódsk, einem berühmten kaukasischen Kurort, dem »russischen Baden-Baden«.

S. 65
Soljanka
Die Soljánka, eines der beliebtesten Gerichte der russischen Küche, ist eine aromatische säuerlich-salzige Suppe mit Fleisch, Fisch oder Pilzen, scharfen Gewürzen, Salzgurken, Kraut und saurer Sahne. Bei der Aristokratie galt die Soljanka als ein Bauern- und Arme-Leute-Essen.

S. 67
Warum sagen Sie ›du‹ zu mir?
Die Distanz zwischen »du« und »Sie« ist im Russischen genauso groß wie im Deutschen. Vgl. Anm. zu S. 6.

S. 68
redete ihn mit Vor- und Vatersnamen an
Eine russische Besonderheit ist die Anrede mit Vor- und Vatersnamen. Sie ist die höflichste Form der Anrede unter Personen, die sich siezen.

S. 72
Immer dieses Geschlacker …
Gemeint ist ›Dreckwetter‹. Im russischen Text steht *grjas* ›Dreck, Schmutz‹. Käthe Rosenberg gibt die Stelle wieder durch: »Ein Dreck wieder …« (S. 79).

S. 75
Auch dieser Pachomow soll sich nicht bei uns blicken lassen!
Der gebräuchliche Name Pachómow bezieht sich auf den ägyptischen Mönch und Gründer der ersten christlichen Klöster, den Heiligen Pachomios den Großen, *Pachómi Welíki* (um 292/298–346/348). Sein Gedenktag in der orthodoxen Kirche ist der 15. (28.) Mai. In der mittleren Silbe des Wortes spielt Schmeljow möglicherweise auf das phonetisch ähnliche *cham* ›Flegel, Grobian, Lümmel, Mistkerl‹ an.

S. 76
Martyschka
Der unbeliebte Lehrer wird mit einem Affen verglichen. Sprechender Name, gleichlautend mit russisch *martýschka* ›Affengesicht‹.

S. 77
Heiligenbild in der Ecke
In Privathäusern und -wohnungen haben Ikonen ihren Platz in der meist nach Osten ausgerichteten sogenannten »Schönen Ecke« (*Krásny úgol*).

S. 77
Hier, die Muttergottes von Kasan
Die »Gottesmutter von Kasan«, auch »Kasánskaja« genannt, ist eine als wundertätig angesehene Marien-Ikone. 1579 soll die Gottesmutter einem neunjährigen Mädchen in Kasán an der Wolga erschienen sein und ihm das Versteck der vor den muslimischen Tataren verborgenen wundertätigen Ikone offenbart haben. Die »Kasánskaja«, die als »Beschützerin Russlands« gewürdigt wird, zählt in der russisch-orthodoxen Kirche zu den meistverehrten Ikonen.

S. 77
Pardauz
Der veraltete, lautmalerische Ausruf, wenn jemand oder etwas hinfällt, steht hier für russisch *schwark* ›hingeschleudert‹.

S. 77
Das reinste Elend!
Der russische Text bedeutet wörtlich: »Verfluchte Zwangsarbeit«.

6

S. 78
in der Gemäldegalerie
Gemeint ist hier wahrscheinlich die Moskauer Tretjaków-Galerie, schon im 19. Jahrhundert eine der größten und berühmtesten Kunstsammlungen Russlands.

S. 78
Ihr sagt bis auf den heutigen Tag ›die Drosherie‹ und statt Köche ›Kochs‹
Im Original heißen die von Natascha beanstandeten falschen Formen *kúfnja* anstatt *kúchnja* ›Küche‹ und *ndráwitsja* anstatt *nráwitsja* ›er, sie, es gefällt‹. Käthe Rosenberg gibt sie in ihrer Version durch »Lektrizität« und »wegen dem« wieder (S. 86).

S. 78
und Bastmatten
Genauer müsste die Übersetzung lauten: Fußmatten und Staubwedel.

S. 79
Doktor Samogrusow
Sprechender Name, gebildet aus russisch *sam* ›selbst, von sich aus, allein‹ und *grus* ›Last, Ladung, Gewicht‹: eine Person, die die Last auf eigenen Schultern trägt.

S. 80
Oder zum Beispiel damals, als die Mißernte war
Russlands Industrialisierungsaufbruch Ende des 19. Jahrhunderts war von einer Vielzahl gravierender Missernten und Hungerkrisen begleitet. Allein 1891/92 fielen zwischen 400 000 und 900 000 Menschen einer Hungersnot zum Opfer. Zusätzlich kamen durch Cholera und Typhus eine halbe Million Menschen ums Leben. 1901 erfasste eine Hungersnot im europäischen Teil Russlands über 27 Millionen Menschen. Im Südkaukasus forderten Missernten und Versorgungskrisen nach 1905 den Zarenstaat heraus. Nicht zuletzt haben diese Hungersnöte Teile der russischen Gesellschaft stärker politisiert und dazu veranlasst, der Regierung Widerstand zu leisten.

S. 80
Sogar die Zeitungen schrieben darüber
Verstärktes politisches Bewusstsein, zunehmende Alphabetisierung und gelockerte Zensur trugen nach der Revolution von 1905 zu einem rasanten Boom im Pressewesen bei: Im Zeitraum von 1900 bis 1914 verzehnfachte sich die Zahl der Zeitungen und damit auch die Menge an Informationen. Es erschienen auch Zeitungen, die sich an eine weniger gebildete Leserschaft richteten. Populär war die bereits seit 1868 existierende sozialpolitische Zeitung »Russische Nachrichten« (*Rússkije Wédomosti*), in der u.a. Lew Tolstoj und Anton Tschechow veröffentlichten; nach dem Revolutionsjahr 1905 wurde die Zeitung das Publikationsorgan des rechten Flügels der Kadetten. Kein Thema wurde in der Presse tabuisiert, der Sensationsgier der Leser Rechnung getragen: »Die Zeitungen pflegten mit Wonne über die schaurigen Einzelheiten von Verbrechen und Skandalen zu berichten. Die Welle des Terrorismus, die nach 1907 nur langsam abebbte, bot talentierten Journalisten reichlich Stoff, um die Leserschaft zu erschrecken und ihr Verlangen nach mehr Neuigkeiten zu wecken.« (Geoffrey Hosking: *Russland. Nation und Imperium 1552–1917*. Berlin: Siedler Verlag 2000, S. 478)

S. 80
Ja doch, Sie sind selber bedürftig, ich weiß!
In Käthe Rosenbergs Übersetzung heißt es: »… jeder nach seinem Vermögen, gebt!« (S. 89)

S. 81
Iwan Iwanytsch Gustow, Besitzer einer Kantillenfabrik
Sprechender Name, Ableitung von russisch *gustói* ›dick, dicht‹ (vgl. auch die Anm. zum Namen Gustschin, S. 14). Der saturierte Iwán Iwánytsch Gustów nimmt sich später »aus Lebensüberdruss« das Leben.
Die Kantille ist ein vergoldeter oder versilberter Draht zur Herstellung von Borten und Tressen. Kantillen schmücken seit dem 18. Jahrhundert die Epauletten an den Uniformen höherer Offiziere oder Staatsrepräsentanten. Goldkantillen werden in der Goldstickerei und bei der Herstellung von Posamenten verwendet. Die größte Produktionsstätte dieser Art war Ende des 19. / Anfang des 20. Jahrhunderts die Alexéjew-Kantillenfabrik.

S. 82
bestes Kristall
Im russischen Original spricht Schmeljow von *bakkara*, also Kristallglas der französischen Manufaktur Baccarat. Bei Käthe Rosenberg heißt es entsprechend: »Glas, Bakkarat« (S. 90).

S. 82
Festordner
Gemeint ist hier der verantwortliche Organisator einer Festgesellschaft.

S. 83
Überbackenes und Klößchen
Mit »Überbackenes« wird hier der russische Ausdruck *forschmák* wiedergegeben. »Vorschmack« ist eine beliebte Vorspeise aus der traditionellen jüdischen Küche. Ursprünglich wurde in der koscheren Variante Hering mit anderen Zutaten wie Kartoffeln, Eiern und Äpfeln gemischt. In Russland wurde das Rezept später erweitert zu einer (sättigenden) Mischung aus Fleisch, Hering, Weißbrot, Zwiebeln und Sauerrahm, die mit Käse überbacken wurde. Der Name der Vorspeise geht auf das altertümliche deutsche Wort *Vorschmack* für ›Vorgeschmack, Vorspeise‹ zurück.

S. 83
Blätterteigböden
Im russischen Text steht *wolowántschiki*, Diminutiv zu *wolowán*, der Entlehnung des französischen Namens der bekannten Vorspeise Vol-au-vent, runden Pasteten aus Blätterteig, die oft mit Ragout fin gefüllt sind.

S. 84
Kurator des Schulbezirks
Schulrat eines Schulbezirks, Schulamtsdirektor der Schulaufsicht.

7

S. 90
und verurteilte ihn nur zu einer Kirchenbuße
Eine kirchliche Buße ist in der orthodoxen Kirche eine durch den Priester »auferlegte Strafe« (Epitimie) mit dem Auftrag, Gebete zu sprechen oder eine bestimmte Anzahl von Kniefällen zu machen, zu fasten, Almosen zu geben, Entbehrungen auf sich zu nehmen oder geistliche Übungen zu verrichten. Früher gab es ein heute nicht mehr übliches abgestuftes System der Kirchenbuße mit vier Kategorien. Je nach Schwere des Verstoßes durften Büßer nicht das Kirchengebäude betreten, nicht an der Liturgie der Gläubigen teilnehmen, sie wurden von der Kommunion ausgeschlossen oder konnten für schwere Sünden sogar auf Jahre exkommuniziert werden.

S. 92
fünf Pud
Russisches Gewichtsmaß, 1 Pud = 16,38 kg.

S. 93
Solche wie mich nennen sie Kochfrauenkinder
Der russische Bildungsminister Iwan Deljanow verabschiedete 1887 das von Zar Alexander III. bewilligte Dekret »Über die Reduzierung der gymnasialen Bildung«, das primär die Aufnahme von Kindern wohlhabender Familien in Gymnasien und Progymnasien vorsah, d.h. nur von »solchen Kindern, die sich in der Obhut von Personen befinden, die eine ausreichende Garantie für eine ordnungsgemäße häusliche Betreuung und den notwendigen Komfort für ihren Schulbesuch bieten«. Der Erlass verfügte aber auch, dass weiterführende Schulen »die Kinder von Kutschern, Lakaien, Köchen, Wäschern, Kleinhändlern und dergleichen« mit »ungewöhnlicher Begabung« aufnehmen könnten, ansonsten diese Kinder aber »keine weiterführende und höhere Bildung anstreben sollten«. Auf diese Verfügung spielt Nikolai hier an. Der Ausdruck ›Kochfrauenkinder‹ (*kuchárkiny déti*) ist im Russischen zu einer festen Wendung geworden (vgl. http://www.domarchive.ru/history/part-1-empire/4801). Wladímir Lénin wurde beispielsweise mit seinem Ausspruch bekannt: »Jede Köchin muss in der Lage sein, die Staatsmacht auszuüben.« Damit billigte er jedem Angehörigen aus der Arbeiterklasse zu, die direkte Kontrolle von wirtschaftlichen und politischen Institutionen übernehmen zu können. Vgl. auch Anm. zu S. 12.

S. 94
Da bekreuzigte ich ihn
Das Kreuzzeichen wird in den Ostkirchen (und anderen christlichen Kirchen) mit einer Hand vor jemandes Stirn, Brust oder Schultern als Geste der Segnung und des Schutzes vor Unheil ausgeführt. Vgl. auch Text S. 194.

S. 94
Lüftungsklappen
Die Lüftungsklappe (*fórtka*, auch *fórtotschka*) ist ein kleines Klappfenster innerhalb eines Fensters, das sich gesondert öffnen lässt. Es dient zum Lüften und verhindert im Winter wegen der schmalen Öffnung eine Auskühlung des Raumes.

8

S. 95
und stiftete eine Kerze
Opferkerzen werden in orthodoxen Kirchen als sichtbares Zeichen des Gebets, häufig mit einem besonderen Anliegen verbunden, zumeist vor als wundertätig geltenden Ikonen aufgestellt.

S. 100
Er aber hatte sich verpustet
Gemeint ist: hatte Atem geholt.

S. 100
Er streitet sich im Unterricht mit dem Religionslehrer
Im russischen Text ist von einem *bátjuschka* ›Pope, Pfarrer, Priester‹ die Rede. Da die Orthodoxie als Stütze des Zarismus galt, wurde der Religionsunterricht in den Schulen von orthodoxen Priestern (*bátjuschki*) durchgeführt.

9

S. 107
obendrein ein Schmiergeld gezahlt
Bestechung hat in Russland, das verschiedenen Untersuchungen zufolge bis heute zu einem der korruptesten Länder der Welt zählt, eine lange Tradition. Berüchtigt war besonders die Käuflichkeit von Provinzbeamten im Verwaltungssystem, das aus Geldmangel Jahrhunderte hindurch seinen Beamten keine Gehälter auszahlte und von ihnen verlangte, »sich aus amtlichen Geschäften selber zu ernähren«. Russische Schriftsteller, wie beispielsweise Michaíl Sáltykow-Schtschedrín, Nikolái Gógol oder Antón Tschéchow, haben die Korruption wiederholt in satirischer Weise in ihren Werken angeprangert. (Richard Pipes: *Rußland vor der Revolution. Staat und Gesellschaft im Zarenreich.* München: Verlag C. H. Beck 1977, S. 288 ff.)

S. 110
Skomorochow
Ein Wortspiel: Skorochódow – Skomoróchow. Die Skomoróchi, auch Skomorochen, waren in Russland vor allem im 15.–17. Jahrhundert fahrende Volks-

unterhalter, die zumeist an Sonn- und Feiertagen als Gaukler, Possenreißer, Schauspieler, Musiker, Dresseure auftraten.

S. 111
Empfangszimmer
Gemeint ist hier: Sekretariat, Sprechzimmer.

10

S. 114
Himmelfahrtskirche
Gemeint ist hier vermutlich die zwischen 1798 und 1816 errichtete Große Himmelfahrtskirche *Bolschóje Wosnessénije* am Nikítski-Tor in Moskau, in der 1831 Alexander Puschkin und Natálja Gontscharówa getraut wurden.

S. 114
in Wirklichkeit hieß er höchst gewöhnlich Laitschikow
Sprechender Name, evtl. Ableitung von russisch *lai* ›Bellen, Kläffen; Streit, Gekeife‹.

S. 115
Man muß den Fassreifen aufweichen, wenn man ihn biegen will
Die russische sprichwörtliche Redensart heißt wörtlich: »Man muss den Reifen zum Dampfen bringen, wenn man ihn biegen will.« (*Óbrutsch gnutj nádo, raspáriwschi*), d.h. im übertragenen Sinn: Man muss sich zum Erreichen von Zielen mitunter der Situation anpassen und nicht ohne Rücksicht auf Verluste starrköpfig seine Absicht durchsetzen wollen.

S. 117
Mir träumt in letzter Zeit … ständig von zottigen schwarzen Hunden … Das bedeutet – ein eigenes Haus
Skorochodows Frau Lúscha hat eine ausgeprägte Ader für Übersinnliches (Wahrsagerei, Kartenlegen, Träume). Hunde im Traum lassen vieldeutige Interpretationsmöglichkeiten zu. Einerseits ist der Hund für den Menschen treuer Begleiter, Wächter und Helfer; andererseits gilt das vom Wolf abstammende Tier auch als unberechenbar und furchterregend. Den Traum von den zottigen schwarzen Hunden interpretiert Luscha als positives Omen: die Ankündigung von Geld und einem eigenen Häuschen. Er könnte aber auch gegenteilig gedeutet werden: als Hinweis auf bevorstehende unangenehme Begegnungen, zweifelhafte Vergnügen und unkalkulierbare Kräfte, also auf ein wenig gutes Ende.

S. 117
es war Wassil Semjonytsch Strenin, ein steinreicher Mann
Die Herkunft des russischen Familiennamens Strenín ist nicht eindeutig. Er ist u. a. für das Jahr 1903 in Alúschta auf der Krim, dem zeitweiligen Aufenthaltsort Schmeljows, belegt und mit einer Familie verbunden, die aus Chenillegarn Textilstoffe, Stickereien und Samtspitzen herstellte. Er könnte von dem russischen Wort *srétenje* für den christlichen Feiertag Mariä Lichtmess (2. Februar) herrühren: Eltern nannten ihr an diesem Tag geborenes Kind zuweilen Strenja. Aus diesem Namen könnte der Familienname Strenin entstanden sein.

S. 118
Sparkassenmarken
Sparkassenmarken dienten als Beleg für ein Sparguthaben auf der Bank.

11

S. 119
Und schließlich fluten sie aus Sibirien herbei, ein Volk für sich, Sibirier
Wohlhabende, temperamentvolle und mitunter ein wenig hinterwäldlerische sibirische Geschäftsleute, von Skorochodow als zähe Zeitgenossen beschrieben, kaufen in Moskau Waren oder verprassen dort ihr Geld. Skorochodow schätzt sie wegen ihrer Großzügigkeit.

S. 120
der ist nun einfach unser Prunkstück, der weiße Rabe unter uns, der Clou vom Ganzen
Wörtlich heißt die Stelle: »der ist unsere höchste Nummer, wie ein König oder kleiner Fürst unter den Stören, sozusagen ein weißer Sterlet, eine Seltenheit.« Ein Sterlet-Albino kommt – ebenso wie ein weißer Rabe – so gut wie nie vor; gewöhnlich hat der Sterlet eine dunkelgraue bis braune Grundfärbung. Käthe Rosenberg übernimmt in ihrer Übersetzung den »weißen Sterlet« (S. 129).

S. 122
Granit Victoria parisien à la reine
Ein französisch und extravagant klingender, wahrscheinlich künstlicher Fantasiename für die Nachspeise eines Menüs. Die Bezeichnung (»etwas sehr Sättigendes«, wie es im Text heißt) könnte auf die gefrorene, sorbetähnliche sizilianische Süßspeise »Granita« (Granité) zurückgehen. Ein wenig später heißt es im Text (S. 127), dass der Küchenchef selbst nicht weiß, was »Pariser Art« bedeutet. »Er legt ein Blättchen Salat woanders hin, und fertig ist die Pariser Art.« Vgl. Anm. zu S. 45.

S. 122
timbale andalouse croquette
Auch dieses ist wohl ein Fantasiegericht mit erfundenem französischem Namen. Timbalen waren ursprünglich Pasteten mit einer Teighülle in Form kleiner Kesselpauken (französisch *timbale* bedeutet ›Kesselpauke‹). Im Text wird die Speise als eine Piroggenart beschrieben.

S. 122
als vierten Gang einen turbot
turbot ist der französische Ausdruck für ›Steinbutt, Turbutt‹.

S. 123
Was »Ware« ist, weiß jeder
Abwertende Anspielung auf sich prostituierende junge Frauen, die von den »Kunden«, häufig älteren betuchten Männern, fürs Séparée angefordert werden.

S. 123
nahmen zwei Kaufleute aus Krasnojarsk Quartier
Krasnojársk ist nach Nowosibírsk und Omsk heute die drittgrößte Stadt Sibiriens am Fluss Jeniséi. Nachdem der Bau der Transsibirischen Eisenbahn 1896 die Stadt erreicht hatte, erlebte sie einen wirtschaftlichen Aufschwung.

S. 124
Zephire!
Zephire ist zum einen der Name eines russischen leichtes Gebäcks, der auf die Bezeichnung des leichten Westwinds zurückgeht, und zum anderen hier eine abwertende Anspielung auf »leichte Mädchen«, also sich prostituierende junge Frauen.

S. 126
Crème à la Reine
Cremesuppe auf der Basis von Hühnerbouillon.

S. 126
Oder, sagen wir, rissoles
Wortspiel hier mit den russischen Wörtern *ris* ›Reis‹ und *ssol* ›Salz‹. Nicht den erwarteten »gesalzenen Reis« erhalten die unwissenden sibirischen Restaurantgäste, sondern kleine gefüllte Teigtaschen.

S. 136
und nennt ihn, wenn sie zu ihm spricht, einfach Nikolai
Dass die Untermieterin Nikolái mit dem Vornamen ohne Patronym anredet, spiegelt eine distanziert-freundschaftliche Beziehung wider: Der Angesprochene gehört zwar zum (engeren) Vertrautenkreis, allerdings noch auf der »Sie«-Ebene. Skorochodows Frau Luscha benutzt im Gegensatz dazu für ihren Sohn die vertraut-familiäre Diminutivform Kóljuschka.

12

S. 137
im Zusammenhang mit dem Krieg
Gemeint ist der Russisch-Japanische Krieg von 1904/05: Russland führte den Krieg gegen das Kaiserreich Japan vordergründig, um die Vorherrschaft im Fernen Osten zu konsolidieren, im Grunde genommen aber, um von der eigenen innenpolitischen Misere abzulenken. Der Krieg verlief für Russland militärisch katastrophal und war ein Auslöser für die Russische Revolution von 1905, die den Einfluss der autokratischen Herrschaft und das hierarchische russische Gesellschaftssystem wesentlich beeinträchtigte. Eine Welle politischer und sozialer Unruhen war die Folge. Eine erstarkte Protestbereitschaft der Arbeiter und Bauern sowie das Aufbegehren des liberalen Adels und Bürgertums mit politischen und sozialen Postulaten gefährdeten den inneren Frieden; so wurden u. a. freie Wahlen, Versammlungsfreiheit und ein Achtstundentag eingefordert.

S. 138
Auch einen freien Tag verlangen wir
Mit Beginn des industriellen Umbruchs Mitte des 19. Jahrhunderts war es wiederholt zu Streiks und Aufständen gegen die schweren Arbeitsbedingungen und die Willkür der Unternehmer gekommen. An der Schwelle zum 20. Jahrhundert wurden zahlreiche Arbeiterorganisationen gegründet, die spontane Proteste in organisierte Streiks umwandelten. 1897 erfolgte per Gesetz eine Beschränkung des Arbeitstags auf 11,5 Stunden, gegen die aber während der Wirtschaftskrise zwischen 1900 und 1903 seitens kleinerer und mittelständischer Unternehmen immer wieder durch Verlängerung des Arbeitstags auf 13–14 Stunden verstoßen wurde. Die Forderung nach Gewerkschaften wurde vor allem nach der Revolution von 1905 angekurbelt. Ende 1905 erhielten Arbeiter zwar das Recht, aus ökonomischen Gründen zu streiken, doch erst ab März 1906 durften Gewerkschaften gegründet werden. Zwischen 1900 und 1905 war es zu zahlreichen Bauernrevolten gekommen und im Januar 1905 in St. Petersburg zu einem Generalstreik, der den »Blutsonntag« und die erste russische Revolution auslöste. In der Folge billigt Zar Nikolaus II. im sogenannten »Oktobermanifest« die Einführung demokratischer Strukturen mit Parlament und Staatsduma, aber ohne Konstitution. Der Erlass des Zaren über »Die vorläufigen Regeln für die Gewerkschaften« (1906) bedeutete im Wesentlichen eine Beschränkung der gewerkschaftlichen Tätigkeit. Insgesamt hat das revolutionäre Klima nach 1905 weite Teile der russischen Gesellschaft erfasst. So organisierten sich beispielsweise auch Kellner, Bankangestellte oder Schauspieler gewerkschaftlich. Vgl. auch Text S. 207.

S. 138
Du ziehst am falschen Strang, paß auf, daß er nicht reißt!
Die bildliche sprichwörtliche Redensart *Ne sa tu tjánesch, oborwjósch!* – wörtlich: »Wenn du am falschen (Strang) ziehst, reißt du ihn ab!« – ist eine Warnung, dass jemand einen falschen Weg einschlägt, aufs falsche Pferd setzt, den Bogen überspannt hat. Vgl. auch Text S. 147.

S. 138
in der Wüste sterben zu müssen
Anspielung auf den Russisch-Japanischen Krieg 1904/05 in Asien, in dem neben verheerenden Seegefechten auch Landschlachten stattfanden, wie etwa die für die russische Armee verlustreiche Schlacht bei Mukden in der Mandschurei (1905).

S. 139
sie wäre sonst ins Protokoll gekommen
Gemeint ist hier ein Polizeiprotokoll; sie wäre polizeilich erfasst worden.

S. 141
Nur muß man es über Tschemodanow machen
Sprechender Name, Ableitung von Russisch *tschemodán* ›Koffer‹. Der Koffer (mit Unterlagen, Papieren etc.) spielt auf seine Tätigkeit als reisender Händler an, der mit Getreide, aber auch mit Aktien handelt.

S. 141
Geklapper mit den Rechenbrettern
Gemeint ist der russische Abakus. Er besteht aus einem Holzrahmen mit Querstangen, auf denen Holzkugeln aufgereiht sind, deren Anzahl den einstellbaren Stellen entspricht. Die russische Bezeichnung *stschóty* ist der Plural von russisch *stschot* ›Rechnung‹.

S. 142
Die essen vom Kuchen nur die Rosinen!
Schmeljow verwendet – in den Plural gesetzt – die russische sprichwörtliche Redensart *So stschútschki odní stschótschki kúschajet*, wörtlich »Vom Hechtchen isst sie nur die Bäckchen«. Sie entspricht der deutschen Redensart »sich die Rosinen aus dem Kuchen picken«, d.h. das Beste auswählen. Käthe Rosenberg gibt die Stelle wieder durch »Die essen von den Forellen nur die Backen!« (S. 151).

S. 142
Die Politik der Finanzen!
Seit den 90er-Jahren des 19. Jahrhunderts vollzog sich im primär landwirtschaftlich geprägten Russland, in dem zwei Drittel der Bevölkerung weder lesen noch schreiben konnten, ein tiefgreifender wirtschaftlicher Wandel. Die industrielle Produktion wuchs ab der Jahrhundertwende rasant an ungeachtet einer Wirtschaftsflaute im ersten Jahrzehnt. Die russische Regierung war

bestrebt, den Entwicklungsvorsprung der westeuropäischen Nachbarländer aufzuholen; bis zum Beginn des Ersten Weltkriegs entwickelte sich Russland zur fünftgrößten Wirtschaftsmacht der Erde. Das industrielle Wachstum und deutliche Verbesserungen in der Landwirtschaft trugen dazu bei, dass die Bevölkerung insgesamt wohlhabender wurde. Ausschlaggebend für die staatlich intensivierte Industrialisierung war der Eisenbahnbau, der vor allem zur Expansion der Schwerindustrie (etwa Bergbau, Hütten- und metallverarbeitende Industrie) beitrug. Die Fertigstellung der Transsibirischen Eisenbahn (1891–1901) bewirkte einen Aufschwung der Wirtschaft auch in Sibirien und Fernost. Zur Finanzierung stützte sich die russische Regierung auf Staatsanleihen, übernahm die Verantwortung für ausgegebene Eisenbahnaktien und beschaffte sich ausländisches Kapital. Auch privatwirtschaftliches Engagement trug im ersten Jahrzehnt zu hohen Wachstumszahlen in der Wirtschaft bei. Die Auslandsverschuldung nahm in der Folge beträchtlich zu; 1914 stammten mehr als 40 Prozent des Aktienkapitals der russischen Industrie, die sich in wenigen Zentren ballte, aus dem Ausland. Trotz der forcierten Industrialisierung wurden mittelständische Unternehmen und kleine Handwerksbetriebe nicht verdrängt; sie boomten vor allem während der Wirtschaftsflaute zwischen 1900 und 1908. Skorochodow trifft im Restaurant auf Menschen mit großen Vermögen, also wahrhaftige Kapitalisten.

13

S. 144
Sie liebes, gutes Hausmütterchen!
Käthe Rosenberg übersetzt die liebevolle, poetisch klingende russische Wortverbindung *starúschka-chlopotúschka* mit ›Sorgenmütterchen‹ (S. 153), was dem Original nahekommt.

S. 145
Dazu ein Bild der Muttergottes, die über dem Kinde weint
Schmeljow macht keine detaillierteren Angaben. Wahrscheinlich handelt es sich nicht um eine Ikone, sondern um eine Reproduktion eines religiösen Gemäldes, das die über dem Kind weinende Muttergottes darstellt. Denkbar wäre noch, dass Schmeljows Protagonist Skorochodow den Gesichtsausdruck einer traurig-wissend schauenden Muttergottes, wie er häufig auf Ikonen begegnet, als Weinen deutet.

S. 148
Er hatte im Nu gepackt und ging mit einigen Büchern davon
Der obskure Untermieter Sergéj Michaílytsch, der fluchtartig seine Behausung verlässt, gehört offensichtlich einer konspirativen revolutionären Untergrundorganisation an. Die Niederlage gegen Japan 1905 bedeutete einen Prestige- und Autoritätsverlust für Russland und verstärkte die Unzufriedenheit in allen Schichten der Bevölkerung. Sie hatte auf der einen Seite Verelendung

zur Folge, auf der anderen Seite das Entstehen oder die Stärkung von konkurrierenden oppositionellen Gruppierungen sozialdemokratischer Revolutionäre, von späteren Kommunisten, von terroristischen Kreisen, Anarchisten, des Allgemeinen jüdischen Arbeiterbundes, der Partei der Konstitutionellen Demokraten (K.D.) oder der Bildung des ersten Sowjets (*Sojús sojúsow* ›Bund der Bünde‹) in Moskau. Es entstand eine Vielzahl revolutionärer Bewegungen, die sich zumeist aus einfachen Menschen aus allen Schichten rekrutierten: Fabrikarbeitern, Handwerkern, der Intelligenzija – also um die Verbesserung der Gesellschaft bemühten aufgeklärten Gebildeten –, Studenten, Schülern, jungen Adligen, Soldaten und Bauern. Sie alle setzten sich vehement und in einer beinah romantischen Begeisterung für die Beseitigung der Autokratie und der unzulänglichen sozialen und wirtschaftlichen Missstände des Landes ein, und dies auch gewaltsam. Allein in den Jahren 1905 bis 1907 wurden durch verschiedene revolutionäre Gruppen und Einzelpersonen mehr als 4000 Beamte verwundet oder getötet. Michel Matveev (eigtl. Joseph Constaninovsky, 1892–1969) beschreibt in seinem Revolutionsbericht *Die Armee der namenlosen Revolutionäre. Russland 1905* (Bonn: Weidle Verlag 2014) die Untergrundkämpfer jener Zeit folgendermaßen: »Die Tätigkeit war konspirativ, sie verlangte den ganzen Mann und jede Art von Opfer. Die Revolutionäre [...] vergaßen ihre bisherigen Gewohnheiten. Man gewöhnte sich an Läuse, an den Gestank russischer Strümpfe, an den Alkohol. Man nahm alles hin, man änderte alles bis hin zum Namen, um diese Kraft zu werden: die revolutionäre Partei.« (S. 5) Der seit 1894 regierende Zar Nikolaus II. hielt die autokratischen Prinzipien seines Vaters Alexander III. aufrecht und befürwortete Unterdrückung und strikte Polizeiüberwachung (die auch Skorochodow trifft). Einige im Jahr 1904 vom Zaren bewilligte Reformen erbrachten keine grundsätzlichen Verbesserungen: Die sozialen Missstände blieben bestehen, und die Wandlung Russlands zu einem von der Bevölkerung erhofften Verfassungsstaat blieb aus.

S. 150
Woronesh
Worónesch liegt rund 500 km von Moskau entfernt. In der ersten Hälfte des 19. Jahrhunderts wurde Woronesch zum wirtschaftlichen und kulturellen Zentrum im südwestlichen Russland.

14

S. 157
Was hockt ihr in euren Höhlen herum wie Eulen?
Im russischen Original heißt es: wie irgendwelche Pestbefallenen (*tschumowýje kakíje*), was Käthe Rosenberg genauer wiedergibt: »als ob ihr die Pest hättet« (S. 166).

S. 160
Und jetzt … die Einberufung … das Vaterland verteidigen … Was für ein Vaterland?
Nach der Militärreform der Imperialen Russischen Armee durch den Kriegsminister Dmitri Miljutin kam es 1874 zur Einführung der Wehrpflicht. Das Einberufungsalter wurde auf 20 Jahre festgesetzt. – Russland war bestrebt, nach der Niederlage im Russisch-Japanischen Krieg von 1904/05 mit Hilfe von Großkrediten aus Frankreich seine Armee zu modernisieren, konnte aber Standards westlicher Armeen nicht erreichen. Um 1905 kam ein extremer russischer Nationalismus mit antijüdischen Ausschreitungen und der Bildung monarchistisch-nationalistischer Organisationen auf (etwa: Bund des russischen Volkes, Schwarze Hundertschaften), die im Geiste von Nikolaus I. die Trias von »Orthodoxie, Autokratie, Volksverbundenheit« idealisierten.

15

S. 161
Ein Beamter mit Kokarde, unser Bezirksvorsteher, unser Reviervorsteher und noch zwei andere in Zivil, dazu die Hausknechte
Eine Kokarde (frz. *cocarde* ›Abzeichen, Hutschleife‹) ist ein ursprünglich kreisförmiges Abzeichen, meist mit militärischer oder politischer Bedeutung, zum Beispiel als Aufnäher auf Kleidern und Uniformmützen, vornehmlich in den Nationalfarben. – Im russischen Text stehen folgende Gesetzeshüter vor der Tür: *tschinównik s kokárdoj*, ›Beamter mit Kokarde‹; *prístaw* ›Polizeikommissar, -chef, -hauptmann‹; *okolótotschny* ›Polizei-, Reviervorsteher‹; *dwórnik* ›Hausmeister‹.

S. 164
der heute Maître d'hôtel im »Chutorok« … ist
Hier ist das Restaurant »Chutórok« gemeint. – Ursprünglich war ein *chutorók* ein kleines Gehöft (oder ein kleiner Einzelhof, kleines Vorwerk, Meierhof, eine Meierei), auf dem der Betriebsleiter (der Meier) einer Landwirtschaft lebte und das zu einer adligen oder geistlichen Grundherrschaft gehörte.

S. 165
Selbst hinter den Ikonen auf dem Winkelbrett sahen sie nach
Auf dem Ikonenregal (*boshníza*), meist einem Eckregal, werden in der »Schönen Ecke« (*Krásny úgol*), der häuslichen Andachtsstätte, Ikonen aufgestellt. Vor den Bildern brennt ein »Ewiges Lämpchen« (*lampádka*) oder »Immerwährendes Licht«, das symbolhaft an die ständige Präsenz Gottes erinnert. Vgl. Anm. zu S. 77.

16

S. 171
kam ein Unbekannter hinter mir her
Obwohl er sich als Genosse und Parteifreund von Skorochodows Sohn Nikolai ausgibt, scheint dieser namenlose Unbekannte ein Polizeispitzel zu sein.

S. 171
Ich kenne Ihren Nikolai von der Partei her
Schmeljow gibt zwar keine konkreten Hinweise, aber die Rede ist offensichtlich von der Sozialdemokratischen Arbeiterpartei Russlands (SDAPR), die sich 1903 in der Abstimmung über taktische Fragen in die Fraktionen der sogenannten Bolschewikí (»Mehrheitler«) und Ménschewiki (»Minderheitler«) aufspaltete. Die Partei, deren Anhänger von der zaristischen Geheimpolizei (*Ochrána*) überwacht wurden, verstand sich als marxistische Partei und berief sich in ihren weltanschaulichen und politischen Ansichten auf die Schriften von Karl Marx und anderen sozialistischen Theoretikern: Nach einer Revolution der Industriearbeiter sollte eine Diktatur des Proletariats und schließlich eine klassenlose Gesellschaft etabliert werden. Die bolschewistische Sektion der Arbeiterpartei wurde 1918 in Kommunistische Partei Russlands umbenannt. Vgl. auch Anm. zu S. 148.

17

S. 174
Bei Butt & Brot, der Onkel meiner Freundin ist dort Geschäftsführer
Butt & Brot ist ein wohl fiktiver Name eines Kaufhauses, den der des Deutschen kundige Schmeljow von dem deutschen Wort *Butterbrot* oder der entsprechenden russischen Entlehnung *buterbród* hergeleitet hat.

S. 175
sie hat nicht schlecht gejammert
Sprichwörtliche Redensart, die auf das Lukas-Evangelium zurückgeht (Lk 16,19–31). Der bedürftige Lazarus liegt vor dem Tor eines reichen Mannes und begehrt Hilfe, die er nicht erhält. Viele geistliche Gesänge der orthodoxen Kirche erzählen vom Schicksal des Lazarus in verschiedenen Varianten. Die Redewendung »Lazarussingen« (*Lásarja petj*) wurde in Russland zu einem Synonym für Betteln, da herumziehende Bettler meistens ein Lazarus-Lied sangen. Wörtlich heißt es hier: »Sie stimmte den Lazarus an« (*sapéla oná Lásarja*), d.h. sie jammerte mitleidserregend und beklagte sich über ihr Schicksal (vgl. Andrej Sinjawskij: *Iwan der Dumme. Vom russischen Volksglauben*. Frankfurt am Main: S. Fischer 1990, S. 275–277).

S. 177
die Ehe ist heute zur Seltenheit geworden
Das Familienleben im patriarchalischen Russland des 19. Jahrhunderts war kaum selbstbestimmt; Kirche und Staat definierten eine klare Rollenverteilung zwischen den Geschlechtern. Erst im Zuge der sozialen und ökonomischen Veränderungen Ende des 19./Anfang des 20. Jahrhunderts veränderte sich die Lage der Frauen. Aufgrund des technisch-industriellen Fortschritts wurden vor allem Frauen aus den unteren Schichten in die Arbeitsprozesse eingebunden und konnten durch einen bescheidenen Lohn jenseits der Ehe Möglichkeiten der persönlichen Unabhängigkeit erlangen. Darüber hinaus boten höhere Bildungseinrichtungen Bildungs- und Berufschancen für junge Frauen, obwohl ihnen der Besuch von Universitäten noch nicht gestattet war. Zudem rebellierten viele Frauen, motiviert nicht zuletzt durch die revolutionären Bewegungen im 19./20. Jahrhundert, gegen das traditionelle russisch-orthodox geprägte Rollenverständnis in der patriarchalisch angelegten Ehe und Familie. Vorbild der neuen Frau war etwa die fiktive Figur der Wera Pawlowna in Nikolái Tschernyschéwskis Roman »Was tun?« von 1869. Mit Beginn der Russischen Revolution 1905 entstanden Frauenbewegungen, die sich u. a. an den englischen Suffragetten orientierten, das Frauenwahlrecht und die Möglichkeit zur Auflösung der Ehe und Familie als lebenslanger Verbindung forderten. Ein Zusammenleben von Mann und Frau, frei von kirchlichen oder juristischen Vorschriften, entsprach der Idealvorstellung. Der schwindende Einfluss der orthodoxen Kirche und traditioneller Rollenverständnisse ermunterte die Menschen zu freieren Lebensformen. In den Großstädten war das Leben, vor allem für die wohlhabenderen Bevölkerungsschichten, nicht puritanisch und sittenstreng: Freie Liebesbeziehungen, Homosexualität (gleichgeschlechtliche Liebe war in der Zarenzeit noch eine Straftat), Pornografie, Prostitution, Scheinehen etc. waren weit verbreitet.

S. 178
er ist schließlich kein Zuchthäusler, sondern ein Politischer!
Das prekäre Nebeneinander politischer und krimineller Häftlinge schuf generell eine angespannte Situation sowohl in Gefängnissen als auch in der Zwangsarbeit (*kátorga*). Kriminelle Inhaftierte wie Schwer- und Berufsverbrecher, Mörder, Kleinkriminelle etc. bildeten gewalttätige Bandenstrukturen mit der Erwartung bedingungsloser Loyalität und festem Ehrenkodex, unter denen die »Politischen« in der Regel zu leiden hatten.

S. 178
durch einen Herrn Kusnezow, der in den Zeitungen über Brände und Diebstähle schrieb
Sprechender Name, Ableitung von russisch *kusnéz* ›Schmied‹. Dem Handwerker – hier ist von einem Journalisten die Rede – werden schöpferische und magische Kräfte zugesprochen. Kusnezów ist einer der häufigsten russischen Familiennamen ebenso wie das deutsche Äquivalent Schmidt.

S. 179
Taschetschka
Diminutiv- und Koseform von Natáscha; auch Natáschetschka und Natáschka. Die Verwendung von Koseformen im Russischen zeugt von besonderer Verbundenheit und Zärtlichkeit.

S. 179
Dann holte sie eine schöne Birne unter dem Kopfkissen hervor, eine Marie-Louise
Feinaromatische Herbstbirne mit schmackhaftem Saft.

18

S. 181
Da steht was in den Zeitungen über dich
Vgl. Anm. zu S. 80: Sogar die Zeitungen schrieben darüber.

S. 185
Morgen soll ich ins Krankenhaus, in die Geschwulstklinik
Krebsklinik, Onkologie.

19

S. 189
Oder ein Stutzer mit roten Backen und Vatermörder zwinkert einem zu
Ein Vatermörder ist ein hoher, steifer Stehkragen an Herrenhemden, dessen spitze Enden bis über das Kinn reichen können. Wörtlich heißt es im Text: »ein Stutzer [...] mit hohem Kummet« (*frant [...] w wyssókom chomutjé*). Das Kummet ist ein gepolsterter ovaler Ring um den Hals des Pferdes als Teil des Pferdegeschirrs. Bei Käthe Rosenberg heißt es: »ein Laffe mit [...] einem Kragen wie ein Pferdekummet« (S. 197 f.).

S. 190
Luscha ging zu den Wahrsagerinnen
Orthodoxer Glauben, Volks- und Aberglauben mit (vor)christlichen Elementen gehen bis heute in Russland eine Verbindung ein. Dazu gehört auch Schicksalsbefragung und Wahrsagerei, beispielsweise durch Kartenlegen. Dieses Motiv greift Schmeljow auch in seinen anderen Werken auf. Vgl. Anm. zu S. 47.

20

S. 197
Die Druckereien streikten
Vgl. Anm. zu S. 138.

S. 198
im Luxusmietschlitten
Wörtlich heißt es bei Schmeljow: »in einer vornehmen Kalesche« (*na lichatsché*), bei Käthe Rosenberg: »in einem Fiaker« (S. 206).

S. 198
brachte er [...] ein Zweiglein mit und steckte es in eine Flasche mit Wasser
Vgl. Anm. zu S. 209.

S. 199
»[...] Du kannst hier nicht bleiben, hier ist die Temperatur zu hoch, und es zieht von den Fenstern ...« [...] wenn man spuckte, gefror die Spucke zu Eis
An dieser Stelle macht sich Skorochodow über seinen Untermieter Tscherepachin lustig, der trotz Eiseskälte von hohen Temperaturen spricht (*temperatúra wyssókaja*). Tscherepachin ist, wie später deutlich wird, nicht mehr recht bei Verstand, was sich auch sprachlich bei ihm niederschlägt: »Er brachte keinen Satz zu Ende«. Käthe Rosenberg hat in ihrer Übersetzung die ironische Anspielung nicht berücksichtigt und »berichtigt« Schmeljow an dieser Stelle: »es ist zu kalt [...] Es war wirklich sehr kalt bei uns« (S. 207).

S. 199
Er redete ihm zu wie einem kranken Huhn
Käthe Rosenbergs Version, die dem russischen Original *mólit Christóm-bógom* genauer entspricht, lautet: »er beschwor ihn in Christi Namen« (S. 207).

S. 204
Und alles hörte sich so einfach an
Der Originaltext lautet: »Und sie drehten alles so einfach, als kaufe man einen Kalatsch.« Ein russischer Kalátsch, der dem polnischen und ukrainischen Kolatsch entspricht, ist ein Weißbrot in Form eines Ringes oder Vorhängeschlosses. Es ist die älteste Art von Weizenbrot in Russland und wurde ursprünglich dem Brautpaar zur Hochzeit überreicht. Die beliebten, überall erhältlichen Moskauer Kalatschen, die als Symbol für Wohlstand galten, waren im 19. Jahrhundert dank des Hofbäckers Iwán Filíppow (1824–1878) weit verbreitet. Kalatschen gibt es auch in Form von Kringeln oder Brezeln. Sie sind im Russischen die Grundlage zahlreicher sprichwörtlicher Redensarten.

21

S. 206
dann setzten wir uns hin und spielten Sechsundsechzig
Sechsundsechzig ist ein weltweit beliebtes Kartenspiel für zwei Personen mit insgesamt 24 Karten. Um ein Spiel zu gewinnen, muss man 66 Augen sammeln. Es entstand der Legende nach 1652 in Paderborn.

S. 206
Augenkraut
Der Gemeine Augentrost, manchmal auch Augenkraut oder Augustinuskraut genannt, ist seit dem Mittelalter ein altbewährtes Heilkraut gegen vielerlei Augenbeschwerden. Die Überlegung Tscherepachins, der »nicht mehr ganz richtig« ist, aus einer Mischung von Augenkraut und Wasser Petroleum herzustellen, entbehrt jeglicher realistischen Grundlage: Ein Arzt diagnostiziert bei ihm eine Gehirnparalyse.

S. 207
wie draußen geschossen wurde
Um 1900 erhöhten sich besonders in den Städten die sozialen Spannungen, da viele Bauern aufgrund der florierenden Industrialisierung Ende des 19. Jahrhunderts in die Großstädte, vor allem Moskau und St. Petersburg, abwanderten. Die Folge waren katastrophale Lebensverhältnisse, bedingt durch fehlende bzw. beengte Wohnungen und die Ausbeutung der Arbeiter durch ungeregelte Arbeitszeiten. 1904 kam es zu Radikalisierungen, Massenstreiks, politischen Protesten und bewaffneten Übergriffen (»Blutsonntag«, Januar 1905) zunächst in der Hauptstadt St. Petersburg, anschließend im ganzen Land. Ein von Arbeitern organisierter bewaffneter Aufstand in dem industriell geprägten Moskauer Arbeiterbezirk Presnja wurde im Dezember 1905 brutal niedergeschlagen; über tausend Menschen kamen ums Leben. Die Proteste wurden von der politischen Opposition – Liberalen, Sozialdemokraten und Sozialrevolutionären, die eine Begrenzung der Macht des Zaren durch politische Reformen einforderten – befürwortet, wohingegen die linken Parteien, so die radikale Partei der Bolschewisten, darüber hinaus den Sturz der Zarenherrschaft und eine soziale Revolution forderten. Die Reformbemühungen scheiterten; der Zar stabilisierte nach 1905 seine Macht, was die zunehmende Unzufriedenheit vor allem unter den Arbeitern und Bauern, aber auch den Intellektuellen und Teilen des liberalen Bürgertums begünstigte.

S. 207
streikte wie die anderen
Vgl. Anm. zu S. 138.

S. 209
Faulbeerbaum
Hier ist die ›Traubenkirsche‹ *tscherjómucha* gemeint. Die abgebrochenen Zweige von Bäumen und Sträuchern sollen, so die Bauernregel, an bestimmten Tagen in ein Glas Wasser gestellt werden, damit sie zu Weihnachten blühen. Je nach Region sind geeignete Tage beispielsweise der Andreastag (30. November), St. Barbara (4. Dezember) und St. Nikolaus (6. Dezember).

S. 209
Namenstag der heiligen Katharina
Der Namenstag der heiligen Katharina wird in der orthodoxen Kirche am 24. November (nach dem Julianischen Kalender) bzw. dem 7. Dezember (nach dem Gregorianischen Kalender) begangen.

S. 210
mit einem Baschlik um den Kopf
Der Baschlík ist eine kapuzenartige Kopfbedeckung mit zwei langen schalartigen Zipfeln. Er ist bei den Völkern des Kaukasus und den Kosaken eine traditionelle Kopfbedeckung.

22

S. 212
In der Nacht flohen zwölf Angeklagte
Immer wieder gelang es zur Kátorga Verurteilten, aus der Gefangenschaft zu fliehen. Schmeljow bezieht sich hier womöglich auf den Artikel in den »Moskauer Nachrichten« (*Moskowskije Wédomosti*) vom 2. Juli 1909, der von der riskanten Flucht von zwölf (bzw. offiziell: dreizehn) zu lebenslanger Haft verurteilten Frauen, dem sogenannten »teuflischen Dutzend«, berichtet. Zehn Frauen konnten ins Ausland entkommen. (Vgl. Jekaterina Nikitina: *Dreizehn Frauen fliehen. Eine abenteuerliche Flucht aus dem Zarenkerker*. Berlin: Mopr Verlag 1930) Auch Koljuschka kann sich ins Ausland absetzen.

S. 214
ich fuhr eigens in den Großen Fasten hin
Das Große Fasten (*Welíki post*) vor Ostern entspricht der Passionszeit in der evangelischen und der österlichen Bußzeit in der römisch-katholischen Kirche. Mit dem Großen Fasten bereiten sich orthodoxe Christen in Russland sieben Wochen lang auf das Fest der Auferstehung Christi vor. Die reinigende Auszeit für Körper und Geist beginnt nach der Fastnachtswoche (*Másleniza*) und endet Ostern.

S. 214
»[…] ich heiße Nikolai …« Da – wie sich's traf!
Bewusst gewählte Anspielung auf den Hl. Nikolaus, um dessen Existenz im 3. Jahrhundert sich unzählige Legenden ranken. Er ist der beliebteste und meistverehrte Volksheilige der orthodoxen und abendländischen Christenheit, den man in Russland als *tschudotwórez* ›Wundertäter‹ bezeichnet. Der asketische Greis mit der auffälligen, überdimensionalen Stirn, einer Mischung aus Strenge, Güte und Weisheit, liebevoll auch Mikola oder Nikola genannt, wird im russischen Volksglauben als steter Helfer in der Not und Fürsprecher vor Gott als »Helfer für alle Fälle« verehrt. »Er ist der ewige Wanderer und der ewige Arbeiter, der fleißigste Heilige und vielleicht deshalb der irdischste und konkreteste.« (Andrej Sinjawskij: *Iwan der Dumme. Vom russischen Volksglauben.* Frankfurt am Main: S. Fischer 1990, S. 209)

S. 216
Wir haben alle genug davon!
Die Zivilbevölkerung ist des Krieges und der (revolutionären) Unruhen überdrüssig. Vgl. Anm. zu S. 207: wie draußen geschossen wurde.

23

S. 218
Er nannte mich sogar einen Wundertäter
Anspielung auf den Hl. Nikolaus. Vgl. Anm. zu S. 214.

S. 218
ich will nicht ich sein
Schmeljow verwendet die umgangssprachliche Wendung *w lepjóschku rasschibús*, wörtlich: »ich lasse mich (für jemanden) in einen Pfannkuchen hacken, zum Pfannkuchen zermatschen«, im Sinne von »ich bringe mich vor Dienstfertigkeit fast um, ich werde alles tun, um dir zu helfen«. Käthe Rosenbergs Version: »und wenn ich mich in Stücke reißen muß« (S. 225).

S. 218
dann müsse sie sich einem Eingriff unterziehen
Abtreibungen waren im russischen Reich illegal und galten bis 1917 als schweres Verbrechen, das mit dem Verlust der Bürgerrechte bzw. Gefängnisstrafe oder sogar Zwangsarbeit bestraft wurde. Illegale Abtreibungen wurden zumeist von *powiwálnyje bábki* (Hebammen, »weise Frauen«) durchgeführt. Gegen Ende des russischen Reiches setzten sich Ärzte und Juristen für mildere Abtreibungsgesetze ein.

S. 219
daß unsere Ehe vorerst ein Schloß im Monde ist
Eine Zukunftsvision und Vorstellung, ein Wunschtraum. Käthe Rosenberg gibt Schmeljows Formulierung fast wörtlich wieder: »daß unsere Ehe sich noch im Stadium der Zukunftsabsicht befindet« (S. 226).

S. 220
Wilitschka, beruhige dich
Das Diminutiv bezieht sich auf den russischen Vornamen Wassíli; es kann auch eine Verkleinerungsform der deutschen Namen Wilhelm oder Willi sein.

IWAN SCHMELJOW: GEACHTET, VERGESSEN, WIEDERENTDECKT UND GESCHÄTZT

Nachwort von
Wolfgang Schriek

Der Schriftsteller Iwan Sergejewitsch Schmeljow (1873–1950) ist bei uns so gut wie unbekannt. Von seinem umfangreichen Werk erschienen lediglich in den zwanziger, sechziger und siebziger Jahren des vergangenen Jahrhunderts vereinzelt deutsche Übersetzungen. Schmeljow gehört zu jenen unglücklichen, nicht erwünschten »bürgerlichen Volksverderbern« und »antisowjetischen Elementen«, die nach der »großen sozialistischen« Oktoberrevolution von 1917 von den neuen Machthabern geschasst wurden.

Zu Beginn der zwanziger Jahre setzte sich eine Vielzahl von Vertretern der russischen Intelligenzija – vorwiegend angesehene Schriftsteller, Geisteswissenschaftler und Journalisten – ins Exil nach Berlin, Prag und Paris ab, um Repressalien und der kulturpolitischen Gängelung im neuen Sowjetstaat zu entgehen. So auch Schmeljow, der von 1918 bis 1922 mit seiner Frau zunächst in Aluschta auf der Krim lebte. Seine kritische, ablehnende Sicht der sowjetischen Politik nach 1917 spiegelt sich auch in seinem damaligen literarischen Werk wider. Das persönliche Erleben der Brutalität der »Roten Armee« gegen die »Weißen« und gegen die Bevölkerung auf der Krim während des Bürgerkriegs 1920 sowie die Exekution – ohne Gerichtsverfahren – seines Sohnes Sergei, der in General Wrangels antikommunistischer und zarentreuer »Weißer Armee« gedient hatte, veranlassten die Schmeljows im November 1922 – auf Initiative Iwan Bunins –, Russland den Rücken zu kehren. Fast dreißig Jahre lang, von 1922 bis zu seinem Tod 1950, lebte Schmeljow nach einem kurzen Zwischenaufenthalt in Berlin als Emigrant in Frankreich, wo er schriftstellerisch und publizistisch unermüdlich tätig war und nie den Glauben an eine Rückkehr nach Russland aufgab. Lakonisch schrieb er gegen Ende seines Lebens: »Ich weiß: Russland – die Zeit wird kommen! – wird mich ins rechte Licht rücken! Russland wird mich aufnehmen – die Erinnerung an mich und meine Arbeit in Seinem Namen.«

In seiner Heimat wurden er und sein Werk jahrzehntelang ignoriert: Schmeljow schreibe, so urteilte der Schriftsteller und Stalinpreisträger Alexander Serafimowitsch abfällig, »entsetzlichen Unsinn in der ›weißen‹ Presse und in den Erzählungen über ... die Gottesmutter«. Nach der Oktoberrevolution wurden die Bücher Schmeljows praktisch nicht mehr veröffentlicht; eine Ausnahme machte ein 1940 in Moskau publizierter Band mit vorrevolutionären Erzählungen. Im Jahr 1956 registrierte der 1949 in die USA emigrierte Schriftsteller Grigori Mesnjajew, dass Schmeljow »jetzt in Russland völlig unbekannt ist. Nicht nur ist keines seiner Werke, die er im Exil geschrieben hat, jemals in Sowjetrussland veröffentlicht worden, keines von ihnen wurde auch nur irgendwo erwähnt. Nur die wenigen Menschen, die den Roman ›Der Mensch aus dem Restaurant‹ gelesen haben, kennen Schmeljows Namen.« Erst in den Jahren 1957, 1960, 1966, 1983 erschienen im sowjetischen Staatsverlag Chudoshestwennaja literatura (Belletristische Literatur) Bücher mit ausgewählten Erzählungen, im Jahr 1957 seit langem auch wieder eine Neuausgabe des Romans »Der Mensch aus dem Restaurant«.

Die Neuentdeckung von Schmeljows literarischem Werk in

Russland, das er nach seiner Ausreise nie mehr betreten hat, ist Gorbatschows Reformpolitik in der zweiten Hälfte der 1980er-Jahre zu verdanken. Sie ermöglichte auch die (Wieder-) Entdeckung vieler anderer von sowjetischer Kritik und Literaturgeschichte lange Zeit vernachlässigter Autoren der ersten Emigration, zu denen unter anderem Nina Berberowa, Iwan Bunin, Wladislaw Chodassewitsch, Gaito Gasdanow, Sinaida Hippius (Die Andere Bibliothek, Band 358), Lew Lunz, Dmitri Mereschkowski, Vladimir Nabokov, Michail Ossorgin (Die Andere Bibliothek, Bände 367 und 382), Boris Poplawski, Alexei Remisow oder Teffi (Nadeshda Lochwizkaja) zählen.

Die Veröffentlichung der Werke Schmeljows bildete einen nicht unbedeutenden literarischen Markstein in Russland. Seit Ende der 1980er-Jahre setzte hier ein außergewöhnliches Interesse an Schmeljow und seinem Schaffen ein, das sich bis heute in einer Vielzahl von Monografien, Abhandlungen und Dissertationen widerspiegelt; Konferenzen wurden ihm gewidmet, seine Werke in die Lehrpläne von Schulen und Hochschulen aufgenommen; in Aluschta auf der Krim wurde 1993 ein kleines, eindrucksvolles Schmeljow-Museum eröffnet, in Moskau im Mai 2000 ihm zu Ehren ein von der Bildhauerin Lidija Lasunowskaja entworfenes Denkmal errichtet. Im selben Monat wurden auch seine sterblichen Überreste und die seiner Frau Olga Alexandrowna Schmeljowa (1875–1936) vom Russischen Friedhof von Sainte-Geneviève-des-Bois in Paris auf den Friedhof des Moskauer Donskoi-Klosters überführt. Sein Wunsch, die letzte Ruhestätte in der Heimat zu finden, ging somit fünfzig Jahre nach seinem Tod in Erfüllung. Im Jahr 2000 übergab Schmeljows Großneffe und Patenkind Yves Gentilhomme-Kutyrin (1920–2016) das französische Archiv des Autors an die Russische Kulturstiftung.

Besonders die in der Emigration verfassten und in der Sowjetunion unbekannten großen Romane *Solnze mjortwych* (1923; dt.: »Die Sonne der Toten«, 1925), *Leto gospodne* (1927–1948; wörtlich: Das Jahr des Herrn; dt.: »Wanja im Heiligen Moskau«, 1958), *Bogomolje* (1935; wörtlich: Die Wallfahrt; dt.: »Die Straße der Freude«, 1952), *Njanja is Moskwy* (1936; dt.: »Die Kinderfrau«, 1936) und *Puti nebesnyje* (1936/1948; wörtlich: Himmlische Wege; dt.: »Dunkel ist unser Glück«, 1965) fanden ihren Weg zur russischen Leserschaft. Die Mitte der 1980er-Jahre in der Sowjetunion aufkommende spürbare Renaissance der Religiosität schuf einen fruchtbaren Boden für das Interesse an Schmeljows orthodox geprägter Prosa. Diese Prägung ist einer der maßgeblichen Gründe für seine große Beliebtheit auch im heutigen Russland, und sie drückt ihm zugleich bei einigen Kritikern den Stempel auf, der am meisten patriotisch ausgerichtete russische Schriftsteller der ersten Emigration zu sein.

Bis heute erschien in Russland eine Fülle von Einzelwerken und mehrbändigen Ausgaben mit ausgewählten Werken, die zumeist in kleineren Auflagen in verschiedenen Städten und Verlagen, darunter auch Druckstätten russisch-orthodoxer Klöster, publiziert und von verschiedenen Herausgebern – wenn überhaupt ein Herausgeber genannt ist – verantwortet wurden. Erwähnenswert sind etwa die erste umfangreiche Werkauswahl, die 1989, von Jekaterina Ljubimowa kommentiert, in einer beträchtlichen Auflage von 1,7 Millionen Exemplaren erschien und auch Werke aus Schmeljows französischer Emigrationszeit enthielt; ferner die von Oleg Michailow herausgegebene zweibändige Ausgabe von 1989, die achtbändige Werkauswahl von 1998–2000 oder die zwölfbändige Ausgabe von 2008 des russisch-orthodoxen Verlags Sibirskaja Blagoswonniza (Sibirischer Segensklang). Allerdings gibt es bis heute keine kritische Gesamtausgabe von Schmeljows Werk. Dafür findet man im Internet – in der Regel frei zugänglich – außer seinem belletristischen Œuvre auch seine publizistischen Arbeiten und Teile der Korrespondenz mit Schriftstellern, Herausgebern, Philosophen und anderen Zeitgenossen sowie unzählige Beiträge von unterschiedlicher Qualität über den Schriftsteller (vgl. etwa: https://philolog.petrsu.ru/shmelev/; http://shmelev.lit-info.ru/shmelev/articles/ articles.htm).

Ein kurzer Exkurs zur Geschichte der Übersetzungen russischer Literatur ins Deutsche zeigt, dass die kulturelle und literarische Russlandbegeisterung nach 1885, vor allem aber nach dem Ende des Ersten Weltkriegs bis 1933 einen bemerkenswerten Höhepunkt erreichte. Übersetzungen aus dem Russischen hatten damals Hochkonjunktur. In zahlreichen deutschen Verlagen, auch kleineren, erschienen nicht nur Ausgaben der Klassiker Dostojewski, Tolstoi, Puschkin, Turgenjew oder Leskow, sondern auch Texte zeitgenössischer Schriftsteller. Sie wurden durch ausgezeichnete, mitunter deutsch-russisch-bilinguale Übersetzer wie Alexander Eliasberg, Johannes von Guenther, Arthur Luther, Hans Ruoff, Henry von Heiseler, Karl Nötzel oder Dmitri Umanski ins Deutsche übertragen. Zu ihnen gehörte auch Käthe Rosenberg (1883–1960), eine Cousine Katia Manns, die in den zwanziger Jahren für den S. Fischer-Verlag neben Werken von Remisow und Bunin auch Schmeljows »Die Sonne der Toten« (1925) und das vorliegende Werk – unter dem Titel »Der Kellner« (1927) – übersetzt hat. Hans Ruoff übertrug 1926 unter anderem die Novelle »Der niegeleerte Kelch«, Arthur Luther »An den Baumstümpfen. Bericht eines ehemaligen Menschen« (1932) und im Jahr 1952, zusammen mit Rudolf Karmann, »Die Wallfahrt«. Vor allem Karmann setzte sich in den 1950er- bis 1970er-Jahren unbeirrt dafür ein, durch die Übertragung zahlreicher Schmeljow'scher Werke ins Deutsche den vergessenen russischen Prosaiker erneut bekannt zu machen.

Das außerordentliche Interesse an russischen Autoren wurde in jener Zeit zudem durch deutsche bzw. deutschsprachige Schriftsteller gefördert wie Rainer Maria Rilke, Stefan Zweig, Walter Benjamin oder Heinrich Vogeler, Lion Feuchtwanger, Joseph Roth und den als Reporter berühmt gewordenen Egon Erwin Kisch. Ohne Thomas Mann aber, der mit Schmeljow in regem Briefaustausch stand, ist die Rezeption russischer Literatur in Deutschland undenkbar. Kein anderer bedeutender Schriftsteller hat sich mit der russischen Literatur – in Essays, fiktionalen Texten, Tagebüchern, Briefen und anderen biografischen Zeugnissen – so intensiv befasst wie Thomas Mann (vgl. Jürgen Lehmann: *Russische Literatur in Deutschland*. J. B. Metzler: Stuttgart 2015, S. 112).

Zeitlich und thematisch gliedert sich Iwan Schmeljows Schaffen in zwei Perioden. Während es in der ersten Phase von 1895 bis zu seiner Ausreise 1922 von idyllischen Erzählungen, darunter auch etlichen Kindererzählungen, und Prosastücken mit sozialer Thematik geprägt war, wurde der Autor in der französischen Emigration bis zu seinem Tod zum engagierten Chronisten zunächst des Lebens der von Revolution und Emigration betroffenen Landsleute und anschließend zum Reminiszenten der orthodoxen Frömmigkeit und des russischen Alltagslebens im traditionsgebundenen alten Moskau des ausklingenden 19. Jahrhunderts. Die verbindende thematische Klammer seiner Werke war ein philosophisch-moralisch-ethisch-religiöses Anliegen: das Ergründen und die Sinnfindung menschlicher Existenz und die Suche nach absoluten Werten.

Schmeljows erste Lebenshälfte, die in die Regierungszeit des letzten autokratischen Herrschers Nikolaus II. fiel, war begleitet von naturwissenschaftlich-technischer Entfaltung und wirtschaftlichem Aufschwung bei gleichzeitiger politischer Instabilität durch den Niedergang der Monarchie, von antisemitischen Ausschreitungen, widerstreitenden Weltanschauungen, revolutionären Bewegungen und grundlegenden sozialen Veränderungen. Diese gesellschaftlichen Gegebenheiten fanden auch in Schmeljows Roman »Der Mensch aus dem Restaurant« direkt und indirekt ihren Widerhall. In der Epoche zwischen Fin de siècle und Oktoberrevolution, also etwa zwischen den Jahren 1896 und 1917 – der Phase der russischen Moderne, die gemeinhin als »Silbernes Zeitalter« bezeichnet wird –, erfuhr Russland in Literatur, Musik und bildender Kunst eine kulturelle Blütezeit, die sich in verschiedenen Strömungen, wie etwa Neorealismus, Symbolismus, Akmeismus und Futurismus, manifestierte. Eine wichtige Rolle spielte dabei die Rezeption der neuesten künstlerischen Entwicklungen in den westlichen Ländern. Bedeutsam für das geistige Leben jener Zeit waren neben dem Einfluss westeuropäischer philosophischer Anschauungen – so von Kant, Nietzsche, Schopenhauer und anderen – auch das Gedankengut der zum Teil religiös-mystischen russischen Denker Wladimir Solowjow, Nikolai Berdjajew, Wassili Rosanow, Lew Schestow, Fjodor Dostojewski und anderer.

*

Iwan Schmeljow war mit Herz und Seele ein echter Moskowiter. Am 21. September 1873 (4. Oktober neuen Stils) wurde er als Sohn eines wohlsituierten Holzhändlers in Samoskworetschje geboren, jenem Moskauer Stadtteil »hinter dem Moskau-Fluss«, in dem früher altgläubige Geschäftsleute und Handwerker gewohnt hatten und dessen Alltag in etlichen Dramen Alexander Ostrowskis (1823–1886) authentisch seinen Niederschlag gefunden hat. Die strenge religiöse und patriarchalische Atmosphäre des Elternhauses sowie das pulsierende Leben auf dem Hof mit zahlreichen Bediensteten übten einen maßgeblichen Einfluss auf den heranwachsenden Iwan aus. Der Hof war für Schmeljow, wie er in seiner Autobiografie von 1913 schrieb, die erste und wichtigste Lebensschule. Hier erlebte er die Mentalität, den Humor, die Sentimentalität und das Leiden der einfachen Menschen, hier wurde er mit ihren Geschichten, Märchen und Gebräuchen, mit ihrem Glauben und Volksglauben und mit ihrer Umgangssprache vertraut. »Es gab eine Menge Wörter auf unserem Hof – von jeglicher Art. Das war das erste Buch, das ich je gelesen hatte, ein Buch mit lebendigen, gewitzten und bildhaften Worten. Hier, auf dem Hof, sah ich die Menschen.« Aus diesem Erleben stammte Schmeljows Sympathie für den »kleinen Mann«, die sich in seinem literarischen Œuvre durchgängig wiederfindet. Auch der Protagonist im vorliegenden Roman kommt aus diesem Milieu.

Während der Gymnasialzeit wurde Schmeljows Leidenschaft für die russische und westliche Literatur geweckt: Er las Gogol, Korolenko, Krylow, Leskow, Melnikow-Petscherski, Tolstoi, Turgenjew, Uspenski sowie Cooper, Thomas M. Reid, Verne und andere Klassiker. Die »unbegrenzte Bewunderung« für Puschkin sollte sein ganzes Leben anhalten, ebenso die Wertschätzung der Werke Dostojewskis und Tschechows.

Von 1894 bis 1898 studierte Schmeljow in Moskau Jura. Erste Schreibversuche waren von einem Rückschlag begleitet: Die Erzählung »Auf den Walaam-Felsen« (*Na skalach Walaama*, 1897) über das triste Dasein im abgelegenen nordrussischen

Walaam-Kloster fiel sowohl beim Zensor – der fast dreißig Seiten strich – als auch beim Leser durch. Aus Enttäuschung zog sich der junge, seit 1895 verheiratete Autor für eine Dekade aus dem literarischen Leben zurück. Nach Beendigung des Studiums und Ableistung des Militärdienstes mühte er sich als Provinzbeamter im Gouvernement Wladimir ab.

Der Drang zu schriftstellerischer Kreativität veranlasste Schmeljow, einige Kinder- und Tiergeschichten zu schreiben. »Der Sonne entgegen« (*K solnzu*, 1905) und »Diener der Wahrheit« (*Slushiteli prawdy*, 1906, dt.: »Ossja, der Maler«, 1975) zum Beispiel wurden von der Kritik durchaus positiv aufgenommen. Doch letzteres Prosawerk, entstanden unter dem Eindruck des Pogroms von 1904 in Wolhynien, in dem sich Schmeljow zum Streiter gegen soziales Unrecht und Antisemitismus machte, wurde von der zaristischen Zensur konfisziert. Das Provinzleben mit seinen Alltagsfacetten und den verdrossenen, widerständig eingestellten Menschen bot Schmeljow genügend Material für seine späteren sozialkritischen Erzählungen, etwa »Der Zerfall« (*Raspad*, 1906), »Der Wachtmeister« (*Wachmistr*, 1906), »Bürger Uklejkin« (*Grashdanin Uklejkin*, 1907), »Iwan Kusmitsch« (*Iwan Kusmitsch*, 1907) oder »In der Höhle« (*W nore*, 1909). Diese ernüchternden Geschichten über das von Not und Rebellion gezeichnete Leben sind von Umbruchstimmung und Zukunftshoffnung durchzogen; sie zeugen von Schmeljows Empathie für den einfachen, unterprivilegierten und verbitterten Menschen, der aus der Leere und Monotonie seiner Umwelt ausbrechen will, um ein neues, sinnvolles Leben aufzubauen.

Trotz seiner religiösen Erziehung fühlte er sich wie die meisten Intellektuellen seiner Generation vom sozialistischen und radikalen Gedankengut um die Jahrhundertwende angezogen. 1907 gab er seinen ungeliebten Beamtendienst in der Provinz auf, zog zurück nach Moskau und widmete sich ausschließlich der Literatur. Seine gesellschaftskritischen Erzählungen erweckten das Interesse Maxim Gorkis, jenes Illustrators der »Barfüßler«, Abenteurer, Kleinbürger und ungewöhnlichen Charaktere, der Schmeljow als vielversprechendes Erzähltalent einschätzte: »Sie schreiben so gut und leidenschaftlich, so zärtlich und wahr über Russland – nur selten kann man solche Lieder zu Ehren Russlands hören: Sie rühren mich zu Tränen!«

Schmeljow schloss sich 1909 Gorkis marxistisch ausgerichteter Verlagsgesellschaft »Snanie« (Wissen) und dem literarischen Zirkel »Sreda« (Mittwoch) an. Mittwoch war der Tag der Gesprächsrunden mit Leonid Andrejew, Iwan Bunin, Alexander Kuprin, Alexander Serafimowitsch, Wikenti Weressajew und anderen sozialkritischen Autoren. Deren konservativ-realistische Ausrichtung stand ganz im Kontrast zu den eine geistig-ideelle Perspektive betonenden Symbolisten um Dmitri Mereshkowski, Waleri Brjussow, Fjodor Sologub, Konstantin Balmont, Alexander Blok, Wjatscheslaw Iwanow und anderen Literaten, die für die Neorealisten nur wenig schmeichelhafte Worte fanden.

»Der Mensch aus dem Restaurant« erschien zum ersten Mal 1911 in dem Sammelband »Snanie« Nr. 36. Der Achtungserfolg dieses Romans festigte Schmeljows Stellung als anerkannter realistischer Schriftsteller.

In dieser Zeit entstand auch die lyrisch-exotische Novelle »Unter den Bergen« (*Pod gorami*, 1910, dt.: »Liebe in der Krim«, 1953), vielleicht eine der schönsten Prosadichtungen Schmeljows. Die in der Tradition von Turgenjew verfasste Geschichte thematisiert mit farbenfrohen Naturbildern die erste – zerbrechende – Liebe zweier Tatarenkinder auf der Krim.

Themenvielfalt ist bezeichnend für die Erzählungen, die er

zwischen 1912 und 1918 vornehmlich im Buchverlag der Moskauer Schriftsteller veröffentlichte, wie etwa »Beängstigende Stille« (*Pugliwaja tischina*, 1918), »Die Mauer« (*Stena*, 1912), »Der Zug der Wölfe« (*Woltschi perekat*, 1913). Im Mittelpunkt stehen nun nicht mehr der Stadtmensch, sondern der von einer gespannten Zukunftserwartung erfasste empörte »kleine Mann« auf dem Land, der Verfall der patriarchalischen Kaufmannswelt und des Landadels sowie das allmähliche Emporkommen einer neuen respektlosen Bourgeoisie und des rücksichtslosen gewinnorientierten Materialisten. Eine der besten Geschichten Schmeljows, die Wladimir Dmitrijewitsch Nabokow, der Vater Vladimir Nabokovs, enthusiastisch lobte, ist die poetisch gefärbte Erzählung »Abschied vom Leben« (*Rosstani*, 1914, dt.: »Der Abschied des Danila Stepanytsch«, 1973). Sie schildert die Rückkehr des Kaufmanns Danila Lawruchin in sein Heimatdorf, um dort zu sterben und letztlich zu seinem wahren Selbst zu finden – eine Erzählung mit eindrucksvollen Beschreibungen der Natur und von Ritualen um das Sterben. In »Die rauen Tage« (*Surowyje dni*, 1916) beleuchtet Schmeljow in mehreren impressionistisch gestimmten Skizzen psychologisch durchdringend das Seelenleben und die misslichen Lebensumstände der Bewohner eines Dorfes angesichts der Auswirkungen des Ersten Weltkriegs.

Die Februarrevolution von 1917 wurde von Schmeljow begrüßt. Er empfand sie, wie der Schriftsteller Boris Saizew stellvertretend für viele seiner Zeitgenossen festhielt, »als Übermittlerin der Freiheit gegen Willkür«. Der Enthusiasmus schwand aber umgehend nach einer Sibirienreise, die Schmeljow als beobachtender Schriftsteller unternommen hatte, um über die von der Gefangenschaft befreiten »Helden der Revolution« zu schreiben: Anstatt des zugesicherten »Paradieses auf Erden«

war er dort mit Armut, Gräueltaten, Willkür, Zerstörung alles Kirchlichen und Missbrauch der versprochenen Freiheit konfrontiert. Nach diesem »geistigen Schock« siedelte der physisch und psychisch ausgezehrte Schriftsteller mit Frau und Sohn 1918 auf die Krim über. Hier erschien im selben Jahr die berührende Novelle »Der niegeleerte Kelch« (*Neupiwajemaja tschascha*, 1918, dt. 1926) über das Leben und die aussichtslose Liebe des leibeigenen jungen Ikonenmalers Ilja zu der anmutigen Frau des Gutsherrn. Wie in Dantes Jugendwerk »La vita nuova« (1293) vermengen sich hier irdische und himmlische Liebe. Anstelle der sozialen Thematik dominieren in diesem lyrisch durchdrungenen Liebespoem religiös-mystische Aspekte. Die marxistische Kritik stand der Novelle ablehnend gegenüber, bei westlichen Kritikern stieß sie jedoch auf große Bewunderung.

※

Unter dem Eindruck der – auch persönlich erlebten – leidvollen Auswirkungen der revolutionären Ereignisse und des anschließenden Bürgerkriegs veränderten sich Schmeljows weltanschauliche Geisteshaltung und die Inhalte seines literarischen Werkes grundlegend. Der ehedem vornehmlich demokratisch denkende und mit revolutionären Ideen sympathisierende Autor wurde zum Chronisten und erbitterten Ankläger des neuen sowjetischen Systems. Das erste bedeutende Werk, das nach seiner Ausreise aus Russland in die Pariser Emigration Ende 1922 entstand, beinhaltet ein Horrorszenario des Grauens vom Umsturz auf der Krim: Das 1923 erschienene autobiografische Prosa-Epos »Die Sonne der Toten« (*Solnze mjortwych*) beleuchtet die Auswirkungen von Terror, Hunger und Tod auf den »normalen Menschen«.

Das Werk versetzte die Sowjetkritik wegen seiner antisowjetischen Tendenzen in Rage, international – so bei Gerhart Hauptmann, Thomas Mann, Selma Lagerlöf und Romain Rolland – rief es aber aufgrund der ästhetischen Mischung von apokalyptischer Terrorschau und lyrischen Naturbeschreibungen sowie seiner ausdrucksvollen Sprache ein begeistertes Echo hervor. Gerhart Hauptmann äußerte sich 1926 in einem Brief an den Autor betroffen: »Der unheimlich schmerzliche Gehalt Ihres Buches eröffnet bitterste Einsichten in die Hinfälligkeit sozialer Gebilde und in die Menschennatur überhaupt.« Schmeljows Epos »Sonne der Toten«, das in zahlreiche Sprachen übersetzt wurde, steht in einer Reihe mit den bedeutenden schriftstellerischen Zeitzeugnissen anderer betroffener Ankläger der Gräueltaten des neuen »roten« Regimes: etwa Isaak Babels »Budjonnys Reiterarmee« (1926), Iwan Bunins »Verfluchte Tage« (1935), Michail Ossorgins »Eine Straße in Moskau« (1928), Jewgeni Samjatins »Wir« (1918) oder Teffis »Champagner aus Teetassen. Meine letzten Tage in Russland« (1932).

Schmeljow, der »Prophet der Krise«, wie ihn der ebenfalls in der Emigration weilende russische Philosoph und konservative, mittlerweile zum Hausphilosophen Wladimir Putins avancierte Nationalist Iwan Iljin (1883–1954) apostrophierte, geriet mit dieser polemischen Anklageschrift und weiteren dramatisch bewegenden Geschichten und Novellenzyklen ins Fadenkreuz der Bolschewisten. Die realistisch geschilderten, aufwühlenden Erzählungen, zum Beispiel »Das Steppenwunder« (*Stepnoje tschudo*, 1921, dt.: 1955), »Das steinerne Zeitalter« (*Kamenny wek*, 1925, dt.: »Und der Mensch ward zum Wolf«, 1955), »Des Teufels Schaubude« (*Tschortow balagan*, 1926, dt.: 1955), »Das Licht des Geistes« (*Swet rasuma*, 1927, dt.: 1955), »Die Hunnen« (*Gunny*, 1927, dt.: 1955), »Der Nebel« (*Tuman*, 1928, dt.:

1955), »Panorama« (*Panorama*, 1928, dt.: 1955) »Die Kerze« (*Swetschka*, 1924, dt.: 1955) und andere, gehören zum Zyklus der Krim-Erzählungen, die 1955 in dem von Rudolf Karmann übertragenen Doppelband »Das Licht des Geistes – Des Teufels Schaubude« auf Deutsch veröffentlicht wurden.

Dazu zählt auch die albtraumhafte Erzählung »Über eine Alte« (*Pro odnu staruchu*, 1925, dt.: »Die Wallfahrt nach Brot«, 1948). Auf dem gefahrvollen Rückweg von der erfolgreichen Suche nach Nahrung für ihre hungernde Familie wird eine alte Frau von ihrem im Krieg vermissten Sohn, einem Rotgardisten, in menschenunwürdiger Weise zufällig ins Visier genommen. Als sie den Sohn vor den Augen der Menge verflucht, obsiegt sein schlechtes Gewissen, er erschießt sich; die physisch und psychisch entkräftete alte Frau stirbt auf der Zugfahrt nach Hause.

Die Krim-Erzählungen beleuchten wie die »Sonne der Toten« schonungslos die gleiche Thematik: die düstern Abgründe der menschlichen Seele und die Verbrechen gegen die Menschlichkeit unter den neuen Machthabern in der postrevolutionären Epoche. Mit diesen anrührenden Geschichten erweist sich Schmeljow in gewisser Weise als Fortsetzer von Dostojewskis Ideen. Goyas schauriger Grafikzyklus *Desastres de la Guerra* (»Die Schrecken des Krieges«, 1810–1814) über die Gewalttakte der napoleonischen Soldaten gegen die aufständische spanische Bevölkerung findet in Schmeljows Werken aus dieser Zeit ihr literarisches russisches Pendant.

In der gespaltenen russischen Diaspora in Paris traf Schmeljow auf Persönlichkeiten aller politischen Richtungen, vom Monarchisten bis zum Bolschewisten. Er selbst stand zwar der national-orthodox ausgerichteten Strömung der Eurasier *Jewrasistwo* nahe, die der prosowjetisch-antimarxistischen Bewegung *Smenowechostwo* gegenüberstand, hat aber stets seine weltanschauliche und künstlerische Unabhängigkeit bewahrt und sich nie aktiv in einer Gruppierung engagiert.

Die russische Emigrantengemeinde in Frankreich publizierte ihre Werke im Allgemeinen in diversen überwiegend in Paris erschienenen Zeitungen und Zeitschriften. Schmeljow veröffentlichte 1927–1928 seinen autobiografischen Roman »Eine Liebesgeschichte« (*Istorija ljubownaja*, dt.: »Vorfrühling. Der Roman meines Freundes«, 1931) in den »Zeitgenössischen Notizen« (*Sowremennyje sapiski*). Er handelt von der ersten Liebe und den Liebesnöten des 16-jährigen Gymnasiasten Tonja, hinter dem sich eindeutig der Autor verbirgt, und steht damit thematisch abseits von seinen bisherigen politisch zugespitzten und polemischen Prosawerken. Der in Emigrantenkreisen beliebte, romantisch angehauchte Roman, über den sich beispielsweise Michail Prischwin, Fjodor Stepun und Ernst Wiechert anerkennend äußerten, ist eine milde Parodie der Novelle »Erste Liebe« (*Perwaja ljubow*, 1860) von Iwan Turgenjew und ein Gegenstück zur Erzählung »Mitjas Liebe« (*Mitina ljubow*, 1925) seines beliebten »Gegenspielers« Iwan Bunin: 1933, als Schmeljow auf der Kandidatenliste für den Literatur-Nobelpreis stand, ist dieser Iwan Bunin – als erstem russischsprachigem Autor überhaupt – verliehen worden.

Ende der 1920er- bis Mitte der 1930er-Jahre verlegte Schmeljow seinen thematischen Schwerpunkt auf die Orientierungsschwierigkeiten der entwurzelten russischen Emigranten in der Fremde und deren Verbitterung über den Verlust der Heimat: Die Erzählungen »Fremdes Blut« (*Tschushoi krowi*, 1922), »An den Baumstümpfen« (*Na penkach*, 1925, dt.: 1932), »Einreise in Paris« (*Wjesd w Parish*, 1926) oder der Roman »Die Kinderfrau aus Moskau« (*Njanja is Moskwy*, 1936; dt.: »Die Kinderfrau«, 1936), das Gegenstück zum »Menschen aus dem

Restaurant«, legen ein beredtes Zeugnis davon ab. Während der frühere Roman die Ära der »kleinen« Revolution von 1905 in den Blick nahm, behandelt der andere die Auswirkungen der Revolution von 1917. Die schlichte, tiefgläubige Moskauer *njanja* Darja Sinizyna, die weibliche Entsprechung Jakow Skorochodows, erzählt hier einem zuhörenden Pariser Gegenüber in monologischer Skas-Manier von ihrem Leben im vorrevolutionären Russland und ihrem verwickelten Schicksal: der chaotischen Flucht aus ihrer Heimat und der jahrelangen Odyssee kreuz und quer durch die Welt – die Türkei, Frankreich, Indien und Amerika.

Nach dem Tod seiner Frau Olga, der Beraterin und Stütze seines Lebens, im Jahr 1936 fiel der tiefgläubige Schmeljow in eine Schaffenskrise mit Krankheit, Depression und Glaubenszweifeln: »Das Schreiben fällt mir schwer«, schrieb er, »alles in meinem Leben ist unbeständig und verworren ... Warum das alles? ... Ich weiß es nicht!« Er zog sich zurück und suchte für seine Arbeit wiederholt Inspiration im Männerkloster des Heiligen Hiob in der Ostslowakei. Ein Visum für die USA, das er für einen Aufenthalt im orthodoxen Kloster und dessen Bibliothek in Jordanville (New York) benötigte, wurde aufgrund von Verleumdungen, er habe mit den Nazis kollaboriert, abgelehnt.

Die symbolhaften, wehmütig gestimmten Erinnerungsromane seiner letzten Schaffensperiode, besonders »Das Jahr des Herrn« (*Leto Gospodne*) und »Die Wallfahrt« (*Bogomolje*), hinterlassen einen bleibenden Eindruck vom »alten, heiligen Russland« und vom verklärten Moskau aus Schmeljows Kindheit. Sie umfassen Themen der Vergangenheit, der Orthodoxie, der Frömmigkeit, des Aberglaubens, des Alltagslebens und der Gebräuche des einfachen Volkes, der Schönheit der Natur, der Liebe. Aus der kindlich-naiven Sicht des siebenjährigen Wanja wird im »Jahr des Herrn« das orthodoxe Kirchenjahr mit seinen Feiertagen, dem sich der Alltagsrhythmus (*byt*) unterordnet, in idyllischen Szenen geschildert. Autobiografische Züge trägt auch das Erzählwerk »Bogomolje«, das eindrücklich die Gedanken, Gefühle und Anschauungen der Pilger während einer Wallfahrt von Moskau zum Dreifaltigkeitskloster in Sergijew Possad beschreibt. »Hier ist der Geist unseres Volkes zu spüren«, schrieb überschwänglich der Philosoph Iwan Iljin, der enge und gleichgesinnte Freund Schmeljows. »Dies sind Kunstwerke von nationaler und metaphysischer Bedeutung, die den Ursprung unserer nationalen geistigen Kraft besiegeln.«

Von dem auf vier Teile angelegten unvollendet gebliebenen Romanzyklus »Die himmlischen Wege« (*Puti nebesnyje*) erschienen vor Iwan Schmeljows Tod (er starb am 24. Juni 1950) lediglich zwei Bände. Der Roman, der mit Lew Tolstois »Anna Karenina« vergleichbar ist, stellt ein fulminantes, farbiges Kultur- und Sittengemälde der russischen Gesellschaft des ausgehenden 19. Jahrhunderts dar. Thematisch behandelt er den geistig-seelischen Wandel eines atheistischen Materialisten zu einem orthodoxen Gläubigen. »Schmeljows Wortreichtum und Sprachgewalt«, so hielt Karmann zusammenfassend fest, »sind so intensiv, daß er es versteht, den Dingen pulsierendes Leben einzuhauchen, welches der Leser unmittelbar empfindet. Wenn wir seine Werke lesen, denken wir nicht nur, sondern wir sehen, atmen, hören und betasten mit den Händen diese Welt, die er uns darreicht: das ist das große Geheimnis seiner Kunst« (Iwan Schmeljow: *Wanja im heiligen Moskau. Der Roman meiner Jugend*. Herder: Freiburg im Breisgau 1958, S. 531).

In Schmeljows letzten Prosawerken, seinen »lyrischen Poemen« (Iljin), die an Werke Nikolai Leskows und Pawel Melnikow-Petscherskis erinnern, erscheint der Autor nicht mehr vorrangig als »Anwalt der Erniedrigten und Beleidigten«, sondern als »Barde des heiligen Russland« (W. Unkowski) und als »Schriftsteller des alltäglichen Lebens (*byt*) und der russischen Frömmigkeit« (Erzbischof Serafim von Chicago). Die mystisch-religiöse Thematik, das Russischtum (*russkost*) und das Streben nach Gerechtigkeit und geistiger Vervollkommnung lassen soziale Aspekte, für die Schmeljow in seinen früheren Prosawerken vehement eingetreten ist, in den Hintergrund treten. Eine Symbiose von Orthodoxie, Tradition, Freiheit und Nationalbewusstsein war Schmeljows Grundidee, die heute im Putin'schen Russland auf fruchtbaren Boden fällt. »Unter den Schriftstellern der Emigration«, registrierte der russische Lyriker des Symbolismus Konstantin Balmont in seinen Erinnerungen, »war Iwan Sergejewitsch Schmeljow der russischste.«

Zu Schmeljows Gesamtwerk bestehen durchaus divergente Auffassungen, aber immer wieder wird seine poetische Vitalität und sprachliche Ausdruckskraft hervorgehoben. So konstatierte etwa Oleg Michailow, der sich in Russland für die Herausgabe der vergessenen Werke des Schriftstellers einsetzte: »Aber die Sprache, die Sprache …! Ohne zu übertreiben, bis Schmeljow gab es keine gleichartige Sprache in der russischen Literatur.«

*

Diese sprachliche Kunstfertigkeit zeigt sich auch in dem Roman »Der Mensch aus dem Restaurant«, mit dem Schmeljow schlagartig bekannt und der in vollem Umfang positiv aufgenommen wurde. Einige Kritiker sahen in dem Buch einen »sozialistischen Hauch«, betonten aber gleichzeitig, wie die Mehrheit der Rezensenten, nicht nur das generelle Talent des Autors, sondern auch die künstlerische Qualität gerade dieses Romans: den brillanten Skas-Stil, die gelungene Milieuschilderung und die überzeugende authentische Darstellung des Protagonisten. Der sei, so urteilte 1927 Käthe Rosenberg, die erste Übersetzerin des Romans ins Deutsche, »eine beliebige Nebenfigur aus der Welt Dostojewskis, in Wort und in Gebärde meisterhaft vergegenwärtigt«. Der russische Schriftsteller Sergei Sergejew-Zenski betonte: »Was für ein schönes Buch hat Schmeljow geschrieben, und überhaupt, wie talentiert er sich erwiesen hat! Ich kann gar nicht genug von ihm bekommen.« Der Dichter und Literaturkritiker Kornei Tschukowski lobte überschwänglich den »genialen Realismus« des Romans, den Schreibstil »auf althergebrachte Art und Weise«, die makellose Form, die Liebe des Autors zu seinen Figuren und die »große Seelenkraft«. Begeistert schrieb er an Schmeljow als den *bytowik*, den Autor des Alltags: »Ganz Petersburg schreit nach diesem Buch ... Es ist außergewöhnlich!« Knut Hamsun, der den Roman erst 1927 in schwedischer Übersetzung las, fand das Buch »genial«.

Mit diesem Werk, das in elf Sprachen übersetzt und als eines der wenigen vorrevolutionären Werke des Autors auch in der Sowjetunion nachgedruckt wurde (etwa 1929, 1957, 1960, 1966, 1983), festigte Schmeljow seinen nationalen wie internationalen Ruf als realistischer Schriftsteller. Der Autor selbst schrieb an Gorki, der den Werdegang des Romans begleitete: »Nicht für die Oberschicht habe ich dieses Werk geschrieben. Die breite Masse wird, wenn sie es liest, vielleicht Nutzen daraus ziehen. Wenigstens ein herzliches Wort wollte ich diesen Menschen und für sie sagen.« Diese Worte waren ganz im Sinne Gorkis, des »religiös aufgeladenen kommunistischen Menschheitsutopisten des 20. Jahrhunderts« (Karla Hielscher).

Es liegen drei Versionen des Romans mit verschiedenen Titeln vor. Die erste Version benannte Schmeljow »Aufzeichnungen eines Restaurantkellners« (*Sapiski restorannogo lakeja*), die folgende Fassung »Bei Musik« (*Pod musyku*): Denn bei unbeschwerter, beschwingter Musik im mondänen Restaurant, so unterstrich der Autor seine Idee, laufe im krassen Gegensatz dazu das leidvolle Leben des Protagonisten ab. Gorki riet Schmeljow von diesem Titel ab (»… blass und drückt nichts aus …«) und gab ihm den Rat, sich für den eingängigen Titel »Aufzeichnungen eines Menschen« (*Sapiski tschelowjeka*) zu entscheiden. Nach inhaltlichen Umarbeitungen – so veränderte Schmeljow beispielsweise die Namen einiger Personen und das Ende des Romans, schwächte insgesamt die soziale Thematik ab und sparte konkrete Hinweise aus, die Revolution von 1905 und das Engagement Nikolais bei konspirativen Treffen im Untergrund betreffend – betitelte er schließlich die letzte Fassung des Romans »Der Mensch aus dem Restaurant« (*Tschelowjek is restorana*), eine Modifikation des Gorki'schen Vorschlags. In der vorliegenden deutschen Ausgabe ist der wörtlichen Wiedergabe des russischen Titels der Vorzug gegeben worden anstelle des bisherigen Titels »Der Kellner«.

Die Grundbedeutung von russisch *tschelowjek* ist eben »Mensch« (auch »Mann«). Zu Schmeljows Zeit war das Wort aber auch in der Nebenbedeutung »Diener, Bedienter, Lakai, Kellner« gebräuchlich, die heute als veraltet gilt: Im vorrevolutionären Russland war es üblich, dass der Gast den Bediensteten in einem Restaurant im Sinne von »Bedienung, Ober« mit *tschelowjek* ansprach, wobei ein unpersönlicher, vielleicht sogar herablassender Unterton mitschwang. Somit weist das Wort auch eine abwertende Konnotation auf. Diese in dem russischen Romantitel enthaltene Doppelbedeutung lässt sich im Deutschen nicht durch ein entsprechendes polysemes Äquivalent wiedergeben, sodass der Übersetzer bei der Wahl eines deutschen Titels vor dem Dilemma steht, den einen oder anderen Aspekt herauszustellen.

Ausschlaggebend für die Entscheidung, im deutschen Titel den Aspekt des Menschen hervorzuheben, war die Mutmaßung, dass auch Schmeljow bei seiner endgültigen Titelwahl den Aspekt des Humanen in seinem Protagonisten Skorochodow betonen wollte. Von der eindeutigen Bezeichnung »Kellner, Lakai« in der ältesten Titel-Version über die eindeutige Bezeichnung »Mensch« in der von Gorki vorgeschlagenen Version kommt er schließlich zur Bezeichnung »Mensch« mit dem Zusatz »aus dem Restaurant«, die die Ambivalenz seiner Existenz als ein menschliches Wesen und zugleich Bediensteter in einem Restaurant zum Ausdruck bringt.

Schmeljows Verschiebung des Schwerpunkts in den verschiedenen Titel-Versionen spiegelt sich in den verschiedenen Bearbeitungen des Romans auch in der Wandlung des Helden. Während ihn Schmeljow am Schluss der ersten Fassung, in der er noch Luka heißt, mit pessimistischer Gesinnung zeigt (»… ich habe nichts, nichts, und alles wurde mir in meinem Leben gestohlen und durcheinandergeworfen …«), stellt er ihn in der letzten Romanfassung als einen lebensbejahenden, optimistischen und gläubigen Menschen mit einer positiven Grundeinstellung dar.

In diesem Zusammenhang sei angemerkt, dass Anton Tschechow in der kurzen Humoreske von 1886 mit dem Titel »Der Mensch« (*Tschelowjek*) – sie war Schmeljow vermutlich bekannt – mit ebendieser Doppeldeutung gespielt hat. Ein befrackter *tschelowjek* räsoniert hier: »›Wie schwer und langweilig ist es, ein Mensch zu sein!‹, dachte er. ›Der Mensch ist ein Sklave nicht nur seiner Leidenschaften, sondern auch seiner Nächsten. – Wie glücklich wäre ich, kein Mensch mehr zu sein!‹«

Schmeljow schrieb den um das Jahr 1905 spielenden Roman zwischen 1909 und 1910. Nur beiläufig weist er auf die wechselvollen gesellschaftspolitischen Ereignisse in den Jahren um die erste russische Revolution von 1905 hin. Die erste Dekade des 20. Jahrhunderts war durch landesweite Unruhen gekennzeichnet, die das Ende der imperialen Ära ankündigten. Die russische Gesellschaft veränderte ihr Gesicht. Das Bild prägten Unzufriedenheit und soziale Spannungen, ausgelöst durch Urbanisierung, steigende Konsumgüterpreise, Hungersnöte und Arbeitslosigkeit trotz florierender Wirtschaft und Industrie, und die daraus resultierenden Proteste in allen Bevölkerungsschichten, Forderungen nach Bildung, Land, Gewerkschaften und Bürgerrechten, Aktivitäten von revolutionären Gruppen wie den Sozialrevolutionären, Streiks, der »Blutsonntag« in Petersburg als Auslöser der Revolution von 1905, Mobilmachungen, die Meuterei der Matrosen auf der »Potemkin«, die Niederlage Russlands im Russisch-Japanischen Krieg mit nachfolgender wirtschaftlicher Rezession und gleichzeitigem Autoritätsverlust des Zaren, das Oktobermanifest von Nikolaus II. ohne Landreform und nachfolgende Verbesserungen für die Menschen, Bauernrevolten, Terroranschläge, kurz: Eine gesellschaftskritisch-kämpferische Grundstimmung erfasste weite Teile der Bevölkerung. Und diese schwebt wie ein Damoklesschwert über dem Roman.

Es fällt auf, dass der mit den Ideen der Revolution sympathisierende Autor in seinem Roman weder konkrete historische Hinweise gibt noch bestimmte Orts- und Zeitangaben macht, sondern holzschnittartig, »zwischen den Zeilen« und oft nur mit einem kurzen Satz oder einzelnen Wort, auf reale Begebenheiten anspielt. Für den damaligen Leser waren diese Anspielungen einsichtig, für den heutigen Leser erfordern sie jedoch differenzierte Erklärungen. Schmeljow ging es in seinem Roman nicht um die Darstellung realer historischer Aspekte, sondern um die Illustration der Figuren, vor allem der Skorochodows, aus deren Sicht der Roman in der Art eines Lebensrückblicks erzählt wird.

In dreiundzwanzig Kapiteln lässt Schmeljow das beschwerliche Leben des Kellners über einen Zeitraum von zwei Jahren Revue passieren. Dabei beleuchtet er parallel dessen privates und berufliches Umfeld. Verschiedenartige Welten und Lebensanschauungen prallen dabei aufeinander. Einerseits wird Skorochodow, ein einfacher, integrer und religiöser Repräsentant patriarchalischer Traditionen, mit neuen, revolutionären Vorstellungen der jungen Generation, andererseits mit der Scheinwelt der ausschweifenden Reichen und überheblichen Gebildeten konfrontiert. Zwischen diesen Polen ist Skorochodow bemüht, trotz heftiger leidvoller Erfahrungen sein Leben einigermaßen im Gleichgewicht zu halten und Versuchungen zu widerstehen: »Der Herrgott sieht alles und wird über alles Gericht halten.« Reflexionen über seine eigene Existenz und die der kapitalistischen Hautevolee machen ihm seine soziale Situation bewusst. Schmeljow wählt symbolisch ein Nobelrestaurant, um die sozialen Kontraste hervorzuheben. Die zahlreichen Spiegel dort dienen einerseits als Sinnbild der Eitelkeit und Begehrlichkeiten, andererseits als Wahrzeichen der Selbsterkenntnis und Wahrheit. Auch Skorochodow hält seiner Kundschaft einen Spiegel vor, und gleichzeitig zeigt der Spiegel als »Spiegelbild der Seele« das Innenleben des Protagonisten.

Als stolzer, verantwortungsvoller und dienstfertiger Kellner ist Skorochodow seit zweiundzwanzig Jahren in einem »sich französisch gebenden« Moskauer Luxusrestaurant tätig, das ausgefallene französische Kulinarien anbietet. Er, der »Schnellfüßige«, hat kein hohes soziales Ansehen, obwohl er von seiner äußeren Erscheinung her mit Frack und Backenbart einem »Gentleman« gleicht. Er ist der Willkür der Vorgesetzten und Gäste ausgeliefert, ist weder finanziell gut gestellt noch gewerkschaftlich organisiert, muss alle Wünsche seiner »Kundschaft« umgehend erfüllen, ihrem verwerflichen und halbseidenen Treiben schweigend zuschauen und wehrlos Beleidigungen, Ungerechtigkeiten und Erniedrigungen über sich ergehen lassen. Skorochodow ist ein genauer Beobachter und sensibler Augenzeuge diverser skrupelloser Vorkommnisse, denen er aufgrund seines gesunden Menschenverstands und seiner moralisch-religiösen Einstellung missbilligend und angewidert gegenübersteht. »Ich habe das alles mit eigenen Augen gesehen und selber dabei bedient. Wie einen das manchmal anekelt! Auch die ›Gebildeten‹ … Und niemand sagt etwas … Alles in Ordnung! Ha — Knechte und Lakaien? Auf sie, nicht auf uns müßte man mit dem Finger zeigen!« Skorochodow begehrt aber nicht auf; er ist, anders als sein Sohn, nicht aufmüpfig und kein aktiver Rebell. Sein innerer Unmut bleibt unausgesprochen. »In Gedanken! Wer weiß denn schon, was ich denke! Für meine Gedanken wäre ich vielleicht längst zu Zwangsarbeit verurteilt!«

Schmeljow malt ein groteskes Bild der Restaurantgäste, die sich aus den sogenannten »besseren Kreisen« rekrutieren: Geld, verkommene Moral und Heuchelei im Übermaß, aber krasser Mangel an Bildung, Benehmen und Stil. Er stellt die Typen dieser »feinen Gesellschaft« zumeist skizzenhaft, bisweilen mit einer gewürzten Prise bitteren Humors dar. Sprechende Namen, etwa Barygin, Filinow, Glotanow, Gustschin, Karassew, Kascherotow etc. (dazu mehr in den Anmerkungen), oder ironische, mit wenigen prägnanten Strichen porträtierte Charakterisierungen untermauern den subtilen Zynismus des Autors.

Schritt für Schritt entlarvt Skorochodow das wahre Gesicht seiner seelenlosen Klientel, deren Lebensmotto das egoistische Streben nach Profit und die grenzenlose Begierde nach Vergnügungen ist. Besonders im pharisäerhaften Verhalten der »Gebildeten« reklamiert Skorochodow ausbleibendes Mitgefühl und nicht vorhandenen »Herzensadel«, das heißt fehlende seelische Größe (*blagorodstwo*). »Das ganze Leben – ein einziges Restaurant. Ringsum wird tagaus, tagein getrunken und gepraßt, und unsereins schleppt sich mit Tabletts und Schüsseln ab und sieht zu, wie andere schlingen und zechen.«

Da wird maßlos konsumiert und – wortwörtlich – mit Geld um sich geworfen, da werden windige Geschäfte abgeschlossen, da erscheinen reiche (oft beleibte und betagte) »Kapitalisten« mit ihren Geliebten oder verschwinden mit sich prostituierenden Damen in *chambres séparées*, da gibt es erotische Spielchen, da wird ein minderjähriges Mädchen in Skorochodows Beisein verführt, da erkauft sich ein Millionär die »Liebe« einer jungen Orchestergeigerin und lädt ein ganzes Damenorchester zum Diner ein, da betrügen Männer ihre Ehefrauen und umgekehrt, da stellt ein stumpfsinniger reicher Emporkömmling seine Frau öffentlich bloß, da vermittelt der *Maître d'hôtel* »willige« Damen gegen Geld, da beklagen sich schmuckbehangene Damen über Menschen, die in Kellerwohnungen hausen müssen, da benehmen sich knauserige Schulmeister unter Alkoholeinfluss kindisch und hemmungslos – mit einem Wort: Jegliche Schranken guten Benehmens und moralisch-ethischen Anstands werden gesprengt.

Lakonisch resümiert Skorochodow: »Ich kenne ihren wahren Wert, auch wenn sie sich noch so schön über verschiedene Sachen auf Französisch unterhalten.« In diesem Zusammenhang nimmt Schmeljow das Schulsystem seiner Zeit aufs Korn, indem er in grotesker Weise das scheinheilig-engstirnige Verhalten von Lehrern entlarvt. Deren starres, aufgeblasenes und menschenunwürdiges Gebaren in der Schule kontrastiert er mit bizarr-affigem Auftreten im Restaurant. Der sprechende Spitzname Martyschka (Affengesicht) für Nikolais anmaßenden Lehrer zeugt von dem wohlartikulierten Spott, den der Autor dem pädagogischen Gewerbe entgegenbringt. Eine der trefflichsten Szenen des Romans ist die in der Schule sich abspielende absurde Kontroverse zwischen Skorochodow und dem namenlosen Direktor. Tschechow hätte dieses Spektakel nicht ausdrucksstärker darstellen können.

Während die Berufstätigkeit Skorochodow physisch und psychisch nachhaltig belastet, muss er auch in seinem privaten Umfeld einschneidende Schicksalsschläge auf sich nehmen. Unter äußerst bescheidenen Verhältnissen fristet er ein klassisches Kleinbürgerdasein in einer teilweise untervermieteten Hinterhofwohnung und träumt von einem ruhigen, sorgenfreien Leben in einem kleinen Haus mit Garten. Diese Wunschvorstellung wird allerdings durch finanzielle Verluste aufgrund unredlicher Beratung an der Börse und falsch investierten Geldes vereitelt. Das Unglück nimmt kein Ende; es trifft den Protagonisten Schlag auf Schlag. So hat er Pech auf ganzer Linie mit den Untermietern: Durch Verleumdungen denunziert der psychisch verwirrte Untermieter Kriwoi, der Einäugige, Skorochodow und dessen Sohn wegen »einer politischen Unterhaltung« bei den Behörden; Kriwois späterer Suizid bringt die Familie in eine äußerst prekäre Lage; Tscherepachin, ein anderer Untermieter – ein Posaunenspieler – wird in die Nervenklinik eingewiesen; ein junges Paar entpuppt sich als revolutionär gesinnt; Nikolai wird vom Klassenlehrer als »Kochfrauenkind« sozial gebrandmarkt und wegen angeblicher Beleidigung des Pädagogen von der Schule gewiesen (vgl. Anmerkung zu S. 93); er wird verhaftet, aus fadenscheinigen Gründen verurteilt und verbannt, weil er in den Verdacht geraten ist, sich einer subversiven politischen Gruppe angeschlossen zu haben; Skorochodow wird in der Zeitung namentlich an den Pranger gestellt und verliert daraufhin seine Stellung als Kellner; die enge Verbundenheit zu seinem Freund Kirill Sawerjanytsch zerbricht; die Tochter Natascha verlässt vorzeitig das Gymnasium, da sie die sozialen Stigmatisierungen dort nicht länger ertragen kann; an ihrer neuen Arbeitsstelle wird sie von dem windigen Geschäftsführer verführt und geschwängert; Skorochodows argwöhnische Ehefrau Luscha stirbt an gebrochenem Herzen; er zieht in eine kleine Wohnung um, vereinsamt, erhält Kenntnis von der Flucht seines Sohnes ins Ausland und erleidet einen Schlaganfall, von dem er sich aber erholt. Zum Schluss erfährt Skorochodows Leben jedoch eine positive Wendung: Er bekommt seine alte Arbeitsstelle zurück und erfreut sich an der – unehelich geborenen – Enkeltochter Julka. Das Kind einer neuen Generation steht symbolhaft für eine hoffnungsvolle Zukunft.

Skorochodows Kindern Nikolai und Natalja ist der Beruf des Vaters peinlich. Mit Nikolai entwirft Schmeljow die Figur eines revolutionär eingestellten jungen Mannes, der in den Bann der subversiv agierenden Untermieter gerät. Nikolai geht mit seinem Vater scharf ins Gericht und kritisiert ihn heftig wegen Falschheit, Unterwürfigkeit gegenüber moralisch anrüchigen Gestalten, Passivität, Religiosität und Unkenntnis von Wissenschaft. Skorochodow hingegen, der seinem Sohn rhetorisch-argumentativ unterlegen ist, kann Nikolais aufwieglerische Sichtweise zunächst nicht nachvollziehen und unterstellt ihm Widerspenstigkeit, mangelnden Gehorsam, fehlende Kompromissbereitschaft und Gottlosigkeit. Die Schuld für das angespanntes Verhältnis zu seinem Sohn sucht Skorochodow weitgehend bei sich selbst: »Koljuschka! Ich war in seinem ganzen Leben nie wirklich lieb zu ihm gewesen und hatte ihn oft gekränkt … Uns gegenseitig kränken – das taten wir beide … Er hatte aber auch einen Charakter … wie aus Stein …« Allmählich erkennt Skorochodow, dass sein Sohn sich für soziale Belange, Wahrheit und Gerechtigkeit einsetzt und letztendlich über »wirklichen Herzensadel« verfügt. Schritt für Schritt überdenkt er seinen Standpunkt. Der Vater-Sohn-Konflikt spitzt sich zu und erfährt am Schluss eine überraschende Wendung, die Gemeinsamkeiten mit dem biblischen Gleichnis vom verlorenen Sohn aufweist: In einer emotional gefärbten Szene bereut der auf der Flucht befindliche Koljuschka seine Kälte gegenüber dem Vater, versöhnt sich mit ihm und nimmt Abschied – kehrt aber, anders als in der biblischen Geschichte, nicht ins elterliche Haus zurück.

Die weltanschaulich-familiäre Konfrontation zwischen Vater und Sohn ist ein Spiegelbild der politisch-gesellschaftlichen Kontroverse. Sie stellt ein Schlüsselelement in Schmeljows Roman dar und ruft Erinnerungen an den Generationenkonflikt in Iwan Turgenjews Roman »Väter und Söhne« (1861) wach. Die junge Generation bei Turgenjew, vertreten durch den nihilistisch orientierten Studenten Jewgeni Basarow, lehnt alle konventionellen Werte ab und verherrlicht naturwissenschaftlichen Fortschrittsglauben; bei Schmeljow weist Nikolai traditionelle patriarchalische Prinzipien des Zarismus und der Orthodoxie zurück und engagiert sich vehement für eine grundlegende gesellschaftliche Reform. Die Turgenjew'sche romantisch ausgerichtete Vätergeneration aus dem Adel legt großen Wert auf Kunst und Kultur, die Schmeljow'sche realistisch denkende ältere Generation aus dem Bürgertum auf Tradition und Religion.

Auch in anderen Prosawerken beleuchtet Schmeljow die Stimmung des Jahres 1905 und thematisiert in zwei Erzählungen aus dem Jahr 1906 unter anderem auch die Vater-Sohn-Problematik. In der Erzählung »Der Zerfall« (*Raspad*) zerbricht eine Familie an der Kollision des Alten mit dem Neuen; der Konflikt Vater–Sohn findet aufgrund des frühen Todes des Sohnes keine Lösung. In der Erzählung »Der Wachtmeister« (*Wachmistr*) wechselt der Gendarm Tutschkin bei einem Straßenkampf während der revolutionären Ereignisse von 1905 auf die Seite seines aufständischen Sohnes und bekennt sich zu dessen politischer Gesinnung.

Trotz der vielen leidvollen Erfahrungen – in Lebenssituationen, »als ich mein Schicksal und alles auf dieser Welt, mein ganzes lichtloses Leben verfluchte« – geht Skorochodow, der einem Vergleich mit dem biblischen Hiob standhält, seinen geraden, gläubigen Weg und bewahrt sein Ehrgefühl: »Würde ich aber die Religion nicht anerkennen, dann wäre ich am Leben längst verzweifelt und hätte mich vielleicht sogar umgebracht!« Er muss sich aber eingestehen, dass ihm die orthodoxe Kirche als Institution keine wirkliche Erleichterung bringt. Auf der Suche nach Beistand und Zuspruch stößt er auf Lew Tolstois außerkirchliche moralische Lebenslehre (vgl. Anmerkung zu S. 30), ohne diese aber praktisch in seinen Lebensalltag einzubinden.

Die endgültige Wandlung zu innerer Reifung, einer höheren geistigen Sicht der Dinge und religiöser Abgeklärtheit erlangt Skorochodow nicht nur durch persönlich erfahrenes Leid, sondern auch in den Gesprächen mit seinem Sohn (»Jetzt ist alles vorüber, jetzt ist mir alles bekannt«) und vor allem in der Begegnung mit dem *staritschók* (Alterchen) Nikolai, einem alten weisen Händler, der Koljuschka zur Flucht verholfen und ihm damit das Leben gerettet hat. Nach Nikolais Überzeugung kann der

Mensch nicht ohne Gott leben, denn seine innere Kraft empfange er vom Göttlichen. Skorochodow fasst seine Erkenntnis so zusammen: »Ein unbekannter alter Mann, der mit warmen Kleidungsstücken handelte, hatte mich im Innersten gerührt und mir das Licht der Wahrheit offenbart.« Mit der Namensnennung des alten Mannes spielt Schmeljow auf den Heiligen Nikolaus, den Wundertäter und steten Helfer in der Not, an (vgl. Anmerkung zu S. 214); die skizzenhafte Darstellung des Händlers suggeriert in Ansätzen Züge eines Heiligen.

In Skorochodows Gestalt präsentiert Schmeljow keinen um philosophische Erkenntnisse ringenden Ideenträger à la Dostojewski, sondern zeigt die allmähliche geistig-religiöse Entwicklung eines einfachen »erniedrigten und beleidigten«, aber besorgten und nachdenklichen Mannes aus dem Volk: Dessen Gerechtigkeitssinn und moralische Prinzipien stehen nicht nur über denen seines »Kundenkreises«, sondern sind allgemeingültig für Menschen aller sozialen Schichten und zu allen Zeiten. Jakow Skorochodows Leben ähnelt der Lebensgeschichte eines rechtschaffenen Mannes, eines *prawednik*, eines Heiligen.

Schmeljow widmet sich in diesem Roman übergreifenden Themen, die er in das soziale Umfeld des unterprivilegierten Menschen einbettet. Zudem unterstreicht der Autor einen weiteren Aspekt: die Zukunft der Menschen im mitmenschlich-selbstlosen, solidarischen Miteinander in privater ebenso wie in öffentlicher Gemeinschaft. Am Beispiel des Kellners Ikorkin, der sich uneigennützig beim Aufbau einer Gewerkschaft engagiert und Skorochodow nach dessen Entlassung finanziell unter die Arme greift, wirbt Schmeljow für diese kollegiale und sozial relevante Institution für gegenseitige Unterstützung.

Das Restaurantmilieu hat Schmeljow derart realistisch und Skorochodow derart authentisch dargestellt, dass der Autor selbst bisweilen für den Kellner irgendeines Moskauer Nobelrestaurants gehalten wurde. Als er einmal während seines Aufenthalts auf der von Hungersnot geplagten Krim in einem kleinen Restaurant mit geringer Aussicht auf Erfolg um Brot bat, reagierte der Besitzer, der Schmeljow als den Verfasser des in Russland viel gelesenen Buches erkannt hatte, mit dem Fingerzeig: »Für Sie ist Brot da.«

Ein entscheidender Faktor, der zur Glaubwürdigkeit des Protagonisten Skorochodow beiträgt, ist sein Sprachhabitus. Schmeljow ist wie Gogol, Leskow, Melnikow-Petscherski, Dostojewski oder Tolstoi ein Meister der Sprache und macht wie seine Vorbilder einen unverwechselbaren Gebrauch vom persönlichen Erzählen, dem sogenannten Skas, der den Eindruck mündlicher Kommunikation zwischen Erzähler und Leser erweckt. Der Autor legt seine eigenen Gedanken dem Erzähler Skorochodow in den Mund, wobei dessen Erzählweise von der literarischen Sprachnorm abweicht und sich verschiedenartiger tonaler und stilistischer Dimensionen der gesprochenen Sprache bedient. Skorochodow äußert sich also in einer ihm eigenen, vom mündlichen Sprechen geprägten Ausdrucksweise, die sich an der des Moskauer Kleinbürgertums orientiert. Sporadisch variiert er diese auch, abhängig von der Person, die spricht: Skorochodow fasst dann die in lebhafter mündlicher Kommunikation geäußerten Gedanken seiner Gesprächspartner – etwa die seiner Kinder, Untermieter oder Restaurantgäste – in Worte, die deren Redeweise angepasst sind, sodass weitere Stilvariationen des Skas möglich sind und ein sprachliches »Orchester der Stimmen« zum Klingen gebracht wird.

Dabei schöpft Schmeljow aus einer großen Bandbreite an

Ausdrucksformen, die nicht nur die soziale Herkunft und den Bildungsstand des jeweiligen Sprechers kennzeichnen, sondern den Text insgesamt leichtfüßig-dynamisch und ursprünglich erscheinen lassen. Umgangssprachliche, regionale, vulgäre, jargonhafte, fach- und fremdsprachliche Ausdrücke finden sich neben Sprichwörtern, redensartlichen Wendungen und literarischer Sprache. Schmeljow mischt erzählende Passagen mit lebhaften Dialogen, benutzt bewusst falsche grammatikalische Formen, imitiert einen ausländischen Akzent, wechselt zwischen einfachen und komplexen Sätzen und fügt emotional-pathetische Untertöne ein. All diese sprachlich-stilistischen Merkmale stellen eine erhebliche Herausforderung für Übersetzer dar: Käthe Rosenberg hat diese in ihrer Zeit (1927), Georg Schwarz in seiner Zeit (1968) exzellent gemeistert. Der vielfach prämierte Übersetzer Georg Schwarz (* 1897 in St. Petersburg, † 1979 in Berlin) zählt dank seiner philologischen Gründlichkeit und seiner Präzision in der Wortwahl und den Stilmitteln zu den anerkannten Übersetzern aus dem Russischen in der DDR, etwa von Autoren wie Bunin, Fedin, Gogol, Gorki, Paustowski, L. Tolstoi, Tschechow und Schmeljow. Für diese Ausgabe ist seine Übertragung gewählt worden: Sie bietet eine moderne und gleichzeitig eng am Original ausgerichtete Sprache, die durch die geschickte Wiedergabe des Schmeljowschen Tonfalls und Temperaments dem Lesefluss und Lesevergnügen der heutigen Leserschaft entgegenkommt. Auf Besonderheiten seiner Übertragung im Vergleich mit Schmeljows Ausgangstext und mit Rosenbergs deutscher Version wird in den Anmerkungen hingewiesen.

Skorochodow ist ein Schmeljowscher Prototyp des in Traditionen lebenden, moralisch integren, vom Glauben und vom »Licht der Wahrheit« (*ssijanije prawdy*) erfüllten, gewöhnlich mit einer Leidensbiografie versehenen einfachen Menschen aus der sozial unteren Schicht. Dieser Typus tritt als Sympathieträger in anderen Prosawerken des Autors, vor allem in den während der Emigration entstandenen Erzählungen und Romanen, in ähnlicher Form immer wieder in Erscheinung. Vergleichbare Figuren sind etwa Gorkin in »Wanja im Heiligen Moskau« und »Die Straße der Freude«, der alte Anton in »Der Honigkuchen«, Marfa in »Wallfahrt nach Brot«, ein namenloser »eiserner« alter Mann in »Der eiserne Großvater«, Darja Stepanowa in »Die Kinderfrau«, Karp in »Dunkel ist unser Glück« und viele andere mehr.

Die Thematik des sogenannten »kleinen Mannes« fand auch in anderen Literaturen ihren Niederschlag. Das Versdrama »Ruy Blas« (1838) von Victor Hugo etwa oder der satirische Sittenroman »Le Journal d'une femme de chambre« (1900) von Octave Mirbeau waren Schmeljow ebenso vertraut wie die sozialkritischen, gesellschaftliche Missstände anprangernden Romane eines Charles Dickens, etwa »Oliver Twist« (1838) oder »David Copperfield« (1850). Hugos und Mirbeaus Werke setzen sich mit dem sozialen Antagonismus zwischen dem einfachen Menschen aus dem Volk – einem Lakaien hier, einer Kammerzofe dort – und dem spanischen Adel bzw. dem französischen Großbürgertum auseinander. Mit der Figur Skorochodows knüpft Schmeljow aber in erster Linie an die Tradition des »kleinen Mannes« in der russischen Literatur an. Diese Charaktere – gewöhnliche, oft ungebildete Durchschnittsbürger mit niedrigem sozialem Status – leiden unter Lebensangst, Furcht vor der Zukunft, Minderwertigkeitskomplexen, ja psychischen Störungen und scheitern im alltäglichen Leben immer wieder an der Wirklichkeit. Mit Samson Wyrin aus der Erzählung »Der Stationsaufseher« (1831; dt. auch »Der Postmeister«) – sie markiert für viele den Beginn der sozialen Anklage in der russischen Literatur des Realismus – schuf Alexander Puschkin den Prototyp des unbedeutenden Beamten. Auch Gogols Helden Kowaljow (»Die Nase«, 1836), Popristschin (»Aufzeichnungen eines Wahnsinnigen«, 1835) und Baschmatschkin gehören dem Beamtenstand an. Die Novelle »Der Mantel« (1842) über den einfachen Titularrat Akaki Akakijewitsch Baschmatschkin, der nach dem Verlust des ihn sozial aufwertenden teuren Mantels den Boden unter den Füßen verliert, hatte Einfluss auf Fjodor Dostojewskis Erstlingswerke »Arme Leute« (1846) und »Der Doppelgänger« (1846), in denen Dostojewski mit den Figuren Dewuschkin und Goljadkin das Motiv des armen, psychisch desorientierten Beamten aufgriff. Anton Tschechows Protagonisten, den Gerichtsvollzieher Tscherwjakow (›Würmling‹) in der Kurzgeschichte »Tod eines Beamten« (1883), führt die Furcht vor Autorität in Wahnvorstellungen und Tod. Ein ähnliches Schicksal erleidet der autoritätshörige, ordnungsfanatische Griechischlehrer Belikow in Tschechows Erzählung »Der Mann im Futteral« (1898), der sich aus Angst vor der Vielfalt des Lebens in Selbstisolation flüchtet und einsam stirbt. Im Unterschied zu diesen literarischen Figuren, die ein tragisches Ende finden, kapselt sich der vom Schicksal geschlagene Skorochodow jedoch nicht ab, sondern findet durch Gottesglauben und moralisch-geistige Selbstvervollkommnung Halt im Leben und die Fähigkeit, Härten des Daseins zu meistern.

Etliche untergeordnete, sporadisch auftretende Nebenfiguren – darunter die »Guten« und die »Bösen«, die Repräsentanten der oberen und unteren sozialen Schichten, Sonderlinge, psychisch Gestörte, Vertreter revolutionärer und pädagogischer Kreise etc. – werden von Schmeljow lediglich mit ein paar Strichen skizziert und begegnen teilweise in analogen Gestalten späterer Werke wieder, wie beispielsweise der schurkische Wollüstling Baron Riedlinger, »der Deutsche mit der roten Fratze« und den ekelhaft schmatzenden Lippen im Roman »Himmlische Wege«, der nahtlos in die Phalanx der moralisch unlauteren »Kapitalisten« eingereiht werden könnte. Im Gegensatz zu seinen späteren Werken hat Schmeljow die Frauengestalten, allen voran Skorochodows argwöhnische Ehefrau Luscha, in »Der Mensch aus dem Restaurant« eher flach und weniger überzeugend dargestellt.

Schmeljow legt in diesem Roman bereits die Grundlagen für seine späteren großen Romane. Durch den Mund seiner Hauptfigur spricht er hier über das Innerste und das Zeitlose. Das übergeordnete Anliegen des Autors repräsentiert der meist rechtschaffene und tiefgläubige Mensch mit hohen moralischen und geistigen Qualitäten, die in der russischen Orthodoxie und Tradition verankert sind: Der Glauben an eine übergeordnete numinose Macht steht letztlich über dem an eine durch Menschen initiierte revolutionäre, rationale Dynamik. Das religiöse Element, das in diesem frühen Roman unaufgeregt und unspektakulär sichtbar wird, ist im Spätwerk des Autors das bestimmende Wesensmerkmal.

Die meisten der hier angedeuteten Themen und Motive finden sich auch in Schmeljows Prosa der Emigration wieder: kirchliche Traditionen (Ikonenverehrung, Ehrerweisung an die Muttergottes und die Heiligen, Gebete, Bekreuzigen, Kirchgang, orthodoxe Feiertage, Wallfahrt, volksreligiöse Elemente, Aberglaube u. Ä.) und weltliche Gepflogenheiten (das Kulinarische etwa spielt in Schmeljows Spätprosa eine bedeutende Rolle); der Dualismus von Gut und Böse, Früher und Jetzt, Reichtum und Armut, Reden und Tun; eine bunte wiederkehrende Palette von Figuren mit identischen Eigenschaften (beispielsweise der Egoistische, Betrügende, moralisch Verdorbene, Ausgegrenzte,

Gläubige, Zweifelnde, Zyniker, Gefühlsbetonte, Rebellische, der alte Mensch, der Selbstmörder oder der psychisch Kranke); wiederholt auftretende Symbole (Spiegel, Schnee, Musik, Gesicht, Augen, Licht, Traum, Blumen, Jahreszeiten etc.); Themenbereiche, die auch heute gang und gäbe sind, wie gesellschaftliche, familiäre, psychische Spannungen, moralischer Verfall, Generationskonflikt, die Verführung Minderjähriger, Lüge, Bestechung, Verlust, unglückliche Liebe, Ehebruch, Abtreibung, Suizid, Schulmisere etc. Kennzeichnend für diese Prosa der Emigration ist wiederum ihre außergewöhnliche Sprachgewalt.

*

Die Verfilmung von »Der Mensch aus dem Restaurant« 1927 durch »Sowkino«, die sowjetische Behörde für das Filmwesen, war ein Schlag gegen den Emigranten Iwan Schmeljow: Der Regisseur Jakow Protasanow hatte in seinem Stummfilm mit Michail Tschechow in der Hauptrolle den Roman auf ganzer Linie verzerrt, die Handlung sowie Figuren und Zeitumstände entstellt und aus dem Buch eine *agitka* gemacht, es zu Propagandazwecken unverfroren verfälscht. In einem beißenden Artikel in der Pariser Emigrantenzeitung »Wosroshdenije« (Wiedergeburt, Erneuerung) betonte der aufgebrachte Schmeljow, nie die Rechte zur Verfilmung seines Romans an »Sowkino« erteilt zu haben. Der Film wurde auch in Deutschland, Lettland und Frankreich gezeigt.

In neuerer Zeit erfuhr der Roman die Aufführung von zwei adaptierten Bühnenfassungen, eine im Jahr 2000 im Omsker »Fünften Theater« (*Pjatyj teatr*), die andere im Jahr 2015 im Moskauer Theater »Satirikon«. Beide Aufführungen, die sich eng am Roman orientieren, hatten großen Erfolg. Eine Besprechung der Moskauer »sehr saftigen« Aufführung des Theaterregisseurs Jegor Peregudow lobte unter anderem den »Reichtum an psychologischen Farben« in der von Konstantin Raikin übernommenen Hauptrolle des Skorochodow, den »spielerischen Humor« in der Karikierung der negativen Charaktere und die Schlussszene. Die »Beschreibung des Stücks« auf der Website des »Satirikon« endet mit dem Satz: »Hinter Skorochodow erheben sich riesige Mauern, die seine Unbedeutendheit vor dem Schicksal betonen und seine menschliche Größe deutlich machen.«

Hamm (Westfalen), im Herbst 2021

PS: Der Verfasser dankt ganz herzlich Frau Angelika Lauhus für ihre wertvollen Hinweise.

PERSONENVERZEICHNIS

SKOROCHODOWS PERSÖNLICHES UMFELD

Familienmitglieder
Jákow Sofrónytsch Skorochódow: Kellner, Familienvater
Júlka: Skorochodows Enkeltochter
Lukérja Semjónowna Skorochódowa, genannt Lúscha: seine Frau
Natálja Jákowlewna, genannt Natáscha, auch Natáschetschka, Natáschka, Nátja: die gemeinsame Tochter, 17 Jahre
Nikolái, genannt Kólja, Kóljuschka: der gemeinsame Sohn, 19 Jahre

Freunde, Untermieter
Gaíkin: Ladenbesitzer, dessen Sohn, ein Student, wegen des Besitzes verbotener Bücher in Haft ist; Bekannter von Nikolái
Jeshów, Próchor Andrijánytsch, genannt »Kriwói«: sonderbarer Untermieter
Kusnezów: Untermieter, Journalist
Laítschikow, Kiríll Sawerjánytsch: Skorochodows Freund, Friseurladenbesitzer
Pachómow: Kóljuschkas verarmter »Freund«, von der Schule gewiesen
Raíssa Sergéjewna: Untermieterin, Partnerin von Sergéj Micháilytsch
Sergéj Micháilytsch: obskurer Untermieter, engagiert im revolutionären Untergrund
Tscherepáchin, Polikárp Sidórytsch: sonderbarer Untermieter, Posaunenspieler
Wássikow: Angestellter bei der Eisenbahnverwaltung, versorgt Nikolái mit (konspirativer) Literatur

Weitere Bekannte
Alexánder Iwánytsch: Reviervorsteher
Iwán Afanásjitsch: pensionierter Lehrer
Lándyschew, Jemeljan Iwánytsch: Hausverwalter
Nikolái: alter Mann, Kleiderhändler
Schuldirektor (ohne Namen)
Tschemodánow: Aktienhändler
Wassíli Iljítsch, auch Wílitschka: Geschäftsführer, Natálja Jákowlewnas »Partner«

SKOROCHODOWS BERUFLICHES UMFELD

Mitarbeiter im Restaurant
Ignáti Jelisséjitsch: Maître d'hôtel
Ikórkin, Kellner: Gewerkschaftsmitglied
Herr Ferdinand: französischer Koch
Lexéj Fómitsch: Koch
Stroß, Gústav Kárlytsch: Direktor des Restaurants

Mitglieder der Kapelle
Capuládi: Dirigent des Damenorchesters, aus Wien stammend
Fräulein Gúttelet: Geigerin im Damenorchester, später liiert mit Karássew

Gäste im Restaurant
Árnikow: Bierbrauer
Barýgin: Fabrikbesitzer
Eíler: Steuerinspektor
Fílinow: Bankdirektor
Glotánow, Antón Stepánytsch: Rechtsanwalt
Gustów, Iwán Iwánytsch: Besitzer einer Kantillenfabrik
Gústschin: Fabrikbesitzer
Karássew, Iwán Nikolájewitsch: Kommerzienrat, Millionär
Kascherótow, Wassíl Wassílitsch: Kurator, Geldverleiher
Lissítschkin: Makler
Perekrýlow: Gerichtsreferendar
Samogrúsow: Doktor
Sazépski: Opernsänger
Schuchánski: Fürst, Offizier, Husar
Sjómin, Michaíla Lukítsch: Geschäftsmann, Immobilienmakler
Strénin, Wassíl Semjónytsch: Millionär

INHALT

Der Mensch aus dem Restaurant 5

Anmerkungen 227

Iwan Schmeljow: geachtet, vergessen,
wiederentdeckt und geschätzt –
Nachwort von Wolfgang Schriek 267

Personenverzeichnis 305

IWAN SCHMELJOW
DER MENSCH AUS DEM RESTAURANT
ist im Dezember 2021 als vierhundertfünfundvierzigster
Band der ANDEREN BIBLIOTHEK erschienen.

Die Herausgabe lag in den Händen von Christian Döring.

Die Übersetzung stammt von Georg Schwarz. Sie erschien
zuerst im Aufbau-Verlag, Berlin und Weimar 1968.

Wolfgang Schriek danken wir für die editorische Begleitung
des Bandes, den er mit Anmerkungen und einem Nachwort
versehen hat.

Klaus Ensikat danken wir für die Genehmigung zur
Verwendung des Buchschlaufenmotivs.

Dieses Buch wurde von Katja Holst, Frankfurt am Main, gestaltet. Das Motiv der Buchschlaufe stammt von Klaus Ensikat.
Den Satz besorgte Dörlemann Satz, Lemförde, mit den Schriften Centaur MT und Brandon Grotesque
Die Herstellung und Ausstattung lagen bei Katja Jaeger, Berlin.
Das Memminger MedienCentrum druckte auf 100 g/m² holz- und säurefreies, ungestrichenes Munken Pure. Dieses wurde von Arctic Paper ressourcenschonend hergestellt.
Den Einband besorgte die Verlagsbuchbinderei Conzella in Aschheim-Dornach.

Die Originalausgaben der ANDEREN BIBLIOTHEK sind limitiert und nummeriert.
1. – 3.333

Dieses Buch trägt die Nummer:

ISBN 978-3-8477-0445-4

Die Andere Bibliothek
Aufbau Verlage GmbH & Co. KG
Berlin 2021